NF文庫
ノンフィクション

海軍軍令部

戦争計画を統べる組織と人の在り方

豊田 穣

潮書房光人社

海軍軍令部——目次

第一章　開戦決定

第二章　軍令部の歴史

海軍軍令部

戦争計画を統べる組織と人の在り方

第一章　開戦決定

対米英戦を辞せず

「いよいよアメリカとの戦争ですな」

「やはり松岡（洋右（ようすけ）、外相）の三国同盟がいけなかったんだよ」

東京・霞ヶ関の軍令部（海軍省の二階、現在の農林省の位置）の第一部第一課の部屋で、第一課長（作戦課長）の富岡定俊大佐（海兵45期）と、戦争指導班長の大野竹二大佐（44期）は、溜息まじりにそう言葉を交わした。

昭和十六年七月二日の午後である。暑い日であった。天井の扇風機がけだるそうに回っている。

――この扇風機もいつまで回るかわからんな……。

富岡は頭の中でそうつぶやいた。

北部仏印（昭和十五年九月二十三日、日本軍進駐。仏印はフランス領インドシナ）まではともかく、南部仏印に進駐すれば、英国はもちろん米国も黙ってはいまい。去年の三国同盟締結（九月二十七日）以来、いわれている対日石油禁輸も単なる脅しではなくなるかもしれない。現在、日本が保有している石油は約七百万トンであるが、陸海軍、とくに海軍を中心に、日本の石油の消費量は、年間約三百五十万トンで、いま石油を禁輸されて米英と戦争になれば、二年間しかもたない。ということは、開戦すれば二年間で勝敗をつけなければならないのだ。さらに重大なことは、じっとしていても一日一万トン前後の石油が消費されていくということなのだ。

ここで富岡は永野（修身（おさみ）、大将、28期）軍令部総長の言葉を思い出した。

——やるなら早い方がいい。じり貧で追い詰められて、艦隊が動かなくなってから開戦では、遅すぎる……。

非公式ではあるが、これが軍令部総長の本音で、開戦を非とする軍令部（大本営海軍部）の参謀たちも、この意見には賛成せざるを得ない。

——しかし、やるとして勝てるのだろうか……？

富岡は海軍大学校で戦略の教官を勤めたとき、軍事に関係のある日本の生産について研究し、米国との比較もしてみた。その結果、こちらから仕かけた場合、向こうの三倍の兵力と生産力がなければ、相手を圧倒することはできない、というのが結論であった。

ところが実際には、米国の太平洋艦隊とわが連合艦隊ではいくらかわが方に分があるが、総合的生産力では向こうがこちらの三倍以上なのである。シナ事変（昭和十二年七月七日、勃発）以来百万以上の兵力を大陸に送り、広い地域で四年間も戦争をつづけて、また米英と戦うのは、どだい無理な話なのである。

――しかし、このままでは戦争になる。といって、米英のいうように満州も中国の占領地域も全部蔣介石に返すというようなことを、軍部の若手将校や戦勝におごる国民が許すであろうか……。

富岡が思いあぐんでいると、元気よく入ってきた参謀がいる。第一課の先任部員（作戦班長）神（かみ）（重徳、48期）中佐である。鹿児島出身、東郷平八郎元帥を崇拝し、名前のとおり神がかりといわれるほどの、忠君愛国に徹した戦闘的な参謀である。

「やあ、課長、いよいよですな。『対米英戦を辞せず』ときましたな。南進ですよ。松岡のいうようにドイツと組んで、ソ連をはさみ討ちにするなんてできはしませんよ。まず仏印、ついでマレー、ボルネオ、そしてシンガポールを叩いて、蘭印（オランダ領インドネシア）の石油をもらうんですよ。ただし、弱腰はいけない。いま、一部長（第一部長、福留繁少将、40期）のところにいって、尻を叩いてきたところですよ」

神は威勢よくそう語りかけた。

――早くも御前会議の効果が現われてきたな……。

富岡はそう考えながら、神の鼻の頭に浮いている汗の粒を見上げた。

戦闘的な神は、昭和十三年夏、陸軍が三国同盟をしきりに主張したとき、海軍省軍務局員として、盛んにこれに賛同し、反対する米内光政海相、山本五十六次官、井上成美軍務局長に批判的であった。とくに直属の上官である井上が三国同盟絶対反対を唱えるので、これの説得にきては追い返された。

ある日、神はこういった。

「局長、局長はいつも椅子に腰かけている、私は立っている、これではかなわないはずです」

すると井上は、苦笑しながらいった。

「神君、君は私が海軍大学校教官のときの学生だったな。あのときは私が壇の上に立っていて、君らは座っていたが、やはり論争では私にかなわなかったではないか？」

これには強気の神も参ったという。

その頃の神は、日の出の勢いのドイツと手を組めば、シナ事変で大陸に進出していても米英は文句をいわないし、満州国建国後、難しい顔をしているソ連を牽制することにもなる、という意見であったが、この頃では南方に進出して、早期に米英と対決すべし、という意見に傾いていた。

そこへこの日の御前会議で南部仏印進駐が決まり、そのためには「対米英戦を辞せず」という決意が採択されたので、「わが意を得たり」と神は満足なのであった。元はといえば、こういう強い表現は、神が強く推進する類いのものである。

では、この日の御前会議では、どういう作戦方針が裁可されたのであろうか？

この日、宮中で開かれた御前会議の出席者は近衛文麿総理、永野軍令部総長、杉山元(はじめ)参謀総長、及川古志郎海相、東條英機陸相、松岡外相、河田烈(いさお)蔵相らで、それに補佐官として、海軍では福留軍令部第一部長、岡敬純(たかずみ)海軍省軍務局長、陸軍では田中新一参謀本部作戦部長、武藤章(あきら)軍務局長らであった。

この日は、六月二十二日の独ソ開戦で、これに対応する緊急の国策決定を迫られたので、そのための会議であった。ここで決定された「帝国国策要領」の要点はつぎのとおりである。

第一　方針
一、帝国は世界情勢の如何(いかん)に拘(かか)わらず、大東亜共栄圏を建設し、以(もっ)て世界平和の確立に寄与せんとする方針を堅持する。
二、帝国は依然支那事変処理にまい進し、かつ自存自衛の基礎を確立するために、南方進出の歩を進め、また情勢の推移に応じ、北方問題を解決す。
三、帝国は右目的達成のため、いかなる障害をも之を排除す。
第二　要領
一、蔣介石政権屈服促進のため、さらに南方諸域よりの圧力を強化す。（以下略）
二、帝国はその自存自衛上、南方要域に対する必要なる外交交渉を続行し、その他、各般の施策を促進す。

これがため、対米英戦準備を整え、まず「対仏印・泰施策要綱」及び「南方施策促進に関する件」により、仏印及び泰に対する諸方策を完遂し、以て南方進出の態勢を強化す。

帝国は本号目的達成のため、対米英戦を辞せず。

三、独ソ戦に対しては、三国枢軸の精神を基調とするも、しばらく之に介入することなく、密かに対ソ武力的準備を整え、自主的に対処す。この間固より周密なる用意を以て外交交渉を行なう。

独ソ戦争の推移、帝国のため有利に進展せば、武力を行使して北方問題を解決し、北辺の安定を確保す。

四、（略）

五、米国の参戦は外交手段その他あらゆる方法により極力防止すべきも、万一米国が参戦したる場合には、帝国は三国条約にもとづき行動す。但し武力行使の時期及び方法は自主的に之を定む。

六、七、（略）

こうして廟議はようやく南進に決したが、ここで松岡外相の北進論にふれておく必要があろう。

前年の十五年九月、強引に三国同盟締結を推進した松岡は、つづいて、その秘策と称する四国協商の構想を実現しにかかった。

昭和十六年三月、彼は、三国同盟成立の挨拶といって、ヨーロッパを訪れた。ドイツでヒトラーと握手するのが主な目的だといわれたが、その途中、彼はまずモスクワでスターリンと会って、日ソ中立条約の瀬踏みを行なった。一応の目処をつけた彼は、ベルリンでヒトラーと握手して、得意のうちにローマに行きムッソリーニとも会った。

後に、ベルリンでヒトラーと会ったときに、松岡はシンガポール攻略を約束してきたと憶測されたが、さすがに軍事大権に介入することはせず、個人的に同意したに留まったようである。

そして帰路、彼はモスクワでスターリンとの間に、電光石火、ヒトラーも驚くほどの速さで、四月十三日、日ソ中立条約に調印した。

こうして三国同盟と日ソ中立条約を背景にして、四国協商を結び、自分が（首相になって）太平洋のどこかでルーズベルト大統領と会見し、和平協定を結び、シナ事変を解決しようというのが、松岡の壮大な構想であった。

ところが四月下旬、東京に帰ってくると、意外な日米交渉が進行していて、松岡を驚かせ、かつ怒らせた。

松岡が、まだモスクワから帰国の途にあった、四月十六日、アメリカのハル国務長官と野村吉三郎駐米大使の間で、「日米諒解案」による和平交渉が始まっていたのである。

この「日米諒解案」は、井川忠雄という元大蔵事務官と岩畔豪雄大佐（元陸軍省軍事課長）が、私的に作った日米和平案で、その中には、三国同盟の廃棄、満州の返還、中国における日本軍の撤退など、アメリカの喜びそうなことが盛ってあったが、松岡にいわせると、これはアメリカがヨーロッパの戦争に勢力を割いている間は、日本に参戦させないための策略であって、誠意のないものであった。

しかし、松岡の一人舞台のような活躍に面白くない近衛は、その留守中、自分が外相代理であるのをいいことに、この「日米諒解案」にのり、自らがルーズベルトと会って、和平協定を結び、松岡の鼻をあかそうと試みたのである。

四月二十二日、帰国した松岡は、これを聞いて、外交大権を無視するものだ、三国同盟によるヒトラーへの信義はどうするのか、と非常に怒った。

詳しいことは省くが、松岡はこの「日米諒解案」をつぶしにかかり、近衛と不仲になる。そこへ松岡にとって拙（まず）いことに、六月二十二日、ドイツがソ連を攻撃し始め、独ソ戦が始まった。（註、ヒトラーは英国を降服させるつもりでいたが、海軍と空軍が力不足で、これをあきらめ、食糧獲得のためにバルカンからウクライナに入る作戦を発動させたのである）

松岡はあわてた。これでは四国協商は見込みがなくなり、三国同盟によって、日本は参戦する義務が生じる可能性もある。要するに松岡構想は、ヒトラーの無断の進撃で崩壊したのである。

しかし、曲者（くせもの）の松岡は屈することなく、非常の手を打った。独ソ開戦のとき、彼は中国新政府の首席・王兆銘を歌舞伎に招待していたが、独ソ開戦の報を聞くと、直ちに単独参内し

て、天皇に、

「独ソ開戦の今日、帝国といたしましては、三国同盟の信義により、直ちにソ連に宣戦布告し、ドイツと組んで、ソ連を挟み討ちにすべきであります」

と上奏した。

突然のことで天皇も驚き、

「近衛総理とよく相談せよ」

といって、松岡を帰した。

松岡は近衛と会い、自分の意図を説明したが、近衛にはそれが松岡の個人的なもので、最悪の事態に対する見通しらしいと考え、二十三日参内して、その旨を上奏した。

松岡は、その後も、「ソ連を撃て、イルクーツクくらいまでは進軍すべし」と盛んに北進を説いたが、天皇以下反対するものが多く、ついに七月二日の御前会議で、まず南進と決まったのである。それはよいが、〝対米英戦を辞せず〟という勢いで、仏印に進駐した場合、米英の抵抗に会うことは必然的で、松岡は「南に行けば戦争になる」と、これを盛んに攻撃していた。

このほか松岡は、日本政府とハル長官の連絡をヒトラーに通報するなど、乱脈に陥ったので、近衛は松岡を切るため、七月十六日、総辞職し、十八日、豊田貞次郎大将を外相として、第三次内閣を組織した。

主なメンバーはつぎのとおりである。

内相田辺治通、蔵相小倉正恒、陸相東條、海相及川、司法近衛（兼務）、文部橋田邦彦

こうして四国協商の夢破れた松岡は退陣し、近衛内閣は七月二日の御前会議の決定に従って南進政策を推進し、七月二十八日、日本軍は南部仏印に進駐した。一流の外交官をもって任じていた松岡は、これを聞いて、「南へ行くと火を噴くぞ」と語っていたが、実際はどうであったか。

まず、なぜ日本政府、軍部は仏印進駐をそんなに焦ったのか。これにはつぎの目的があった。

一、蘭印に対する牽制（先の六月十七日、蘭印総督に対し石油を優先的に輸入させてくれるように交渉したが、よい返事を得られなかった。南部仏印に進駐すれば、蘭印も考えるだろうという観測である）

二、政治的に仏印を確保する。ドゴール派への圧力

三、南部仏印の物資を取得する（米が主眼。ニッケル、生ゴム、錫、銅など）

四、タイへの牽制

五、米英の先行への予防

六、中国を含むＡＢＣＤ（アメリカ、ブリテン〈英国〉、チャイナ、ダッチ〈オランダ〉）包囲陣の分断

七、戦略、戦術的な空海基地の確保（シンガポール空襲、マレー上陸作戦にはサイゴンが必

要である）

このように確固たる成果を期することなく、南進政策の第一歩として強行された南部仏印進駐の反応は、直ちに現われた。

すでに南部仏印進駐の協議が成立（七月二十三日）した段階で、七月二十五日、アメリカは在米日本資産を凍結、二十七日、蘭印もこれにならう。二十八日、蘭印は日蘭石油民間協定を停止した。

そして、八月一日、アメリカは、日本への石油輸出（航空用ガソリン、潤滑油を含めて）を全面的に停止した。これで日本はアメリカからも蘭印からも石油を得ることはできなくなったのである。

当時、アラブからの石油は期待できなかったので、日本は手持ちの石油で戦うか、米英支に屈服するかの二者択一を迫られたのであった。

この頃、千駄ヶ谷の自宅で逼塞（ひっそく）していた松岡は、「だからいわんこっちゃないのだ」と苦笑していた。

もちろん、日本政府、軍部はこのアメリカの出方を十分予測していた。七月二日の決定が、そのまま戦争につながると考える参謀は少なかったが、仏印進駐に対して、米英が黙っていると考える甘い考え方の参謀はいなかった。日米戦止むを得ず、とする永野総長も、アメリカの出方を憂え、近藤信竹次長に最後まで、「進駐すれば戦争になる。なんとか考え直せぬか」と相談していた。

陛下もご心配の様子なので、永野は七月三十日午後三時から一時間近くにわたって拝謁、日米戦争勃発の可能性について説明した。

木戸日記によると、その要点はつぎのとおりである。

戦争はできるだけ避けたい。しかし、三国同盟があっては、日米の国交調整は不可能と思われる。この場合、石油の供給源を失うと、二年しか貯蔵量がない。戦争になれば一年半で消費し尽くすことになる。むしろこの際、撃って出るほかはない。

これは永野の立論であるが、もちろん、神作戦班長ら軍令部の主戦派の理論で、米英に屈服しないとするならば、これより方法がないことは、近藤、福留、富岡、大野ら避戦を願う幹部たちもわかっていた。

「戦争になった場合、勝算はどうか？」

という天皇の問いに対し、永野は、

「勝つつもりでございます」

と答えた。さらに天皇が、

「しかし、日本海海戦のような大勝は困難であろう」

といわれると、永野は、

「あのような大勝は覚束ないと思います」

と答えた。

永野が退出した後、天皇は木戸（幸一、内大臣）に、この話をして、

「これではつまり捨て鉢の戦争をするということで、まことに危険だ」

と話された。木戸は、

「永野の意見はあまりにも単純であります。三国同盟の存在はアメリカも知っていることで、国際条約を極めて重視するアメリカに対し、日本がこれを廃棄することが、信頼を深めることになるか、かえって軽蔑をかうことになるか疑問であります。日米国交調整にはまだ幾段階かの方法があるので、粘り強く建設的に熟慮する必要があります。この点、とくと首相の考慮をうながすことにいたします」

と申しあげた。

しかし、木戸にもアメリカとの戦争を回避する、うまい国交調整があろうとは自信がなかった。いまのところ「日米諒解案」が頼みの綱であるが、これも独ソ戦が始まると、アメリカの態度は急に冷淡になってきている。

それは当然で、アメリカはヨーロッパの態勢（とくに英国をめぐる）がよくなるまで、この「日米諒解案」で日本の参戦を食い止める作戦であったので、独ソ戦が始まり、もうドイツが英本土に上陸する可能性がなくなると、「日米諒解案」も不要になるのである。ルーズベルトは三国同盟成立の段階で、ドイツと日本を撃つという決意を固めたといわれるが、ド

イツがソ連領に攻めこんだ段階で、好機至れり、と舌なめずりをしたに違いない。

ドイツがその主力を東部戦線に回している間に、ヨーロッパに兵を送り、これを撃つのは、アメリカの国力をもってすれば、それほど難しいことではない。

しかし、議会制度の強いアメリカでは、大統領の一存でドイツと戦争を始めるわけにはいかない。そこでルーズベルトは、日本を刺激して（石油禁輸など）、まずアメリカに一撃を与えさせ、これによって議会に対日宣戦を決議させる。三国同盟によって当然ドイツも参戦する。そこでドイツと戦ってこれを叩くというのが、ルーズベルトの戦略で、歴史は徐々にこれを証明していくので、後から考えると、日本の政府軍部は、ルーズベルトの大きな網の中でよいように操られ、もがき、自滅したともいえるのである。

この後、石油禁輸をにらんで九月六日の御前会議が開かれ、「十月下旬を目処として、対米英蘭戦争準備を完整する」という決定がなされるのであるが、その前に軍令部、海軍省で作られた国防政策第一委員会が、六月五日、算出した石油需給の見通しを見ておきたい。

同委員会は十六年九月に戦争第一年が始まるものとして、一、外国の石油はソ連以外からは買うことはできない、二、蘭印の石油は開戦後日本の手に入れる、ことを条件に、戦争を三年間として、つぎのように需給の割合を想定した。

需要予想量

第一年　六百万トン（陸軍六十、海軍三百、民需二百四十）
第二年　五百五十万トン（陸軍六十、海軍二百五十、民需二百四十）
第三年　五百五十万トン（同右）
　計千七百万トン、ほかに主力決戦がある場合には一回ごとに五十万トンを必要とする。
　供給予想量
すでに貯蔵されたもの、九百七十万トン（実際よりすこし多い?）
第一年　八十万トン（蘭印〇、国産四十五、人造石油三十、ソ連五）
第二年　二百五十万トン（蘭印百、国産四十五、人石五十、ソ連十）
第三年　三百七十五万トン（蘭印二百五十、国産四十五、人石七十、ソ連十）
　各年末在庫予想量
（かっこ内は主力決戦用五十万トンを引いた場合）
第一年　四百五十万トン（四百）
第二年　百五万トン（五十五）
第三年　マイナス七十万トン（マイナス百二十）
　これでいくと戦争は二年間がやっとで、三年目は危ないわけで、山本五十六長官が近衛にいったという、「半年や一年は大いに暴れてご覧にいれる。その後は政治的に講和を考えていただきたい」という言葉の根拠も大体見当がつこうというものであろう。

しかし、これは十六年八月の石油禁輸以前の計算で、禁輸直後、軍務局が算出した数字はつぎのとおりである。

需要予想量

第一年　五百四十万トン、第二、第三年も同じ

供給予想量

貯蔵油　九百四十万トン

第一年　八十万トン（南方三十、国産二十、人石三十）

第二年　三百三十四万トン（南方二百四十四、国産二十、人石七十）

第三年　六百六十七万トン（南方四百七十七、国産四十、人石百五十）

各年末在庫予想量

第一年　四百八十万トン

第二年　二百七十四万トン

第三年　四百一万トン

これが十一月五日の御前会議で、鈴木貞一企画院総裁が説明した計画によると、需要予想量は平均五百万トン（計千四百九十五万トン）で、右よりすこし少なく、供給予想量も、貯蔵油八百四十万トン、第一年八十五万トン、第二年二百六十万トン、第三年五百三十万トン、

計千七百十五万トンですこし落ちている。年末在庫予想量も、第一年四百五万トン、第二年百六十五万トン、第三年二百二十万トンとやはり少ない。

では、実戦の経過はどうであったのか?

消費量

第一年　八百二十五万トン（陸軍九十二、海軍四百八十五、民需二百四十八）

第二年　六百六十二万トン（陸軍八十一、海軍四百二十八、民需百五十三）

第三年　四百六十八万トン（陸軍六十七、海軍三百十八、民需八十三）

計千九百五十五万トンで、十一月五日の試算より五百万トン上回っている。

供給量

貯蔵油　八百四十万トン

第一年　百九十九万トン（南方百四十九、国産二十六、人石二十四）

第二年　三百十九万トン（南方二百六十五、国産二十七、人石二十七）

第三年　百五十三万トン（南方百六、国産二十五、人石二十二）

計千五百十一万トンで、十一月五日のものより二百万トン下回っている。

ここで供給量より消費量が大きいのは、南方から内地に送られることなくそのまま作戦に使用された石油が四百四十四万トンあったからである。とにかく実戦になると、予想以上に消費が多く、また南方の石油も予想以上に多く産出した。ただし戦争の後半になると、タンカーの不足で、せっかくの南方の石油も本土に運ぶことが難しく、十九年十月のレイテ戦以降は、本土の艦隊は足を奪われた状態となった。

レイテ戦で生き残った艦隊は、本土に帰ったが、むしろボルネオのブルネイやタラカンらの産油地に行って最後の機動戦で米軍を悩ませた方が、やりがいがあったのではないかと思われるが、いかがであろうか。祖国防衛のために瀬戸内海に帰った艦が多くあったようであるが、油がなくて動けなかったというのが実情であった。

さて、ついにアメリカの石油禁輸となり、日本はますます戦争に追い詰められていく。近衛総理にもあせりの色が濃く、八月から九月にかけて、ルーズベルトと会談して、時局の打開を計ろうとしたが、ルーズベルトの打倒日本の腹は決まっており、結局、翻弄された形となった。

アメリカは、この年四月にハルが提示した「四原則」を日本に押しつけようとしたが、つぎの内容を見ると、それは不可能な条件であった。

一、あらゆる国の領土保全、主権の尊重（満州と中国の占領地域を蔣介石に返す）
二、他国の内政に干渉せざる主義の維持（王兆銘の新政府を消滅させる）
三、機会均等主義の維持
四、太平洋地域における現状維持（仏印進駐を否定する）

一方、軍部はアメリカの石油禁輸に対応するため、新しい国策を制定する必要に迫られており、九月六日、宿命的ともいえる御前会議が開かれた。

その要旨はつぎのとおりである。

一、帝国は自存自衛を全(まっと)うする為、対米（英蘭）戦を辞せざる決意の下(もと)に、概(おおむ)ね十月下旬を目処とし、戦争準備を完整す。
二、帝国は右に並行して米、英に対し、外交の手段を尽くして帝国の要求貫徹に努む。この交渉において帝国の達成すべき最小限度の要求事項、並びに之に関連し帝国の約諾し得る限度は別紙の如し。
三、前記外交交渉により、十月上旬に到るも、尚(なお)わが要求を貫徹し得る目処なき場合においては、直ちに対米（英蘭）開戦を決意す。（以下略）

別紙

第一、対米英交渉において帝国の達成すべき最小限度の要求事項
一、米英は帝国の支那事変処理に容喙(ようかい)しまたはこれを妨害せざること。
イ、帝国の日支基本条約及び日満支三国共同宣言に準拠し、事変を解決せんとする企図を妨害せざること。
ロ、ビルマ公路を閉鎖し、かつ蔣介石政権に対し軍事的、政治的、経済的援助をせざ

ること。
二、米英は極東において帝国の国防を脅威するが如き行為に出ざること。
三、米英は帝国の所要物資獲得に協力すること。
第二、帝国の約諾し得る限度
一、帝国は仏印を基地として、支那を除くその近接地域に武力進出をなさざること。
二、帝国は公正なる極東平和確立後、仏印より撤兵する用意あること。
三、帝国はフィリピンの中立を保証する用意あること。

これを見ると、その要求事項、約諾し得る限度とも、当時の日本の国力を過大評価していたことは、後に歴史の証明するところである。

近衛手記によると、この御前会議の前日、近衛が参内して、右の議題を内奏したところ、天皇はこういわれた。

「これを見ると、一に戦争準備を記し、二に外交交渉を掲げている。何だか戦争が主で、外交が従であるかのごとき感じを受ける。この点について、明日の会議で統帥部の両総長に質問したいと思うが……」

そこで近衛は、「一、二、の順序は必ずしも軽重を示すものではございませぬ。政府としてはあくまで外交交渉を行ない、どうしてもまとまらぬ場合に戦争準備にかかる趣旨であります」と答え、「統帥部へのご質問があるのなら、いまの方がよろしいと存じます」といった。

そこで両総長が呼ばれ、近衛も陪席した。天皇は先ほどと同じ質問をし、両総長も近衛と同じ答えをした。

この後、天皇は面を改めて、杉山参謀総長に、

「日米に事起こらば、陸軍としてはどれくらいの期間に片づける確信があるか？」

と質問された。杉山は、

「南洋方面だけならば、三ヵ月くらいで片づけるつもりであります」

と答えた。天皇はさらに、

「杉山、汝（なんじ）はシナ事変勃発当時の陸相であるが、当時、事変は二ヵ月くらいで片づく、と申したことを朕（ちん）は記憶している。しかるに、四ヵ年の永きにわたって、いまだに片づかぬではないか」

といわれた。

恐懼（きょうく）した杉山が、なにぶん、シナは奥地が広くて予定どおり作戦ができなかったと、当時の事情をくどくどと弁明したところ、天皇は声を励まして、

「杉山、シナの奥地が広いというのなら、太平洋はもっと広いではないか。いかなる確信があって、三ヵ月と申すのか？」

といわれ、杉山参謀総長はただ頭を垂れるだけで、答えができなかった。

このとき、永野軍令部総長が助け舟を出し、

「統帥部より大局から申しあげます。今日、日米解決を病人にたとえれば、手術をするかしないかの瀬戸際にきております。手術をしないでこのままにしておけば、だんだん衰弱してしまうおそれがあります。手術をすれば非常な危険があるが、助かる見込みがないではない。その場合、思い切って手術をするかどうかという段階かと思われます。統帥部としてはあくまで外交交渉の成立を希望いたしますが、不成立の場合には、思い切って手術をしなければならないと存じます。この意味でこの議案に賛成しているのであります」

と述べた。天皇は

「では統帥部は、今日のところ外交に重点をおく趣旨と解するが、そのとおりか？」

と念を押され、両総長とも、そのとおりであります、と答えた。

そして九月六日の御前会議となった。午前十時からの会議で原嘉道（よしみち）枢密院議長から、

「この案を見ると、外交よりむしろ戦争に重点がおかれている感がある。政府と統帥部の趣旨を明瞭に承（うけたまわ）りたい」

という発言があり、政府を代表して及川海相が外交を主体とする旨を答弁したが、統帥部からは誰も発言しない。

すると、突然、天皇が発言し、

「ただいまの原枢相の質問はもっともである。これに対し統帥部が何ら答えないのははなはだ遺憾である」

として、懐中から明治天皇の御製（ぎょせい）（天皇が作った詩歌）を記した紙片を出して、つぎのよ

うに読みあげられた。

「よもの海みなはらからと思ふ世に
など波風の立ち騒ぐらむ」

ついで天皇はつぎのようにいわれた。

「余はつねにこの御製を拝誦して、故（明治）大帝の平和愛好のご精神を紹述しようと努めているものである」

道理にかなった天皇のお言葉に、一同粛然として、一語を発する者もいない。ややあって永野が立ち、

「統帥部に対するおとがめは恐懼に堪えませぬ。実は先ほど海相が答弁いたしましたのは、政府、統帥部双方を代表したものと存じた次第であります。統帥部としてももちろん海相のお答えしたとおり、外交を主とし、万止むを得ぬ場合、戦争に訴えるという趣旨に変わりはございません」

と述べ、未曾有（みぞう）の緊張裡に御前会議は終了した。

「近衛メモ」によると、この御前会議は非常に重要なものであったが、陛下のお言葉によって、文案のいかんにかかわらず、あくまで外交が主であり、万止むを得ない場合に初めて戦うという了解で議決されたものであるから、日米交渉をつづけるために実に好都合であった。杉山参謀総長はともかく、東條陸相は異常な感激を覚えていた、となっている。

近衛の苦悶はつづいた。

日米交渉はハルが中国からの撤兵を軸とする四原則を主張し、東條をはじめ、陸軍は絶対反対だといい、九月六日の御前会議では、十月下旬を目処として、開戦準備を整えるということになり、戦争は秒刻みで迫ってくる。木戸内相は陛下のご意思は避戦であるといい、陸軍はもう開戦の決意を固めたという。優柔不断な近衛は、松岡をクビにしたときのファイトもどこへやら、早くも辞めたいと考えながら、木戸に励まされて、日米交渉をつづけた。

一方、軍令部も重い雰囲気の中にいた。陸軍は中国の駐兵問題を考えているが、海軍は日一日と減っていく石油の量を眺めながら、やるなら早い方がいいという永野の考えを、どう具体化するかで悩んでいた。

この頃、軍令部の意向は、やるならやるで早く日米交渉を打ち切るべきで、政府の和戦決定期限を示してもらいたい、ということであった。一、戦争資源（とくに石油）の持久性、二、米国の戦備の進行、三、対ソ連顧慮上、冬期間（三月中旬まで）に南方大作戦を終わりたい、などの理由から開戦の期限を切ってもらいたいというのである。

昭和十六年九月二十五日、両統帥部長は、政府に対し、「十月十五日までに和戦の決定を行なう」よう要望した。軍令部では、「もし、十一月中旬開戦ということであれば、海軍は十月中旬までに艦隊を広い地域（ハワイ、フィリピン、仏印、マレー、蘭印方面）に展開しなければならない」と考えていた。

また両統帥部では、十月一日、開戦時期決定資料として、「国際情勢観察」という文書を作っていた。

その主な観察はつぎのとおりである。

一、独ソ戦――ドイツ軍は本年初冬までに欧州ソ連軍の大部分を撃破し、ヨーロッパ・ロシアの要地を占領し他方面に必要な兵力を回すことも不可能ではないであろう。独ソ戦一段落後は、ドイツ軍はコーカサス（カスピ海の西）攻略あるいはスエズ占領作戦を展開する可能性がある。

二、ドイツの英本土上陸作戦は、いずれ好機に決行するであろうが、その時期は予断し難く、来春以降であろう。

三、英国はスエズ、近東、シンガポールの確保に努め、米国を全面的に参戦させるべく努力している。ドイツ軍の英本土上陸は、実質的に米国の参戦を招くであろう。

四、米国は両洋作戦を避けるため、対日戦誘発には慎重であるが、日本の反撃をみくびり、近頃はいよいよ大胆高圧的となってきた。日米交渉は時日遷延のためのジェスチュアである。（註、事実そうであった）

五、ＡＢＣＤ包囲陣は、政治、軍事、経済的にますます強化され、とくに軍事合作はほとんど完全な了解に達した。（註、当時の現実以上の過大評価）

六、極東ソ連軍――ソ連は独ソ戦にかかわらずこの方面の軍備を整え、日本の進攻を速断した場合には、機先を制して航空兵力及び潜水艦などで来襲する可能性があり、日本が他方面に大規模の武力行使を行なったときは、米国などのそそのかしによって策動するかもしれず、さらに極東ソ連領の使用について、米国との間に協定を成立させる可能性もあり、近い将来ABCD包囲陣の有力なる一員となる可能性をはらんでいる。

七、重慶政権――米英との連鎖を遮断しないかぎり、重慶政権の屈服は期待できず。

これらの観測はドイツを過大評価しているのが特徴で、このために軍令部も方策を誤ることになるのである。（註、後述する米豪分断作戦も、ドイツが近く英本土に上陸し、豪州が孤立するという可能性を根拠にしたものである）

期待していたドイツは、昭和十六年十月十六日、黒海沿岸のオデッサを落とし、二十四日、ハリコフを落として、ソ連の穀倉ウクライナを制圧、北ではレニングラードを包囲し、モスクワの近くまで迫ったが、冬に入って攻勢は頓挫し、十二月八日、日本軍が真珠湾攻撃を行なった日、ヒトラーは東部戦線の休止を命令した。

この後、ドイツ軍は十七年夏、スターリングラードを猛攻するが、ついに冬に入って大敗を喫し、北アフリカでも、連合軍の攻勢に押されて、十八年五月には降服し、日本軍の期待に応えることはできなかった。

九月二十九日、山本五十六連合艦隊司令長官は、永野修身軍令部総長に、一、十一月中旬には南進の戦闘力は整備する、二、要撃作戦の準備はできないが致し方なし、三、戦闘機、陸上攻撃機各千機の増加を必要とする、と報告した後、対米英戦は長期となり、朝鮮、満州、台湾に叛乱が起こるおそれがあると、戦争回避の意見を述べた。

この影響もあって、十月一日、及川海相は鎌倉に近衛首相を訪問し、一、避戦には自足自給の必要があり、二、首相にその決意があれば、海軍は援助する、と述べた。近衛も同意を表明した。及川海相は、二日、永野総長にもこれを話し、総長も同意した。

さらに及川海相は、海軍の後輩である豊田貞次郎外相を招いて、「海軍の首脳のみで、対米妥協を検討する。陸軍には本当のことはいわない」と合議した。

この翌日、ハルからの四原則を強調する覚書が到着し、陸軍は態度を硬化させた。

そして及川海相と避戦に同意したはずの永野も硬化し、十月四日の大本営政府連絡会議では、「もはやディスカッションの時機ではない」と早期開戦を可とする言葉を吐いた。

十月七日、永野は杉山参謀総長と会談し、このときも、「期日を遷延して交渉を行なった結果、駄目だったから、いまから戦争をやってくれ、といわれても、急にはやれない」という意見を述べた。

——米国との交渉をつづけるか、早期開戦か……。

十月十二日、荻外荘（てきがいそう）（近衛の別邸）で、首相、陸相、海相、外相、企画院総裁の五人が出席して、討議の結果、近衛はつぎのように外交を重視する意見を主張した。

一、中国駐兵の条件について、考慮を払えば交渉成立の目処はある。

二、戦争が長期にわたると勝利の自信はない。

三、戦争か外交かといえば、自分は外交をとる。

豊田外相は首相の態度を支持し、「九月六日御前会議の、十月下旬を目処として対米英戦を準備する、という国策決定は、やや軽率であった」と発言し、海相も「首相に一任したい」と海軍省も外交を重視するという意向を示した。

これが、いまや主戦派の軍令部から、主体性がないと批判されるが、及川海相は、戦後の座談会（昭和二十一年一月二十三日）で、

「満州事変のとき、谷口尚真軍令部長が、『対米英戦になる』といって反対したが、東郷元帥が、『軍令部は毎年、対米英戦の作戦計画を奉呈しているではないか？　いまさら対米英戦はできないといえば、陛下に嘘を申しあげることになる。また東郷も毎年この計画について、宜しい、と奏上しているが、自分も嘘をいっていることになる。いまさらそんなことがいえるか！』と叱り、軍令部長も満州事変に賛成したが、そのことが自分の頭を支配していた」

と回想している。

海相が海軍省の意見を強調すると、陸軍や軍令部と衝突することを恐れたのであろうか。

しかし、東條陸相は、「首相一任」というような無責任（？）なことはいわなかった。東條は、

一、日米交渉は成立の目処がない。

二、九月六日御前会議による国策の変更は無責任である。

三、中国駐兵条件については、絶対に譲れない。

四、和戦は首相の裁断によるべきではなく、統帥部の意見一致の決定によるべきである。

と強調し、近衛の中国からの撤兵（あるいはいったん撤兵してまた駐兵する）の意見にはぜんぜん耳をかさず、首相、外相、海相は交渉継続、陸相、参謀総長、軍令部総長は早期交渉打ち切り、という平行線がつづき、軍令部の苦悶も深まっていった。

富岡作戦課長が、日米戦必勝策として、米豪分断作戦を考えたのは、この頃である。

——やるならば、勝たなければならない……。

連合艦隊は山本長官の発案で、真珠湾攻撃を計画し、すでに機動部隊のために第一航空艦隊（四月十日、編成）を作り、夏から猛訓練を行なっている。

しかし、軍令部は基本的にこれに反対である。非常に危険性が強い、もし四ないし六隻の空母をハワイに派遣し、そのうち二ないし三隻を失うならば、爾後（じご）の作戦に大きな支障を来たす、というのが、その理由である。

しからば作戦指導の立場にある軍令部は、いかなる方策を持っているのか、連合艦隊の参謀たちに示さなければならない。海軍大学校を首席で卒業した富岡は、多くの戦策、戦史を勉強して、智恵を絞った。その結果、浮かび上がったのが、米豪分断作戦という遠大な作戦計画なのである。

彼の前には南東太平洋の地図があった。ラバウルを主都とするニューブリテン島の南にソロモン群島が点在している。この南にはニューヘブリデース、エスピリッサントという大きな島があり、その南はニューカレドニア、ニュージーランド、その東にはサモア、フィジーという群島がある。これを縦断する形で米国と豪州の間にくさびを打ち込んで、米豪を分断し、まずオーストラリア北部の基地を叩き、ついで豪州を降服させる。その間にドイツが英本土に上陸して、英国を屈服させれば、オーストラリアも降服するであろう。

一方、連合艦隊はミッドウェーを叩いた後、ハワイを占領するといっているので、これで太平洋の制海権を握れば、米国も好条件で講和に応じるであろう、というのが、富岡の米豪分断作戦の骨子である。

富岡課長は戦後、その著書『開戦と終戦』で自分の補給、輸送に関する見通しが甘かったこと、開戦二年以降の作戦の見通しを立て得なかったことを、強く後悔しているが、海大で戦略の教官をやった富岡課長が、対米英戦で膨大な補給を必要とするこの作戦を実行に移したのは、了解し難いところがある。

当時、軍令部の参謀の間でも、この米豪分断作戦は補給や兵力（とくに航空兵力）の面からいって暴挙ではないか、という批判もあった。しかし、福留第一部長、永野総長も賛成したので、この作戦は実施されるのである。

太平洋戦争で海軍が苦心を重ねた大きな原因の一つに、軍令部と連合艦隊の作戦が一致せず、ハワイ正面の中央突破と米豪分断作戦の二つに分かれ、中国戦線、マレー・蘭印、ハワイ、米豪分断と、四正面作戦を戦うことになったことがある。このうち中国戦線では海軍は大きな戦力を派遣しておらず、マレー・蘭印作戦でも、四月までに制圧が完了したので、残るはハワイ、オーストラリアの二正面である。

そして連合艦隊の中央突破作戦が、ミッドウェーの敗戦で挫折した後は、米豪分断作戦が残るが、これも十七年五月八日の珊瑚海海戦で、「翔鶴」が大破してMO作戦（ポートモレスビー攻略作戦）が中止されてからは、空母、航空兵力の不足もあって、予定された南下の方策が立たず、ソロモンのくさびもガダルカナル島でストップしていた。

そこへ八月七日、米軍が本格的な上陸によって反攻に移り、以後十八年二月のガダルカナル撤退をはさんで、同十一月、米機動部隊がラバウルを猛攻し、これを無力化し、翌十九年二月、トラック島の大空襲を経て、六月、マリアナに進攻するに及んで、米豪分断作戦は完全にとり残されることになるのである。

この頃、富岡少将（十八年十一月、進級、十八年一月、作戦課長より「大淀」艦長に転出）は南東方面艦隊参謀副長を経て、同参謀長としてラバウルにいた。彼は十九年十一月までここにいて草鹿任一（じんいち）長官を補佐していたが、軍令部出仕となり、十二月には軍令部第一部長として、終戦まで勤務するのである。『開戦と終戦』はそのような軍令部生え抜きともいえる富岡少将の反省を含んだ手記であるが、米豪分断作戦失敗の責任を彼だけに帰することはできまい。

あの時点で、陸軍はともかく海軍は、ほとんど無傷で日露戦争以来の無敵海軍を誇っていた。富岡の計算では、連合艦隊も軍令部の指示には従うであろうし、帝国海軍の全力を投入すれば、米豪分断作戦は不可能ではないとなっていたのであろう。

この場合、日本軍に共通の〝現地補給〟という考え方に注目する必要があろう。海軍はともかく陸軍はいつも外地で戦い、その給与、兵器などの補給には、この現地補給が主体であることが多かった。太平洋戦争でもこの考え方がもちろん生きており、その代表的な例として、牟田口廉也中将の話を引くのも、無用ではあるまい。

牟田口は開戦時、第十八師団長として、山下奉文第二十五軍司令官のもとで、マレー作戦に従事した。彼は芦溝橋事件（昭和十二年）のとき、北京で支那駐屯軍の連隊長をした経験があり、現地補給では、もちろんベテランであった。

マレー半島を南下する牟田口師団は、第五師団、近衛師団と競争でシンガポールをめざした。この途中が、現地補給の粋ともいうべき状況で、糧食は鶏、米、バナナなど現地調達で、英軍の兵器も十分活用できた。このため、裸で進軍しても、全部、現地補給で戦ができた、兵士たちは毎日牛乳を飲んで前進した、と牟田口は自慢していた。

その後十九年三月以降、彼は第十五軍司令官として、ビルマ作戦を指揮するが、このときも彼は、現地補給を旨として、補給の不足を訴える部下の師団長を叱りつづけた。しかし、海抜二千メートルのアラカン山系では、ジャングルと豪雨でとても現地補給はできない。最後まで、「補給は不足していない、俺がマレーでやったように現地補給でやれ」と強調した牟田口は、多くの部下をビルマのジャングルの土と化せしめたのである。

開戦前の富岡は、もちろん、ビルマ作戦などは知らない（真相が明らかになったのは、戦後である）。富岡の経歴によると、彼は十四年十一月から、十五年十月、作戦課長に転出するまで海大で戦略の教官を勤めており、『開戦と終戦』によると、その任務と考え方はつぎのようになっている。

大学校にはそのほか戦術、戦史の教官がいたが、戦略教官となると、どうしても政治、社会を考慮に入れなければならない。一体、ここで対米英戦を始めたと仮定して、糧食や衣類、ひいては国民の戦意がどう変化してゆくだろうか、ということが真っ先に浮かんだ。こういう問題は当時あった企画院の物動（物資動員）担当者や総合戦力研究所、満鉄調査部、所管官庁などで、十分検討されていたと思うが、いわゆる国力のパワーリミット（限界）に関する真のデータは見あたらなかった。栄養学者の出したカロリーなどもあったが、時局迎合的なもので、歯に衣着せない言論が当時としては封じられていたから、それも致し方のないことだったかもしれない。

それでシビリアンを使って、いろいろデータを集めることになったが、一番参考になったのは戦史だった。第一次大戦末期におけるドイツ国民の戦意崩壊過程が一番切実に感じられ、食糧の配給などが常時の半分以下では必ず負けると、当時、結論を得た。腹が減っては戦はできぬ、というのは、まさに至言で、二合三勺（三百三十グラム）の配給で空き腹をかかえた国民や、「欲しがりません、勝つまでは」の標語だけでは、あまりにも子供たちがかわいそうであった。

中共（中国）は建設途上の天災、飢饉をよくのりこえたと思うが、食糧問題は思想と同じ以上に、文化大革命のカギになっていると考えられる。

私たちが一番悩まされたのは、米と石油で、アブラが切れたら連合艦隊は立ち往生しかないから必死だった。アブラといっても、海軍は自分の方の艦隊、航空機用の燃料貯備に夢中で、他を顧みる余裕などはなかったのかもしれないが、もっと大きな目で民需、産業全般を見なくてはいけなかったと思う。〝油断大敵〟とは、まさにうってつけの言葉かもしれない。米は仏印、石油は蘭印ということで、ついに南部仏印進駐（昭和十六年七月二十八日）に踏み切った次第で、石油の取得をめぐる日蘭会商が決裂したのが、同年六月十七日だから、これが南部仏印進駐の直接契機といえるかもしれない。南部仏印進駐が決まると、米英が即時対日資産を凍結したから、日本の運命を決したのは、南部仏印進駐だとする定説は変わらないと思う。

富岡は戦略の教官として、当然、石油と食糧の問題を研究していた。いま、そのデータ（彼が調査した）を知ることができないのは残念であるが（先述の石油消費の表には、彼の調査も入っていると思われるが）、彼のいうように海軍が自分の艦隊、航空機用の燃料に夢中になっていたとしても、戦略の教官であった彼として、米豪分断作戦に必要な補給を考えなかったはずはあるまい。

通称〝赤煉瓦〟と呼ばれる海軍省の建物の二階の作戦課長室で、南東太平洋の地図を眺めながら、富岡は計算をつづけた。

東京からラバウルまでは五千キロある。それは東京からシンガポールまでの距離（約六千キロ）に近く、東京から五千キロ西へ行くと、中国を横切って、ヒマラヤ山脈まで行くほどである。広い中国で陸軍は苦戦しているが、ラバウルへ行くということは、中国を横断するほどの作戦なのである。そしてラバウルからニューカレドニアまでは二千キロ、ニュージーランドまではさらに二千キロある。

——この補給をどうするか……。

富岡が地図とにらめっこをする日がつづいた。

中国は西の方はともかく、現在作戦している地域では、耕地があり住民がいるから現地補給もできる。しかし、赤道の南まで行くとなると、島伝いである。幸い南洋のカロリン諸島などは、第一次大戦の戦果で日本の委任統治となっているから、マリアナのサイパンからトラック、ニューブリテンのラバウルと島伝いに行けることは行ける。しかし、艦隊や航空隊、飛行場を維持するほどの物資がこれらの島々で調達できるとは思えない。どうしても輸送の船舶がいる。

——国家総力戦になるな……。

富岡は腕を組んで考えつづけた。

このとき、秀才の彼の脳裏には、帝国海軍の伝統ともいえる作戦の〝刷新〟という言葉があった。日露戦争の後、米国を仮想敵として軍令部が作戦を練るようになってから、その骨子は漸減作戦で、別名、要撃作戦ともいわれたが、ハワイからフィリピンに進んでくる米艦隊を、小笠原、マリアナの線で迎撃して、潜水艦、空母、水雷戦隊でその勢力を漸減させ、終局的に戦艦戦隊の決戦で、これを撃破するというものである。

しかし、航空作戦を知る有能な山本長官は、すでに開戦劈頭(へきとう)の真珠湾攻撃を考案して、実施のための訓練を強化している。ワシントンにおける野村・ハルの和平交渉が決裂すれば、連合艦隊司令部は直ちにこれを発動するに違いない。しかし、富岡をはじめとして、永野総長、伊藤整一次長（九月一日、近藤信竹中将と交替した）、福留第一部長らは皆、これを冒険として反対している。

――この際、軍令部が米豪分断作戦を構想し得るならば、これこそ伝統の漸減作戦をのりこえた、斬新な作戦といえるのではないか……。

富岡の胸は躍り、補給の困難も忘れそうである。

――なんとかして連合艦隊の真珠湾攻撃を断念させ、すべての空母と艦隊は、この米豪分断作戦に結集させるべきである……。

富岡の考えは、だんだんこの方向に固まりつつあった。

戦後、この米豪分断作戦を、軍令部の面子(メンツ)から連合艦隊の真珠湾攻撃を批判するために考えた作戦であると評する人もいる。しかし、それは当時の統帥部の苦心を知らない人の言である。

帝国海軍が補給の困難に直面するのは、ガダルカナルの消耗戦を戦ってからのことで、それまではどの参謀も机上のデータをにらむばかりで、ソロモン群島がどういうところか、ろくに地図も海図もなかったくらいで、まず作戦計画を立てて、それから補給を考えるべきだという考え方が、参謀や総長らの間にあったとしても、不思議ではなかろう。何よりもこの場合、富岡作戦課長が非常な秀才であったということが、結果として、米豪分断作戦の苦戦を招いたといえよう。

その点、この作戦は、その規模の雄大なことと、実施の困難なことで、陸軍の秀才参謀石原莞爾（かんじ）（陸士21期、海兵36期相当。シナ事変当初、陸軍少将で参謀本部作戦部長として事変不拡大を叫ぶ。その後、関東軍参謀副長となり、東條参謀長と喧嘩し、昭和十六年三月、待命となる）の『世界最終戦争論』に似ている。

もちろん、米豪分断作戦は日米戦争の局地的な作戦で、石原の最終戦争論は、全世界の運命を予言（?）するグローバルなものであるが、戦略的、巨視的な点で、この二人の参謀の着想は似ているといえよう。

では石原の最終戦争論とは何か？

これはドイツに駐在したことのある石原が、陸大の教官当時から考えていた宗教的ともいえる大戦略で、そこには法華教の信者である石原の戦争哲学が大きく影響している。

ナポレオンやフリードリッヒ大王の戦術、戦略を研究した石原は、まず世界の大国を、東アジア、西アジア、ヨーロッパ、アメリカというような四つのゾーンに分ける。たとえばヨーロッパではヒトラーのドイツが英国を圧倒して、これを制圧する。そして西アジアの代表であるソ連と準決勝を行ない、これに勝つ。一方、東アジアの代表である日本と米国が準決勝をやって、日本が勝つ……こうして世界の最終戦争は日本とドイツの間で行なわれ、天皇を戴く日本が最終の勝利を得るというものである。

もちろん、そのメンバーと勝敗は、ドイツの台頭など時局の変転によって変化するが、世界をいくつかのゾーンに分けて、トーナメントを行なわせるというのは、いかにも〝戦争の天才〟（満州事変の企画とその成功によって彼は部内でこういわれた）といわれた石原らしいではないか。

石原の最終戦争論は決して夢物語ではなく、陸軍の一部には、石原の信奉者もおり、真剣に世界最終戦争は日本とドイツとの戦いになると考えていた参謀もいたという。

余談であるが、昭和十七年春、海軍中尉として大分県宇佐航空隊で訓練中の筆者が、帰省すると、同級生の佐分利という男と出会った。彼は陸士を出て朝鮮の連隊付として、中隊長勤務の訓練を受けていた。もともと大言壮語の好きな男であったが、

私が、「いま、艦爆の訓練をやっている」というと、

「せいぜい上達してくれい。じゃが連合艦隊はイランの沖まで行けるかな？」

と彼はいった。

私は意外な言葉に眼を剝いた。

「イランってペルシャのことか？」

「うむ、この戦争は相当時間がかかるが、いずれ日本が勝つ、石原閣下の最終戦争論にそう出ているんじゃ。その頃には、ドイツが英国とソ連をやっつけて、東亜に進出してくる。わが軍はこれをイラン高原に要撃する。その頃には俺も中隊長か大隊長で、前線に出る。困ったことにイランのよい地図がない。いま俺は中近東の兵要地誌を研究しているところじゃ。

貴様も、この決勝戦に参加するなら、インド洋やアラビア海の海図くらい勉強しておいた方がよいぞ」

「その最終戦争の結果はどうなるんだ？」

私の問いに、彼は胸を張って答えた。

「無論、わが帝国が勝つ、大御稜威（天皇の威光）によるものだと石原閣下もいっておられるんじゃ」

もって陸軍の若手における石原の人気を知るべきであろう。

石原はこの最終戦争論と並行して、東亜を日本のもとに団結した戦力とする、東亜連盟論（大東亜共栄圏に似ている）を唱え、運動をつづけていた。しかし、蓋を開けてみると、ドイツはソ連と米英連合軍のために潰滅し、日本も米国に負けて、彼の最終戦争論は完全に崩壊し、〝天才〟が実行に弱い夢想家であることを証明するのである。

石原は秀才にありがちな異常なところがあり、戦争が終わっても、まだ東亜連盟を主張し、進駐軍に叱られたという。

さて帝国海軍のために誠に残念ながら、太平洋戦争の過程を辿ることは、連合艦隊の中央突破、軍令部の米豪分断作戦の両者が、米国の段違いの国力の前に崩壊していくプロセスを追っていくことになるのである。どこに誤算があったかは、章を追うにしたがって明らかになっていくであろう。

この後、時局は近衛内閣の総辞職、東條内閣の成立、開戦と進んでいくのである。

軍令部と真珠湾攻撃

軍令部は天皇に直属して、作戦、用兵を掌り、兵力量決定を行なうのが、その任務である。その内部の構造はどうなっているのか、昭和十八年一月の時点における勤務分担表をつぎに掲げる。

第一部（作戦、用兵、編制）
部長　中、少将
部長直属部員　大、中佐一名、中、少佐一名
任務　戦争指導に関する一般事項
第一課〈課長〉大佐、〈任務〉作戦、編制、所要兵力、作戦諸記録、〈参謀〉大、中佐一名、中、少佐七名、中、少佐五名
第二課〈課長〉大佐、〈任務〉制度、教育、訓練、編制の一部、〈参謀〉中、少佐八名
第十二課〈課長〉大、中佐一名、〈任務〉内戦作戦、防備、戦時警備、海上交通保護、〈参謀〉中、少佐六名
第二部（補給）

部長　中、少将
第三課〈課長〉大佐、〈任務〉艦艇、航空機、兵器、水陸施設、〈参謀〉中、少佐十名
第四課〈課長〉大佐、〈任務〉運輸、補給、船舶徴用、出師（すいし）（戦争の開始）準備、人員充実、国家総動員、〈参謀〉中、少佐四名
第三部（情報）
部長　中、少将
ここには第五（米国）、第六（中国、満州）、第七（欧州、ソ連を含む）、第八（英国、欧州の一部、タイ国）の課があり、それぞれ情報を担当していた。
このほか、十九年二月には第四部（大本営海軍通信部に関する事項）もできる。また大本営海軍省報道部もあった。
つぎに十六年九月の段階における軍令部（大本営海軍部）の幹部と第一課参謀の任務分担を示す。
総長　大将　永野修身（海兵28期）
次長　少将　伊藤整一（39期、十月十五日、中将）
第一部長　少将　福留繁（40期）

第一課　課長　大佐　富岡定俊（45期）
部員（参謀）
中佐　神重徳（48期）作戦、軍備一般
同　　佐薙毅（50期）編制
同　　山本祐二（51期）対数ヵ国作戦、対支作戦、海上作戦
同　　三代辰吉（後、一就と改名、51期）航空作戦、航空軍備
同　　内田成志（52期）対米蘭作戦、対ソ作戦の一部
少佐　華頂博信（53期）対英作戦

前にも書いたが、山本長官の真珠湾攻撃に軍令部は反対であった。山本の意向は、格段に優勢な米国に対しては、「開戦劈頭、一撃を与えて、その士気を阻喪させ、かつ、敵太平洋艦隊を叩いて南方の石油獲得を容易ならしめる」という点にあったが、富岡はつぎのように回想している。

私は真珠湾作戦に不同意ではなかったが、大バクチだとは考えていた。ただ軍令部は机の上だけで、連合艦隊の作戦にはなるべく干渉するな、という伝統があり、それを私たちは守っていたのである。軍令部は艦隊、航空機の燃料取得が先決だと考えていたから、山本長官の、「ハワイを叩けば、南方が安心してやりやすくなる」という案には必ずしも賛成ではな

かったのである。

空母の飛行機をみんなハワイに持っていかれたのでは、南方作戦はお手上げになってしまうからである。

ところが有り難いことに、当時の陸軍の参謀本部作戦課長の服部卓四郎大佐（陸士34期、海兵49期相当）が陸軍の航空兵力を満州から南方にこころよく転用してくれたおかげで、ハワイ作戦も南方作戦も後顧の憂いなく遂行できた次第である。服部さんは実に卓抜な頭脳の持ち主であるとともに、海軍作戦をつねに理解してくれた人で、私はいまでもこの人を尊敬している。それは服部さんと私の性格が似ているせいかもしれない。とにかく公平な考えを持っていた人だった。

（註、富岡氏の言い分に水を差すようであるが、服部参謀に対する批判も戦後には出ている。服部参謀はノモンハン事件〈昭和十四年〉のときの関東軍作戦班長で、二期後輩の辻政信参謀〈大尉〉と組んで強気の作戦を強行させ、第二十三師団ほかの部隊に多くの犠牲を強いた参謀であった。またガダルカナルを含むソロモン作戦のときも参謀本部作戦課長で、作戦班長の辻と組んで、この消耗戦を推進した責任者であった）

富岡課長の回想はつづく。

私が連合艦隊の先任参謀であった黒島大佐（亀人、44期）と、真珠湾攻撃のことで大激論を交わしたと、一般には伝えられ、これがまた軍令部がハワイ作戦に最後まで反対し、連合艦隊側と激突したようにも書かれているが、それは真相ではない。

軍令部はハワイ作戦のプリンシプル（主旨）に反対したのではなく、これに投入される兵力量の問題で意見を異にしたのである。

軍令部は全海軍作戦を大局的に見て、まず南方要域の確保に重点をおいていたから、いきおい投機的なハワイ作戦に、虎の子の空母六隻を全力投入することには反対したので、空母三隻くらいなら、すぐ了承したのである。

（註、公刊戦史『ハワイ作戦』によれば、連合艦隊司令部が、軍令部にハワイ奇襲作戦の採用を要望するためやってきたのは、独ソ戦〈六月二十二日、開戦〉が始まるすこし前のことで、連合艦隊からは佐々木彰航空参謀、第一航空艦隊からは大石保首席参謀、源田実航空参謀がきて、この作戦の採用を強く主張した。軍令部からは神、佐薙、三代参謀が出席し、神参謀が第一部としてこの作戦を検討する旨を言明した。

その後、軍令部第一部は数ヵ国に対する同時作戦計画の検討を進め、八月下旬にはその案の概略を作成していた。しかし、連合艦隊のハワイ作戦はあまりにも冒険に過ぎるとして、この作戦計画には盛られていなかった。

黒島参謀が有馬高泰中佐〈連合艦隊水雷参謀〉を連れて軍令部にきたのは、米国が石油禁輸を実行して間もない八月七日である。黒島は富岡に軍令部の対米英蘭作戦計画の閲覧を望み、その中に連合艦隊から提案された真珠湾攻撃が入っていないので、これの採用を強硬に申し入

れた。そして作戦課長室で、大激論になったという）

黒島参謀は、私との交渉のテクニックのためか、「連合艦隊の真珠湾攻撃案が通らなければ、山本長官は辞職される」とまでいっていたが、私は山本長官の進退と、戦略、戦術は別事であると思っていたし、また、山本長官が辞職されるなどということも考えてはいなかった。

九月十日から三日間、連合艦隊の図上演習が、海軍大学校の図演室で行なわれた。これは恒例的なもので、この年にかぎって行なわれたものではない。軍令部も参加し、一部鎮守府の作戦部隊首脳部もきて、新年度作戦計画にもとづく各部担任作戦の研究を行なった。研究の主題はもちろん対米戦である。

この作戦図演が終わった後で、連合艦隊司令部から提案された特別研究会が催された。出席者は艦隊と軍令部の作戦部員で、ハワイ作戦の可能性について討論がなされた。

この研究は、まだハワイ作戦を正式にとり上げたものではなく、下研究といえるもので、軍令部総長も連合艦隊長官も出席しなかった。主として艦隊側の研究で、軍令部はオブザーバー的な立場であった。研究会は半日も要しなかった程度のもので、何ら決定はしなかった。私は後刻、研究会議の状況を永野総長に報告したが、総長がハワイ作戦について知ったのは、これが初めてであった。

（註、疑問あり。山本長官は一月初旬、及川海相に真珠湾攻撃に関する決意を述べ、四月十日、第一航空艦隊を編制、六月には前記のとおり、佐々木参謀、源田参謀らが、ハワイ作戦という

重大事案を持って軍令部にきている。九月中旬まで、軍令部総長の耳に入らないということはおかしい）

総長は私の報告を聞き終わって、「非常にきわどいやり方だね」といって、にわかに賛成し難しとするかのごとき感想を漏らしただけであった。

九月六日の御前会議はすでに終わっており、戦争への気がまえはとみに濃厚となり、十月十日頃、連合艦隊の幕僚は、山本長官の命を受けて上京し、軍令部に開戦の場合、劈頭(へきとう)ハワイ攻撃を決行したいと申し入れた。しかし、軍令部は全般的作戦指導の見地から、ハワイ作戦を適当ならずとして、賛同を与えなかった。軍令部が反対したのは、ハワイ作戦は必須不可欠のものではない、という見地からである。もちろん確固たる成算があるならば、不賛成ではないが、可能性がすこぶる疑わしい。強(し)いて敢行して失敗すれば、全作戦の蹉跌(さてつ)となり、また開戦前の作戦行動が日米交渉に累を及ぼすかもしれない。

さてハワイ攻撃作戦では、秘密がどう保たれるかということが大問題で、軍令部も頭を痛めていた。攻める連合艦隊は心がはやっているから、攻撃のことで頭が一杯だが、軍令部はそうはいかない。

福留第一部長はつぎのようにいっている。

一、この作戦の特質は奇襲でなければ成立しないことである。

ハワイには優勢なアメリカ艦隊が集結している。わが方の機動部隊ぐらいをぶっつけたのでは、正戦をもってしては問題にならない。奇襲以外には成算の立たぬ作戦であり、奇襲には機密保持が絶対の条件をなす。しかるにこの作戦はかなり大がかりのもので、六十隻に上る大小の艦艇が、南方とは別の東方に向かって出発するわけで、注目も引きやすく、したがって機密が漏れる心配が多い。ことに緊迫した国交情勢からして、米英の諜報網も張りめぐらされているであろうし、米英と同盟的関係にあるソ連の諜報もすこぶる危険視されていた折柄で、果たして作戦の機密が保持できるかどうか、はなはだ危惧された。

また進撃途上において、敵性ないし中立国船舶に行き合うおそれもある。これら行き合い船に、無電一本発信されれば、万事休すである。もし、機密の保持ができなかった場合は、逆に我にとって致命的な結果が予想される。それは後のミッドウェー戦において苦杯をなめさせられた以上の、大蹉跌を開戦劈頭から来たすことになる。

二、ハワイ作戦はいかなるスリルを冒しても決行しなければならない必須不可欠の作戦ではない。南方作戦は絶対のものであるが、ハワイ作戦は成功すれば望ましいが、やらなくても全般作戦上差支えない。

ハワイ作戦を決行しないがために、米艦隊の来攻は必ず予期しなければならないが、しかし、それはいきなり日本本土に迫って決戦を挑むようなことは考えられず、必ずマーシャル群島の一角にとりついて、前進拠点を作り、しかる後に進撃してくるであろう。したがって米艦隊を要撃するまでには、十分時間的な余裕がある。そして全軍を結集して、わが海軍多年の研究演練を積んだ要撃決戦は可能である。だから失敗のおそれの多いハワイ作戦は、これを行なわざるに如かずである。

三、日本海軍は守勢作戦を根本方針として建造整備されている関係上、航続力がはなはだ短小である。そのためハワイ進撃途上、ほとんど全艦艇の燃料洋上補給を必要とする。駆逐艦のごときは片道少なくとも二回を要する。冬期の北太平洋は荒天の季節であって、気象統計の示すところによれば、駆逐艦の洋上補給可能日数は、一ヵ月に七日くらいの割合しかない。しかも機密保持のため一般船舶の常用航路を避けて北方航路をとる必要があるから、なおさら天候の障害は多い。燃料の洋上補給ができなければ、ハワイ作戦はまったく不可能である。補給ができても正しく予定どおりに攻撃できなければ、他方面との関係上、作戦は重大な齟齬を来たす。（福留繁『海軍の反省』より）

富岡の『開戦と終戦』には、当時の軍令部参謀であった佐薙毅中佐（後、大佐、戦後、航空自衛隊幕僚長）の『軍令部日誌』をつぎのように引用している。

南方作戦と真珠湾——

連合艦隊司令長官山本五十六大将の下で航空参謀を一年間務めた私が、軍令部第一課（作戦課）に代わったのは、昭和十五年十一月のことであった。当時、私は四十歳、海軍中佐であった。その時期はちょうど太平洋戦争の始まる一年前にあたるが、私どもにはそれほどの緊張感はまだなかった。

日本国内には石油をはじめ重要な資源がほとんどない。米国から石油の輸入制限を受けている以上、蘭印からこれを入手しなければ、日本の生存も軍備も成り立たなかった。万一戦争になった場合、資源補給がつづかなければ、次第に戦力がじり貧の一路をたどることは目に見えている。それで海軍は南方作戦をことさらに重視したのである。

ところで海軍の中でも、山本長官を先頭に、一部の人の間では、南方進出を計るならば、ハワイを叩いておかなければならない、との意見があった。南進には対米作戦が必要だという意見である。

軍令部はこれには初め消極的であった。それはこれまでの対米作戦計画の基本は、いわゆる漸減作戦といわれるものであったからだ。これは潜水艦などを活躍させて、来攻する米艦隊を途上で叩き、すこしずつ兵力を弱め、最後に日本近海で決戦、これを壊滅させるというものである。また当時の艦船は何よりも攻撃力を重視し、十分な航続力を持っておらず、したがってわが方から渡洋作戦をするための計画も準備もなされていなかった。（中略）

ハワイ作戦の決定――

ハワイ作戦については、その以前から軍令部と連合艦隊司令部の少数の関係者の間で、真剣な検討が行なわれていたが、その成算の目処がつき、その決行の決意を固めさせたのは、九月初頭、海軍大学校で行なわれた太平洋戦争の図上演習の結果であった。

この図上演習では、南方作戦のほかに、とくにハワイ作戦について、関係者をごく一部の者にかぎって実施したのである。

予想されるさまざまな状況を想定し、連合艦隊案について図上演習を進めたところ、空母兵力の一部には損害はまぬがれないが成功の算ありと、当時、結論が出たのである。この結論にもとづいて、さらに関係者で慎重検討の結果、当初、消極的だった軍令部もハワイ作戦決行の腹を決め、従来の構想になかった渡洋作戦のために本格的な準備にとりかかり、機動部隊もこの一戦に賭けて、日夜猛訓練に励んだ。

ふたたび視点を近衛内閣に移したい。

外交交渉継続か、開戦決意かを議するために、十六年十月十二日、近衛が荻外荘（てきがいそう）に海相、外相、陸相、企画院総裁を招いたことは、すでに書いた。その会議で東條陸相が、「交渉成立の目処なし、中国の駐兵問題では、譲歩の余地なし」として、交渉継続を主張する近衛と対立したことも書いた。（註、結局、これが近衛内閣を倒すことになる）

十月十四日は閣議の日であったが、近衛は閣議前にとくに東條を招いて、二十分ばかり会談した。

近衛　一昨日（十二日）以来熟考し、外相の意見も聞いたが、外交交渉で、他の点は成功の見込みがあるが、中国からの撤兵問題が難点だ。名を捨てて実をとる、という態度で、原則としては、一応撤兵を認めることにしたい。自分はシナ事変に責任があるが、それが四年にわたってまだ解決しない今日、さらに前途の見通しのつかぬ大戦争に投入することは、何としても同意できない。この際は一時屈して、撤兵の形式を彼に与え、日米戦争の危機を救うべきである。またこの機会にシナ事変に結末をつけることは、国力のうえから考えても、国民思想のうえから考えても、必要だと考える。国家の進運発展はもとより望むところであるが、大いに伸びるためには、ときに屈して国力を培養する必要もある。

東條　撤兵は軍の士気のうえから同意できない。この際米国に屈すれば、彼はますます高圧的になって、停止するところがないであろう。そのような状態でのシナ事変の解決は、真の意味の解決とはならない。二、三年でまた戦争をしなければならない。総理の苦心は了解するが、総理の論は悲観に過ぎる。自国の弱点を知り過ぎるくらい知っているからだ。わが方のみに弱点があると考えてはならぬ。弱点は彼にもあるのだ。

近衛　それは見解の相違だ。あくまで再考されたい。

東條　見解の相違ではない。彼に屈服するのでなければ、かかる条件を譲ることのできないことは、何人にも明らかだ。

最後に東條は、「これは性格の相違ですなあ……」といったが、近衛には了解し難かった。文学や音楽と違って、政治は性格や個性でやるものではない。冷静な知性による判断こそが、国家を救うのだと彼は考えていた。

平行線のまま、閣議の後にまた会いたい、といって近衛は閣議に出た。これはこの問題を閣議で持ち出されては困るからであったが、東條は閣議で発言した。紙片を片手に興奮した態度で、

「陸軍としては外交交渉を妨げるというのではないが、同時に戦争準備を進める。交渉は多とするが、今日は一日の遷延も許されない。非常の決心をする場合だ。外交交渉に必ず確信があるのなら、戦争準備は止めてもよいが、しかし、それは必ず交渉が成功することを条件とする。外相の見通しを承りたい」

と豊田外相をうながした。豊田は、

「十月二日の米国の覚書は、彼として言うべきことを言い尽くしたものと思う。要するに撤兵が難点だ。米国はわが方の回答に満足しない。仏印進駐で資産凍結、禁輪をやったのだから、今度増駐をやると、交渉打ち切りとなるかもしれない。（中略）結局、撤兵が問題なのだ。彼は和平を交渉しつつ、駐兵は理解できないとし、わが方の態度を判然と示せといっているのだ」

それに対し、東條は、

「（仏印進駐について、説明した後）撤兵問題は絶対に譲れない。撤兵を認めれば、結局、満州、朝鮮も危ない。すでに総理は、中国に対し無賠償、非併合を声明しているのだから、せめて駐兵くらいは当然のことだ。これを譲れば、中国人の侮日（ぶにち）はますます増長し、共産党と相まって日支解決は悪化し、数年後には戦争が起こるだろう。撤兵は軍に敗北主義の感を

与える。日米交渉の難点は撤兵だけではない。かの四原則、三国同盟、無差別通商などの問題も然りだ」

東條の勢いに他の閣僚は押されて、閣議は他の問題を討議して散会した。近衛は、閣議後に予定していた東條との会談をあきらめた。

「近衛手記」によると、この東條との会談で、東條が、

「人間たまには清水の舞台からとび降りることも必要だ」

といったとき、近衛はこう答えたという。

「個人としては、そういう場合も一生に一度や二度はあるかもしれないが、二千六百年の国体と一億の国民のことを考えたら、責任の地位にあるものとして、そんなことはできることではない」

この対話こそ、性格の相違を現わすものといえようか。

「近衛手記」には、つぎのような文章が見える。

乾坤一擲というようなことを松岡外相もしばしば口にしたが、自分はそれを聞くといつも不愉快に感じた。（中略）前途の見通しのつかぬ戦争を始めることなど、個人の場合と違い、二千六百年無疵の国体を思うならば、軽々しくできることではない。（中略）

その頃、軍人の中にはこういうことをいう者があった。日清、日露の大役も、百パーセントの勝算などあり得ないと。余は陸相と会談の際このことに言及し、自分は、伊藤（博文）、

山県（有朋）は日露開戦にあたって、十分成算があったと思う。（中略）伊藤は天皇が、「開戦について、成算があるか」と下問されたとき、少なくとも朝鮮には露軍を一歩も入れず、鴨緑江を境にして、一ヵ年間は持ちこたえ得ること、そのうちに第三国（米国）の調停を期待し得ること、すでにその工作にかかっていること、などを上奏し、天皇の聖断が下った。しかるに、今度は第三国というものがなく調停に立つものとてなく、前途の見通しは全然つかない。よほど慎重にやらねばならない。

結果としては近衛の考え方が安全であったが、如何せん、肝心のハルとルーズベルトの腹の中には、まったく日本と和平協定を結ぶつもりはなかった。とくに独ソ戦が始まってからは、米国はいつ日本が参戦しても、受けて立つ準備をする時間を稼ぎ、十一月二十六日のハル・ノートで日本に開戦を決意させ、日本に一撃を打たせ、これを引き金として、ドイツの米国への宣戦布告を招き、参戦するのである。結局、近衛は米国の悪智恵に翻弄されていたので、その避戦の努力も空転したのは、痛ましいことであった。

近衛内閣の運命も瀬戸際にきた十月十四日夜、鈴木貞一企画院総裁が、東條陸相の使者として近衛を訪問し、

「海軍は総理一任などといって腹が決まらないから、九月六日の御前会議の決定は、根本的に覆る。これでは御前会議に列席した総理ほかの大臣、総長は輔弼（天皇の行政を助けること）の任を尽くさなかったのだから、皆辞職して、もう一度練りなおす以外はない。ところ

で陸海軍を抑えて、もう一度練り直すということになると、臣下にはいないから、後継内閣は宮様にやってもらうほかはない。それには東久邇宮様が適任であると思う。ご尽力願いたい」

といってきた。

また東條は、「これ以上、総理に会っても、もういうことはないし、感情を害するだけだから、以後は会いたくない」といっているという。

鈴木は同じことを十五日、木戸に、十六日、東久邇宮に伝えた。これは陸軍の近衛内閣に対する不信の現われで、内閣の命運もようやく尽きようとしていた。

近衛は秘書官に、

「陸軍は負けるに決まっている戦争をやりたがっている。対米戦争は海軍が主なので、その海軍が自信がないといっているのに、陸軍だけが戦争を主張している。陛下が戦争をやれといわれれば仕方がないが、陛下も戦争には反対しておられる。どんなに話しても陸軍にはわからない。実に馬鹿げたことだ。自分はどうしても戦争に反対だ。負けるに決まっている戦争に参加するということは、祖先に対してもできない」

と語った。

十五日、近衛は参内して、その後の経過と東條の宮様組閣の伝言を申しあげた。天皇は、「東久邇宮は参謀総長として適任であると考えていた。しかし、皇族が政治の局に立つということは、よほど考えなければならない。平和のときならよいが、戦争にでもなるおそれのある場合にはなおさら、皇室のためから考えてもどうかと思う」

と、述べられた。

近衛はその手記の中で、「陛下は絶対に反対ではないようであった」と書いているが、木戸は大反対であった。

まず皇族の政界への出馬は、大きな問題がある。近衛は陸軍を抑えて戦争を回避するつもりであろうが、東久邇宮のとり巻きには、危険分子や右翼もいるし、政治の駆け引きの経験の浅い殿下では、結局、陸相のロボットになって戦争になるおそれがある。戦争に負ければ、皇室、皇族が国民の怨嗟の的となり、国体にも影響が出てくる、というのが、木戸の反対の理由である。

しかし、あきらめられない近衛は、十五日夜、東久邇宮に会った。宮は、

「事が急なので、陸相、内大臣とも相談しなければならない。日米開戦は非常に重大な問題だから、なるべく避けるように努めるがよい。陸相が（総理に）反対なら陸相を辞めさせて、内閣の大改造をやり、日米交渉をつづけるのがよい。あなたは気が弱くていけないから、この際は、大勇気を出してやりなさい。あなたが勇断をもって内閣改造をしても、陸軍を抑えることができなかったら、最後の場合は私が引き受けよう。あるいは私は殺されるかもしれないが、やってみよう。どうか勇気を出して、もう一度考え直して欲しい」

と近衛の頑張りをうながした。

このとき、東久邇宮は、「開戦を延ばすために（自分が）半年くらいやるかなあ……」と

いったと、富田健治内閣書記官長の回想にある。

また戦後、東京裁判のとき、鈴木貞一は、「日米交渉が進展せず、近衛総理がいかに焦慮していたかは、十月初旬、私に対し『政界を引退して僧侶になりたい』といったことでもわかる」と証言した。

最後の手段として、近衛も賛成した東久邇宮引き出しは、天皇、木戸、そして本人の反対で絶望となり、十六日、刀折れ矢尽きた近衛は、午後五時参内、総辞職した。その辞表には、自分が日米交渉続行を主張するのに対し、陸相が撤兵を不可とし、開戦を主張するので、ついに内閣の不一致を打開できなかったことの苦衷が盛られてあった。

普通、内閣総辞職の辞表は、形式的なことが多く、この辞表の内容は異例のもので、後世の歴史の判定に待つ意味で、富田が近衛に勧めて、自分が草稿を書いたものだという。

また総辞職のときは、後継首班を奏薦するのが普通であるが、近衛はそれをしなかった。そこで内大臣の木戸が、重臣会議に計って、かつて元老の西園寺公望がやっていたように、後継者を奏薦することになった。木戸は総辞職後の近衛と会談し、まず及川海相と東條陸相が候補にあがった。

木戸はいう。

「及川にいくと、海軍は開戦を望んでいないから、陸軍は強く反発する。東條が後継となり、九月六日の対米英戦準備の決議を無視するよう下命されれば、東條は陸軍を統御することができる。また東條が平和的交渉をつづけるとしたら、今度の総辞職で開戦する、と予期している米国の感情も好転するであろう」

近衛はこれに同意していった。

「日本陸軍は、いまや南部仏印にまで軍隊を派遣している。もし、陸軍が統制力を失うと、現地で事態がいかに悪化するか予断ができぬ。このようなことを避けるためには、軍を手中に収めている東條をなんとしても組閣せしめなければならない。ことにこの数日来の彼の言葉（鈴木による伝言）によると、対米即時開戦を主張してはいないから」

さんざん自分に楯をついた東條を、後継に推薦するというのも不思議な話であるが、政党人ではもちろん駄目、結局、軍人ということになるが、海相では陸軍が収まらず、かつてよくしたように、陸相の単独辞任によって、内閣を倒すことになるかもしれない。結局、陸相を推薦しなければならないとは、近衛も悲劇の中の人物であった。

木戸・近衛会談の後で、十月十七日午後一時から、後継首班を奏薦する重臣会議が開かれた。清浦奎吾、若槻礼次郎、岡田啓介、林銑十郎、広田弘毅、阿部信行、米内光政らの元首相、原嘉道枢密院議長、そして木戸が出席、近衛は病気ということで出席しなかった。多く発言したのは、若槻、岡田、原、阿部などで、まず木戸が、

「陸相に大命降下し、九月六日の決定を再検討すべき命令が下れば、戦争回避によかろうと思う」

と意見を述べた。

これに対し若槻が、

「陸軍の長老の宇垣一成大将が、この際、まとめ役によかろうと思う」

と述べたが、木戸は、宇垣が以前に大命降下したとき、軍縮や三月事件（昭和六年）の問題で部内から反対されて、辞退したことから、陸軍を抑えることは難しい、とこれに反対した。

岡田は、

「今度の政変は陸軍が倒したものなのに、陸相に大命降下とはいかなるものか」

と反対したが、木戸は必ずしも陸軍だけに責任はないといい、海相の名前を出したが、これには岡田、米内が絶対反対であった。

広田は東條に首相、陸相を兼務させるなら賛成だといい、阿部も東條に賛成、木戸は東條を奏薦、十七日夕刻、東條に大命降下、十八日、東條内閣が発足することになった。

戦後よくいわれる「東條にやらせれば、かえって戦争を開始することはできまい、と木戸が戦争抑止に東條を推薦した」という説は、『近衛文麿』（矢部貞治著）には出てこないが、若槻が矢部に、

「自分は宇垣を推し、東條が出ると、米英と戦争だと思うのが当然だといった。ところが木戸は、陸相が出ても、大命降下のとき、お言葉があるから、戦争はやらぬというので、それなら毒をもって毒を制する意味で、あるいはよいかもしれぬと思い、黙っていた」

と語ったというから、そういう考えは木戸も持っていたと思われる。

東條内閣の主なメンバーはつぎのとおりである。

外相東郷茂徳、内相東條（兼務）、蔵相賀屋興宣、陸相東條（兼務）、海相嶋田繁太郎、法相岩村通世、文相橋田邦彦、商工相岸信介

運命の東條内閣発足の翌十月十九日、これも運命の真珠湾攻撃が軍令部で認可された。

連合艦隊司令部は、かねて真珠湾攻撃に空母六隻の使用を要請し、九月末、永野軍令部総長は、第一航空戦隊（赤城、加賀）、第二航空戦隊（蒼龍、飛龍）の使用を認可していたが、その後、新編の第五航空戦隊（翔鶴、瑞鶴）もハワイ作戦に使用したいという連合艦隊の強い要望により、十月十九日、ハワイ作戦は、ついに軍令部総長の決裁を得、これによって、対米英蘭戦争帝国海軍作戦計画は最終決定を見るに至った。

第二章　軍令部の歴史

海軍軍令部の創設

日本海軍の成立を考えてみたい。

慶応三年（一八六七）十二月九日、王政復古が成り、慶応四年四月二十一日には太政官が発足するが、軍務官ができただけで、まだ海軍を統轄する役所はできていない。明治二年七月になって、兵部省ができるが、海軍はまだである。

明治四年七月、西郷隆盛が大兵を率いて鹿児島から上京し、廃藩置県、兵制の改革を実行すると、同二十九日、太政官の官制改革があり、外務省、大蔵省などができるが、陸海軍はまだ兵部省のままで、五年二月二十八日に至って、兵部省が陸軍省と海軍省に分かれる。まず川村純義（すみよし）が初代海軍少輔（次官もしくは局長級）に任じられ、初代海軍卿は勝安房（やすよし）（海

舟）で、任命は明治六年十月二十五日である。（註、初代陸軍卿は山県有朋で、陸軍大輔は西郷従道であった）

さて海軍軍令部の発足であるが、これはずっと遅く、日清戦争の前年、明治二十六年五月のことである。陸軍が参謀本部を設置したのは、西南戦争の翌年明治十一年十二月のことであるが、陸軍ではその前から陸軍卿の下に参謀局があり、これが参謀本部に発展したのである。しかし、軍令系統では海軍は長い間、陸軍の支配下にあり、最初の海軍中央軍令機関・海軍軍事部が海軍省内にできたのは、十七年二月八日のことである。初代軍事部長は薩摩の仁礼景範（海軍少将）である。

つぎに明治十九年三月十八日、参謀本部に陸軍部と海軍部ができると、仁礼が海軍部長兼務の参謀本部次長となったが、参謀本部長有栖川宮熾仁親王（陸軍大将）の下に隷属していた。

明治二十一年五月、参謀本部長有栖川宮は参軍となり、陸海軍部はそれぞれ陸海軍参謀本部となったが、参軍は帝国全軍の参謀長で、海軍参謀本部（長は仁礼中将）は依然として陸軍の支配下にあった。

明治二十二年二月十一日、憲法発布、翌三月七日、陸海軍参謀本部は廃止され、それぞれ陸海軍参謀部となり、海軍参謀部は海軍省の管轄下にもどった。このとき、陸軍参謀本部は単に参謀本部となり、有栖川宮は新たに設けられた参謀総長の職についた。これが太平洋戦争終戦の年まで陸軍の軍令統帥を掌るのである。

海軍大臣（西郷従道、陸軍中将）の下に入った海軍参謀部の初代部長は伊藤雋吉少将（京都出身）で、二十二年五月には有地品之允少将（長州）に代わり、二十四年六月、井上良馨（薩摩）、二十五年十二月、中牟田倉之助中将（佐賀）と代わる。

この時代、海軍大臣は明治十八年の内閣発足以来、三十九年まで西郷、樺山（資紀）、仁礼、西郷、山本（権兵衛）と薩摩がつづくのに、軍令部はその発足前から京都、長州、佐賀の血が入っていたことは、薩摩の海軍が軍令系統をそれほど重要視していなかったことを示すものであろうか。

さて海軍参謀部が海軍大臣の下に入っても、国防作戦に関しては、天皇に直隷する参謀総長の指揮下にあるとされていた。

海軍ではこれが不満で、明治二十五年十一月、長く軍令系統の職にあった仁礼（当時、海相）は、陸海軍はそれぞれその任務が違い、軍政と同じく軍令に関しても、海軍参謀部を独立させて海軍参謀本部を新設すべし、という建議を伊藤（博文）総理に行なった。しかし、このときは、有栖川宮参謀総長が天皇のご下問に対し、

「いま、海軍参謀本部が独立して、陛下に直属するならば、戦時大本営が設けられたとき、いずれを首席とするかが問題である。戦時に無用なものを、平時に設置する必要はない」

と答えたので、海軍の軍令系統独立の話は流れた。

しかし、これにあきたらぬ仁礼海相は、再度、海軍参謀本部の独立について建白し、二十六年三月に入ると天皇はつぎの諸官に協議するように命じられた。

参謀本部　総長有栖川宮、次長川上操六
陸軍省　大臣大山巌、次官児玉源太郎
海軍省　大臣西郷従道、次官伊藤雋吉

ここに注目すべきは、大西郷の弟で薩閥の巨頭である西郷従道が二度目の海相（三月十一日、発令）となり、その下の海軍省官房主事に帝国海軍生みの親といわれる山本権兵衛大佐（二十四年六月、発令）がいて辣腕を揮っていたことである。

茫漠とした人柄（兄隆盛が朝敵であったため、人の批判をかわすためとぼけていたといわれる）で大物といわれ、逸話の多い従道は、海相に再任されたとき、山本権兵衛を呼んで海軍の最近の事情を書類で提出させた。

権兵衛が苦心して膨大な書類を提出すると、従道は間もなく「ようわかった」といって、これを権兵衛に返した。権兵衛が「そげん速く読めるわけがごわはん」といって、これを突っ返すと、翌日、従道は「もう読んだ」といって、これを権兵衛に返した。

「読まないのに読んだといわれるのは、この権兵衛にすべてを任すということでごわすか？」

と権兵衛が念を押すと、

「そのとおりでごわす」

と従道がうなずいたので、権兵衛はますます独裁的に海軍省を切り回したという。

しかし、従道は決して暗愚な大臣ではなく、権兵衛という優秀な鵜を使いこなす太っ腹な鵜匠で、まさに将たるの器で、従道・権兵衛のコンビは、よく日清、日露戦争前の大海軍の建設に力を併せたのであった。

先の従道対権兵衛の問答は伝説として、従道が海相に再任されたとき、権兵衛が海軍軍令部設置を含む膨大な「海軍制度改革案」を従道に提出したことは、『山本権兵衛と海軍・山本伯実歴談』にも出ている。

この頃、海軍省で山本という男が暗躍するというので、山県（枢密院議長）や井上（馨）らの長州派元老の間では権兵衛排斥の動きがあった。それと並行して宮中に海軍制度調査委員会ができて、海軍の内部を探る動きがあった。

従道が権兵衛の案をこの委員会にかけるというと、初めてこの委員会のことを聞いた権兵衛は意外な顔をしたが、とにかくその委員会にかけることにして、従道は山県と権兵衛の会談を企画した。一日、権兵衛を呼んでその話を聞いた山県は、権兵衛の博識と建設的な雄弁にすっかり感心して認識を改めた。ついで井上も権兵衛と会って同じ感想を抱いたので、元老たちも権兵衛ファンとなり、彼の改革案は、二十六年五月以後、ぞくぞくとして実施されるようになった。

さて、二十六年三月の協議の結果、つぎの理由で海軍に独立した軍令部の設置が認められることになった。

「平時から出師、国防、作戦を計画しておくべきは陸海軍ともに同じである。故に、海軍に同等の参謀部を置くのは当然のことである。しかし、元来の任務からいって、戦時大本営においては、その参謀長は参謀総長であるべきである」

この立案と実現には、権兵衛の智謀と大物従道の押しが相当働いていると思われるが、二十六年五月十九日、「海軍軍令部条令」が制定され、二十日、長年の悲願である海軍軍令系統の陸軍からの分離独立は成ったのである。

この条令によると、海軍軍令部は陸軍の参謀本部と対立する独立機関で、「出師、作戦、沿岸防御の計画を掌り、鎮守府及び艦隊の参謀将校を監督し、教育、訓練を監視する」こととなり、また軍令部長は天皇に直隷し、帷幄（天皇の参謀部）の機務に参画し、「戦略上、海軍軍令に関するものは、海軍軍令部長の管理するところである」というように権限を認められることになった。

初代、海軍軍令部長は中牟田倉之助中将である。その略歴とエピソードを紹介しておこう。

佐賀海軍の草分け中牟田は、天保八年（一八三七）、佐賀の蓮池町に佐賀藩士の息子として生まれた。同郷の大隈重信より一歳、伊藤博文より四歳、西郷従道より五歳年長である。

嘉永六年（一八五三）、十七歳で藩校弘道館に学び、やがて幕府の長崎伝習館に派遣されて、日本海軍の初期の学生となった。卒業後は佐賀藩三重津海軍学寮の教官となった。

戊辰戦争のとき、藩の軍艦孟春丸の艦長となり東征軍に参加、後、秋田藩の軍艦朝陽丸の艦長となって箱館に向かい、明治二年五月十一日、五稜郭総攻撃に参加、「回天」「蟠竜」

と激戦の末、朝陽丸の火薬庫に敵弾が命中、艦は爆沈、中牟田艦長も重傷を負い、やっと英艦に救助された。

明治三年、兵部省に出仕、海軍中佐に任じられ、四年、海軍大佐、兵学寮兵学権頭となった。

ここに海軍は多年の宿願を果たし、作戦、用兵の全権を陸軍から独立させたわけであるが、今度は、肝心の軍艦建造、兵器製造の権限をめぐって軍令部と海軍省が争うことになる。軍令に関しては陸軍から独立したが、軍令部が立案したことでも、その実施はすべて海軍大臣が行なうことになっており、昭和八年九月の改正までは海軍省が優位に立っており、とくに兵力量の決定にあたって、軍令部は長い間、その主導権の獲得に苦心したのであった。

軍令部の発足にともなって、西郷海相と中牟田軍令部長は「省部互渉規定」を作ってその事務の分担を決めたが、その十二項目のうち軍令部長が発議するものはわずか四項目に過ぎず、その四項目も上奏は軍令部長であるが、実施は海相の担当となっており、海軍省の優位を示していた。

その四項目の第一はつぎのとおりである。

一、軍艦の就役、解任、役務変更――軍令部長が海軍大臣への省議を発動し大臣の合意を得て立案計画、上奏し裁可を得て大臣がこれを実施する。

そして実戦において、もっとも重要と思われるのはつぎの項目である。

三、軍機戦略に関し軍艦、軍隊の発進を要するとき――一、に同じく軍令部長が省議を発動、上奏を得て大臣がこれを実施する。

軍艦、艦隊の出動は作戦のもっとも重要な行動であるが、軍令部はこれの立案をするだけで、実施命令は大臣が下すのである。たとえば日露戦争開始時、東郷長官の連合艦隊が佐世保を出港するとき、その命令は伊東祐亨(すけゆき)軍令部長ではなく山本権兵衛海相から発せられている。

つまり軍令部は参謀本部からは独立したが、海軍の作戦に関しては、計画を立案するだけで、実施は大臣の手にあったのである。

同様に「四、演習の施行」でも、その経費に関しては大臣が実施し、「六、沿岸防御、出師準備」も実施は大臣が行なった。

また戦闘にもっとも重要な艦船、兵器の発注、その改廃(兵力量の決定)、修理に関しては省部互いに商議するとなっている。これが、昭和五年、ロンドン軍縮会議のときに問題となり、統帥権干犯問題を引き起こすのである。

前記以外の重要事項に関しては、すべて大臣の所管となっていた。なんといっても海軍省は人事、予算、教育を握っているので、軍令部の経費も軍令部長が大臣に請求するわけで、そのうえ兵力量の決定権を、事実上握られているのでは、軍令部長は頭が重いわけである。

昭和五年のロンドン会議で兵力量の所管が問題となり、昭和八年九月、やっと軍令部はその権限を所管とし、昭和十二年以降、「大和」「武蔵」などの大艦の建造にかかるのである。

参謀本部、軍令部と深い関係のある大本営の歴史にふれておこう。

戦時設置される大本営において、軍令部は海軍部となるが、初めからそうではなかった。大本営条令が制定されたのは、明治二十六年五月十九日、海軍軍令部条令と同じ日であった。先述のとおり、軍令部は参謀本部から独立するが、戦時には参謀総長が大本営の参謀長として作戦全般の指揮をとる。それが大本営条令には明記されている。

一、天皇の大纛（天子の旗）下に最高の統帥部を置き、これを大本営と称す。

二、大本営にありて帷幄の機務に参与し帝国陸海軍の大作戦を計画するは参謀総長の任とす。（以下略）

またこれに関して、参謀本部は「陸海軍交渉手続」案を海軍に示したが、平時においても陸軍が主導的になっているので、海軍は不満で平等を狙う案を示したが、結論が出ないうちに日清戦争が始まった。

「戦時大本営編制」が裁可されたのは、日清戦争直前の二十七年六月五日で、これによると、武官部のほかに文官部があり、武官部では陸海軍大臣も大本営に入り、文官部では総理も入るようになっていた。

裁可当日、大本営が参謀本部（東京・三宅坂）に設置されたが、そのメンバーはつぎのとおりである。

幕僚長　有栖川宮（大将、参謀総長）
陸軍上席参謀　川上操六（中将、参謀次長）
海軍上席参謀　中牟田倉之助（中将、軍令部長）
兵站（へいたん）総督　川上の兼務
大山巌陸相
西郷従道海相

開戦の直前、七月十七日、枢密顧問官であった樺山資紀中将が中牟田に代わって軍令部長になった。これは佐賀の中牟田を追って、薩摩閥で固めようという策略だといわれたが、薩摩側では、温厚な中牟田よりも勇猛な樺山の方が実戦向きだと理由をつけたという。

八月一日の宣戦布告の後、大本営は皇居内に移され、九月十五日、広島に進んだのは有名な話である。同市の宇品港からは多くの将兵が出征した。

九月十七日の黄海海戦のとき、樺山軍令部長が仮装砲艦西京丸で連合艦隊について参加し、日本軍の奮戦を激励したのも有名な話であるが、これは伊東祐亨長官が穏健に過ぎるというので、猛将の樺山をつけてやったという説と、樺山が大本営にいるとうるさいので、山本権兵衛が追い出したという説がある。

黄海海戦で制海権を握り、威海衛で北洋艦隊を撃滅すると、下関における講和条約調印の後、明治二十八年四月二十七日、大本営は京都に移り、同条約が批准された後五月二十九日、東京にもどった。

明治の猛将

日清戦争時、軍令部長を勤めた樺山についてふれておきたい。

天保八年（一八三七）十一月、薩摩藩士・橋口與三郎の三男として鹿児島に生まれる。東郷平八郎より十一歳、西郷従道より六歳年長である。

樺山四郎右衛門の養子となるが、幼時より剛直、果断の性格を現わしていた。

文久三年（一八六三）夏の薩英戦争では、資紀は遊軍として弁天の砲台を守り、英艦隊を砲撃、ついにこれを撃退して凱歌を挙げた。戊辰戦争では薩軍の二番遊撃隊として西郷隆盛の下で戦い、鳥羽伏見の戦いでは、淀の堤で幕兵を痛撃、敗走せしめた。その後、東山道に転戦して白河口を攻めた。

明治四年九月、陸軍に出仕し、陸軍少佐に初任された。七年、陸軍中将西郷従道に従って台湾征討に加わる。そして九年十月、熊本鎮台参謀長となったところから、彼の悲劇が始まる。

明治十年二月、旧薩摩士族は大西郷をかついで鹿児島で兵を挙げ、熊本城を囲んだ。籠城は苦しかったが、もっと苦しかったのは恩顧ある大西郷や薩摩の郷党と戦うことであった。

しかし、大義を重んじる彼は谷干城(たてき)鎮台司令長官のもとで、参謀長としてよく熊本城を守り抜いた。谷長官も勇将であるが、薩人でありながら、よく参謀長としての責任を果たした樺山の補佐が、この持久戦闘に大きな力となったことは疑いのないところである。

戦後、明治十一年十二月、近衛参謀長となる。十三年十月、大警視を兼ねる。十四年一月、警視総監となる。十六年十二月、海軍に転じて海軍大輔となる。十七年二月、陸軍少将から海軍少将となる。西郷従道は陸軍中将で海軍大臣となり、その後、海軍大将となったが、明治の軍隊ではこういうこともあった。

樺山が海軍大輔のとき、海軍軍事部ができたが、これは樺山の積極的な努力によるものだといわれる。

軍務局長、海軍次官を経て二十三年五月、山県内閣のとき、西郷が内務大臣に転じた後を受けて海軍大臣となった。勇猛な提督は、ときに蛮勇をふるう。樺山は、つぎの松方(正義)内閣にも留任したが、議会で「薩長藩閥がはびこる」として海軍の予算が大幅に削られると、憤慨して「今日、国家の安寧と国民の安全は薩長政府のおかげではないか!」と演説をぶって大問題となった。二十五年八月、枢密顧問官となったが、先述のように二十七年七月には、薩閥が中牟田を追い出した後の軍令部長に就任した。

黄海の海戦に軍令部長みずから西京丸に乗って督励に行った話は、彼の勇猛を示す有名なエピソードだが、『近代日本軍人伝』(松下芳男著、柏書房刊)によると、伊東長官が敵が黄海に現われても決戦に及ばないので、大本営が督励のために樺山を現地に送ったとなっている。

西京丸は三千トンの仮装砲艦で海戦の初期は観戦していたが、やがて合戦の真っ只中にとび込み、二回も魚雷を発射され、「定遠」「鎮遠」の巨艦から狙われ危地に陥ったが、樺山は泰然としていたという。

当時の俚謡（りよう）に、

「天佑六分に樺山三分、後の一分が鉄砲玉」

というのが、流行ったという。

当時の評論家鳥谷部春汀（とやべしゅんてい）は、つぎのように樺山を評している。


有体（ありてい）にいえば樺山は明治十年熊本籠城のときにばかに図太き度胸を示して（会議のとき敵の一弾が頭上で炸裂したが、樺山は泰然としていたという）、樺山は軍人中の牛であると称せられた勇名と、二十七年の黄海役に西京丸に乗って敵の水雷を潜り抜けさせた不思議の天運（一番近いときは四十メートルの近距離から魚雷を発射されたが、「近いから当たるちゅうもんではごわはん」と艦橋の樺山は平然としていた。魚雷は発射間もなくで艦の下を通過すると、「それ見ろ、おいどんがいうたとおりではなかか」と樺山は笑ったという）とをほかにして、彼は軍人として別に世を驚かした事蹟を持つ者ではない。

しかし、その、変に処してあわてない沈勇、厳格にして部下を服するに足る威重、とくにその堅忍不抜で肉体の苦痛に堪える力行は、実に天性の好将軍である。

彼が台湾総督（明治二十八年五月、任命）のときマラリア熱に冒されて、看護婦が彼を床上に仰臥させると、彼はそのまま一ヵ月間石像のごとく動かなかったという。彼は人と会うとき構えることなく直ちに胸襟を開くが、喜怒哀楽の表現に乏しい。「巧言令色は鮮し仁」というが、これと遠いのが樺山である。（『人物近代日本軍事史』より）

ともあれ樺山は、薩摩隼人の一面である猛烈果敢を特色とする猛将で、つねに一歩下がって慇懃に相手を皮肉る西郷従道とは対照的な提督であった。

日清戦争が終わり、天皇以下四千万国民が悲憤に泣いた三国干渉がすむと、二十八年五月十一日、軍令部長は樺山から黄海海戦の提督伊東祐亨に代わる。日露戦争の東郷平八郎と並ぶべき薩閥の英雄伊東の略伝を記しておこう。

伊東祐亨は天保十四年（一八四三）、鹿児島の上清水馬場で伊東祐典の四男として生まれた。明治の元勲の例に洩れず下士の息子である。西郷従道と同年、東郷より四歳、山本（権兵衛）より九歳年長である。

幼名を四郎といったが大器晩成型で、みずから、「十歳になっても、一二三四五と指を折って勘定して六と伸ばすことを知らなかった」と回想している。

西郷、東郷、山本らが戦火の洗礼を受けた薩英戦争（文久三年・一八六三）には二十一歳の四郎も参加し、いわゆる西瓜舟という決死隊に参加した。

若いときの伊東は〝飯焦がし〟という仇名があった。五尺八寸（百七十四センチ）の長身でなかなかの美男子なので、彼が町を歩くと、「それ四郎どんがいく」「よかニセ（青年）じゃなか」と女中たちが外に出て見惚れている間に飯が焦げてしまう、というのである。けだし、明治の元勲で美男で評判になったというのは、長州の桂太郎と伊東くらいのものであろう。

生麦事件がもとで英国艦隊が鹿児島湾にくると、薩摩藩では西瓜売りの舟を仕立てて英艦にこれを売りにいき（夏で喉が乾くので）、敵艦に乗りこんで斬り込むという案を考えた。伊東のほか西郷信吾（従道）や大山弥助（巌）も志願したが、敵艦の下までいったところ、見破られて失敗した。

その後、いよいよ英国艦隊が鹿児島の市街を砲撃し始めると、伊東は市街の北の祇園洲の砲台で、太鼓役を勤めた。十門の砲台に六十名の砲員がおり、隊長の命令を伊東が太鼓を打って伝えた。このとき祇園洲の砲台は南下してくる敵の旗艦ユーリアラス号に数弾を命中させ、火災を生じさせたうえ、艦長と副長を戦死させる手柄を立て、伊東青年をはじめ意気大いに揚がった。これがもとで英国艦隊は錨を揚げて、江戸に帰ってしまった。

英国艦隊が去ったので、「勝ったど。エゲレスの艦隊を敗ったど」と薩摩隼人はかちどきをあげたが、このとき敵が撃ち込んだ先の尖った長い弾を見て、伊東たちは考えた。この弾は薩摩の砲台の丸い弾と違って鉄の板を貫通するし、中で爆発するようになっていて、効力が格段に違う。薩英戦争では勝ったように考えていたが、実は兵器の進歩では負けていたのだ。

このとき弁天の砲台にいた東郷平八郎が、「海からくる敵は海で防がなければならない」と海軍に入ることを決意したのは有名な話であるが、同じく西郷従道も伊東も山本権兵衛も、この戦争に参加して海軍に身を投じることを決心したのである。日本海軍がマレー半島の近くで英国の最新の戦艦プリンス・オブ・ウェールズを撃沈するのは、これからわずか七十八年後のことであるが、その急速な進歩発展の原因の一つは、この薩英戦争のときに蒔かれたといってよかろう。

このとき伊東は藩に海軍関係の勉強をしたいという願書を提出し、藩は彼を神戸の海軍操練所に入れてくれた。勝海舟が創立して坂本龍馬が塾頭をしている学校で、同期生には紀州出身の伊達小次郎（陸奥宗光）がいた。陸奥は日清戦争当時、外相として活躍することになる。

しかし、幕府は勝が浪人を養うといって、この操練所を閉鎖したので、伊東は江戸に出て江川太郎左衛門の塾に入って砲術を学んだ。

慶応三年（一八六七）十月、大政奉還が成ったが、江戸では幕府と薩摩の争いが高じて、十一月二十五日、庄内藩兵が三田の薩摩屋敷を焼き打ちした。窮した薩摩藩士六十余人が白刃をふるって活路を開いたが、伊東もその中にいた。

彼らは、品川沖の薩摩藩船翔鳳丸に逃れたが、幕艦「回天」が追ってきた。翔鳳丸では、伊東と毛利覚助が腕に覚えの砲を発射するが、一発ごとに砲が大きく後退するので、「回天」に圧倒され、浸水し始めた。ここに至って、水夫長土屋伝次郎は、

「いまはこれまでじゃ。このまま撃沈されるよりは敵艦に突撃し、斬り死にしようではごわはんか」

と船首を転じて「回天」の横腹に向け突進した。この企図を知った「回天」はこれを避けるために旋回して翔鳳丸の鋭鋒を避けようとしたので、今度は翔鳳丸が「回天」を追う形となった。しかし、破損している翔鳳丸は長追いは無用と考えて、進路を伊豆に向けた。「回天」も追跡をあきらめて品川にもどった。

この後、翔鳳丸は紀伊の九木浦を経て、慶応四年元旦、兵庫に入港した。ここには薩摩の軍艦「春日」、汽船平運丸がおり、伊東らは「春日」に移乗して、近くにいる幕艦と対抗することになった。「春日」はこのすこし前、西郷信吾、大山弥助、林謙助（後の海軍中将安保清康）らを乗せて太宰府に行き、三条実美らの公家を乗せ、年末に兵庫に帰ったばかりだったので、伊東は幼な馴染みの西郷や大山と懐かしい再会を喜んだ。

一月三日、薩摩藩は京都にいた第一遊撃隊長赤塚源六を「春日」艦長、伊東の兄祐麿を副長とした。

同じ日、鳥羽伏見の戦いが始まり、「春日」は、大坂湾内にいて、薩摩の艦隊を封鎖する形の幕艦「開陽」「富士山」「蟠竜」「翔鶴」「順動」らと戦うことになった。

「春日」の赤塚艦長は、士官たちを集め、

「このままでは幕艦の方が優勢である。本艦は翔鳳丸を護衛して、明四日、敵の封鎖を破って紀淡海峡を突破して太平洋に出る。平運丸は単独で瀬戸内海を横断して鹿児島に帰ってもらいたい」

と指示し、四日未明、翔鳳丸を曳航して南下を試みた。

夜が明けた頃、阿波沖を南下中の「春日」は北方から高速で追跡してくる大型の幕艦を発見した。幕府の艦隊の中で最新、最強の「開陽」である。

「よき敵ござんなれ」と赤塚艦長は、それまで曳航していた翔鳳丸の曳索を放ち身軽になって、まず距離二千八百メートルで百斤砲を発射し、戦端を開いた。もちろん、「開陽」も応戦する。距離千二百メートルまで接近して、熱戦を展開したが、双方なかなか命中弾が出ない。

このとき伊東は大山や東郷（京都からきた）とともに乗り組み士官として奮戦したが、なかなか命中弾を得るのが難しく、東郷と西郷の発射した弾を含む三弾が「開陽」に命中したが、小破に留まり、「開陽」の発射した弾は一発が「春日」を掠めただけであった。これは「開陽」の十二ノットに対して、「春日」は十七ノットと高速で走り回ったからである。

この戦いは阿波沖の海戦といって、日本における洋式軍艦の最初の海戦となった。「開陽」はあきらめて大坂湾に帰り、「春日」は足摺岬の南を回って鹿児島に帰り、翔鳳丸は不運にも阿波の由岐の浦で座礁し、伊地知船長は船を焼いて自決した。

この阿波沖の海戦には、井上良馨（のち元帥）も参加しており、日本最初の海戦にその後の日本海軍を担う多くの青年士官が乗っていたことは、薩英戦争とともに揺籃の役目を果したものといえよう。

明治新政府ができると、伊東は富士山丸の乗り組み（一等士官）を仰せつけられた。

三年九月、「乾行」の副長に補せられる。当時日本海軍の兵力は微々たるもので、近海警備として三小隊を持ち、第一小隊は「甲鉄」「乾行」「第二丁卯（ていぼう）」、二小隊は「龍驤」「延年」、三小隊は「富士山」「春日」「摂津」で、函館に「日進」を派遣していた。折りからヨーロッパでは普仏戦争が進行中で、日本海軍はこれに中立を守ることになり、伊東はそのため猛訓練を強行し、鬼副長といわれた。

四年二月、海軍大尉に初任される。兄の祐麿は三年十一月少佐に初任、中牟田は三年十二月中佐初任、仁礼は五年十一月少佐初任、樺山は四年九月陸軍少佐初任である。

四年十一月、「第一丁卯」艦長となる。五年八月、海軍少佐に進級、十一月、「東」艦長、六年秋、征韓論が起きて西郷隆盛らが帰郷したが、伊東は従道（陸軍大輔）、仁礼（海軍少丞）や権兵衛（海軍兵学校生徒）らとともに東京に残った。大山と東郷は留学中、樺山は熊本鎮台の分営長をしていた。

七年二月、江藤新平が佐賀の乱を起こすと、伊東は「雲揚」「龍驤」「鳳翔」らとともにその征討に従事した。伊東は大阪丸に陸兵を載せて長崎で揚陸し、佐賀の背後を衝（つ）かせた。三月、佐賀の乱は平定された。

明治九年四月、海軍中佐。十年二月、伊東祐亨はふたたび「日進」艦長となる。

そして西南戦争が始まった。陸海軍の現役にいた薩摩隼人は、大西郷の弟の従道をはじめ、皆動揺した。それだけ大西郷の声望が高かったわけである。官を投げうって鹿児島に駆けつける者もいたが、大体は六年秋の征韓論破裂のときにケリがついているので、大きな変動はなかった。

従道はこのとき九州の前線に進出した山県陸軍卿の代理を務め、西郷軍鎮圧の側に回った。仁礼は海軍少丞として海軍卿の勝海舟、大輔の川村純義を助けて、熊本の近くに陸兵を揚陸する作戦を補佐した。樺山は熊本鎮台の参謀長として、包囲した薩軍と戦った。辛い戦であったが、樺山は天皇の軍人として、よく桐野利秋、篠原国幹(くにもと)らの薩軍を防いで熊本城の籠城を持ちこたえた。

東郷は英国留学(明治十一年五月まで)、山本はドイツの軍艦で世界一周中(十一年五月まで)で、樺山のような辛い目に会わずにすんだ。

伊東は「日進」艦長としてこの戦に参加したが、まず海軍の作戦について見てみよう。

海軍卿は勝海舟であるが、実際の作戦の指揮は大輔の川村純義(征討参軍)がとった。彼はまず、伊東祐亨の兄祐麿(海軍少将)を艦隊指揮官に任じ、空き家となった鹿児島の占領、九州各港湾の制圧にあたらしめた。祐亨も「日進」艦長として、この九州の要地制圧作戦に活躍した。

熊本城が包囲されると、川村は艦隊の主力を熊本南方の川尻、八代に派遣して薩軍の背後を脅かし、城内の鎮台兵を応援した。「日進」もこの作戦に加わり、「春日」「鳳翔」らとともに川尻の沖から薩軍の陣地を砲撃し、これが二月二十六日から四月十三日までつづき、後には海軍陸戦隊を揚陸して陸軍に協力し、四月十三日、ついに熊本城と政府軍の連絡が成功した。

田原坂の激戦に敗れ、熊本城を占領し損なった薩軍は、大西郷を擁して日向に逃れたが、鹿児島はすでに政府軍の占領するところとなっていた。祐亨の「日進」は五月一日以降、陸兵を鹿児島に揚げる作戦に従事したほか、日向沖に出て薩軍の陣地を砲撃し、八月十七日、川村参軍の命によって細島を出港、二十八日、横須賀に帰港した。辛い戦であったが、「大義親を滅す」という言葉を守り、祐亨は兄祐麿や仁礼、樺山とともに薩軍を制圧したのであった。

ほかに薩摩出身で西郷軍と戦った海軍士官としては、松村淳蔵（大佐、「筑波」艦長）、井上良馨（中佐、「清輝」艦長）、柴山矢八（大尉、「筑波」乗り組み）、鮫島員規（中尉、「鳳翔」乗り組み）らがいる。

西南戦争が終わると、十二年八月「比叡」艦長となった伊東はペルシャ視察の命を受け、十三年四月八日、横須賀出港、シンガポール、ボンベイを経て、七月三日、アラビアのオマン国の首都マスカット港に入った。日本海軍の軍艦がこの港に入ったのは、この「比叡」が初めてである。

ここで伊東ら士官は大礼服を着てオマン国王に拝謁、日本の花瓶などを贈呈した。伊東が海軍省に送った報告によると、このマスカットは非常に暑く、山が海に迫って平地が少ない。野菜はないが魚は豊富で、日本金で十五銭も出せば大きな魚が手に入る、となっている。

「比叡」は七月九日、ペルシャ西岸のブシャ（ブシール）に入港、ここも日本海軍の入港は初めてである。人口一万五千人、昼は百四十三度（華氏）に上る。折りから乾季で、乗組員は高い水を買って飲んだ。野菜は少ないが西瓜、葡萄が多く、市民はこれを食事の代用としている者も多いという。

この「比叡」には大倉組の商人が荷物とともに便乗していたが、彼らはここで下船して首都テヘランに向かった。伊東はしばらくペルシャ湾に滞在したが、非常に暑く熱病も多い場所である、と報告書に書いている。

伊東たちはテヘランには行くことなく、九月二十九日、品川に帰着した。途中、士官一、兵一が病没した。

明治の海軍は東郷、山本の例を見てもわかるとおり、盛んに若い士官に留学、外国視察を行なわせている。一刻も早く海外の知識を得て、西欧に追いつこうという努力がそこに見られる。

ペルシャから帰った伊東は、十五年六月、大佐に進級、「龍驤」艦長となり、同年末、海軍生徒遠洋航海のため南アメリカ、オーストラリア方面に派遣されることになった。

十二月十九日、「龍驤」は海兵十期生徒二十七名を乗せて品川を出港、ニュージーランドに向かった。このとき「龍驤」の乗組員と生徒の中には、後の日本海軍を背負うそうそうたる人物が乗っていた。少尉出羽重遠（しげとお）、少尉補加藤友三郎（のち元帥）、同藤井較一（こういち）、生徒山下源太郎、同名和又八郎、同加藤定吉（いずれも大将）らである。

未来の提督を乗せた「龍驤」は、生徒の航海訓練や苦しい石炭積みなどを行ないながら、十六年二月八日、ニュージーランドのウエリントンに着いた。クック海峡に面した美しい港町である。日本は冬であったが、ここは真夏である。伊東艦長以下が陸上のクラブに招かれ、また艦内のアットホーム（簡単な招宴）に紳士淑女を招いてダンスパーティーを開いたり、交歓を行なった。

二月二十四日、「龍驤」はウエリントンを出港、四月十五日、南米チリ最大の港バルパライソに入港した。ここも夏であるが温暖な気候の町である。チリには海軍があり、その頃、国境紛争が原因でペルーと戦って勝ったので、意気揚がるところがあった。ただし伊東の見たところ、その海軍は決して大きなものではなかった。

五月三日、バルパライソ出港、十五日、ペルーのカリヤオに入港。この港はチリ海軍の破壊するところとなり、惨状はまだ復旧していなかった。この敗戦国の状況は、伊東に戦争をやったら勝たなければいけない、という信念を作る助けとなった。

五月二十日、カリヤオ発、ハワイを経て、九月十六日、品川着。この途中、ハワイに向かうとき脚気（かっけ）患者が続出し、二十三名が死亡したのは伊東艦長にとって遺憾の極みであった。

（註、生徒には死亡者はなかったようである）

ニュージーランド、南米の航海で貴重な経験を積んだ伊東は「比叡」艦長を経て、十七年二月、「扶桑」艦長（二度目）となった。「扶桑」は、明治十一年、英国で竣工した当時の新鋭艦で、三千七百十七トン、十三ノット、主砲は二十四センチ砲四門で、後の戦艦の祖ともいうべき艦で、日本海軍に引き渡されると同時に、伊東はその初代艦長になっている。

当時の乗り組みの中には東郷平八郎中尉、山本権兵衛少尉ら後の日本海軍を担う俊秀が勤務しており、英国帰りの東郷中尉に対し、山本がマスト登りを挑戦し、負けた東郷が、ズボンが破れたからじゃと負け惜しみをいったのは、このときのことである。

これを見ていた伊東艦長は、この薩摩っぽの二人はいずれも見所あり、とその将来に嘱目(しょくもく)した。果たせるかな、日清戦争のとき、東郷は「浪速」の艦長として奮戦し、山本は海軍省官房主事として西郷従道を助けて大いに働いた。

伊東が二度目の「扶桑」艦長になると、中艦隊司令官の松村淳蔵少将から、「(清仏戦争のため)在留邦人保護のため、艦隊は清国に赴くことになった。中立を守り交戦両国の兵事に関与すべからず」と命令を受けた。松村は「扶桑」を旗艦とし、「天城」(艦長は東郷少佐)を率いて上海に向かった。「天城」は揚子江を遡行して漢口に至った。日本海軍の軍艦がここにきたのは初めてである。

八月二十三日、清仏艦隊は福州馬尾で交戦、清国艦隊はフランス艦隊の速射砲のためにたちまち撃破された。これを視察した東郷「天城」艦長は、この状況を伊東に報告した。

十七年年末、清仏戦争もほぼ落着したので、松村は「天城」を上海に残して「扶桑」で品川に帰着した。この作戦中、伊東は参謀長格として、大いに司令官を助けた。

明治十八年四月二十三日、伊東は英国で建造中の新型巡洋艦「浪速」の回航委員長を仰せつけられた。「浪速」は三千七百九トン、十八ノット、主砲二十六センチ砲二門で、「扶桑」「金剛」「比叡」につぐ明治日本海軍の新建造計画（明治十六年、承認）による最初の軍艦であった。ほかに「高千穂」「畝傍」の姉妹艦ができるが、「畝傍」はフランスで建造後、日本へ回航中、行方不明となった。

この「浪速」の回航委員には山本権兵衛大尉（十八年十一月、「浪速」副長となる）もおり、伊東は五月四日、部下を率いて遠江丸で横浜発英国に向かった。「浪速」はすでにエルズウィックのアームストロング社で三月十日、進水しており、伊東らが到着したときは艤装中であった。

この年十一月二十日、伊東は「浪速」艦長となる。副長は山本少佐（六月、進級）である。明けて十九年三月二十四日、「浪速」は日本に向かった。スエズ運河を通って、六月二十六日、無事品川に到着し、日本海軍に新戦力を加えた。

日本到着の直前、六月十五日、伊東は少将に進級、十七日、常備小艦隊司令官に任じられていたので、帰国後報告をすませると、直ちにその職についた。

これまで海軍には中艦隊があったが、今回、これを解散して小艦隊を編成したものである。すでに十回にあまる艦長経験を持つ伊東は、艦隊司令官の最適任者で、塩気の利いた司令官として猛烈な訓練を強行したので、〝雷公司令官〟という仇名をもらった。

明治二十年六月、清国、朝鮮、ロシアを視察、二十二年一月の海軍大演習では、攻撃軍の司令官を命じられ、駿河の清水港を根拠地として、横須賀の防御軍を攻撃したが、伊東攻撃軍司令官の采配ぶりは好評であった。

二十二年五月十五日、海軍省第一局長（後の軍務局長）兼海軍大学校長となる。

明治二十四年二月十六日、伊東はロシア皇太子ニコライ二世の接待係を仰せつかった。

ニコライ二世はウラジオストクにおけるシベリア鉄道の起工式に出席する途中、ギリシャのジョージ親王とともに日本に寄ったもので、長崎から鹿児島、大阪、京都、滋賀を遊覧して東京に入る予定であった。歓迎委員長の有栖川宮威仁（たけひと）親王は長崎に先行し、伊東は四月二十七日朝、軍艦「高雄」に乗って長崎港外でニコライ二世のお召艦アゾバー号を待ち受け、皇礼砲を放ち長崎に先導した。ロシアの軍艦は七隻に及んだ。

長崎に到着したニコライ二世は、予定の順序で観光を進め、五月九日、京都の常盤ホテルに入った。十一日、ニコライ二世は琵琶湖遊覧のため大津に向かい、湖上の遊覧を終わって、県庁から人力車で京都に入る疏水（そすい）の船着場に向かった。このとき伊東は接待のため大津にきたが、船着場に先行してニコライ二世を待っていた。

総数六十余台の人力車を連ねて、ニコライ二世の一行が船着場に向かう途中、小唐崎（こからざき）町に差しかかったとき、警護の巡査津田三蔵が佩刀（はいとう）を抜いてニコライ二世に斬りつけた。頭部に負傷したニコライ二世が路地に逃げると津田が追いかける。そのとき、ギリシャの親王が杖で津田の背中を強打し、ひるむところを、車夫が足をとって転がし、親王は津田の刀をとってその首に斬りつけた。そこへ警官がきて津田を逮捕した。ニコライ二世は近くの病院で手当てを受けた後、常盤ホテルに帰った。

驚いた有栖川宮は、直ちに東京の宮廷に電報を打った。夜半、東京より宮に電報が届いた。受信人は、「トキワホテル　タケヒトシンノウ」とあり、発信人は、「キウジヤウニテムツヒト」となっている。これぞ前代未聞の天皇自ら発信という電報で、いかに天皇が心配されたかがわかろう。

本文は、「ロコクコウタイシソウナンニツキホウモンノタメミヤウチヤウシユッパッスチヤクマデノトコロセイゼイチウイアレ」となっていた。

有栖川宮は直ちに、「お沙汰の趣拝承仕候。京都御着待ち奉る」と返電した。

天皇は十二日午前六時三十分の宮廷列車で新橋発、午後九時京都着。翌十三日午前七時、ニコライ二世を常盤ホテルに訪問、慰問された。ニコライ二世はロシアのアレクサンドラ皇后の指示により、直ちにロシア軍艦で帰国するというので、天皇は神戸まで見送りをされた。

翌十四日、天皇が神戸御用邸に招待したい旨をニコライ二世に伝えると、二世の方から、「陛下のご厚情に感謝の意をもって当軍艦内にて午餐を差し上げたい」といってきた。侍従の中には、このまま天皇がロシアに連れて行かれては問題だという者もいたが、天皇はあえて承諾し、アゾバー号に行かれ、二世と会食し、午後二時、退艦、上陸されたので、側近もほっとした。

この間、伊東は川上操六参謀次長とともに有栖川宮を補佐して、ロシア皇太子一行の慰留に努めた。様子によっては、ロシアが武力に訴える可能性もあり、「島の一つくらいは取られるかもしれない」という悲観派も出るくらいで、一種の国難であった。

問題の犯人津田三蔵であるが、かつて西南戦争に従軍したことがあり、感情の激しい男で、横暴な上官を殴って三重県の巡査を免職になり、その後、滋賀県の巡査になったものである。彼は病的な愛国者で、今回の皇太子の訪日はロシアの帝国主義が日本を侵略するための偵察であると考え、これを打破しようとしたものだという。

津田の裁判をめぐって、政府はロシアへの配慮から、不敬罪を適用して死刑にすべきだと主張し、大審院長児島惟謙（いけん）は通常の傷害事件として扱うべきだと主張し、結局、児島の意見がとおり、津田が無期徒刑となったのは、有名な話である。

皇室、政府はもちろん、国民もこの傷害事件でロシアが怒ることを心配した。陛下の神戸行幸を聞くと畏（おそ）れ多いとして、全国からロシア皇太子に慰問の品を送る者が多かった。なかでも千葉県鴨川町の畠山勇子は、若いながらに忠義の志の厚い女性で、この事件を聞くと、急遽、京都に直行し、ロシアの大臣と日本政府にあてた二通の遺書を車夫に託して、京都府庁に提出せしめ、自分はその前で剃刀で喉を切って自決し、もって国民の謝罪の意思をロシア皇太子に伝えようとした。明治四十年、史談会がこの畠山のことを後世に伝えようと、遺骸の埋めてある京都の末広寺で、盛大な追悼会を催した。

このとき、いたく感激した伊東は、後につぎの一首を作って勇子の墓に手向（たむ）けた。

国のため命さсаげし真心は
あわれをなごの鑑（かがみ）なりけり

神戸を出た皇太子はウラジオストクに行き、起工式に出席した後、首都のペテルブルクに着いた。このニコライ二世がロシア革命で処刑されるロマノフ王朝最後の皇帝である。

ここに不思議なことがある。事件落着後、ご苦労であったというので、伊東が天皇から金品を下賜されたのはわかるが、ロシア皇帝から神聖スタニスラス一等勲章、皇太子から永久記念として写真及び金の煙草入れをもらったのは、事件後の日本側の慰留の処置がよかったということであろうか。

明治二十五年十二月十二日、伊東は海軍中将に進級、横須賀鎮守府司令長官となった。翌二十六年五月二十日、常備艦隊司令長官となる。

伊東は晩年、伊東伝の著者小笠原長生（ながなり）（海兵14期）に、

「わしがなりたいと思っていたのは、大艦隊を率いて太平洋を闊歩（かっぽ）することじゃった。大臣などになって政治屋の小利口な奴らとだましっこをするような芸は、わしにはとてもでけんでのう」

と述懐していたというから、艦隊司令長官は得意なポストといえよう。

旗艦「松島」に中将旗を掲げ、「厳島」「浪速」「高千穂」「高雄」「千代田」などを率いて太平洋を航行するのは、終生の愉快事であろう。しかも彼はこの艦隊を率いて黄海の海戦で大勝して、歴史にその名を残すのである。

東郷や山本が優秀なので、一般に伊東は凡庸ではないかという疑問があるようだが、そん

なことはない。彼は司令長官になるとすぐに、部下各艦の戦闘配置を視察し、その乗組員の勤務評定をした秘密のメモが残っている。

東郷大佐が艦長の「浪速」は、「兵員の動作、やや緩慢の風あり。砲台砲員良好なり。もっとも注意を尽くせり」である。柴山矢八大佐が艦長の「高千穂」は、「一体に士気緩慢実意に乏し」、有栖川宮大佐が艦長の「千代田」は、「いずれも整頓一点の欠なし。注意周到、善良なり」となっている。このほか、伊地知弘一大佐の「厳島」は、「一般に実意を表す。規律もっとも正し」、野村貞大佐の「松島」は、「一体に温順の風あるも実力に乏しからん」、尾本知道大佐の「高雄」は、「別に故障なきも十分とはいい難し」というような評が残っている。

伊東司令長官の初仕事は近隣諸国巡航である。「松島」を旗艦として「厳島」「高雄」「高千穂」「千代田」の順で長崎まで行き、「松島」「高千穂」「千代田」を率いて七月初旬、清国の芝罘を経て威海衛に入った。ここで後に干戈のもとに相まみえる北洋海軍提督・丁汝昌、総兵（少将相当）「鎮遠」艦長・林泰曽らに会い、旧知のこととて肝胆相照らすところがあった。

これが翌年の夏には、黄海で死闘を繰りひろげる相手になろうとは、伊東も丁も想像していなかったであろう。

伊東は後に丁のことをつぎのように評している。

世人は往々丁のことを素行治まらず言動も磊落杜撰、シナ流の豪傑肌の男だと考えているようだが、それは違う。よく交際してみると、厳格謹直なところのある男だ。いい加減のことをいってごまかすことのできない男なのだ。

初めて彼と交際を始めたのは、明治二十年、小艦隊を率いて威海衛に行ったときのことだ。そのとき丁はわが艦隊を非常に歓迎してくれた。二十二年には彼が艦隊を率いて日本の沿岸を巡航したが、そのときも自分は彼と会った。

二十四年には「定遠」「鎮遠」の巨艦を連れて日本にきて東京などで歓迎された（丁が瀬戸内海の島の山上まで耕しているのを見て、「耕して山巓に至る、その貧や思うべし」といったのはこのときである。また当時、呉鎮守府参謀長であった東郷大佐が、「定遠」の大砲の上に下着が干してあるのを見て「巨艦恐るるに足らず」といったのもこのときである）。

丁としては、シナの海軍というものが欧米の海軍にも劣らぬ勢力と熟練した技術を持っていることを誇示するためにきたのであろうが……そして二十六年に自分が艦隊を率いて威海衛に行ったときには、心を尽くして歓迎してくれた。双方写真を交換するくらいで兄弟のようであった。

また彼は、林泰曽と劉歩蟾（「定遠」艦長）についてもこう評している。

丁の部下では林が第一等の人物だったな。このくらいの人物がもうすこしおろうものならシナは容易に世界の一大強国になっていた。体格もよし、風采も立派、謹厳方正で尊敬をうけていた。大義名分を尊び凛とした気節を負うていた堂々たる威丈夫じゃった。ことによると、丁より上の人物であったかも知れない。昔の英雄にたとえるなら、関羽が大勇の資質に加えるに大義気節を尊んだのに似ている。林につぐ人物は劉だな。林よりは大分落ちると思われる。勇気という点では林より上かも知れんが、見識気節の点では林に及ばない。人物としては張飛じゃな。丁はこの二人は普通の部下を遇する道をとらず、とくに林に対しては敬愛の念を抱いていたらしい。

威海衛を出た伊東艦隊は天津に行き、七月九日、直隷総督・李鴻章を訪問し、旅順を経て海洋島（この付近で黄海海戦が起きる）を視察し、朝鮮の仁川に入って京城で国王に拝謁、釜山、元山を経てウラジオストクに入った。

ここにはロシア東洋艦隊旗艦アドミラル・コルニロクをはじめ四隻が停泊しており、八月二十七日、ロシアの極東総督ルサコフが本国から軍艦で到着したので、伊東は十五発の礼砲を撃たせ、ロシア側も答礼した。二十九日、伊東は旗艦「松島」に二百六十名の紳士淑女を招待した。ロシアの総督、司令官、県知事らが夫人同伴で来艦し、歓を尽くした。

八月三十日、ウラジオストク発、小樽、稚内を経て、九月九日、樺太のコルサコフ（大泊）に入った。十一日はロシア皇帝の誕生日なので、伊東は常備艦隊参謀の島村速雄大尉をして樺太長官メルジンカ少将に祝意を表さしめ、正午には艦隊が満艦飾をして二十一発の祝砲を放った。

　夕刻ここを出港、十三日、北海道留別（国後島）にもどり、部下の各艦に千島列島の島を巡回せしめ、また同方面で密漁船の監視にあたっている報効義会会長・郡司成忠海軍大尉（予備）の消息を訊ねた。郡司は作家の幸田露伴の弟で、海兵六期（斎藤実と同期）、北千島の警備と開発のために大尉で予備役となり、報効義会を組織して千島列島北端の占守島の開発にあたった。対ロシア戦略の補助のためもあった。

　伊東艦隊は十九日、根室にもどり、室蘭、函館、新潟、舞鶴を経て、十一月八日、品川に帰投した。六月一日、同所を出港してから百六十余日の大航海で、各地を回って見聞をひろめ、戦略的な知識を集めたのはもちろん、日夜、艦隊訓練を励行して、日清戦争前夜の艦隊将兵の熟達に大いに資するところがあった。

　伊東は、十一月二十日、参内して、長期航海の報告を行ない、陪食を仰せつけられた。三十日には海軍省に出頭して、西郷海相から将来の海軍拡張案を示された。

　十二月九日、各艦長を集めて、この案を伝え、同日艦隊を率いて横須賀を出港、江田島に入り、十九日の海軍兵学校生徒卒業式に参列、呉、厳島、門司を経て、三十日、博多に入港、ここで明治二十七年の元旦を迎え、箱崎八幡宮に詣でて、帝国海軍の武運長久を祈り、佐世保を経て鹿児島に入港、祖先の墓参と島津公爵の別邸を訪問、一月二十一日、出港、二十四日、品川に帰投した。

　三月九日、天皇皇后両陛下が満二十五年の大婚式を挙げられたので、伊東もこれに参列、その後、艦隊を率いて、五月、沖縄の那覇を経て台湾、清国を回ったところ、西郷海相より、至急、釜山に回航すべしという命令を受けとり（艦隊行動の指令は海相から出されていた）、直ちに同港に直行したところ、即日、仁川に回航せよという命令がきたので、伊東艦隊は、六月九日、仁川に入港した。

これが日清戦争直前の伊東が指揮する常備艦隊の行動のあらましである。日清戦争については専門書も出ているので、詳しいことは省いて、伊東に関係のあることに留めたい。

そもそもの始まりは、朝鮮に東学党の乱（明治二十七年・一八九四）が起きて、朝鮮政府が清国に応援を頼んできたので、清国が出兵し、明治十八年の天津条約で日本も出兵することになったことである。二十七年六月二日の閣議で出兵が決まると、政府はとりあえず陸戦隊を仁川に送ることにして、伊東の艦隊を仁川に急行せしめたのである。

仁川に着いた伊東は、大鳥圭介公使を乗せた「八重山」と協力して陸戦隊を編成し、これを公使とともに上陸させた。これが六月九日のことで、清国が六百の部隊を牙山（がざん）に揚陸したわずか十数時間後のことであった。この後、中央からの命令によって、伊東は「八重山」ら三艦を仁川に留めて、残りの主力を率いて、いったん佐世保に帰った。

この後一ヵ月、伊東は臨戦準備として、得意の猛訓練を行なった。いよいよ日清戦争は必至となってきた。当時の両国の海軍の勢力を比較すると、つぎのとおりである。

日本　軍艦二十八隻、水雷艇二十四隻、総トン数五万九千トン、現役将兵一万二千人

清国　軍艦六十三隻、水雷艇二十四隻、総トン数八万四千トン
清国は北洋、南洋、福建、広東の四艦隊に分けているが、これらはつねに相反目している
ので、有事の際には北洋艦隊しか頼りにならない。この実勢は軍艦二十五隻、水雷艇十三隻、
総トン数五万トンであるから、わが方とほぼ同等の実力であると、海軍省、軍令部では推定
していた。そこで伊東が訓練に物いわせようとしたのである。
開戦の直前、七月十八日、山本の案による連合艦隊が組織され、伊東はその初代司令長官
となった。海軍士官の本懐であろう。
七月二十三日、西郷海相の意図を受けた樺山軍令部長が佐世保にきて、出撃前の訓示を行
ない、連合艦隊は、即日、つぎの艦隊順序で出港して朝鮮海峡に向かった。

第一遊撃隊　「吉野」「秋津洲」「浪速」
本隊　「松島」「厳島」「橋立」「高千穂」「千代田」「比叡」「扶桑」
第二遊撃隊、水雷艇隊、運送船隊（略）

この威風堂々たる艦隊の出撃を輸送船高砂丸で港外まで見送った樺山軍令部長は、

「帝国海軍の名誉を挙げよ」

と信号を送った。伊東は、

「誓って名誉を挙ぐ」

め仁川に送った。
と返信して朝鮮南西端の群山に向かい、二十四日、黒山島付近で、第一遊撃隊を偵察のた

ここで第一遊撃隊に注目してもらいたい。いずれも当時の日本海軍が誇る高速巡洋艦「吉野」（四千二百十六トン、二十二・五ノット、十五センチ砲四門、十二センチ砲八門〈いずれも速射砲〉、魚雷発射管五門）、「秋津洲」（三千百五十トン、十五センチ砲四門、十二センチ砲六門、発射管四門）、「浪速」（三千七百九トン、十八ノット、二十六センチ砲二門、十五センチ砲六門、発射管四門）で、とくに二十六年竣工の「吉野」は最新鋭の高速巡洋艦（砲術長は日本海海戦の連合艦隊参謀長加藤友三郎少将）で、「浪速」の艦長はハワイで脱獄囚を艦内にかくまい、開戦早々の豊島（ほうとう）沖海戦では清国に雇用された英国船高陞（こうしょう）号を清兵を満載していたとの理由で撃沈して物議を醸す（かも）（結局、英国の学者の意見発表でお咎めなしとなるが）東郷平八郎大佐であった。

しかも、この第一遊撃隊の司令官は、当時、日本海軍のホープともいうべき坪井航三少将（山口出身）で、彼は艦隊運動と砲戦の優秀な研究家で、いち早く単縦陣戦法が有利であるという結論を出していた。

十九世紀前半のヨーロッパにおける海軍の戦術では、横陣戦法が有利とみられていた。当時の戦艦の艦首海中にはラムという突出した部分があり、海戦の最後には突撃してこれで相手の旗艦の横腹に大穴を開けて勝負を決める場合が多かった。しかし、十九世紀後半に至って、主砲の射距離が急激に伸びるにしたがって、ラムに頼る突撃戦法は古くなり、戦艦、巡

洋艦の両舷に装備された主砲をフルに活用するには、左右両舷の射撃を可能にする単縦陣が有利であるとみられるに至り、坪井はいち早くこれを研究、主張し、〝単縦陣〟という仇名をもらうに至った。

日清戦争の宣戦布告は八月一日であるが、実質的な開戦は七月二十五日の豊島沖海戦である。この日、仁川の豊島沖で、坪井の第一遊撃隊と、清国の「済遠」「広乙」「操江」とが交戦して、「広乙」は擱座、「操江」は捕獲され、「済遠」は逃走した。このとき、「浪速」艦長東郷大佐が高陞号を撃沈して物議を醸すのは有名な話なので省きたい。

そしていよいよ黄海海戦の決戦となる。このとき、樺山軍令部長が仮装砲艦西京丸に乗って海戦に参加したことは前に書いた。

九月十七日午前七時二十三分、第一遊撃隊旗艦「吉野」の見張員は海洋島東北東の海面に煙を発見した。間もなくその煤煙が増えていくのを認めた坪井司令官は、連合艦隊司令長官伊東中将に、「敵ノ艦隊東方ニ見ユ」と打電した。これが丁汝昌の率いる北洋艦隊である。

もちろん、仇名のとおり坪井司令官は単縦陣で「定遠」「鎮遠」を含むこの大艦隊に突進し、伊東の本隊も単縦陣で接敵した。

午後十二時五十分、丁は砲撃開始を命じ、間もなく日本側も応戦した。〝単縦陣〟の坪井はこのときとばかりに、三隻の高速巡洋艦を率いて、猟犬のように敵の巨艦の周囲を目まぐるしく駆け回り、速射砲で撃ちまくった。この海戦では「松島」ら主力艦の三十二センチ砲よりも、副砲の速射が有効であった。

丁の艦隊はこの遊撃隊の活躍でまず幻惑された。北洋艦隊は信号連絡に英語を用いていたが、開戦の直前に大きく改正したので、混乱を恐れた丁は、つぎの三原則を各艦長に指示した。

一、同型艦は協同し相互に援助せよ
二、つねに艦首を敵に向けよ
三、旗艦の運動に注意せよ

しかし、横陣を組ませた丁は、十二隻の軍艦に艦隊運動を行なわせて、敵の主力目標に戦力を集中させることをせずに、各艦各個に戦わせ、最後はラム突撃で止めを刺すという戦法をとったが、これは「定遠」に乗っていたドイツ人の軍事顧問ハネッケンのようなヨーロッパ軍人の指導によるものらしく、この陣形が古いことをこの日の海戦は証明するのである。「鎮遠」に乗っていたアメリカ人顧問マッギフィン少佐は、日本軍の艦隊運動について、つぎのようにいっている。

日本艦隊が終始一貫整然たる単縦陣を守り、快速を利用して自己に有利な形で攻撃を反復したのは、驚嘆すべきことであった。清国艦隊はたちまち守勢に立ち、混乱した陣形で応戦するほかはなかった。

単縦陣の坪井の略歴にふれておきたい。

坪井は珍しく長州出身の提督である。明治七年、少佐初任で海軍に入る。艦政局次長、常備小艦隊参謀長兼「高千穂」艦長、二十三年九月、少将、佐世保軍港司令官、海兵校長、海大校長（単縦陣を唱えたのはこの頃と思われる）を経て、二十七年七月十九日、第一遊撃隊司令官となる。

この後二十九年二月、中将、常備艦隊長官、横須賀鎮守府司令長官となり、未来の連合艦隊司令長官か海相、軍令部長と嘱望（しょくぼう）されていたが、三十一年二月一日、惜しくも五十五歳で世を去ることになる。

彼は早くから、その天才的な提督としての才能を認められていた。連合艦隊を編成するとき、第一遊撃隊を率いるのは、坪井しかいないと考えた山本は、海相の西郷に相談した。西郷は坪井が非常な自信家であることを知っていたので、

「坪井どんは、鋭か提督じゃ。祐亭どんの下につきもそうか？」

と疑問を呈した。

しかし、山本は坪井を説得した。坪井は一日の猶予を頼んだ後、承諾した。戦術眼において、自分より劣っていると思われる薩摩の伊東の下で働くことに抵抗はあったが、国家のために、私情を殺して遊撃隊を率いることにしたのである。

距離二千五百メートルで坪井は、

「砲撃始め！」

を下令した。

待っていた加藤（友三郎）砲術長は、「吉野」が自慢にしている十五センチ、十二センチの速射砲の火ぶたを一斉に切った。目標の「揚威」はたちまち大火災を生じ、沈没に瀕するのである。これにつづいて「秋津洲」「浪速」も敵右翼の「超勇」「靖遠」「経遠」に猛射を加えた。

一方、伊東直率の主力艦隊（松島、厳島、橋立、高千穂、千代田、比叡、扶桑）も敵主力の「定遠」「鎮遠」を中心に、その左翼の「来遠」「致遠」「広甲」「済遠」を猛撃した。

このとき三景艦といわれた「松島」「厳島」「橋立」の三十二センチ主砲は、艦体に比べて重過ぎて、右に旋回すると艦が右に傾き、照準が困難になって思うように発射ができなかった。黄海海戦における三十二センチ砲の発射弾数は、「松島」零、「厳島」一、「橋立」一という状況で、これも日本艦隊初の海戦の教訓であった。そこでこの海戦の戦果はもっぱら十二センチから十五センチの速射砲と二十六センチの中型砲によって得られたといってよかろう。

このとき主力の後ろから二番目にいた「比叡」は、敵の集中射撃を浴びて、奮戦したが、ついに列外に出る。また列外にいた「赤城」も艦長坂元八郎太少佐が戦死するほどの死闘をつづけた。この奮闘ぶりは、後に『赤城の奮戦』という軍歌になっている。

「赤城」の前には、観戦督励にきた樺山軍令部長の乗った西京丸がいたが、これも「平遠」「広丙」の集中攻撃を受けて苦戦に陥った。肉薄した水雷艇に魚雷を発射されたが、うまく艦の腹の下を通った話は前に書いた。この魚雷が西京丸の胴腹に向かってきたときは、艦橋

にいた艦長以下の士官も観念して、思わず樺山の顔を見た。負け惜しみの強い樺山は、

「心配ない。魚雷ちゅうもんは近いから当たるちゅうもんではごわはんど！」

といって、彼は魚雷に唾（つば）を吐く真似をした。確かに発射直後の魚雷は、いったん沈下してから適当な深度まで浮かび上がって所定の進路に入るので、この魚雷は西京丸の腹の下を通過した。

「どげんか！　おいのいうとおりじゃろう」

樺山はそういって自慢したが、実は覚悟を決めていたのである。陸軍少将から海軍少将になった彼には、そういう知識はなかったが、艦長たちもそれを忘れていたのである。

海戦が終わった後、樺山は、

「魚雷ちゅうもんは、あまり近いと船の腹ん下を潜り抜けるちゅうことを初めて知りもした」

と伊東に述懐した。

さて合戦は第二の場面に移る。

「超勇」を撃破した遊撃隊は、「赤城」「比叡」を救うため敵主力の前を横切って、その左翼方面に急行した。このとき、伊東の主力は「浪速」の後ろを通って、敵主力の背後に回った。遊撃隊と主力の間に挟まれた敵の主力は、中心の「定遠」「鎮遠」が「吉野」「高千穂」に砲口を向け、その右に「広甲」「経遠」「致遠」「靖遠」が、左に「来遠」がいた。

間もなく「定遠」のマストがわが砲弾によって折れたので、この旗艦は信号によって艦隊を指揮する能力を失った。この後、北洋艦隊は各個に戦闘をつづけることになる。

午後四時半、「超勇」「揚威」はすでに沈没、「致遠」も沈没したので、敵は「済遠」「広甲」を先頭にして、大連湾の方に逃走を始め、とり残されたのは、炎上中の「定遠」とこれを援護する林泰曽の「鎮遠」、水雷艇一隻のみとなった。

遊撃隊が逃走する敵を追撃し、主力は「定遠」「鎮遠」を包囲攻撃した。このとき、「鎮遠」の艦橋にいた大男が眼を剝いた。髭の提督林泰曽である。

「よし、このままやられてたまるか！」

彼は伊東の旗艦「松島」に千七百メートルまで肉薄すると、連装三十センチ主砲を発射した。その一弾が「松島」の中部甲板に命中し、副砲全部と前部三十二センチ砲台を使用不能に陥れた。またこの一撃で、分隊長志摩清直大尉以下二十八人が戦死し、六十八人が負傷した。

当時、「松島」の水雷長であった木村浩吉大尉（海兵9期、後、少将）は、その著書『松島艦内の状況』に被害の状況をつぎのように書いている。

自分は司令塔の外にあり、爆発地点より四、五間離れていたが、急激な艦体の傾斜とともに、目前の釣床箱及び鉄欄は不意に金具が切れ左右に離れ、同時に下方より火炎を混ずる白煙を噴出し、ために一時はもうろうとしてきた。自分は本艦が前部から沈むと考えていたが、その様子もないので、前部水雷室を点検しようとして、下甲板に降りたところ、異臭を帯びた煙に窒息しかけ、四方は混雑し火災が起き始めたので、大声で防火隊を呼び、ともに防火に協力した。
　わが方の士気はますます盛んで勇気いよいよ奮起して、いまだ交替の人員がこないので、皆争って死傷者の空席に入り、戦友の遺体にまたがって射撃をつづける者あり、あるいは腹部を破られ、五臓が外にとび出しているのに、治療所に行かず射撃をつづける者あり、その他「定遠」「鎮遠」の戦闘力を失うと聞いて静かに瞑目した重傷者は二、三に留まらない。

　当時、「松島」の砲術長であった井上保大尉は、こう語っている。

　火薬庫も危なかったので、警戒し、副砲も十二門中一、二、三、四、十一、十二番の六門は砲身がとんで使いものにはならない。敵は右舷に回っているので、右舷の砲を発射しなければならないが、砲員には死傷者が多いので、軍楽隊員などを集めて、臨時編制で発射することにした。しかし、撃発用の信管がないので、倉庫を破り火管を持ち出して七番砲を発射した。

　午後五時過ぎ、黄海に黄昏（たそがれ）が迫ってきた。
「松島」らの主砲が発射できれば「定遠」らを撃沈することができるが、それができなければ、撃沈は難しい。「松島」は副砲もほとんど発射ができない。こうなると勇猛な伊東も、その参謀たちも気落ちして、「鎮遠」に守られて遁走する「定遠」を追撃、撃沈する気迫に欠けてきた。ここが実戦の難しさであろう。

よく海軍では「七分三分の兼ね合い」ということをいう。五分と五分の戦いでも、敵が七分で味方が三分に見えることが多い。敵の被害はよく見えないで、味方の被害が大きく見える。それで追撃戦の戦果の拡大が難しいというのである。

――よく味方と敵の状況を見定めて、戦果を挙げる……。

日本海海戦の東郷のような提督が本当の名将といえるのであろうか。

「松島」の大被害もあって、伊東の司令部は、「松島」を艦隊の列外に出し、不関旗（艦隊の戦列より離れるという意味の旗）を揚げた。艦隊運動から逸脱したので、各艦各自で戦え、という意味である。

あたりは暗くなり、これ以上戦闘を続行しても「定遠」「鎮遠」を撃沈する目処はつかないとあって、伊東は各艦に「本隊に帰れ」と信号した。各艦に残弾が少ないことと、後は水雷艇の夜襲に任せようという案が伊東や参謀たちの腹にあった。しかし、水雷艇は敵の方が多いし、夜間の艦隊運動は混乱するという理由で、伊東司令部は夜戦を打ち切り、艦隊をまとめて朝鮮の大同江河口に帰投せしめた。

これを中央は追撃不十分と批判したが、それは現場を知らないからで、「松島」の惨状を見たら、やはり「七分三分の兼ね合い」ということになるかもしれない。

「松島」の大被害は、いくつかのエピソードを生むことになった。大被害の報告を聞いた伊東は、幕僚を連れて下甲板に降り、各部の検分にかかった。負傷者収容所の近くまでくると一兵士が倒れていた。顔は黒紫色に腫れあがり、頭髪は焼けて雪をかぶったようである。彼はやってきたのが長官だと知ると、その足もとににじり寄り、

「長官、ご無事でありましたか……」

と懐かしそうに見あげた。伊東はその瀕死の兵士の様子に眉をひそめたが、

「おう、わしはこのように元気じゃ」

と兵士の手を握ると、足踏みをして見せた。それを見ると兵士は安心したように息が絶えた。

　また、「煙も見えず雲もなく……」という軍歌になった『勇敢なる水兵』は、あまりにも有名である。このとき、「副艦長の過ぎゆくを、いたむ眼に認めけん」、そして彼は、「まだ沈まずや『定遠』は？」と聞く。そこで副長が「心安かれ『定遠』は、戦い難くなし果てき」と答えると、水兵は安心して息を引きとるのである。水兵の姓はわからないが、このとき「松島」の副長は、向山慎吉中佐（海兵5期、後、中将）である。

　すでに「超勇」を沈め、「揚威」を大破せしめた坪井の第一遊撃隊は、大連に逃げる敵艦隊を追撃した。このとき、ただ一人北洋艦隊のために気を吐いたのは、「経遠」艦長登世昌である。彼はあまりの味方のふがいなさに憤慨したのか、逃走の途中で一八〇度旋回すると、「吉野」に向かってラム攻撃を行なうべく突進してきた。

こしゃくなり……と、加藤砲術長は十二門の砲で斉射を加える。「経遠」はたちまち火災を生じて、左舷に傾いた。そこへほかの三艦も砲火を集中したので、「経遠」は火だるまになって転覆、沈没した。しかし、その主砲二十一センチ砲二門は、最後まで射撃をつづけ、ついに砲口を天に向けて沈んでいった。これぞ北洋魂と登艦長の名は歴史に残り、黄海海戦に一抹の清風を送ることになった。

これにひきかえ、豊島の海戦でも逃げた「済遠」の艦長方伯謙は今回も真っ先に逃げ出した。傷ついた「定遠」らが大連湾に入港すると、「済遠」はすました顔でこれを迎えた。怒った丁提督は軍法会議で方伯謙を銃殺に処した。

黄海海戦の結果は、「揚威」「超勇」「経遠」「致遠」を撃沈、「定遠」「鎮遠」は上部甲板を大破したが、航行は可能、「広甲」は擱座後自爆、旅順口に逃げこんだのは、「定遠」「鎮遠」「来遠」「靖遠」「平遠」「済遠」「広丙」の七隻で、日本側は沈没なしであった。

追撃が不十分で水雷艇の活躍を欠いたうらみはあったが、世界に知られた北洋艦隊を大きく撃破したので、日本の連合艦隊の名は、一躍、欧米にも知られることになった。

陸軍も奮戦していた。遼東半島東方に上陸した大山巌中将の第二軍は、十一月二十一日、旅順を攻撃、一日でこれを攻略してしまった。これに先立って丁は、十月十八日、残存艦隊を率いて旅順口を脱出、威海衛に逃げこんだ。伊東の艦隊は情報不足で、この艦隊を捕捉することができなかった。

話の先を急ごう。

明治二十七年の年末、北洋艦隊は暗いムードに包まれた。「鎮遠」艦長林泰曽が自決したのである。十二月十八日、港外で訓練した帰路、「鎮遠」は機雷原を避けようとして、暗礁にのりあげて船底を傷つけたのである。威海衛にはドックがないので、修理ができない。責任感の強い林は服毒自殺を遂げた。かねてから北洋艦隊の前途に絶望を感じていたのであろう。

明治二十八年が明けると、大本営は陸海両方から山東半島の要衝威海衛を攻略することを考えた。一月二十二日、陸軍は威海衛の東方の栄城に上陸した。海からは鈴木貫太郎大尉らの有名な水雷艇の夜襲が行なわれるが、その前に伊東は旧知の丁に降服の勧告を行なった。

しかし、丁は部下を集めると、

「我らはとうてい勝算なきを知る。されど軍人の胸中ただ尽忠報国の大義あるのみ、今さら勝敗を論じるべきではない。人事を尽くし一死もって臣道を全うするのみである」

と訓示をして抗戦の意図を明らかにし、伊東の勧告を蹴った。

鈴木らの水雷艇隊の夜襲は、二月三日から始まった。五日午前三時の雷撃で「定遠」は擱座して、その能力を失った。六日、「来遠」が転覆、「威遠」が撃沈された。七日、伊東は全艦隊をもって陸上の砲台を制圧した。

二月九日、日本軍は占領した鹿角嘴砲台からの砲撃で港内の「靖遠」を撃沈した。港内で戦闘に堪えるのは、「平遠」「済遠」「広丙」の三隻のみとなってしまった。この状況を見た「定遠」艦長劉歩蟾は火薬を集めて「定遠」を爆破し、自分も拳銃自殺を遂げてしまった。絶望的になった丁は、なおも「鎮遠」艦上に残兵と残艦を集めて、最後の突撃を試みることを計ったが、水兵たちは怒り、刀を抜いて丁に降服を迫った。

二月十二日、観念した丁は、英国艦隊司令長官を保証人として、部下の生命の保全を条件として、降服文書を伊東の司令部に提出することにした。「全艦船砲台を引き渡すから部下の命は助けてもらいたい」という丁の降服文書を受けとった伊東は、人の運命の変転に驚いた。

「耕して山巓に至る、その貧や思うべし」と大見栄を切ったあの日の丁の誇りはどこへ行ったのか。

伊東は丁の運命に同情して、葡萄酒、シャンペン各一ダース、広島の干柿一樽を丁に送った。

この夜、これを受けとった丁は、

「国家非常の秋、かかる厚情の粋も、私的に受納すること能わざるを悲しむ」

と書き残して服毒自殺を遂げた。丁の死は水平線の向こうに沈みつつある大清国という太陽が残した、最後の光芒であった。

丁の死を知った伊東は、これを伝えた軍使の「広丙」艦長に、

「丁提督の柩はいかにして故国に運ぶのか?」

と聞いた。軍使は、

「ジャンクで芝罘(チーフー)に運び、そこから故郷に送ります」

と答えた。伊東は怒って、

「敗れたりといえども、丁汝昌は北洋艦隊を指揮した大海将である。もしよき日に死ねば、当然『定遠』または『鎮遠』で運ばれるべき人物である」

といって、とくに清艦「康済」を儀礼用として、丁の棺を芝罘まで運ぶことを許した。

このあたりの事情を聞いた加藤友三郎は、手記に「清国一片の士道を残し、わが国武士道をもってこれに応(こた)う」と書いた。

かくして日清戦争は終わり、講和会議は明治二十八年三月二十日から下関の春帆楼(しゅんぱんろう)で開かれ、伊藤博文と李鴻章の激しい交渉の結果、

一、朝鮮が完全な独立国であることを確認する
二、遼東半島、台湾などを日本が領有する
三、償金二億両を七年間に支払う

という条件で妥結したが、ロシアの領土的野望のために三国干渉が起こって、日本がついに遼東半島を清国に返し、〝臥薪嘗胆〟を合言葉に、日露戦争に至る経緯は、よく知られるところである。

明治二十八年五月四日、佐世保に凱旋した伊東祐亨は、十一日、軍令部長に補せられた。十二日、天皇に拝謁、戦況を報告、とくに勅語を賜わり、品物料として金三百円を賜わった。

先述のとおり、海軍軍令部は明治二十六年五月十九日、設置されたもので、その任務は、帷幄の機務に参画し、国防用兵を掌る。また出師及び作戦計画、艦船の配備、その進退、役務、艦隊、軍隊の編制、運動法、演習、検閲、要港などの選定、軍事諜報なども所管事項である。

軍令部長は初代中牟田倉之助、二代樺山資紀についで伊東は三人目である。

伊東は日露戦争後の明治三十八年十二月十九日、軍事参議官となるまで軍令部長の要職にあるが、この間前半は、西郷海相と組んだ山本権兵衛軍務局長の艦隊拡張運動を応援することが多かった。山本は二十八年三月、軍務局長となり、三十一年十一月八日、西郷の後をついで海軍大臣となる。

西郷は内務大臣となった後も、よく山本を助けて、その海軍拡張案を実現させた。明治三十一年、戦艦「三笠」を英国に発注する必要が生じたが、予算が足りない。思い余った山本は、内相になっていた西郷に相談した。

西郷は一言のもとにいった。

「わが海軍には、どうしても六六艦隊を造る必要があり、そのためには『三笠』の建造は欠かせない。よってここは独断でほかの予算を流用して、とにかく『三笠』を発注したまえ。造ってしまえば、後はなんとでもなる。議会で責任を追及されたら、おいとおはんの二人で二重橋の前で腹を切ろうではごわはんか」

これで権兵衛の腹も決まって、「三笠」が建造されることになったのである。

さて軍令部長時代の伊東祐亨の仕事を見ておこう。

日清戦争の功績で伊東は、明治二十八年八月、子爵になり、金鵄勲章功二級をもらい、皇室の内帑金二万円をいただいた。三十一年九月二十八日、海軍大将に進級、西郷従道、樺山資紀につぐ日本海軍三人目の海軍大将である。

伊東が西郷―山本、あるいは山本―伊東ラインの海軍拡張に力を入れたのはもちろんであるが、軍令部長としては日清戦争後の海軍諸計画に心を砕き、とくに海事思想の普及には力を入れた。明治三十一年二月、伊東は『日清戦争史』を書いていた軍令部員の小笠原長生（『伊東祐亨』の著者）大尉を呼んで、「海事思想普及のために簡単な海軍史を書いてもらいたい」と頼んだ。そこで小笠原は一ヵ月半で『海軍史論』という本を書きあげた。伊東は大変喜んで、これを小中学校に寄贈することにした。

伊東が軍令部長の間に、大きな事件が二つあった。北清事変と日露戦争である。

まず北清事変を見よう。明治三十三年春、義和団という国粋的な団体が、北京、天津に侵入して、各国公使館を圧迫し、在留各国民に暴行を働いた。五月になるとこれがはなはだしくなったので、列国海軍の先任将校である英国の海軍中将シーモアは、列国の陸戦隊（日本兵五十四名を含む）約二千を率いて天津発北京に向かう途中、五月十一日、郎坊付近で義和団と交戦するにいたった。

六月十二日、巡洋艦「須磨」の乗組員七十六名は陸戦隊となって天津に入り、同艦艦長島村速雄大佐は列国指揮官会議に出席、また軍艦「豊橋」も三百名の陸戦隊を載せて佐世保より太沽（ターク―）に到着した。

六月十七日、太沽の清軍砲台は列国軍隊に向かって発砲した。激戦が展開され、日本の陸戦隊指揮官服部中佐は戦死した。しかし、その後任の白石少佐は、勇敢に砲台に突入、軍艦旗を揚げようとしたが、見あたらない。英国の一士官がきて英国旗を揚げようとしたので、白石はこれを投げとばし、死者の血で白布に日の丸を描き、これを竿の上に揚げた。列国の将兵は、白石を〝夜叉（やしゃ）士官〟と呼んだという。

六月二十一日、清国皇帝は列国に対して宣戦布告を行なった。太沽で交戦が始まったという知らせが入ると、伊東は山本と相談して、東郷中将（常備艦隊司令長官）の率いる常備艦隊の一部を、清国に送ることにした。東郷は「常磐」を旗艦とし、「高砂」「秋津洲」を率いて太沽に達し、「常磐」「高砂」の陸戦隊を福島少将の陸軍部隊に協力させた。

七月十三日、連合軍は進撃を開始し、十四日、工兵は天津城の門を破壊、各国兵は城に入りこれを占領した。八月、連合軍は北京に入り、北清事変も終わりに近づくが、伊東軍令部長は考えるところあり、山本と相談して東郷司令長官を帰国させ、常備艦隊司令官出羽重遠（しげとお）に後事を託することにした。東郷は「常磐」「高砂」を率いて、八月二十日、呉に帰投した。

この事変が起きるとロシアは、これ幸いと、ぞくぞく満州（現在の中国東北部）に兵を送った。伊東が東郷の艦隊を内地に集結させたのは、これに備えるためであった。このロシアの出兵とその撤兵の不実が、日露戦争の原因となるのである。

日露戦争

満州からの撤兵を渋るロシアのやり方と、その極東総督アレクセーエフの態度によって、伊東はロシアとの決戦必至とみてとり、明治三十六年十月十七日、山本海相の内旨(ないし)を受けて、舞鶴から上京した舞鶴鎮守府長官の東郷中将を山本の私邸に迎え、三人で重要会議を開き、日露開戦の準備を整えた。

その結果、東郷を常備艦隊司令長官として、日露戦争を戦うことに決した。この決定については、明治天皇から諮問されたとき、山本が「東郷は運のよい男でございますから」と答えたことになっているが、実際は、もっと重要な問題があった。

当時の常備艦隊長官は山本と海兵同期（2期）の日高壮之丞(そうのじょう)であったが、気性の激しい日高はややもすると山本の命令に反対し、独断に陥るおそれがあると山本は見ていた。

これに反して東郷は、若いときは突飛なことをやるのでケスイボ（生意気）という仇名をもらっていたが、少将の頃から人物も重厚になり、協調性も出てきた。決断力もよい。海軍大学校長を二度やったが、研究熱心でもある。これならば連合艦隊を任せても間違いはあるまい、と山本は考え、伊東も同意見であった。

十月十九日、東郷の常備艦隊長官が発令されると、日露戦争は自分が長官で戦うつもりでいた日高は憤慨して、山本を詰問したが、山本がその訳を話すと、竹を割ったような性格の日高は了解して、東郷と入れ代わりに舞鶴鎮守府長官として赴任していった。

十二月十五日、伊東はつぎの書簡を東郷に送った。

（前略）現在の交渉（日露交渉）の結果を待っているが、これが破談となれば、当然、廟議も決定すると思われる。その際、わが方がとるべき行動について別紙（省略）のとおり考えているので、ご返答下さい。島村参謀長（常備艦隊参謀長）は先年（日清戦争のとき）自分と旗艦「松島」に参謀として同乗したことがあり、いまだに公私混合交際しているので、同氏にも私案をお示し下さい。

これに対する東郷の返信。

（前略）今回の艦砲射撃は大いに好結果を得、人気ますます奮っております。さて、有事の際の我々のとるべき行動について、お申し越しの段承りました。お応えは別紙（省略）のとおりであります。島村参謀長にも連絡しておきました。

この往復書簡の内容については、いま手元に資料がないが、これから間もない十二月二十八日、連合艦隊が発足し、東郷がその司令長官になるので、開戦時の連合艦隊の戦略、戦術について伊東が意見を述べたものと思われる。

伊東と東郷の仲についてふれておきたい。

明治三十六年四月、軍令部の副官になった上泉徳彌（のち中将）の回想によると、三十六年夏、伊東軍令部長は休暇を利用して舞鶴鎮守府を視察した。

当時の舞鶴鎮守府司令長官は東郷で、東郷は舞鶴の水交社で伊東、上泉を歓待した。米沢出身の上泉は酒豪で、しかも理屈っぽい。得意の日露戦争開戦論をぶつ。

伊東が、

「こいつは酔うと理屈をいって、うるさい奴じゃ」

というと、東郷が、

「伊東さん、まあ、そうおっしゃらずに若い者のいうことも聞いてやんなさいよ」

ととりなした。それを聞いた上泉は、東郷さんは偉いと思ったという。

伊東は東郷より四歳年長で海軍でも先任である。黄海海戦のときは、伊東が司令長官で、東郷は「浪速」の艦長であった。しかし、将官になってからの東郷には一種の風格ができてきて、伊東も一目おくようになってきていた。

東郷や上村彦之丞（ひこのじょう）（第二艦隊長官）が出撃することになって、大本営に挨拶にきたとき、伊東がこの二人を新橋の花月という料亭によんで送別の宴を張ったことがあった。それは日清戦争の前に伊東が出撃するとき、樺山軍令部長が花月で送別会を開いたので、それにならったものである。

上泉もこれに同席したが、伊東が、「どうかご成功を」というと、東郷が、「いやどうも有り難う」というようなことであった。この後、芸者が入って賑やかに送り出したという。

戦争の経過から推測すれば、伊東と東郷が相談した連合艦隊の戦略は、仁川と旅順の両面作戦であったと思われる。ロシアの太平洋艦隊は旅順に集結しているので、開戦劈頭これを叩く必要がある。ロシアは本国の軍港にバルチック艦隊（太平洋艦隊とほぼ同等の勢力を持つ）を擁しているので、これが極東に回航される前に旅順の艦隊を制圧しておかないと、挟み討ちになる可能性がある。

つぎに第一次陸兵揚陸は仁川付近を予定しているので、この方面のロシア艦隊を抑える必要があった。この両面で戦闘が始まるのだが、このほかウラジオストクに数隻の艦隊がいて、これにも手当が必要だったが、これがあのようにわが方の輸送妨害をしようとは、大本営も連合艦隊も予想していなかった。

翌明治三十七年一月十二日の御前会議で開戦が決定され、二月八日夜の旅順港外のロシア艦隊に対する攻撃で、日露戦争は実質的に開戦の幕を切って落とした。九日には、仁川港外で日露の艦隊が交戦している。

これに先立って、二月四日の国交断絶決議により、天皇は陸海軍大臣、参謀総長、軍令部長、各軍司令官、艦隊司令長官に対し、つぎの表現で、ロシアとの戦争を意味する詔勅を賜わった。

「朕は朕の政府に命じて露国と交渉を断ち、わが独立自衛のために自由の行動をとらしむることに決せり」

伊東は山本や東郷艦隊司令長官とともに、この詔勅の意のあるところを奉承、粉骨砕身叡旨（天皇の仰せ）に沿うことを上奏した。東郷が連合艦隊を率いて佐世保を出港、旅順に向かったのは、六日のことであった。

当時日本海軍には旗艦「三笠」をはじめとする戦艦（一等）が六隻あった。いずれも一万二千～一万五千トン、速力十八ノット、主砲三十センチ砲四門で、これが第一艦隊の第一戦隊を形成し、当時の世界では高水準をいく戦艦戦隊であった。また巡洋艦（一等）としては、第二艦隊の第二戦隊として、「出雲」を旗艦とする六隻があり、この戦艦六、巡洋艦六の六六艦隊が、山本や西郷、伊東の念願とした決戦用の艦隊であった。

一等巡洋艦の要目はつぎのとおりである。

九千三百～九千九百トン、速力二十～二十・五ノット、主砲二十センチ砲四門

これに対するロシアの太平洋艦隊は、「三笠」「富士」とほぼ同等の戦力を持つ一等戦艦ペトロパウロウスクを旗艦に、ほぼ同等の要目の戦艦七隻、一等巡洋艦一、二等巡洋艦三、三等巡洋艦三を主力としていた。戦艦は日本六、ロシア七だが、一等巡洋艦は六対一で、黄海海戦ではこの巡洋艦の差が大きくものをいうのである。そしてウラジオストクにいた一等巡洋艦三隻が、日本側の輸送を激しく阻害することになる。

二月二十四日、旅順口閉塞が始まった。

これは商船を港の入り口に沈めて、太平洋艦隊を封じこめようというもので、この閉塞は

四月十五日まで三回行なわれるが、敵の反撃が強くて所期の成果が上がらなかった。「轟く砲音飛びくる弾丸……」という軍歌になる広瀬武夫中佐の戦死は、第二回閉塞のときである。閉塞は困難であったが、日本海軍が敷設した機雷は有効であった。四月十三日、大本営にいた伊東を喜ばせ、また同情させる知らせが届いた。三月上旬着任した、ロシアの新太平洋艦隊司令長官マカロフ中将が戦死したのである。

この頃、第二艦隊の第二戦隊旗艦「出雲」では、艦隊司令長官の上村（彦之丞中将）と参謀長の加藤（友三郎大佐）が作戦を練っていた。二人は、黄海の海戦のとき、上村が「秋津洲」の艦長、加藤は「吉野」の砲術長で、ともに坪井司令官の下で第一遊撃隊で戦った仲である。

「マカロフが着任してから、ロシアの海軍も意気揚々としてきたようだな」

「なかなか積極的ですな。着任早々、快速巡洋艦ノーウイクで港外を一周したそうです。わが閉塞作戦を妨害しようというんですな」

「マカロフをやっつければ、ロシア艦隊はがっくりくるじゃろう。なんとか手はなかかのう?」

「マカロフは非常に部下思いだと聞いています。港外に出てきた巡洋艦か駆逐艦を痛撃すれば、マカロフが救援に出てくると思われます」

「そいつは面白か。東郷どんのところに連絡しておこう」

加藤のマカロフ誘致策はたちどころのもとに連絡され、島村速雄参謀長や秋山真之参謀も賛成したので、実施されることになった。そして四月十三日早朝、機雷敷設の援護をしていた第四、第五駆逐隊は敷設の様子を偵察にきた駆逐艦ストラーシヌイを包囲攻撃して大破せしめ、他の一隻スメールヌイにも大きな被害を与えた。

これを知ったマカロフは加藤らの計画どおり、旗艦ペトロパウロウスクに乗り、戦艦ポルタワ、巡洋艦三隻を率いて港口を出撃し駆逐艦の応援に向かった。（註、ここがよくわからない。日本の提督であったならば、部下の駆逐艦が苦戦していると聞いても、巡洋艦か駆逐艦を派遣するだけで、長官みずから救援に行かない。日本の主力艦隊が本格的な攻撃をかけてきたならば別である。だが、駆逐艦の苦戦程度では長官は出ないと思われる）

部下の危急を救うためとはいえ、このときの救援をほかの部下に任せておけないところに、マカロフの異常なまでの部下への愛、またそうしなければ、自分の名声が保てないと考えるところに、彼の特質が出ているといえようか。

とにかく名提督マカロフは出てきた。待ちかまえていたのは、前衛に「千歳」「高砂」「笠置」「吉野」らの第三戦隊で、その後方に第一、第二戦隊が前進しつつあった。これを察知したマカロフはいったん港口まで引き返した後、ペレスウェートらの戦艦三隻、駆逐艦九隻に出撃を命じ、東郷艦隊と決戦に及ぼうとした。彼は誘導作戦に引っかかったわけで、優秀な指揮官がよくかかる罠でもあった。

しかし、天はこのロシアの天才的といわれた提督に、味方しなかった。

港口を出て前進したマカロフは、「味方要塞の砲台の援護のもとに戦った方が有利である」という参謀の言を入れて、港口東方の鮮生角の方に変針した。ペトロパウロウスクが先頭に立ち、鮮生角の方に向かう途中、ペトロパウロウスクは日本軍が敷設したばかりの機雷に触れて、船体が二つに折れて沈没した。

「三笠」の甲板にいてこの様子を認めた東郷が、ドイツ製のツァイスの双眼鏡でこれを見て、「いま沈んだのは戦艦だ、敵の旗艦だ」と断定した話は有名である。三月に着任して、わずか一ヵ月余りで戦いもせず戦死とは、マカロフも無念であったろうと、東郷は敵長官の死を悼(いた)んだ。

東京でこれを聞いた伊東は、やはりマカロフの名声を聞いていたので、一戦も交えないで機雷で死ぬとは本望ではなかろうと同情したが、五月になると、今度は日本軍に厄日(やくび)がやってきた。五月十二日、第十八号水雷艇触雷沈没、十四日、通報艦「宮古」触雷沈没、そして十五日には最大の厄日を迎える。

この日未明、黄海海戦で勇戦した「吉野」が、濃霧のため「春日」と衝突して沈没した。そして午前十時五十分、新型戦艦「初瀬」「八島」が機雷に触れ、ともに沈没してしまった。これには東郷も伊東も落胆した。

しかし、人並みはずれた神経の持ち主である東郷は、とり乱したりはしなかった。

戦況報告のために「初瀬」の中尾、「八島」の坂本両艦長は、顔面蒼白となりながら、「三笠」の長官室にやってきた。二人とも報告を終わったら切腹を覚悟していた。長官室には参謀長の島村、先任参謀の秋山真之らがいた。報告が終わると、二人の艦長は号泣した。

この大事のときに最新鋭の戦艦二隻を失うと、それでなくとも足りない戦艦が、敵よりさらに少なくなってしまう。しかし、東郷は動じていない。彼は薄い笑みを浮かべながら、

「おい、どげんした？　まあ、菓子でも食って元気を出さんかい？」

と二人の前に菓子鉢を差し出した。

これを見ていた島村は、

——東郷さんは偉い……。

と思った。彼はいま二人の艦長の命を救わんとしている。この際、老練な艦長二人を失うことが、連合艦隊にとってどういうことになるのか、東郷はそれを一番よく知っているのだ。

——この人となら立派に戦ができる……。

作戦の天才といわれた秋山もそう考えていた。

「もう泣かんでもええ、今後は二人分ずつ働いてくれい」

そういうと、東郷はまた作戦会議にかかった。

悲惨なドラマを交えつつ、戦争は中間の山場である黄海の海戦に流れていく。

日清戦争では九月十七日が黄海の海戦であったが、日露戦争では八月十日で、前回とはかなり役者が入れ代わっている。

当時の連合艦隊司令長官の伊東は軍令部長となり、花形の坪井第一遊撃隊司令官はすでに亡く、前回、坪井の下で「浪速」艦長を勤めた東郷が司令長官である。そして前回「秋津洲」艦長であった上村や「吉野」の砲術長であった加藤は第二艦隊の幹部として、朝鮮海峡

の警備にあたっていた。すでに運送船常陸丸、佐渡丸、和泉丸が撃沈され、朝鮮海峡の悲劇は国民の間でも批判の声を浴びていた。

上村艦隊がウラジオストク艦隊と遭遇し、リューリックを沈めるのは八月十四日のことであるが、この黄海の海戦では、第二艦隊は逃走する敵を待ち受ける役目となっていた。

マカロフの後任となったウイトゲフト少将は、八月七日、ペテルブルクの軍令部から、「直ちに全艦隊を率いてウラジオストクに入港すべし」という命令を受けとった。

ペテルブルクでは旅順の封鎖がかなり進んだと考えたらしい。四月に戦死したマカロフの代わりにペテルブルクの海軍省は太平洋第一艦隊（従来の旅順にいた太平洋艦隊）の司令長官にベゾブラーゾフ中将を、太平洋第二艦隊（バルチック艦隊）司令長官にロジェストウェンスキー少将（十月、中将に進級）を任命、そしてこの二つを統轄する太平洋艦隊司令長官にスクルイドロフ中将を任命した。

ところがベゾブラーゾフとスクルイドロフの二人は、ウラジオストクまで来たが、旅順には入れない。そこでペテルブルクの軍令部はこの際、旅順の艦隊をウラジオストクに行かせ、二人の指揮下に入れ、十月に出発するはずのバルチック艦隊（太平洋第二艦隊、以後こう呼ぶ）を迎え入れる用意をするがよかろうと考えたらしい。

八月十日午前六時半、これまで出撃を渋っていたロシア艦隊はウイトゲフト少将座乗のツエザレウイッチを先頭に、戦艦六、巡洋艦三が単縦陣で旅順口を脱出した。湾口東方、円島で待機していた東郷艦隊は哨戒艦の通報で、午前七時出撃し、西に向かった。

編制は第一戦隊「三笠」「朝日」「富士」「敷島」「春日」「日進」（「春日」「日進」の二艦は新しく艦隊に入った）の六隻が主力である。戦艦は日本四に対してロシア六、装甲巡洋艦は日本二に対してロシア三と数の上ではロシアが優勢であったが、東郷は休日返上で猛訓練をした日本艦隊の射撃術に期待していた。

午後十二時半、戦機は熟し、ロシア艦隊の前方を横切る形で南南西に進んできた東郷艦隊は、午後一時、左一斉回頭し、つぎにさらに左に一斉回頭して、同航戦（敵と並行して交戦する）に持ちこんだ。

午後一時半、砲戦開始、東郷は敵の前方にT字戦法をとろうとしたが、敵はなおも高速で南東に脱出を計る。午後三時半の段階では、ロシア艦隊の脱出は成功したかと思われた。

「どうも敵は長く港内にいた割には逃げ足が速いですな」

「二艦隊にこちらの様子を打電しておいてくれんか」

「三笠」艦橋では、東郷と島村参謀長が、辛い会話を交わしている。東郷は後に、この海戦が最大の苦戦であったと回想している。

しかし、長く港内にいたロシア艦隊の弱みはようやく出てきて、午後五時半、「三笠」は敵の戦艦ポルタワまで七千メートルの位置まで追いついた。ふたたび砲煙が黄昏の黄海の海面を染め始めた。合戦一時間、「三笠」に砲弾が集中し、艦橋への直撃弾で伊地知艦長も重傷を負い、そのすこし前には後部砲塔に命中した弾によって分隊長伏見宮博恭（ひろやす）王をはじめ、重傷者六名、死者一名を出している。

そして午後六時三十七分、「三笠」の三十センチ砲弾が、敵の旗艦ツェザレウイッチの司令塔に命中、ウイトゲフト司令長官をはじめ十数名の幹部が戦死し、参謀長マセウィッチ少将も重傷を負い、つづく第二弾が司令塔の天蓋（てんがい）を破り、艦長イワノフ大佐、航海長、操舵手を倒した。重傷を負った操舵手は、取舵（左旋回）のまま舵にしがみついて絶命したので、ツェザレウイッチは左旋回をつづけ、二番艦レトウィザン、三番艦ポベーダもこれにならった。

しかし、ツェザレウイッチが異常な左旋回をつづけ、四番艦ペレスウェートの横腹に突進してくるのを見た同艦にいた次席司令官のウフトムスキー少将は、これを回避するとともに異変を察知し、艦隊を集めて旅順に帰投しようと考えた。しかし、ペレスウェートはマストが二本とも倒れて信号を出す場所がない。司令塔の脇に出したが、部下の艦にはよくわからない。ロシア艦隊は混乱の極みに達し四分五裂となって、各個に逃走を始めた。

ツェザレウイッチは生存者がやっと舵にとりつき、山東半島南側の膠州湾に逃げて、清国に武装解除された。巡洋艦ノーウイクら三隻は樺太、上海などに逃げた。残る戦艦五隻は旅順口に逃げ帰った。午後八時二十五分、東郷は水雷戦隊に追撃を命じて、主力の戦闘を中止した。艦橋は暗く、東郷の顔には疲労の色が濃かった。

八月十三日にも、ロシアの艦隊は大挙して旅順口を出てきた。きたか！　と東郷艦隊は全兵力で迎え討ったが、夜に入って主力の戦闘はできなかった。東郷は水雷戦隊に総攻撃を命じたが、敵の損害は軽微であった。この黄海でも水雷戦隊の攻撃は大きな戦果を挙げ得なかった。

——こういうことで、いざヨーロッパからバルチック艦隊が出てきて挟み討ちになったら、どうなるのか……。

艦橋の島村も秋山も背筋の凍る思いであった。

結局、黄海海戦も敵の司令部を全滅させ、旗艦と巡洋艦を逃走させただけで、戦艦五隻はまたしても旅順口に遁入してしまった。

八月十四日、上村艦隊はついに怨みぞ深きウラジオストク艦隊を捉えた。一万トン級の大きな装甲巡洋艦三隻であるが、敵はエッセン司令官の艦隊運動よろしきを得て、傷ついたリューリックを援護し、こちらは弾庫が空になるほど撃ちまくったが、ついにロシア、グロムボイの二隻はウラジオストクに逃げ帰った。

リューリックは沈没し、憎いはずの敵将兵を救助したというので、軍歌『上村将軍』はその武士道的な行為を賞賛している。上村中将は敵の主力を逃したと残念がったが、ウラジオストクに逃げ帰ったロシア、グロムボイの二隻の装甲巡洋艦は大破して、二度と日本海に姿を現わすことはなかった。

連合艦隊司令部の東郷とともに軍令部の伊東は焦(あせ)っていた。当時、軍令部の幹部はつぎのとおりである。

部長　伊東祐亨(すけゆき)大将

次長　伊集院五郎中将
第一班長（作戦部長）　山下源太郎大佐
第三班長　江頭安太郎大佐
参謀　財部彪中佐、小笠原長生少佐、中野直枝少佐

このうち伊集院、山下はいずれも後に軍令部長になる人材で、財部は海相になる。このうち伊集院と山下に関しては、後に小伝を紹介するが、いずれも日露戦争では、尻尾をつかませないロシア艦隊の機敏な行動に苦心を重ねた組であった。

旅順のロシア艦隊は黄海の海戦にこりて、二度と出撃してはこなかった。そこで海軍も旅順要塞の攻略に力を入れることになった。すでに六月十一日、海軍の砲が旅順の山越えで湾内の軍艦を砲撃することにしていた。九月二十八日には、黒井悌次郎中佐の陸戦重砲隊は、すでに占領した海鼠山からの観測によって港内のロシア艦隊に猛射を加え、戦艦ポベーダ、ペレスウェートに相当な損害を与えた。

このように旅順港内のロシア艦隊撃滅に力を入れていたとき、ヨーロッパから重大な情報が入った。バルチック艦隊がペテルブルク南西六百キロのリバウ軍港を出港して、西に向かったというのである。敵はいよいよ最後の切札による決戦に踏み切ったのである。旅順艦隊が東郷に圧迫されて、無力に近くなったことを知ったツァー（皇帝）は、帝政ロシアの面子にかけても、東郷艦隊をぶっつぶそうと虎の子のバルチック艦隊を東洋に送ることにしたの

である。

軍歌『日本海海戦』の一番はこうなっている。

海路一万五千余哩（り）
万苦を忍び東洋に
最後の勝敗決せんと
寄せ来し敵こそ健気なれ

鎮海湾の東郷司令部と東京の軍令部では、眠れぬ夜がつづいた。当時、軍令部の参謀であった中野直枝少佐（後、中将、第二艦隊長官）は、後年、つぎのように当時の伊東軍令部長を回想している。

伊東軍令部長は部長室に寝台を入れて、日夜ここに起臥して、秘策を練られ、その前線の将兵を思う気持には、私どもも感激しておりました。とくにバルチック艦隊が母国を出港して東洋に向かうと聞いてからは、その進路の推測に全力を入れていたのです。しかし、つねに余裕をもって事にあたる部長は、運動不足はいかんというので、海軍省の空き地に大弓場を造り、伊東部長が先生で、毎日夕方には大弓の稽古をしたものです。

同じく参謀であった田中耕太郎少佐（後、中将、軍令部第三班長）の回想はつぎのとおりである。

私はロシア課報主任であったので、開戦直前から講和の日まで、よく伊東軍令部長の諮問に与りました。初期にはロシア太平洋艦隊（旅順とウラジオストク）の司令長官、司令官などの人物、力量などに関する情報を聞かれ、三十七年十月、バルチック艦隊がリバウ軍港を出発以降はこの艦隊の長官、司令官、各艦長の経歴、性行、技量などについて質問がありました。マカロフのことは部長もよく知っておられたようですが、ロジェストウェンスキー長官については微に入り細を穿った質問がありました。ある日のこと、一司令官の経歴を「ロシア海軍高等武官名簿」で見ると、陸上勤務ばかりの将官が戦隊司令官になっているので、「このようなオカ（陸）ばかりの提督では海戦で戦隊の指揮にあたっても、さほどのこともできないでしょう」

というと、部長は穏やかな口調で、

「人間というものはいざ実戦となると、平素表に現われない隠れた技能を持つものである。また窮地に陥ると驚くべき勇気を発揮するものもいる。敵を侮ってはならぬ」

と諭されました。

これこそ日清戦争時黄海の実戦で得られた経験によるものであろうと、私は感心したのです。部長が敵の将官を詳しく調査せしめたのは、孫子の「敵を知り己を知れば百戦危うからず」というような言葉によると思われますが、その性格上このようなことに興味があったと思われます。

伊東部長は日清戦争前後、常備艦隊長官として、多くのロシア軍艦と接触し、その後はロシア東洋艦隊が横浜にたびたび入港したが、軍令部長として宴会などで多くのロシアの提督と交際があり、それでわが提督の中ではもっともロシアの将官に詳しい提督となられたわけです。一方、ロシア側でも日本の提督のことを研究していたとみえて薩摩出身の提督の評価は高く、東洋帰りのロシア将校によってそれがロシア中央にも伝えられたらしく、シナの艦隊を破ったアドミラル・イトーの名は、ペテルブルクでも有名でした。（註、田中はロシア留学の経験あり、たびたびロシア勤務をしていた）

ロシアの提督の情報のほかに、もちろん、艦艇の要目、兵器の種類、新造艦艇の進行程度に関する質問もありました。部長の人柄は、「利口ぶらぬ」「万事を腹に納得して必要以外には多くを語らぬ」「人を信じて疑わぬ」という人物であったと思います。

作戦上とくに印象に残っているのは、八月十日黄海海戦の後のことです。部長が突然、わが方の諜報班幕僚室に入ってきて、

「ノーウイク（高速巡洋艦、速力二十余ノット）が逃げた。太平洋に出て宗谷海峡を経てウラジオストクに入らんとするものらしい。これに対する処置をとらねばならぬ」

と強いが簡潔にいって部屋を出られました。部長が部員室に入るということは、かつてないことでした。軍令部には作戦班と諜報班があり、これの処置をとるのは作戦班の仕事です

が、ことがノーウイクであるので、部長はロシアに長い私の話を聞こうと考えられたようです。

旅順封鎖作戦以来、わが駆逐隊に対しもっとも果敢に攻撃してきたのはノーウイクとバヤーンでした。これは、これらの艦長がともに優秀な士官であったためです。ノーウイク艦長は初めフォン・エッセン、黄海海戦当時はフォン・シュリッツで、バヤーン艦長ウィレーンと並ぶ豪勇の指揮官でした。伊東部長はかねてロシアの指揮官の情報を調べておられたので、とくにノーウイク艦長の果敢な行動を懸念されたものと思われます。

部長の指示によって連合艦隊は、宗谷海峡からウラジオストクの線を固めました。ノーウイクはいったん膠州湾に入って石炭を搭載した後、部長が想像したとおり、宗谷海峡を通るため樺太のコルサコフ（大泊）に向かったところ、待ちかまえていたわが「千歳」「対馬」に攻撃されて、擱座しました。これの対策を怠っていたら、ウラジオストクに入った高速巡洋艦のために、またしても輸送が攪乱されるところでありました。

明治三十八年元旦、旅順が陥落して、日本海軍の目標はバルチック艦隊迎撃に絞られた。二月初旬、東京で山本海相、斎藤（実）次官、伊東軍令部長、伊集院次長、山下第一（作戦）班長と東郷長官、加藤（友三郎）参謀長（一月十二日、島村と交替）らで最高戦争指導会議が開かれ、バルチック艦隊に対する戦闘の打ち合わせが行なわれた。バルチック艦隊はまだアフリカ南端のマダガスカル島ノシベの泊地にいた。

一、ロシア艦隊が朝鮮、津軽、宗谷のどの海峡にくるか偵察を厳にして、迎える海面を決める。目下の東郷は朝鮮海峡を主力する。
二、鎮海湾を基地として猛訓練を行なう。とくに砲戦の練度向上を狙う。
三、水雷戦の練度向上を計る。

ここで、一番の問題は、ロジェストウェンスキー提督がどの海峡にくるかということである。

早くも確信を胸に秘めたように落ち着いている東郷の率いる連合艦隊司令部は、二月六日、東京を去って呉に向かい、十四日、「三笠」は呉発、二十一日、訓練根拠地の鎮海湾に入った。

一方、三月十六日、やっとノシベ泊地を出たロジェストウェンスキー提督のバルチック艦隊はインド洋を通過して、四月十二日、仏印東岸のカムラン湾に入った。ここでロジェストウェンスキーは第三太平洋艦隊（ネボガトフ少将、指揮）を待ったが、フランス政府から、この湾の使用禁止（日英同盟による英国の圧力）を申し渡され、四月二十二日、五十マイル北のヴァン・フォン湾に入った。

五月九日、待望のネボガトフ艦隊が同湾に入った。十四日、バルチック艦隊は同湾を抜錨して北東に向かった。行く先はウラジオストクへの最短コースであるツシマである。

鎮海湾にいた東郷がバ艦隊の北上を知ったのは、五月十八日のことである。しかし、果たして三つの海峡のどこへそれはやってくるのか。司令部の眠れぬ夜が、またやってきた。伊東の軍令部も各参謀が軍令部に泊まりこみ、籠城で敵情報を集めることに専念した。

五月二十四日のことである。東郷の司令部が「敵がどちらに来てもよいように、能登半島沖で待つ方がよいかと思う」という意見具申を大本営に打ったという話が、第二戦隊司令官の島村少将の耳に入った。かねてバルチック艦隊は短距離の朝鮮海峡か対馬海峡にくると考えていた島村は、急いで「三笠」の同期生加藤参謀長のもとにやってきた。加藤は秀才の秋山とともに前任者の島村を迎えた。

「おい、どうした？ 連合艦隊は能登へ移動するというではないか？」

島村の問いに加藤は、蒼白な額に疲労をにじませながら答えた。

「そんなことは決まっとらんよ。二十五日までに敵の動向がわからんときは、津軽海峡への移動も考えるべきか？ というので、参考意見として打電しただけだよ」

しかし、心配した島村は、直接、長官の部屋を訪れた。東郷はじろりと前参謀長を眺めると、ぶすりといった。

「おいは敵は対馬にくると決めちょりもす」

この信念の一言に、島村も安心して自艦に帰った。

この東郷の不動の信念には裏づけがあった。五月二十三日のことである。軍令部で山下と財部が話し合ったとき、山下班長が、

「自分は大尉時代に『武蔵』航海長として、北海道、千島の気象、航路を研究測量したことがあるが、五、六月は非常に霧が深いので、大艦隊の通航は極めて危険だと考えた。ロシア側は当然これを知っているはずで、絶対に津軽にこない。対馬だと思うが、出先の判断は連合艦隊司令部の権限が強いので、どうしようかと迷ったが、やはり意見をいっておこうと思う」

といったので、財部は直ちに賛成し、長文の電報を作製、夕刻、伊集院次長に相談したところ、伊集院は直ちに同意して伊東軍令部長に届けるように指示した。そこで財部が伊東のところに行くと、これも賛成したので、財部は自転車で高輪の山本海相邸に行って、これの発信の許可を求めた。山本は難しい顔をしていった。

「対ロシア作戦に関する現地の判断は東郷に任せてあるんじゃ。東郷はちゃんと自分の意見をもっちょる。こげんことをいってやると、混乱させることになりゃせんか？」

財部は山下の主張を詳しく説明したが、山本は承知せず、「明日、海軍省で聞こう」というので、財部はいったん軍令部に帰り、伊集院、山下と相談し、翌二十四日、三人がそろって山本大臣のところへ行った。山本は東郷の判断を誤るといって承諾せず、伊集院にこういった。

「おい伊集院、おはんの話は勝手過ぎはせんか？　それは敵が朝鮮海峡にきた方が都合がよかろうが、そうはいかんぞ。ところで君がロシアのロジェストウェンスキー長官であったら、どこにくるかね？」

この辛辣(しんらつ)な問いに、伊集院はにやりと笑って答えた。

「大臣が日本の連合艦隊長官であるなら、私は朝鮮海峡に行きます」

これには山本も苦笑して、

「よかろう、君たちがそれほどまでにいうのなら、すこし電文を緩和して幕僚から幕僚へという形でいうてやれよ」

と同意したので、二十四日に東郷司令部に鎮海湾待機を強調する電報が打たれたのである。

軍令部も東郷も判断は誤っていなかった。

五月二十三日、バルチック艦隊は上海南東百三十マイルに達し、海上で石炭搭載を行ない、決戦に備えた。

この日午後八時、ロジェストウェンスキーは運送船六隻を分離し、上海に護送せしめた。これらの運送船は二十六日、上海に入り、これを知った上海総領事館の領事官補松岡洋右(のち外相)は日本政府に、「バルチック艦隊は対馬海峡に向かう公算大なり」と打電した。この情報は直ちに連合艦隊司令部に転電され、東郷はますます敵は対馬にくるという信念を固めた。

そして軍歌によれば、
時これ三十八年の
狭霧(さぎり)も深き五月末

敵艦見ゆとの警報に
勇み立ちたる我が艦隊
早くも根拠地後にして
旌旗(せいき)堂々荒波を
蹴立てて進む日本海
頃しも午後の一時半

ということになるのである。

哨戒艦信濃丸の、「敵艦見ゆ」という通報が、鎮海湾の「三笠」に届いたのは五月二十七日午前五時半である。

この報告を聞いた東郷は、

「全艦隊、直ちに出港！　大本営に、やる！　という無電を打て！」

と力強く命令した。

「各艦隊予定順序に出港！」

そして、

「敵艦見ゆとの警報に接し連合艦隊は直ちに出動、これを撃滅せんとす、本日天気晴朗なれども浪高し」

と打電されたのである。

午前六時半、連合艦隊四十余隻は、静々と鎮海湾を出港した。待ちかまえた出撃で、艦隊の将兵の中には、吉良邸を襲う夜の赤穂浪士の心境を思い遣(や)った者も多かったと思われる。

午後一時三十九分、東郷は南西方に敵の艦隊を認め、

「戦闘開始！」

を指令した。ロジェストウェンスキーのバルチック艦隊は、進路二三度（北北東）で、えっさえっさ、という形で進んできた。その隊形は二列と三列の縦隊で、砲戦には極めて不利な形であった。

「ロシアの艦隊は団子になってやってきよりもしたな」

伊地知艦長が加藤参謀長にそういい、加藤も胃の痛みで歪んでいた頬を緩めた。いかにロジェストウェンスキーが宮廷の武官上がりとはいえ、単縦陣の方が砲戦に有利ということは知っていたが、うるさくまつわりつく三艦隊や三戦隊を追い払おうとして、艦隊運動を繰り返している間に、隊形が団子になってしまったのである。

すでに旗艦マストには有名な「皇国ノ興廃コノ一戦ニアリ各員一層奮励努力セヨ」という信号・Z旗が揚がっている。予定のT字戦法が発動されれば砲戦が始まる。秋山は東郷のそばに行くと、

「長官、撃ち合いが始まりますので、司令塔の中にお入り下さい」

といった。東郷は拒絶した。出撃の前に、加藤はそれを東郷に話した。

「いや、おいはもう年寄り（五十九歳）じゃ。艦橋でユッサ（戦）を見せてくれんか。ネル

ソンのごつユッサの途中で死ねば本望でごわす」といって、東郷はそれを断わった。この年一九〇五年は、ネルソンがトラファルガー海戦で死んでから百年目にあたっていた。東郷がそれを知っていたかどうか……。

東郷は吹きさらしの艦橋で、T字戦法を下命することになった。時に午後二時五分、左回頭を始める「三笠」に敵の砲弾が集中したと書いてある本が多いが、「三笠」が左回頭を終わったのが、二時七分、バルチック艦隊の旗艦スワロフが初弾を発射したのが、二時八分であるから、回頭中には、「三笠」は弾を受けなかった。もちろん、その後「三笠」に敵弾が集中したが。

この「三笠」の回頭中に、ロジェストウェンスキーが、「吾すでに勝てり」と叫んだと書いている本もあるが、実際には参謀たちが、

「わが軍は勝ったぞ！」

「トーゴーは気が狂ったか！」

と叫んだ程度らしい。

「三笠」が射撃を開始したのはスワロフの二分後であるが、スワロフへの主砲初弾命中はその二分後（二時十二分）で、つづいて連続命中弾を得るが、スワロフの「三笠」への初弾命中は、十三分に十五センチ弾一発で、三十センチ砲弾命中は十五分である。これは猛訓練をつづけた日本海軍との練度の差を示す点もあるが、「三笠」のT字戦法によって、スワロフの射撃諸元が狂ったこともあると思われる。

しかし、回頭後の「三笠」には、スワロフ、アレクサンドル三世、ボロジノなどの弾がつぎつぎに命中した。この日、「三笠」には右舷に四十個、左舷に八個の命中弾を受けたが、その大部分は回頭後に受けたものである。

二時二十分には前艦橋右舷直下に三十センチ砲弾が命中、司令塔内にいた参謀飯田久恒少佐は重傷、前部マスト近くにいた副長松村直臣大佐、前艦橋にいた参謀清河純一大尉は軽傷を負った。東郷の股の間を抜けた弾片がマントレット（釣床のカバーによる武装）に突き刺さったのは、このときである。

東郷は泰然として瞬きもしなかったといわれるが、実は危なかった。この時点で長官が戦死したら、艦隊の士気に大きな影響を与えたかもしれない。勇敢な薩摩っぽの東郷は、山本がいったように幸運の提督であったかもしれない。

東郷が望んだ同航戦で、午後三時まで、激しい砲戦がつづく。日本艦隊は敵の北側におり、ウラジオストクへの退路を扼していた。

運のよい東郷に較べてロジェストウェンスキーは悲運の提督であった。彼は東郷と違って吹きさらしの艦橋ではなく、厚い装甲の司令塔の中で狭いのぞき窓から「三笠」の様子を見ながら、砲戦を指揮していたが、二時五十二分、この窓に弾が直撃し、ロジェストウェンスキーは頭部に重傷を負った。彼こそこのとき死んだ方がよかったといったら、残酷に過ぎるであろうか？

ロ提督を負傷させた弾のつぎにきた弾は、スワロフの舵に命中し、スワロフは右旋回をしたまま、舵がもどらなくなった。この後、二番艦のアレクサンドル三世に砲火が集中し、同艦は落伍、スワロフ隊の北の編隊を率いていたオスラビアは一戦隊、二戦隊の集中砲火を浴びて、三時六分、沈没した。戦艦の沈没第一号である。

スワロフ隊では三番艦のボロジノが一番艦となり、東郷艦隊の後尾を回ってウラジオストクへの道をたどろうと試みた。しかし、これは間違いで、もはや東郷艦隊を撃破しなければ、ウラジオストクへの道は開けないのである。

この後の合戦の経過は省略するが、靄（もや）の中で一時敵艦隊を見失った東郷艦隊は、夕刻ふたたび発見して、猛撃を加え、午後七時、スワロフは沈没、七時二十三分、アレクサンドル三世も海底に急ぎ、ボロジノ、アリヨールも傷つき、水雷戦隊の夜襲によって、ナワリン、シソイウェリーキーらの戦艦も傷つき、満足な戦艦はニコライ一世だけになってしまった。

翌二十八日朝、ニコライ一世座乗のネボガトフ少将は、残存艦隊を率いてウラジオストクへの道を急いだが、日本艦隊に発見され、十分ほどの砲戦の結果、降服旗を揚げた。

このとき、ニコライ一世が降服旗を揚げたのに、東郷が、「砲撃止め」を下令しないので、秋山が、

「長官、武士の情であります。砲撃を止めてください」

と叫んだのに対し、

「敵はまだ走っとうじゃないか?」

と東郷はいい、加藤が停止信号を出させようとしたとき、ニコライ一世の煙突からの煙が

とまり、

「これでユッサ（戦）は終わりもした」

と東郷が淋しそうにつぶやいたのは、有名な話である。

日本海海戦の戦果はつぎのとおりである。

撃沈　十九隻、戦艦六隻（八隻のうち）を含む

捕獲　五隻

捕虜　ロジェストウェンスキー長官以下六千名

ロシア軍戦死者　四千五百名

脱走したもの　巡洋艦三、駆逐艦一、特務艦二

日本側の損害　水雷艇三隻沈没、死傷者七百名

まさに完勝で、軍令部に泊まりこんでいた伊東らも、やっと自宅で戦塵（せんじん）を洗ったのであった。

日露戦争のときと同じく、伊東は日本海海戦の勝者・東郷に、明治三十八年十二月二十日、軍令部長のバトンを渡して、十年にわたった椅子から降りる。

東郷の軍令部長は明治四十二年十二月末までつづくが、海軍の艦隊造りにとっては苦い時代であった。

軍令部長

東郷が連合艦隊司令長官から軍令部長になって間もない明治三十九年一月七日、山本権兵衛も八年近い海相の椅子を降りて軍事参議官になった。後任は斎藤実であったが、山本はまだ海軍から縁を切るわけにはいかなかった。アメリカを仮想敵とする日本海軍は、八八艦隊（戦艦八、巡洋戦艦八）を造る仕事に追われていた。そして日本が自信をもって建造した戦艦級の一等巡洋艦「筑波」は、完成時すでに英国の弩級（どきゅう）戦艦ドレッドノートに大きく引き離されていた。

これから当分日本海軍は、英国海軍の後を追うことになる。軍令部の苦悶の日々がつづくが、東郷は山本と手を組んで栄光の帝国海軍を再現すべく努力した。

大正九年七月、加藤（友三郎）海相によって、八八艦隊の予算は帝国議会を通過し、東郷、山本の悲願は成るかとみえた。しかし、翌十年夏には財政上の見地から、加藤は原敬首相と相談のうえ、アメリカの提案である軍縮会議に出席の返事を送る。こうして八八艦隊は夢の彼方に消え去り、十年余りのネイバルホリデー（海軍の休日）がつづくのである。

東郷の軍令部長時代は、この建艦競争以外は無風状態で、彼は日本海海戦の英雄として、〝アドミラル・トーゴー〟の勇名を世界に轟かしていればよかった。明治三十九年四月、功一級金鵄勲章をもらい、十二月大勲位、四十年九月伯爵、大正二年四月元帥となる。まさに位人臣を極めた。

　明治四十二年十二月、伊集院五郎中将にバトンを渡して軍事参議官となった東郷は、乃木希典将軍とともに東伏見宮依仁(よりひと)親王のお供をして、英国皇帝の戴冠式に参列することになった。陸と海の英雄がそろったので、欧米では大変な人気であった。

　ロンドンで無事戴冠式が終わると、二人は別々に欧米を回ることになった。出発の前日、乃木がすこし暗い表情で東郷にいった。

「ステッセル将軍（旅順守備の司令官）が落ちぶれてペテルブルクで薬の行商人になっていると聞く。立派な将軍だったが、気の毒だ。ロシアに足を伸ばして見舞ってやりたいと思うが、東郷さんはどう思いますか？」

　東郷はいった。

「乃木さんの人間らしい気持はようわかる。じゃっどん、ステッセル将軍は諦めて市井(しせい)の隅で生きておらるるごつ、そこへおはんが凱旋将軍のごとくに訪れると、ますます惨(みじ)めな気持になりはせんか」

　乃木はこの忠告を入れてペテルブルク行きをとりやめたが、人情家の乃木としては残念そうであった。しかし、東郷の言葉にはもう一つの含みがあった。いまロシアでは過激派が動いているという。ペテルブルクは革命騒ぎであるという。そこへ乃木が行って、怨みを持つ人間による災難がかかるかもしれない。東郷はそれを恐れたのである。二〇三高地で万という兵士を犠牲にして、後に自決する乃木と、T字戦法の実施者では、現実に対する判断の違いがあったようである。

　この年八月、東郷はニューヨークに着いた。ルーズベルト大統領以下、「トーゴー」「アドミラル」と大変な歓迎ぶりであった。新聞も大きく書き立て、共同インタビューもあった。そのとき一人の記者がこう聞いた。

「アドミラル・トーゴー、もしアメリカと日本の間に戦争が起きるとしたら、あなたはどうしますか?」

　東郷は答えた。

「アイ、ウイル、ランナウェー（逃げますね）」

　記者団はどっと笑った。ジョークだと思ったのである。世界の英雄が戦争のときに逃げ出すとは、誰も考えなかったに違いない。

　しかし、東郷は冗談をいっているのではなかった。日露戦争が終わった段階で、新興日本の前に大きく立ちはだかっているのが、海の向こうのアメリカであることを、誰よりも切実に感じていたのは、日清、日露の両役に勝ったこの達眼の持ち主であった。ロシアには勝った。しかし、帝政ロシアは衰えゆく帝国で、バルチック艦隊は一万五千マイルを航海してきた疲れた艦隊であった。

　新鋭の大国アメリカが、どの程度の軍事力、そして工業力を持っているかを一番よく知っているのは、この老提督であった。四年間の軍令部長時代、彼の部屋に入ってくる情報の大部分は、仮想敵アメリカの軍事情報であった。

日露戦争で疲弊している日本には、とうてい上昇気運のアメリカには勝てん、アメリカが戦うときは、英国も味方するかもしれない。いまは日英同盟があるが、いずれは英国も日本の敵になるかもしれない。日英同盟が切れるときが、日米の危機なのだ。決してこの大国を敵に回してはならない。うかつにやれば、ロシアの二の舞である。これが日露戦争に勝った提督の自粛への教訓であった。

伊集院（いじゅういん）という苗字を聞いただけで薩人とわかる。確かに伊集院は薩摩出身のために出世をした。

『近代日本軍人伝』（松下芳男著）は、伊集院を薩人であったために、元帥（大正六年五月二十六日）になれた幸運な提督であるといっている。

確かに伊集院の経歴を見ると、日清戦争のときは軍令部第二局長で、その後、明治三十二年九月、軍令部次長となり、一時常備艦隊司令官に出るが、三十六年九月、ふたたび軍令部次長となり、日露戦争中はずっとこの職にあった。東郷はもちろん、上村彦之丞、出羽重遠、片岡七郎、瓜生外吉、あるいは後輩の加藤友三郎、島村速雄のように砲煙弾雨の戦場に、伊集院は出なかった。

この点、戦場に出なくて元帥になった陸の寺内寿一（長州閥山県有朋の子分）と似ている、と松下はいう。

しかし、寺内はともかく伊集院は、ただ藩閥の引き立てで元帥となるような無能な人物ではない。そのように無能な提督が元帥になることを、山本をはじめ、海軍の先輩が許すはずがない。

若いときから彼は優秀な海軍士官であった。明治四年、海軍兵学寮に入った海兵五期の出羽重遠（後、大将、第一艦隊司令長官）と同期であるが、卒業前に英国に留学してその機関学校を卒業、ドイツの海軍大学校を卒業したので、伊集院を海兵卒業生名簿に入れていないところもある。海兵を卒業しなかった理由は、成績優秀であったため、英国に三回留学し、ドイツへも行ったからである。東郷と同じく新知識の持ち主として、明治海軍の旗手となった。明治十七年、中尉に初任され、十八年大尉となる。

このため彼の勤務はほとんどが中央の参謀で、海上勤務は「千代田」副長（大尉）、常備艦隊参謀（少佐）、常備艦隊司令官（少将）くらいで、その他はほとんどが軍令部勤務である。では実戦の経験が全然ないかというと、日清戦争のとき軍令部第二局長であった彼は、樺山資紀軍令部長の前線督励の西京丸乗艦に同行して、黄海海戦の砲煙の洗礼を受けている。日露戦争当時、軍令部次長として、伊東部長を助けて日本海海戦におけるバルチック艦隊の航路を示唆し、勝利に貢献した話はすでに書いた。

帷幄の智謀の将として定評があるが、技術の方面でも、「伊集院信管」の発明者として功績がある。信管は砲弾の先端にあって発火の時期を決定するものであるが、明治三十三年（軍令部次長当時）、伊集院が発明した信管は、日露戦争で大いに働いた。

日露戦争後は艦政本部長、第二艦隊司令長官、第一艦隊司令長官を経て、明治四十二年十

二月、軍令部長、四十三年十二月、大将に進級している。大正三年春のシーメンス事件では被告ではなかったが、軍令の最高責任者として辞職して、バトンを土佐の島村速雄に譲り軍事参議官となった。この事件に関係がない証拠に、大正六年五月、元帥府に列せられている。伊集院が軍令部長であった四年半は、依然として列国が軍備拡張に熱中した第一次大戦前の時代で、この競争に巻き込まれた日本の経済的な苦境を、伊集院も味わった。

島村速雄は六人目の軍令部長であるが、初代の中牟田以来久方ぶりの薩人以外の軍令部長で、この後、軍令部廃止まで薩人の部長は出ない。土佐の高知は坂本龍馬以来、海事思想の盛んなところで、海軍の将官も多いが、大将元帥が島村、永野修身と二人出ている。しかも二人とも軍令部長を勤めている。

この二人は高知の海南中学校の出身である。そこで八月下旬(昭和六十一年)、久方ぶりに土佐を訪れてみた。

土佐には、戦前にも、少尉候補生のときに宿毛(すくも)湾や高知に行ったことがあり、戦後も、坂本龍馬や長曽我部元親の合戦の取材などでたびたび行っているが、いつきても活気のあるところである。

まず図書館で資料を捜し、島村速雄の生家を捜すことにした。島村は安政五年(一八五八)九月二十日、高知城の西方、本町四丁目北側の家(藤岡瓦店の所)に生まれたと昭和八年の島村伝には書いてあるが、お城の近くは戦災でひどく焼かれたので(藤岡瓦店も)いまはわからない。大体の見当をつけ、当時の本町がいまの上町ということがわかったので上町四丁目のあたりを歩いてみた。このあたりは旧藩時代に城下町（郭内）と郭外を区切った升形の外なので、島村の家は下士の家であったと思われる。龍馬の家も郭外の当時の本町であるが、ここよりすこし東である。

ここで生まれた速雄は、間もなく城のすぐ西の小高坂西町（現在の西町）に移ったというが、ここも下士の住む町であった。彼はここから嫌不学舎（いまの小高坂小学校）に通ったという。ここの住居の跡には、島村元帥旧邸跡という石柱が立っている、と書いてあったが、これもずい分捜したが見つからなかった。

小高坂小学校を訪問する。

教頭の先生が、『小高坂小学校五十年の歩み』という本をくださった。

これによると、小高坂小学校の前身・嫌不学舎は現在地より南の南通寺の中にあったが、明治六年四月、小高坂越前町に第五十九番小学校として誕生した。初めは嫌不学舎といっていたが、その後、小高坂小学校と改称して現在地（新屋敷町、高知城の北西、円行寺口駅の東）に移る。嫌不とは「不正を嫌う」という意味で、後に師範学校長となる松村駿馬が命名したが、ナポレオンの「不可能という文字は吾人の辞書にない」という精神もとり入れたという。

島村が通ったのは、嫌不学舎の頃であるが、幕末維新の頃に、この地域からは、池内蔵太（坂本龍馬の同志、海援隊員）、植木枝盛（自由民権の闘士、自由党の理論家、衆議院議員）

らが出ており、後には寺田寅彦（地球物理学者、随筆家）も出ている。

少年時代の島村は、嫌不学舎在学中に藩の費用で上京し、日本橋箱崎町の海南私塾に入った。この塾は、旧土佐藩主山内豊範が私費で建てたもので、その前身は、東京芝にあった山内家の菩提寺安養院にあった「芝安養院私学校」である。維新後土佐藩では、軍人養成のために、高知に土佐兵学校を造ったが、明治四年の廃藩置県で、藩経営の兵学校は認められなくなった。

その後、この生徒のうち優秀な者を東京に遊学させることになり、市ヶ谷の谷干城将軍の自宅で勉強させていたが、従来藩が軍隊のために支出していた費用三万円が、国軍編制のために浮いたので、山内豊信はこれで芝安養院に軍人養成の学校を造り、これが明治六年には山内邸内の海南私塾となった。島村はこの塾で勉強して、明治七年、海軍兵学校に入ったのである。

この海南私塾は、明治九年には高知に分校を造った。初めは山内邸内にあったが、十三年には生徒も増えて開成館（旧土佐藩の役所）に移った。

海南私塾の本校は、その後経営難のため、明治十七年、高知分校に吸収され海南学校と改称した。それで島村は海南学校出身となっているのである。海南学校はその後、日清、日露戦争の頃に多くの陸海軍将校を送り、隆盛となったが、戦後は小津高校となっている。小津高校は小高坂小学校のある新屋敷町のすぐ東の城北町にあり、校舎の裏には昔の開成館が保存してある――。

島村は海兵七期。このクラスは島村のほかにワシントン軍縮会議の全権となる海相加藤友三郎、連合艦隊司令長官となる吉松茂太郎、第一艦隊司令長官となる藤井較一（こういち）と計四人の海軍大将を出したほか、日本海海戦当時の「三笠」艦長伊地知彦次郎（のち中将）らの有名な提督を輩出している。

海兵の卒業は明治十三年で、卒業成績は島村が一番、加藤が二番であった。加藤は海軍大学校の甲号学生第一期を卒業（明治二十一年）しているが、島村は海大を卒業していない。それは吉松、藤井、伊地知も同じである。日露戦争以後と違って、この頃は海大を出なくても将官になれた。島村は少将進級が加藤より三ヵ月早く、中将、大将は同日で、元帥は逝去（大正十二年一月八日）と同日なので、加藤より七ヵ月早い。

島村は日清戦争当時は常備艦隊参謀で、旗艦「松島」で伊東長官を補佐していたが、九月の黄海海戦で負傷している。日露戦争のときは、初め第一艦隊兼連合艦隊参謀長で、三十八年一月、同期の加藤と交替して第二戦隊司令官となり、日本海海戦ではバルチック艦隊を追撃して、大いに戦勝に貢献した。

その後、第四艦隊司令官、練習艦隊司令官、海兵校長、海大校長、第二艦隊司令官、佐世保鎮守府長官、教育本部長を経て、大正三年四月二十二日、軍令部長となった。

この年夏、第一次世界大戦が勃発するが、日本海軍は青島（チンタオ）（ドイツが租借中）を占領し、地中海に水雷戦隊中心の小艦隊を派遣、南洋で通商破壊をするドイツ巡洋艦エムデンを撃沈するなどの作戦をしたほかは、大きな仕事はなかった。むしろこの期間は、日露戦争に引きつづいて、八八艦隊を建設する動きが問題であった。
同期生の加藤が、日清戦争中は巡洋艦「吉野」砲術長として黄海海戦で奮戦したことはすでに述べた。加藤は、その後、軍務局勤務が長く、山本権兵衛海相に鍛えられ見込まれた。日露戦争開戦時は第二艦隊参謀長、明治三十八年一月には島村の後を襲って連合艦隊参謀長となり、日本海海戦の戦勝に大きく貢献した。「三笠」艦上の絵でも東郷長官のそばに立っている。

加藤の海相の期間は、大正四年八月十日からワシントン会議を挟んで十二年五月まで八年近くの長きにわたっているが、この間の大きな仕事は、ワシントン軍縮会議の前では八八艦隊の予算分捕りであった。このとき、よく加藤と歩調を併せたのが島村である。島村の軍令部長は、大正三年四月から九年十二月までの六年半であるが、これはちょうど海軍が八八艦隊獲得に奔走した時期にあたる。

八八艦隊は、日露戦争直後、帝国海軍がつぎの仮想敵をアメリカと想定したとき、当然のように着想された。その発案者は組織者山本権兵衛で、彼は明治三十九年一月、海相のバトンを次官の斎藤実に渡した後も、その実現に力を入れた。大正三年春のシーメンス事件で、斎藤が総理の山本とともに失脚すると八代六郎が四ヵ月海相となり、海軍の粛正を行なったが、四年八月十日、加藤が海相となり、念願の八八艦隊実現に乗り出した。

大正四年八月二十八日、加藤は島村とともに海軍大将に進級した。陸相は岡市之助、総理は大隈重信、蔵相は若槻礼次郎である。折りからヨーロッパでは第一次世界大戦が進行中であった。同年十二月一日開会の第三十七議会に、加藤は大正五年度以降四ヵ年継続の軍艦建造費として、四千三百二十三万円を追加する予算案を提出して協賛を得た。八八艦隊はようやく実現の目処がつき始めた。

大正五年五月三十一日、デンマークのユトランド半島沖で、英独の大艦隊が遭遇して砲戦を行ない、ドイツ海軍はその優秀な火力をもって英主力艦六隻を撃沈、ドイツ側は沈没二隻に終わった。

結果として、ドイツ側は優勢な英艦隊に押されて後退したが、この結果を研究した島村は、意外な事実に驚いた。ドイツ海軍が遠距離から発射した砲弾は、ほとんど垂直に近い角度で英戦艦の甲板を貫通して、機関室を直撃したので、造船界は水平甲板の防御強化を考慮しなければならなくなった。日本でも建造中の「扶桑」「山城」は右の装甲板強度のほか方位盤射撃装置の欠如、応急（防火、防水）能力の不足、速力が遅い、などの欠点で、早くも二流戦艦とみられるにいたった。

そこで島村をはじめ、軍令部の山屋他人（たにん）次長、安保清種（あほきよかず）第一班長らは、八八艦隊を一日も早く強化建造せよ、という声を高めていった。

大正五年十月九日、内閣は寺内正毅内閣に代わった。加藤は留任、陸相は大島健一、蔵相は寺内の兼務である。

大正六年六月二十三日開会の第三十九議会において、加藤は六年度以降七ヵ年継続費として、二億六千百五十二万円の追加軍艦建造費を要求して可決され、とりあえず八四艦隊の目処がついた。加藤はつづいて同年十二月開会の第四十議会においても、大正九年度以降六ヵ年継続費として三億五十四万円の追加予算を認めさせ、八六艦隊完成案の成立を見ることができた。

「あと一息だぞ……」

島村はこういって同期生の海相を激励した。

大正七年九月、寺内内閣は総辞職し、強権をもって鳴る原敬内閣が発足する。加藤は留任、陸相は田中義一、蔵相は均衡財政で軍事費を抑えようとする高橋是清である。

これより先、日本海軍は六年二月、第二特務艦隊(司令官佐藤皐蔵少将)を地中海に派遣していた。旗艦「明石」、「出雲」「日進」のほか、「樫」「柳」らの二等駆逐艦十二隻、特務艦「東京」らが、ヨーロッパに向かい、英、仏、伊の艦隊と協力して独、墺(オーストリア)、土(トルコ)の艦隊と戦った。船団護送が主な任務で、大正八年春までに戦闘回数三十六回、護送した艦船百隻以上。戦死者七十六名を弔う慰霊碑がマルタ島に建てられた。

第二特務艦隊は八年六月十八日、任務を果たして横須賀に帰港し、島村と加藤の検閲を受け、ねぎらいの言葉を受けた。一般にはよく知られていないが、日本の大戦参加を主張するための縁の下の力持ちを勤めた苦渋な作戦行動であった。

この地中海派遣艦隊が帰国して間もない頃から、八八艦隊の運命も停滞し始めた。十一月になると、大正九年度の艦隊予算が減額されることになった。海軍の要求額は十三億円であったが、加藤は栃内曽次郎次官、井出謙治軍務局長と協議して、要求をつぎのように削った。

一、従来の要求どおり大正十六年度までに戦艦四隻を建造する
二、補助艦艇費及び水陸設備費を大削減して、両者の新規要求額合計を五千万円とする
三、一、と二を合算した九年度要求額を三億円とする

海軍の予算要求が十三億から三億に減ったのは、「軍備拡張は財政破綻のもと」という信念を持っている高橋蔵相の強硬意見にもとづくものである。

大正八年十一月九日、八八艦隊の中心となる、戦艦「長門」が呉海軍工廠で進水した。四十センチ砲八門を搭載、当時、これに匹敵する戦艦は、アメリカのメリーランドだけであった。

進水式には加藤が出席して、「長門」の命名を行なった。これで八八艦隊が前進する、と海軍関係者は喜んだが、加藤はいつもの青白い憂い顔を変えず、島村に「これからは軍艦の型や数量はいつ削減に会うかもしれない」と語った。

島村と加藤の友情についてふれておこう。

島村と加藤は赤煉瓦（二階が軍令部、下が海軍省）の名コンビといわれた。明治二十六年に軍令部が独立してから、ややもすれば省部の間には摩擦が起きがちであったが、この大正四年から九年までは、剛の島村と柔の加藤のハーモニーは順調で、若手参謀の間で意見の衝突はあっても、大臣、部長の折衝段階になると、すんなりと解決した。またこの時代は、ワ

シントン軍縮会議以降のように軍備拡張をめぐって省部長の意見が対決することもなく、両者とも八八艦隊達成に邁進すればよいので、目標は一致していた。

加藤は島村の剛毅果断を尊重し、島村は加藤の軍政財政の広い行政知識に敬意を表していた。二人がとくに協調したのは人事である。人事は海軍省の管轄でこれが軍令部の意向と喰い違うと問題が起きる。そこで島村は定期異動の前には人事局長の谷口尚真（なおみ）（海兵19期、大正六年〜九年、人事局長。後、連合艦隊司令長官、軍令部長）に、詳細にわたって質問をし、加藤も島村の意見をよく傾聴した。

この大戦時、来るべき日米決戦を考える島村は軍艦の航続力に注意していた。英国で建造された巡洋戦艦「金剛」が大正二年竣工後、日本回航時に示した航続力に比べて、大正三年、同艦が太平洋方面で行動したときの航続力が著しく短いので、元「金剛」艦長であった中野直枝少将を呼んで聞いてみた。その結果、日本海軍が燃料としていた角煉炭は搭載には便であるが、搭載量では豆煉炭の方が二割ほど多いのがわかり、豆煉炭の採用に踏み切った。

大正七年八月のシベリア出兵以降、閣議がつづいた。ちょうど夏で、海軍官庁は正午退庁となっていたが、加藤は午後三時、閣議から帰り、海軍省で執務することが多かった。軍令部でも一般職員は正午退庁したが、軍令部長のみは午後三時過ぎまで二階の部長室で頑張っていた。島村は給仕に命じて、海相が執務を終わり官舎に引き揚げるのを通報せしめ、やおら自分も車を命じて帰宅することにしていた。後日、加藤は人伝てにこのことを知り、同期生の友情に感謝したという。

島村は、またヨーロッパの大戦の話も聞いて、当時、ようやく実用に供され始めた軍用飛行機に戦術家として深い関心を持っていた。大正六年、小演習が九州海岸で行なわれたとき、海軍において初めて飛行機が偵察用に使われて演習に参加した。この頃の水上機はカタパルト（飛行機射出機）がないため、いったん水上に降りて離水することになっていた。

その日は悪天候のため、飛行機母艦から海面に降ろされた水上機が離水できなかった。ところが「金剛」が降ろした偵察機はよく努力して離水に成功し、豪雨を冒して偵察の任務を果たした。演習統監の島村は大いにこの勇敢な行為を賞賛して、飛行機の進歩に期待する意向を示した。

土佐っぽの島村は、少年時代から喧嘩早いとみられていたが、よく人を容れる度量があった。

大正七年のことである。第三艦隊長官であった有馬良橘（りょうきつ）中将（12期）が軍令承行の件で、激しく島村軍令部長に抗議したことがあった。これは海軍省が経費その他の関係上、第三艦隊の主力をシベリア沿岸の作戦に参加させず、平時勤務のままその一部を作戦に参加させようと考え、軍令部もこれに同調したので、有馬は自分の指揮権への侵害として、軍令部長に抗議したものである。

これを聞いた島村は、第三艦隊長官との意思の疎通を欠いたと反省し、あらためて有馬の了解を求めた。有馬は了解したが、軍令部長に抗議したので、これで海軍を去るものと考えていた。事実、大正七年十二月、将官会議議員、翌八年十一月、大将、同十二月、教育本部長となり、待命を待つばかりとなった。

しかし、有馬の才幹を惜しんだ島村は（有馬は旅順口閉塞時の連合艦隊参謀で、島村の下で働いたことがある）、軍令部次長竹下勇中将（15期）が九年九月、国際連盟海軍代表として渡米すると、有馬を軍令部次長代理として中央に返り咲かせた。有馬は後に、島村の度量に深く感じいったという。

話はさらに遡るが、大正五年五月三十一日のユトランド沖の英独海戦のとき、英提督ジェリコー大将が左方に展開して不利となり、独艦隊を全滅せしめることができなかった件に関し、軍令部参謀日高謹爾（きんじ）大佐が、

「あのときは右方に展開すべきであったという意見が多いのですが、部長がジェリコー提督であったらどうされますか？」

と聞いた。島村は微笑すると鉛筆を出して机上に立て、手を離すと左に倒れたので、

「おれもジェリコーと同じく左方に展開するよ」

と答えた。

参謀たちの部屋に帰った日高は、「どうも部長はずるい。鉛筆を立てて、まともに返事をしないのだ」と不平を漏らした。しかし、後に島村の意向が、「軍令の要職にある人間は、軽々しく他国の責任ある提督の判断を批判すべきではない」というのにあることを知って、日高は感じるところがあったという。

さて大正九年春、第四十二議会で加藤は八八艦隊の必要について熱弁をふるったが、九年

度予算では建艦費は三億円に制限されていた。ところが七月一日、第四十三議会が開かれると、加藤は事前に原首相、高橋蔵相と協議して、ついに七億六千万円の追加予算を分捕り、待望の八八艦隊は大正十六年度までに陽の目を見ることになった。大戦の影響とその終了による日米戦の危機が台頭するという背後の状況によるものである。

しかし、多年の努力によって加藤や全海軍が獲得したこの八八艦隊予算も、翌十年夏のアメリカからの一通の電報によって揺らぎ始める。

大正九年も押し詰まった十二月一日、島村は山下源太郎（米沢出身、海兵10期）に軍令部長のバトンを渡して軍事参議官となる。加藤は山下と協力して、八八艦隊を完成させようとしたが、時代はそれを許さなかった。

軍縮と統帥権干犯

アメリカの第二十九代大統領ウォーレン・ハーディングが、日本に正式にワシントン軍縮会議の招請状を送ったのは、大正十年八月十三日のことであった。

一般にワシントン軍縮会議は、「英国が御者となって米国の馬車を走らせた」といわれる。戦勝国のはずの英国は戦後、経済の窮乏で困惑していた。これ以上の建艦競争は国家の基盤を危うくする、というので、軍縮を考えたが、自分からいい出すのは立場が悪くなるので、米国を先頭に立てたのである。

この招請状を見て、加藤（友三郎）海相は来るものがきたと思った。すでにこの年七月十日、米国は日英仏伊に対し、軍縮会議開催についての内意を打診してきていた。柔軟な思考法を持つ加藤は、片方で日露戦争後の対米戦策として、八八艦隊を準備しながら、片方では高橋蔵相のいう軍備制限論にも耳を傾けていた。

その点は寺内内閣の大陸進出を批判していた原首相も同じで、七月十日の段階で原、加藤、高橋は内田（康哉）外相、山下軍令部長を交えて軍縮会議対策を練った。高橋は真っ先にこれに賛成したが、加藤と山下はまず米国の提案の内容を知ろうとした。

もともと加藤は米国と競争をしながら、八八艦隊を造ることはそう簡単ではない、という考えを持っており、山下も国家的かつ世界的な視野を持つ幅の広い提督であった。山下は、軍令部系統と艦隊長官の経歴が長く、軍政の長い加藤とは畑が違うが、島村とは別の意味で柔軟なところがあった。日本海海戦のときは軍令部第一班長であったが、「武蔵」航海長の経験を生かして、千島方面の初夏は非常に霧が深いことを指摘して、東郷長官のバルチック艦隊の進路推定に参考とさせたことは、前に書いた。

日本政府は、七月十三日、軍縮会議開催に賛成することにした。そして八月十三日の正式招請状の発送以前に代表の人選にかかった。まず加藤の全権が決まり、貴族院の代表として徳川家達公爵、ワシントンにいる駐米大使の幣原喜重郎が全権と決まった。

九月二十七日、三人の全権のほか七人の随員が発表された。首席随員は海大校長の加藤寛治（海兵18期）中将で、生え抜きの艦隊拡張派で八八艦隊の主唱者でもあった。軍令系統で押しの強い加藤寛治が随員でいくことを知った海軍関係者は、これはただではすむまい、と思った。福井藩士の出である加藤は、同じ福井の出である岡田啓介（15期、この時期、艦政本部長。後、連合艦隊長官、海相、首相）が、調和を旨とするのと好対照であった。

また別に随員五十三名も発表され、その中には、後に艦隊派（拡張派）の中心となる末次信正大佐（27期、軍令部作戦課長）、条約派（軍縮条約を守り平和を通す）の中心となる山梨勝之進大佐（25期、軍務局第一課長）、同じく条約派となる堀悌吉（ていきち）中佐（32期、軍務局第一課、山本五十六の親友）らもいた。

加藤友三郎ら全権団の横浜出発は、十月十五日であったが、先行として加藤（寛治）は山梨大佐や田中国重陸軍少将らと十月二日、横浜を出港、十八日、サンフランシスコに到着した。

原首相、内田外相らに送られた加藤の一行は、十月二十九日、シアトル着、十一月二日、ワシントン着、ホテル・ショーハムに入った。

すでに列国の代表は決定して、つぎつぎにワシントン入りをしていた。

米　全権ヒューズ国務長官、随員クーンズ海軍大将・作戦部長
英　全権バルフォア枢密院議長、随員ビーティ海軍大将・軍令部長
仏　全権ブリアン前首相、随員ドウ・ボン軍令部長
伊　全権シャンツェル前蔵相、随員ロスブリー造船官

軍縮会議の開会は十一月十二日の予定であったが、その前に大事件が起きた。

加藤らがワシントンに到着して間もない、十一月四日午後七時十分（日本時間）、原首相が東京駅で大塚駅員中岡艮一（こんいち）に短刀で刺されて死亡したのである。このため政府は総辞職し、蔵相高橋是清が後継首班となる。加藤はワシントンの旅窓にあって、遠い東京の空をのぞんで一代の剛腹な首相といわれた原のために祈った。

十一月十二日、列国代表はワシントンのコンチネンタル・メモリアル・ホールに会して、軍縮会議を開会した。

ハーディング大統領の挨拶につづいて、いきなりヒューズ国務長官が、列国の軍縮後の保有戦艦の割合を発表して、列国代表を驚かせた。仏伊は別として米英日は五・五・三の比率である。

しかし、加藤友三郎は大きく驚きはしなかった。その程度のことは彼の出発前、軍令部長の山下や拡張派の頂上とみられる東郷元帥にも了解はとってあったのである。一番の敵は対米漸減作戦を信条としている随員の加藤（寛治）であった。加藤（寛治）は艦隊勤務が長く、海大校長として漸減作戦の権威とされていた。

——漸減作戦とはなにか。

仮想敵アメリカの戦艦十に対して日本のそれは七の勢力があるとする。アメリカは日本に進攻するとき輪型陣で進んでくる。中央に戦艦戦隊、その周囲に巡洋艦、その外は駆逐艦というふうに林檎のような形で日本近海に進んでくると、当時の軍事研究家は考えていた。これに対して帝国海軍は小笠原諸島付近でこれに奇襲を加える。まず潜水艦、ついで空母の飛行機による空襲、そして水雷戦隊の夜襲などで、漸次敵主力艦隊の勢力を削る。そして戦艦の比率が七対七の同率になってきたところで、わが戦艦戦隊が決戦を挑み、日頃鍛えた砲戦の技術を発揮して、敵を撃沈する……というのが、軍令部、海大で考えていた漸減作戦なのである。

加藤の研究では、この漸減作戦を成功させるには、最低十対七の戦艦の比率が必要である。十対六では日本近海で敵を撃滅することはできない。したがって日本の戦艦が力尽きても敵はなお無傷の一隻を残すことになり、その一隻には日本の巡洋艦では歯が立たず、結局、敗北になるというのである。

しかし、会議が進むにつれて、加藤（友三郎）は、十対七を獲得するのはとても無理だと思うようになってきた。彼は十対六で妥結しようと考え、抵抗する加藤（寛治）を説得し、ときには怒鳴りつけることもあった。

このため加藤（寛治）は頭痛を発し、途中で帰国してしまった。

しかし、軍縮による和平を願う加藤友三郎の念願は実り、大正十一年二月六日、ついに調印にこぎつけた。これには山下源太郎の軍令部のよき理解があったことはもちろんであるが、加藤の財政をも考える柔軟で近代的な思考法が、大きく働いていたと思われる。このワシントン軍縮会議のために、世界の強国は長い〝ネイバルホリデー〟を持つことができた。日米の間も、昭和十六年まではは平和がつづいていたのである。

しかし、この加藤による軍縮を怨みに思う男もいた。それは十対七の案をつぶされた加藤（寛治）を中心とする末次ら艦隊拡張派の士官たちである。

彼らはいまや明確に艦隊派という旗のもとに団結し、いつかは建艦の予算を握る海軍省から兵力量の決定権を奪って、自分たちが漸減作戦に十分な艦隊を建設して、対米戦の勝利を得ようと虎視眈々としていた。そして昭和五年のロンドン軍縮会議がやってきた。

ワシントン会議で主力艦を五・五・三に制限した米英がつぎに考えるのは、当然、補助艦の制限である。

昭和二年六月二十日、スイスのジュネーブでこのための軍縮会議が開かれたが、米国は艦隊決戦に有利な大巡（大型巡洋艦）の保有を主張し、英国は多くの植民地の保護に有利な軽巡（軽巡洋艦）を重視したので、八月四日まで討議したが、結論なしで閉会になった。

このときの日本政府は首席全権斎藤実（海軍大将・朝鮮総督）に対米英七割を指示していた。その内訳は、

水上補助艦　日本　三十一・五万トン
　　　　　　米英　四十五万トン
潜水艦　　　日本　七・二万トン
　　　　　　米英　七・二万トン

この案に対し首席随員小林躋造中将は、英国のフィールド中将（軍令部次長）と交渉して、水上補助艦、日本三十二・五万トン（二十センチ砲搭載巡洋艦は一万トン型八隻、七千百トン型四隻）、米英五十万トン（二十センチ砲搭載巡洋艦は一万トン型十二隻）、潜水艦は三国とも六万トンという妥協案を作製した。

この場合、日本の米英に対する比率は、水上補助艦、六・五割（二十センチ砲搭載艦は九割）、潜水艦十割、通算補助艦の比率は六・八七割となった。

しかし、田中義一内閣は対米英七割に達せずとして、これに同意しなかった。これにはワシントン会議の頃から、加藤寛治らの軍令部が、米国の東洋進攻に対しては、対米七割が絶対に必要だという信念に近いものがあったからと思われる。

昭和四年に入って、三月、米国ではフーバーが大統領に就任し、六月、英国で労働党内閣が成立、日本でも七月には緊縮財政の浜口雄幸内閣が発足すると、世界的に軍縮の気運が濃厚となってきた。英国は第一次大戦の経済的疲弊がまだ残っており、米国も不況で日本もそのあおりを喰らい、東北の冷害も加わって、経済的不安が高まっていた。

これより先、昭和三年八月、パリで日、英、米、伊、独、ベルギー、チェコスロバキアなどの十五ヵ国により「戦争放棄に関する条約」が署名され、昭和四年七月二十四日、日本も批准した。

英国政府はこの条約をスタートとしてロンドン軍縮会議を催すことを考え、同年十月七日、ロンドン軍縮会議の招請状を発し、日本は、十月十六日、参加を回答した。
この会議に臨む日本海軍は、財部彪海相のもとでつぎの三原則を立てていた。

一、補助艦総括対米七割
二、大巡対米七割
三、潜水艦自主保有量八万トン

この三原則は、十一月二十六日、閣議で決定のうえ、浜口首相と加藤寛治軍令部長が上奏して裁可を得、ロンドン会議の全権団に与えられたもので、これが後に問題の種となるのである。

日本の全権団は元首相の若槻礼次郎、財部海相、松平恒雄駐英大使で、海軍首席随員は左近司(さこんじ)政三中将であった。

ロンドン軍縮会議は昭和五年一月二十一日開会された。三月十三日、松平・リード(米国上院議員)案が、つぎの数字(これが結局、最終の数字となる)で妥結した。

	日本	米国
大巡	十二隻	十八隻
	十万八千四百トン	十八万トン

軽巡　　十万四百五十トン　　十四万三千五百トン
駆逐艦　十万五千五百トン　　十五万トン
潜水艦　五万二千七百トン　　五万二千七百トン
　計　　三十六万七千五十トン　五十二万六千二百トン

英国

大巡　　十五隻
　　　　十四万六千八百トン
軽巡　　十九万二千二百トン
駆逐艦　十五万トン
潜水艦　五万二千七百トン
　計　　五十四万千七百トン

この表による日本の対米比率は、総括六・九五割、大巡六・〇二割、潜水艦十割である。

しかし、日本全権はこれを不満とし、

一、総括七割
二、日本が大巡一隻を追加する

三、「古鷹」級四隻を一万トンとする

四、潜水艦を六万トンとする

を財部海相が主張したが、若槻全権は先の松平・リード案を認める考えであった。

一方、中央では軍令部（部長加藤寛治、次長末次信正、第一班長加藤隆義）は、右の案に不満ありとして、つぎの比率を希望する旨、三月二十一日海軍省に表明した。

大巡　十四隻、十二万六千トン

軽巡　七万二千トン

駆逐艦　十万四千トン

潜水艦　七万七千八百四十二トン

詳しいことは省くが、浜口首相・海相代理、海軍省（次官山梨勝之進）は、若槻全権の「松平・リード案を承認しなければ、会議は決裂のおそれがある」という意見を重視し、これの承認によって、会議を妥結するという政府回訓案を作り、四月一日午前八時三十分から、首相官邸で浜口首相、軍事参議官岡田啓介大将（前海相）、加藤軍令部長、山梨海軍次官の四者会談が開かれた。この会議は松平・リード案（以下、松平案と書く）を承認する回訓案を閣議にかけるための相談である。

まず浜口首相から内外事情の説明があり、この回訓案を閣議にかけたいという話があり、岡田はこれに同意、山梨はこれより海軍省首脳部に図り、その後閣議にかけられたい、と述べたが、加藤は、

「この松平案では用兵作戦上、軍令部長としては、責任がとれません」

と強く言明した。

この会議の後、海相官邸に小林（躋造、艦政本部長）、野村（吉三郎、軍令部出仕）、大角（岑生、横鎮長官）、末次、堀（悌吉、軍務局長）らが会合し、小林、末次から意見が出て、三点ほど修正して、「異議なし」となり、これを閣議に送付することにした。この案は閣議決定の後、浜口が上奏、裁可を受けて、ロンドンに打電された。

以上は、岡田啓介と山梨の回想によるものであるが、浜口の手記にはつぎのような記述がある。

三月三十一日、夕刻、幣原外相より回訓案を受領する。

四月一日、かねて招致しておいた岡田参議官、加藤軍令部長、山梨海軍次官来邸、日本間応接室で面接。

浜口は、先の回訓案を本日の閣議にかけ、その後上奏、発電したき旨を一時間にわたって説明する。

岡田は賛成して、軍部として最善の努力をしたいといったが、加藤は、
「この案では用兵作戦上から同意できませぬ。用兵作戦上からは」
と繰り返した。そこで浜口は回訓案を山梨に渡し、これより軍部で協議されたいといい、三人は退出して海軍省に向かった。

閣議は午前十時過ぎから開かれたが、海軍次官の出席を待っていた。十二時過ぎ、次官来邸、首相、外相と別室で面談したいというので、総理室で会ったところ、海軍省における協議の結果として、回訓案に対する三つの修正の申し出があった。そのうち一点は外相の説明で次官は了解し、他の二点は次官が撤回した。

ついで閣議室に入り、説明、協議に入ったが、海軍次官より軍部側の代表意見の陳述があり、協議の結果、全閣僚が一致可決した。閣議の後、浜口は午後三時三十五分参内、回訓案について、上奏、裁可を得た後、侍従長（鈴木貫太郎大将）に面会して退出した。

その後、直ちに外相に「上奏済み」という電話をして、ロンドンの全権に発電することにした。

さて、以上のような関係者（条約派）の人々の手記からは、後に内閣を揺すぶる大問題となった〝統帥権干犯〟の原因は、はっきり読みとることは難しい。

しかし、加藤寛治軍令部長の遺稿（加藤は昭和十四年四月九日、没）によると、事態はもっと重大である。この遺稿は『昭和四、五年倫敦海軍条約秘録』で、その付録第一に「米国提案受諾反対の上奏文」がついている。以下、これによって加藤軍令部長の言い分を聞いて

みよう。

四月一日の首相官邸における会議以前に、加藤は問題の政府回訓案（松平案を承認するという）を知った。

三月三十一日、加藤は参内して、「米国提案による協定成立は、大正十二月二月二十八日ご裁可された国防方針にもとづく作戦計画に重大な変更を来すので、慎重審議を要する」旨を上奏しようとしたが、侍従長鈴木貫太郎大将が、考慮をうながしたので、この日は中止し、翌四月一日、参内しようとしたが、鈴木が「宮中のご都合が悪い」という理由で許可しない（加藤の言い分）。

やっと四月二日に至って参内できたが、すでに前日、浜口が回訓案を上奏、裁可を得ていたので、加藤の回訓案を再度審議すべしという意見は、参考として聞きおくという程度に留まった。

これに対し加藤は、「自分は四月一日の会議で、『米国案の兵力量では、軍令部長として作戦上責任がとれない』と主張したのに、首相はこれを無視して回訓案を発電した。これは天皇から軍令部長につながる統帥権の干犯である」として、首相、政府そして鈴木侍従長を激しく非難した。

このため右翼、海軍の少壮士官、野党の政友会が政府、重臣、民政党を攻撃し、浜口首相の狙撃（昭和五年十一月十四日、翌六年八月二十六日、死亡）、七年の五・一五事件（犬養毅首相、暗殺）を惹起（じゃっき）し、やがては政党政治を終結させ、軍部の独裁を招く遠因となるのである。

さて帝国海軍軍令部にとって最大の問題点ともいえるこの統帥権干犯事件で、加藤の言い分が正しいかどうか、検討してみたい。

まず加藤軍令部長がこの政府回訓案に反対する主な理由となった、大正十二年二月裁可の国防方針とは何か?

日本海軍は日露戦争の後、大正七年、米国を仮想敵とする国防方針を決めた。いわゆる八八艦隊である。しかし、大正十一年のワシントン軍縮条約で、これの改定を迫られ、十一年初夏から陸海軍でその作業にかかり、十二年二月二十八日、加藤(友三郎)首相が、時の摂政宮(昭和天皇)の裁可を得たのである。

その海軍に関する主な内容はつぎのとおりである。

米国を敵とする場合の作戦

開戦の初期において東洋にある敵艦隊を制圧するとともに、陸軍と協力してルソン島及びグアム島にある敵の海軍根拠地を破壊し、敵艦隊の主力東洋方面に来航せば、その途中においてその勢力を漸減させ(いわゆる漸減作戦)、機を見てわが主力艦隊をもってこれを撃破する。また陸軍のルソン、グアム攻略作戦に、海軍はできるだけ多くの船舶を提供する。

これに要する海軍の兵力はつぎのとおりである(主力艦、空母はワシントン条約による)。

主力艦　九隻、三十一万五千トン
空母　三隻、八万千トン
巡洋艦(大、軽とも)　四十隻
水雷戦隊及び潜水戦隊旗艦(通常軽巡洋艦)　十六隻
駆逐艦　百四十四隻
潜水艦　八十隻

加藤は、これによって軍令部の必要な兵力を算出し、前述のような「大巡十二万六千トン、軽巡七万二千トン」というような軍令部案を、三月二十日、海軍省に送ったが、これが通らなかったのである。

さてこの軍令部が挙げた数字が、当時の国際的な軍事事情に適応しているかどうかは難しい専門的な問題であるが、ここで先の国防方針に現われた漸減作戦について、再度ふれておきたい。

この作戦案は日露戦争で日本が勝ち、つぎの仮想敵は米国であるというようなことがいわれた頃から、一部で唱えられたもので、海軍大学校でもこの案を研究していた。

その狙いを簡単にいうと、日米が戦うときは、日本にアメリカまで攻めていく力はないので、アメリカの方が日本に向かってくる。これに対して日本は小笠原諸島の東方でこれを要撃し、まず潜水艦、ついで空母、さらに巡洋艦と水雷戦隊の夜襲で、敵の主力艦を削減し、十対七であった比率を七対七まで〝漸減〟し、主力艦同士の決戦に持ちこめば、猛訓練で鍛えた日本が、勝利を得るというものであった。

それが明確に現われたのは、ワシントン会議のときで、首席随員の加藤寛治中将（前海軍大学校長）は、主力艦を対米六割でよしとする加藤友三郎全権に対し、「対米六割では、漸減作戦を中心とするわが作戦は成立しない」として激しく抗議をした。しかし、いまや建艦競争の時代ではない、という経済的な立場に立つ全権の前で否定された。このために次期補助艦軍縮会議のときには是非対米七割を実現しようと、加藤（寛治）は虎視眈々としていた。そして加藤は軍令部長（昭和四年一月）になって間もなくロンドン会議が始まると、必死の運動を始めたのであった。

さてここで問題は、軍艦を何隻造るかという兵力量の決定権は、海軍省、軍令部のどちらにあるかということだが、これが難問なのである。

先に明治二十六年に制定された「省部事務互渉規程」でも、「兵力量の決定については省部互いに意見を問議す」となっており、明確な規定はない。ただしこの時代は西郷従道、山本権兵衛など強力な海相がいて、海軍省の優位な時代であったので、兵力量の決定は、当然、海軍省の主務であると考えられていた。

日露戦争の頃までは大物の山本が建艦計画を推進し、伊東祐亨（すけゆき）軍令部長もそれに異存はなかった。大正に入って八八艦隊のときも、艦隊増強であるから、島村速雄軍令部長も異議はない。問題はワシントン軍縮会議からである。これで軍拡は終わり、後は軍縮がつづくが、予算を握る海軍省はともかく、実戦で采配をふるう軍令部としては軽々と兵力量を削ってもらっては困る、というのが加藤軍令部長の言い分なのである。

一方、海軍省にいわせれば、山本権兵衛海相の頃から兵力量の件は海軍省の主務という慣例があると考えていたらしい。これに対して軍令部は、昔はともかく「省部事務互渉規程」で、互いに問議す、となっているのに、海軍省はあまりにも軍令部の言い分を無視し過ぎている、と言いたいのであろう。

加藤は回訓案発電後、しきりに自分は四月一日の会議で、米国案を骨子とする兵力量では軍令部長の職責上同意できない、と発言したと主張し、海軍省側は軍令部長は暗黙のうちに了解していたと主張し、ここに省部の争いがエスカレートしていった。

また岡田啓介の言い分では、加藤は三月二十六日の海軍首脳の会議でも、「もし政府が海軍の方針を採用しない場合でも、政府方針の範囲内で最善を尽くす」という決議に同意していたという。

こうなると事態は、加藤と軍令部に不利である。そのように不満ならば、なぜ会議のたびに口頭ならびに文書で、この全権案では絶対に米国と戦えない、という意見を強く主張しなかったのであろうか。

さらに統帥権干犯ということになると、天皇の意思はどこにあったのか、ということになる。四月一日、浜口の回訓案に関する上奏に対し、天皇は自分の意思ではっきりとこれに裁可を与えている。国際平和を重んじる天皇として、軍縮に賛成であって、すこしもおかしくない。また天皇は憲法によって、統帥大権、条約締結の大権、編制大権を持っているのであるから、天皇が回訓案に同意であれば、統帥権干犯は成立しないといえる。

統帥権干犯という場合、「天皇の意思に反して、干犯したこと」が問題なのであって、天皇から軍令部長につながる統帥権を、天皇の意思に沿って、総理が行動した場合、それがいかに軍令部長の意図に沿わないものであっても、統帥権干犯は成り立たないのである。

しかし、加藤寛治は自分の兵力量の主張が、海軍省や総理によって曲げられたことを、天皇の意図を曲げたようにいい、一種のヒステリー症状を呈して、総理や海軍省、鈴木侍従長を非難した。加藤が三月三十一日の上奏を阻止されたということは、遺稿によって世に出るのであるが、浜口らの行為が統帥権干犯であるという非難は、当然、末次信正らの側近を通じて、新聞記者や政友会に流れ、この年春以降は〝統帥権干犯の嵐〟が吹きまくった。

ここで、なぜ加藤が回訓案発電に関して強気に出られなかったかという原因について、海軍の序列を考えておく必要もあろう。海兵十八期の加藤寛治に対し、鈴木貫太郎十四期、岡田啓介、財部彪十五期、山梨勝之進二十五期で、海軍省グループで加藤が押しがきく相手は山梨だけという状態であった。相手が先輩でも自分の言い分が正しいと思えば、堂々と意見を述べればよさそうなものであるが、そこが加藤が鈴木に抑えられたように、やはり先輩は煙たい存在かもしれない。

なおも不満な加藤は、昭和五年五月十九日、財部海相がロンドンから帰ったとき、辞職を覚悟で上奏文（骸骨上奏文）を奉呈すべく、海相にその手続きをとるよう求めた。

軍令部設置の意義は、軍の統帥を政治の圏外において、作戦に違算なからしむるためである。今回の回訓案発電のように、政府が統帥部と交渉することなく、兵力量変更のような重大な事項を専断上奏するのは、統帥大権を遮蔽するものである。こういうことでは、用兵作戦の基礎を危うくし、政変のたびに国防方針が動揺改変される。国家の危機これより大なるはなし。

財部は、この上奏文を「穏当でない」として手続きをとらなかったが、加藤はそれを聞かず、軍令部長の帷幄上奏の権限として、六月十日、あえて上奏に踏み切った。

しかし、天皇は「このような論拠では統帥権干犯は成立せず」として、上奏文を財部のもとに下付した。

畏れ多いとして、財部は翌六月十一日、加藤を更迭（軍事参議官とする）、後任は谷口尚真大将である。また財部も部内不統一の責任をとり、十月三日、安保清種に海相のバトンを渡して軍事参議官となり、加藤と同じく、以後、海軍の要職に就くことはなかった。財部は山本権兵衛の女婿で海軍随一の出世頭であったが、この統帥権干犯問題で加藤と抱き合い心中をさせられたのである。

この統帥権干犯をめぐる葛藤で、海軍には軍縮条約によって、列国海軍の勢力均衡を保ち経済的な疲弊を避けようという軍縮派（岡田、財部、山梨、左近司政三、寺島健、米内光政、堀悌吉、山本五十六）と、対米決戦に備えるために艦隊を増強すべしという艦隊派（加藤寛治、末次、高橋三吉、南雲忠一）の二派が生じ、その摩擦は太平洋戦争中までつづいた。

とくに、兵力量決定権を自分のものにしようと軍令部が動いたとき（昭和八年）には、これが目立ってくる。兵力量決定権を既得権益のように考える海軍省に対して、軍令部の艦隊派は東郷元帥、伏見宮博恭（ひろやす）王をかついでこの戦いを有利に導く。

軍縮派の山梨勝之進は昭和五年六月十日、軍令部出仕となったが、その後、佐世保鎮守府、横須賀鎮守府の長官となり、七年四月、大将となったが、期待されていた海相になることなく、昭和八年三月、待命となる。

岡田はその後も海軍にあって、昭和七年五月、ふたたび海相となり、九年七月、総理となったが、十一年二月の二・二六事件では、鈴木と同じく襲撃され、弟の松尾伝蔵陸軍大佐が身代わりとなって助かった。軍縮派から和平派となった岡田は、戦時中も戦争に反対で、東條英機引き降ろしや終戦工作で活躍した。

軍令部系統の艦隊派では、加藤が犠牲となったが、末次（27期）はいったん加藤の更迭の前日に出仕となった後、昭和八年十一月、連合艦隊司令長官となっている。また末次と同じく艦隊派の幹部であった高橋三吉（29期）も、九年十一月、末次についで連合艦隊司令長官となっている。

こうしてロンドン条約をめぐって、帝国海軍は、かねて暗流していた軍令部と海軍省の葛藤が表面化し、大揺れに揺れたが、軍令部長、海相の更迭によってケリをつけてもなお、問題は深刻過ぎた。

日清、日露以来の慣例によって、艦船建造の決定権は、海軍省にありとする条約派、対米決戦のために十分な艦隊を建造しないと用兵作戦の責任を果たせないとする艦隊派の争いはなおもつづき、結局、条約派の優秀な提督たちが、惜しまれながら海軍省を去ることになるのである。

加藤寛治軍令部長は辞任の直前、五月二十八日、

「兵力量の決定及び編制は、海相・軍令部長の協同輔翼事項にして、一方的にこれを採決し得るものに非ず」

という覚書を財部海相に示したが、財部はこれに同意せず、その後、審議の結果、

「海軍兵力に関する事項は従来の慣行（海軍省の主務）によりこれを処理すべく、海軍大臣、軍令部長間に意見が一致すべきものとする」

という方針が上奏、裁可された。

しかし、これで兵力量問題は解決されたわけではない。

海軍省の主張する従来の慣行の内容に決定的な規程がない以上、軍令部としても釈然としないわけで、憲法第十二条の天皇の大権（統帥権、編制権）を盾にとって、兵力量決定権に牙を磨くということになるのである。

人事異動にともなって、軍令部の陣容は強化されていく。昭和六年十二月、艦隊派寄りと

いわれる大角岑生大将が海相となる。間もなく引退同様であった閑院宮載仁親王（大正元年、陸軍大将、軍事参議官、八年、元帥）が、陸軍の若手（革新派）にかつがれて参謀総長となる。これは満州事変（六年九月、勃発）以後の陸軍戦略（大陸進出）を遂行するために海軍を制圧するのに必要があったといわれる。

翌七年二月二日、海軍も対抗上、伏見宮博恭王（大正十一年、海軍大将、十四年、軍事参議官）を軍令部長にかついだ。その六日後には、強気でやり手の艦隊派の先鋒である高橋三吉中将が軍令部次長となり、軍令部、艦隊派は大いに期待するところがあった。

伏見宮はこの年五月、元帥となる。日清戦争以来、元帥という軍人最高の栄誉は、原則として実戦で功績のある軍人に与えられるだけとなっていた。（註、西郷従道は実戦には出ていないが、日清戦争当時の海相としての功績で、日本海軍最初の元帥になっている）

しかし、その後平和がつづくと、元帥の称号は実戦に関係なく、陸海軍の勢力争いの表象となる傾向が出てきた。昭和八年五月、武藤信義陸軍大将が元帥となったが、これは実戦の功績とは関係なく、海軍には東郷元帥がいるが、陸軍の大山巌、山県有朋ら日露戦争の功労者が死に絶えたので、対抗上武藤を元帥に押し上げたので、これも陸軍の大陸進出の〝国策〟遂行の布石といわれる。

さて伏見宮と東郷元帥をいただく艦隊派は、昭和八年に入ると、その兵力量決定権奪取の姿勢を強めてきた。八年一月二十三日、陸海軍の幹部が会合して「兵力量決定権は陸海軍とも統帥の幕僚である参謀総長、軍令部長がこれを立案し、その決定もこれらの帷幄機関を通じて行なわれるべきである」という覚書に署名した。

このとき出席した幹部は海軍側、大角海相、伏見宮軍令部長、陸軍側、荒木貞夫陸相、閑院宮参謀総長で、陸軍はともかく海軍ではこのとり決めが、軍令部の権限拡大に大きな役割を果たすのである。

無念の涙とともに軍令部を去った加藤寛治大将の後継者として、自他ともに許すやり手の高橋軍令部次長はつぎつぎに軍令部の権限拡大に取り組み、昭和八年十一月十五日、第二艦隊司令長官（昭和九年十一月、連合艦隊司令長官）に転出するまでに、つぎの規程の改定を実現して、軍令部の地位を大幅に向上させた。

一、大本営関係規程
二、軍令部編制
三、軍令部条令
四、省部事務互渉規程

このうち高橋がもっとも力を入れたのは、軍令部条令の改定（三月二日、海軍省に提示）であった。その要点はつぎのとおりである。

一、名称の変更　海軍軍令部を参謀本部と同じく単に軍令部とし、軍令部長を軍令部総長とする。

二、従来の条令で軍令部長は「国防用兵に関することに参画し親裁（天皇の裁決）の後これを海軍大臣に移す」とあったのを、軍令部総長は「国防用兵の計画を掌り用兵のことを伝達す」と改める。

三、軍令部参謀の分掌事項を全部削る。（註、こうすれば制限がとれて、「省部事務互渉規程」などで具体的な処理ができる）

これに対して海軍省側（軍務局第一課長井上成美大佐）は、軍令部長を軍令部総長とすること以外は承認しないので、この夏には軍令部、海軍省参謀の間に激しい戦いが繰り広げられた。軍令部第二課長の南雲大佐が、伏見宮邸での宴会で、井上課長に対し、「おい、井上、いつまでも抵抗するのなら斬るぞ！」といって、短剣を抜いてみせた、という話が伝わったのも、この頃である。

ここで軍令部は、明治以来の「省部事務互渉規程」を一挙に改定して、とくに兵力量決定権を軍令部にとり入れようとした。八年一月の四者会談で自信を持つ軍令部に対して、それを知らない海軍省は不利で、井上軍務局第一課長らは、

「海相は憲法上国政に責任を持つ国務大臣であるが、軍令部長は大臣の部下でも、憲法上の機関でもないので、大臣の監督下にない軍令部長に大きな権限を与えるのは、憲法政治の原則に支障を来すおそれがある」

として、反対した。

軍令部ではかねての計画どおり、伏見宮の強い希望であるとして改定を迫った。これに対し、当時の斎藤実首相や鈴木侍従長らは、「明治以来の伝統を変更するのは問題である」「現状維持がよく、参謀本部のようにするのは海軍では危険が伴う」として、海軍省側につく意見を述べた。

さまざまな折衝の結果、九月中旬には軍令部の言い分が通って、新しい「省部業務互渉規程」が承認され、待望の兵力量決定権も軍令部の手に移ることになり、九月二十一日、大角海相は海相官邸に軍事参議官を招いて、報告し、加藤（寛治）軍事参議官が「悲願成る……」として祝辞を述べた。

しかし、まだ事は終わったわけではない。九月二十五日、大角海相が葉山の御用邸で天皇に「新・軍令部令（条を取る）」と「省部業務互渉規程」について裁可を願い出ると、かねて海軍部内の騒ぎを（鈴木侍従長から）耳にしていた天皇は、海相にとくに質問を出された。

「この改正案によると、一つ運用を誤ると、政府の所管である予算や人事に軍令部が過度に介入する懸念がある。海軍大臣として、それを回避し得る所信を文書にして差し出すように」

というのである。意外な天皇の抵抗に、退出した大角海相は、この案に批判的な鈴木侍従長と、侍従長室で激論を戦わせたという。

結局、大角と金沢正夫大佐（軍令部第一班長直属部員から海軍省軍務局勤務兼務となる）が苦心してその覚書を作成して、侍従長の検閲を受けた後、翌二十六日、やっとご裁可を得ることができた。

曲折を経た新しい「軍令部令」と「省部業務互渉規程」は、昭和八年十月一日から施行されることになった。

「軍令部令」ではっきりしたことは、

一、軍令部は国防用兵の事を掌る所とす

二、軍令部に総長をおく。総長は親補とす。総長は天皇に直隷し、帷幄の機務に参画し軍令部を統括す

三、総長は国防用兵の計画を掌り、用兵の事を伝達す

の三条で、国防用兵に関しては、海相より独立して総長が全権を握ることになった。

また新しい「省部業務互渉規程」では、軍令部が主導権を握ったのはもちろんで、昭和十一年末のワシントン条約期限切れを狙って、軍令部が「大和」「武蔵」のような巨艦建造を計画し、やがて始まる日米戦争の布石を打っていくのである。

対米英戦争準備

軍令部が多年の悲願として、国防用兵の権限、兵力量決定権を海軍省からもぎとったのは、五・一五事件の翌年で、この時代はまだワシントン条約時代と同じく、帝国海軍の仮想敵は米国で、その作戦も漸減作戦主体がつづいていた。

しかし、ヨーロッパでヒトラーが台頭し、ソ連の共産主義が勢力を強めてくると、帝国海軍も、米国だけを仮想敵に限定しているわけにもいかなくなってくる。

昭和十一年二月、二・二六事件で、政党政治は完全に後退し、軍部独裁の色が濃くなっていく。

同年十一月二十五日、ベルリンで「日独防共協定」が調印された。

つづいて昭和十二年七月七日、シナ事変勃発、翌十三年十月七日、ベルリンで日独軍事協定が調印され、これが十五年九月の三国同盟に流れていくのである。

シナ事変で華北を制し、ついで南京を攻略すると、陸軍の若手将校の間には、この際、中国における蒋介石の勢力を削って、日本の権益を増やそう、できれば華北五省くらいは、こちらにもらおうというような侵略を拡大する計画も出てきた。

そうなると陸軍にとっては、北のソ連の介入が問題であるが、海軍としては米国はもちろん、中国に多くの権益を持つ英国が黙っているとは思えない。そこで、いままで対米一国だけの作戦を計画していた海軍も対シナ（航空攻撃が主体）、対露（ウスリー河など満州周辺の河での作戦）、そして対英作戦が問題となってくる。

昭和十三年一月、近衛内閣が「蒋介石を相手にせず」という声明を発すると、日本は中国を勢力下におくつもりかと、米国より英国が心配し始めた。

英国に対する海軍の作戦計画が、初めて帝国海軍作戦計画に登場するのは、十三年九月に裁可された作戦計画で、ここでは対英支作戦として、揚子江、シナ沿岸の制圧とともに、対英作戦としては、すみやかに英国東洋艦隊を撃滅し、その活動の根拠を覆滅（ふくめつ）して、敵艦隊の主力東洋に来航せばこれを撃滅す、となっている。

さらに軍令部と参謀本部の主務参謀間の打ち合わせでは、「対英作戦において攻略すべき敵地を香港、シンガポール、英領マレー、同ボルネオとする」と、ここで初めて香港やマレー、ボルネオ、シンガポールなど（太平洋戦争では、これらすべてを占領した）の名前が出てくる。

昭和十四年二月に伏見宮軍令部総長が奉呈裁可された作戦計画における対英作戦の骨子はつぎのとおりである。

一、第一段作戦

作戦初頭すみやかに在東洋敵艦隊及び航空兵力を撃滅して東洋海面を制圧するとともに、陸軍と協同して香港、シンガポールを攻略し、英領ボルネオ及びマレーの要地を占領す。

二、第二段作戦

敵主力艦隊の東洋進出を待ってこれを捕捉撃滅す。

〈作戦要領〉

第一段作戦

一、第二艦隊を基幹とする部隊の作戦要領はつぎのとおりである。

㈠、すみやかに在東洋敵艦隊を撃滅す。

㈡、作戦初頭陸軍先遣支援を護衛しこれと協同して、英領ボルネオ及びマレー半島東岸の各要地を奇襲占領し、前進根拠地及び航空基地を獲得するとともに航空部隊を進出させ、シンガポール付近の要地を攻撃す。

㈢、陸軍を護衛し、これと協同して英領マレーの要地とシンガポールを攻略す。

㈣、マレー半島方面における陸軍主力の上陸地をタイ領マレー・シンゴラ及び英領マレー・メルシン付近に予定す。また一部をシンガポール島に上陸せしむることあり。

香港方面　第五艦隊を基幹とする。（以下略）

南洋方面　第四艦隊基幹。南洋方面の防備を厳にするとともに、一部をもって豪州沿岸ニュージーランド方面に進出、敵艦隊の奇襲ならびに通商破壊に任ず。（註、早くも米豪分断作戦の一端が現われていることに注目）

第二段作戦

一、連合艦隊の一部は敵主力艦隊所在方面において敵艦隊の偵察に任じ、好機に乗じ敵勢力を減殺す。

二、第五艦隊を基幹とする部隊は、英領ボルネオ及びマレーの要地、シンガポール方面の防備に任ずるとともに、敵状を偵察、連合艦隊主力の作戦に応ず。

こうして帝国海軍の作戦計画はシナ事変への対応から、日英戦争への作戦計画へとエスカレートしていった。ここで、この大作戦に対応するための造船計画と、その実施を見ておきたい。

血みどろの戦いで、海軍省から国防用兵の指揮権と兵力量決定権を奪取した軍令部の、つぎの一手は当然、対米戦争に備えるための建艦であった。それにはワシントン、ロンドン二つの条約を破棄しなければならない。まずワシントン条約は昭和十一年末日が失効の期限であるが、それには二年前にそれを通告する必要があった。日本政府は九年十二月三日の閣議でこの条約の単独廃棄を確認し、斎藤博駐米大使が同二十九日、ハル米国務長官に通告した。

また米英は第二次ロンドン軍縮会議を開くつもりで、日本にも招請がきたが、昭和九年九月、山本五十六少将の出席した予備交渉は休会となり、結局、十一年一月十二日、第二次ロンドン会議を脱退することを決定し、これをもって大正十二年八月十七日のワシントン軍縮条約発効の日より十三年間つづいた海軍軍縮時代に、日本は自分の手でピリオドを打ち、これがやがて、太平洋戦争への遠因となっていくのである。

さて無条約時代に備える軍令部の最大の要務は、対米戦争に適応する大艦隊の建造であった。軍縮条約さえなければ……と加藤（寛治）ほか歴代の軍令部長、連合艦隊司令長官及び幕僚は唇を噛んできたのであるが、ここに軍縮条約は廃棄され、予算さえ許せば、好きなだけ大きな軍艦、艦隊を造ることができるようになった。

まず軍令部の参謀たちが考えたのは、巨大戦艦であった。当時、軍令部や海軍省の参謀の大部分は砲術科の出身で、彼らは一様に、日露戦争当時、ロシアのバルチック艦隊を打ち破った旗艦「三笠」以下の日本の戦艦戦隊の三十センチ主砲の砲撃の威力を脳裏にひめていた。すなわち大艦巨砲主義の信奉者が大部分であった。

昭和九年末の段階で、帝国海軍の提督参謀の誰が飛行機による敵戦艦の攻撃、航空決戦、制空権を得る者が、海と陸を制するというような航空第一、飛行機万能の思想を抱いていたであろうか。かろうじて名前を挙げれば、霞ヶ浦航空隊副長兼教頭、「赤城」艦長、航空本部技術部長、第一航空戦隊司令官を歴任した山本五十六中将（この後、航空本部長、海軍次官、連合艦隊司令長官となり、海軍航空戦術の第一人者となる）、「赤城」艦長、航空本部総務部長を歴任した塚原二四三(にしぞう)少将（この後、第二航空戦隊司令官、第一連合航空隊司令官）、横須賀航空隊副長、「龍驤」艦長を歴任した桑原虎雄大佐（後、横須賀航空隊司令、第一連合航空隊司令官）らが挙げられる程度で、ミッドウェー海戦で勇名を馳せる山口多聞(たもん)大佐（十三年十一月、少将）や機動部隊参謀長となる草鹿龍之介大佐（十五年十一月、少将）らは、まだ海軍省の上層にきてはいなかった。

かくして軍令部の建艦案は、まず巨大戦艦二隻（大和、武蔵）を造ることであった（後に「信濃」が追加される）。不沈戦艦として有名になる「大和」建造が起案されるのは、正しくは昭和九年のことで、十一年七月には基本設計が完成した。これによると、基準排水量約六万四千トン、速力二十七・三ノット、主砲四十六センチ砲九門で、日本造船界の粋を集めた画期的なもので、後に世界を驚倒させるものである。

「大和」は昭和十二年十一月四日、呉軍港造船ドックで起工され、十五年八月八日進水、開戦直後の十六年十二月十六日竣工した。ミッドウェー海戦以降、連合艦隊の旗艦として大戦に参加し、昭和二十年四月七日、水上特攻として、沖縄攻撃に参加し、九州南方海面で米航空部隊の猛襲によって撃沈されたことは、あまりにも有名である。

「大和」につづいて帝国海軍は「武蔵」を建造する。昭和十三年三月起工、十五年十一月進水、十七年八月竣工、十八年春、トラック島に進出、以後「大和」と交替して連合艦隊の旗艦を勤めた。昭和十九年十月二十四日、レイテ沖海戦への途中、フィリピンのシブヤン海で米機動部隊の大空襲によって「大和」より一足先に撃沈された。

以上の二隻の巨大戦艦は、第三次補充計画（通称㊂計画）によるものであるが、海軍省は、さらに第四次補充計画で戦艦「信濃」を企画した。

「信濃」は最初、「大和」「武蔵」と同型の戦艦として設計され、昭和十五年五月起工されたが、ミッドウェーの敗戦で空母四隻を失ってから、軍令部は「信濃」を、急遽、空母に変更することになり、昭和十九年十一月十九日、横須賀で竣工、呉に回航するため、二十八日横須賀を出港、西に向かい、二十九日、アメリカの潜水艦の雷撃を受け、無抵抗の形で熊野沖で沈没した。

こうして軍令部がワシントン、ロンドン二条約に、復讐するほどの意気込みで建造した三隻の巨艦は、いずれも目標とする敵主力艦に対して、その誇りとする四十六センチ砲を発射することなく、いたずらに敵航空部隊に巨大な目標を提供しただけで、短い生涯を終わってしまった。

それでは軍令部は、空母の建造に無関心であったかというと、そうでもなく、傑作といわれる「瑞鶴」「翔鶴」の二大空母を太平洋戦争に送りこんでいる。

無条約時代の設計となる前帝国海軍には、特務艦より改造中のものも含めて、九隻の空母があった。巡洋戦艦を改造したワシントン軍縮生き残りの「赤城」、同じく戦艦改造の「加賀」、日本でもっとも古い空母「鳳翔」、これらにつぐ「龍驤」（昭和八年、竣工）、以上が条約時代に完成した空母である。そして太平洋戦争に活躍する優秀な中型空母「蒼龍」「飛龍」が十二年、十四年に竣工するが、これらはいずれも設計の段階で条約時代の制限を受けている。このほか中型空母として潜水母艦から改造された「瑞鳳」「祥鳳」「龍鳳」も条約時代の設計である。

さて無条約時代の期待を担って登場するのが、「瑞鶴」「翔鶴」で、その高速、航続距離、搭載機数において、米英の追随を許さないものがあった。

この「瑞鶴」型は排水量二万五千六百七十五トン、速力三十四・二ノット、搭載機数八十四機で、アメリカが真珠湾攻撃で空母の威力を知って、エセックス級の新型空母の建造を急ぐまでは、この型に匹敵する優秀艦は世界のどこにもなかった。帝国海軍は三隻の巨艦を造る金で、八ないし十隻の「瑞鶴」型を造るべきであったと、航空参謀たちを残念がらせたものである。

筆者は、昭和十七年七月、宮崎県富高(現在の日向市)の飛行場を基地として、「瑞鶴」で着艦訓練を行なった。当時、「瑞鶴」の飛行長は、機動部隊航空参謀としてミッドウェー海戦を戦った源田実中佐であった。「瑞鶴」は乾舷(水面から甲板までの高さ)が低く(艦尾の吸い込み気流が少ない)、駆逐艦なみの高速で、着艦のしやすい空母であった。初めての着艦でどうにか着艦索にフックを引っかけ、発艦するとき、艦橋の後ろの飛行指揮所を見ると、頬のこけた士官が、じっとこちらを見ていた。それが源田中佐であった。

不思議なことにあれほど軍縮条約に不満を抱いていた軍令部は、やっと無条約時代に入ったのに、いくらも新しい建艦をやっていない。さすがに戦艦は真珠湾攻撃で飛行機の敵でないことがわかったのか、十六年十二月以降も建造の計画はない。

しかし、大いに有効とわかった飛行機のための空母も、十七年以降、制式空母として建造されたのは「大鳳」(二万九千三百トン、三十三ノット、五十三機)だけで、後は「隼鷹」「飛鷹」「大鷹」のように商船から改造されたものが多い。戦局が悪化し経済的に逼迫してからは、空母の新造も無理であろうが、なぜ「瑞鶴」型の建造(㊂計画)の後、「大鳳」の計画(㊃計画)のときに、この型を二ないし四隻計画しておかなかったのかと惜しまれる。

先述のエセックス型は昭和十八年から竣工し始め、十九年春にはその数九隻に達した。十八年秋までアメリカの制式空母は、わずかにエンタープライズ一隻が実戦に堪えるという状態で、そのエンタープライズも南太平洋海戦の損傷でドックに入り、この夏、「瑞鶴」「翔鶴」がソロモンに姿を現わすと、米軍は陸上機の行動範囲以内でしか対抗できないという状態であった。

しかし、十九年夏のマリアナ沖海戦には、このエセックス型空母多数が参加し、あまつさえ「大鳳」「翔鶴」は敵潜水艦の雷撃で撃沈され、「飛鷹」も沈没、残る制式空母は、不沈を誇る「瑞鶴」一隻となってしまったのである。

そして、昭和十九年十月二十五日のフィリピン・エンガノ沖海戦には、「瑞鶴」が「瑞鳳」「千歳」「千代田」を率いて囮(おとり)艦隊として、ハルゼーの米機動部隊を北方に誘致する役目を果たし、ついに他の三艦とともに沈没するのである。

昭和十三年十月、武漢三鎮占領、十二月二十日、王兆銘重慶脱出（十五年三月三十日、南京に新政府樹立）と、時局は近衛首相のいう東亜新秩序の建設へと進んでいくが、米英は日本の中国侵略に、蔣介石援助のような形で圧力を加え、十四年五月、ノモンハン事件が始まると、その損害の大きさに驚いた陸軍は、ヒトラーのドイツと手を組むことを企図したが、海軍（米内光政海相、山本五十六次官、井上成美軍務局長）の抵抗で同盟協定が延引し、八月二十三日、ドイツはソ連と独ソ不可侵条約に調印してしまう。

これに驚いた平沼内閣は「欧州の情勢は複雑怪奇なり」といって、総辞職してしまう。

陸軍もドイツと組むことは一応あきらめたが、十五年に入って、ドイツが西部戦線で攻撃を開始し、五月オランダ、ベルギーを降服させ、六月パリを陥落させて、フランス政府を屈服させ、ペタン元帥が政府首席としてドイツに休戦を呼びかけるようになると、陸軍はふたたびドイツとの同盟に動き始めた。

ノモンハン事件で苦杯をなめた陸軍は、ソ連を牽制して中国での既得権益を守るため、そして仏印進駐を狙うため、また米英を牽制するためにドイツと同盟を結ぶことを推進した。

そして今回は、海軍の中にも〝ヒトラーのバス〟に乗り遅れるな、という動きが強かった。

それはノモンハン事件の頃と違って、昭和十五年には戦略として、

一、対米海戦時には蘭印の石油が必要である。
二、蘭印を制するためには、シンガポールを制圧する必要がある。
三、そのためには仏印とくにサイゴンの基地、飛行場が不可欠である。

という考え方が強くなってきたからでもある。

蘭印はオランダ、仏印はフランス領である。もしこの両国を屈服せしめたヒトラーが、これらの植民地の領有を宣言したならば、ヒトラーの承諾なしにこれらを占領することは不可能となるのである。もし英国がヒトラーに屈服するならば、シンガポールもヒトラーの支配下に入る可能性があるが、それからでは、強気になったヒトラーと交渉するのは難しい。いまのうちにヒトラーと組むべきだという考えが、海軍右派を中心に台頭していた。

この年春、海軍では海軍省（吉田善吾海相、住山徳太郎次官、阿部勝雄軍務局長）は米内首

相の意向を受けて、同盟反対、軍令部（伏見宮博恭王総長、近藤信竹次長、宇垣纒第一部長）は同盟賛成に近いといわれた。

しかし、同盟遂行を押し通す陸軍は、七月十六日、畑俊六陸相の単独辞職によって米内内閣を倒し、近衛文麿が第二次内閣を組閣、松岡洋右外相、東條英機陸相と組んで、九月二十七日、三国同盟がベルリンで調印された。

このときの海相は及川古志郎大将（九月五日、就任）で、前任の吉田は病気で更迭、次官は豊田貞次郎中将、軍務局長は阿部勝雄少将（十月十五日、岡敬純少将）だったが、豊田次官は三国同盟賛成側で、主役を演じ、〝豊田大臣、及川次官〟と呼ばれるほどであったという。

軍令部でも宇垣（纒）第一部長は賛成側であったといわれたが、宇垣の大著『戦藻録』では、九月十三日の海相官邸における省部首脳会議（伏見宮総長を除く及川海相、豊田次官、阿部軍務局長、近藤軍令部次長、宇垣第一部長）では、海軍省側は全員賛成、近藤次長は沈黙を守り、宇垣部長一人反対したとなっている。

この後九月十五日、海軍首脳会議が開かれ、省部首脳のほか、議定官（大角岑生、永野修身）、軍事参議官（百武源吾、加藤隆義、長谷川清）、各艦隊司令長官（山本連合艦隊長官、古賀峯一第二艦隊長官）、各鎮守府司令長官が出席、同盟参加の是非を論じた。

豊田次官が司会し、阿部軍務局長が説明すると、まず伏見宮が座ったまま、

「ここまできたら仕方がないね」

と発言し、大角参議官（先任参議官）が、

「軍事参議官としては賛成である」

と発言した（長谷川大将の回想）。

ほかには発言がないとみて、山本長官が発言した。

「この同盟が成立すると米国と衝突するかもしれない。現状では航空兵力が不足し、陸上攻撃機を二倍にしなければならない」

かつて昭和十四年春から夏にかけて、三国同盟に米内海相とともに抵抗した山本は、三国同盟を回避する米内首相を瀬戸内海の旗艦「長門」から応援しており、同期生の吉田海相にも手紙で注意していた。彼は上京前に戦務参謀の渡辺安次中佐に日米の戦力調査を命じた。これをもとにして、山本は首脳会議で発言したが、すでに伏見宮が同盟賛成とみて、強く反対はできなかった。

三国同盟締結以降、山本の考えは、やるなら勝たねばならない、それには開戦劈頭に真珠湾攻撃を敢行して、敵太平洋艦隊を制圧し、蘭印の石油をとって、早期講和に持ち込もうというのが、山本の短期決戦戦略となっていくのである。

さてアメリカとの開戦の危険をはらんだ昭和十六年度の帝国海軍作戦計画は、十五年十二月十七日裁可されたが、この方針を基本として、帝国海軍はアメリカと戦うことになる。これまでの対米、対英蘭作戦に追加された分をつぎに述べる。

一、対米作戦　ルソン島、グアム島のほかにフィリピンのダバオ、ミッドウェーに近いウエーキ島などが初期占領地域として追加された。

二、第一、第十一航空艦隊が追加編制された。第一は空母航空部隊として連合艦隊主力とともに本邦近海で行動し（実際には真珠湾攻撃にいく）、第十一は基地航空部隊として、フィリピン方面の作戦に参加するものとされていた。

三、対英蘭作戦　従来どおり、開戦当初、香港、マレー及びボルネオ上陸占領作戦を行なうが、これには南部仏印を基地（航空、陸戦とも）として使用する。マレー上陸地点は従来のタイ領シンゴラのほかにパタニー及び英領のコタバルを追加する。また蘭領のセレベス島も上陸占領の対象とする。

この時点では、まだ真珠湾攻撃は計画に入っていないが、その後の計画の進行を眺めていきたい。

第三章　緒戦の勝利

真珠湾攻撃の採用

永野軍令部総長（昭和十六年四月九日、発令）が、山本連合艦隊司令長官発案の真珠湾攻撃作戦を承認決裁したのは、昭和十六年十月十九日のことであった。

山本が三国同盟締結をみて、短期決戦のために真珠湾攻撃を決意したことは有名である。彼は昭和十六年が明けると早々、一月七日付の及川海相宛の手紙で、この作戦の必要性を強調している。及川の同意を得た山本は、四月十日、機動部隊用の第一航空艦隊を編成した（司令長官南雲忠一中将、参謀長草鹿龍之介少将、航空参謀源田実中佐）。

軍令部は最初、この作戦を冒険に過ぎるとして、賛成しなかったが、連合艦隊司令部の強い要求によって、八月七日、図上演習で研究することを承知した。九月十六日、海軍大学校で、そのハワイ作戦の図上演習が行なわれ、軍令部は山本長官の強い決意を知り、一方開戦までに新型空母「翔鶴」「瑞鶴」の南方作戦使用が可能と見込まれるようになってきたので、九月末、永野軍令部総長は、空母四隻（赤城、加賀、蒼龍、飛龍）のハワイ作戦への使用を許可したのである。

しかし、真珠湾攻撃に提督としての全生命を賭ける山本は、それでも足らず、「翔鶴」「瑞鶴」もハワイに使うことを強く要求した。

軍令部はそれでは南方作戦には、「龍驤」しか使えないと反対したが、連合艦隊では「翔鶴」「瑞鶴」を回してもらえないならば、真珠湾攻撃の成功はおぼつかないとして、山本長官の辞意を示し、ついに軍令部を押し切り、十月十九日の軍令部総長の承認となるのである。

こうして対米英蘭戦争帝国海軍作戦計画は、十一月三日、最終の調整が終了し、五日裁可が出た。この最終作戦計画でいままでになかった作戦は、つぎのとおりである。

一、第一段作戦

㈠、フィリピン、グアム、英領マレー、同ボルネオ、蘭印、香港、ビルマ、ビスマーク諸島を攻略する。

㈡、ビスマーク作戦の目的は、トラック環礁の防衛、西太平洋の管制である。

㈢、ビルマ作戦の目的は、援蔣ルートの遮断、南方要域の西壁の確保、対インド対策となっている。

いよいよ開戦である。

すでに十月十八日の東條内閣発足以来、十一月五日の御前会議で、十二月初旬、武力発動を決定、十一月十八日以降、機動部隊の空母群はつぎつぎに瀬戸内海を出撃、エトロフ島の基地に向かい、二十六日にはそのヒトカップ湾の基地を出撃、ハワイに向かうのである。

十一月五日の御前会議で決定した国策はつぎのとおりで、この日、右の最終計画も裁可されたのであった。

〔帝国国策遂行要領〕要旨

一、現下の危機を打開し、自存自衛を全うするため、対米英蘭戦を決意し、甲乙両案にもとづき日米交渉により打開を図るとともに、その不成立の場合の武力発動の時期を十二月初頭と定め、陸海軍は作戦準備をする。

二、独伊との提携強化を図り、また泰国（タイ）との間に武力発動前に、軍事的緊密関係を樹立する。

三、十二月一日午前零時までに対米交渉が成立した場合は、武力発動を中止する。

なお武力発動は統帥事項であるので、この日、軍令部総長、参謀総長は、列立拝謁して、これを十二月八日とすることを上奏し、裁可を得た。

同じく、この日、裁可を得た帝国海軍作戦計画の要点はつぎのとおりである。

作戦目的

在東洋敵艦隊及び航空兵力を撃滅するとともに、東亜における米国、英国及び蘭国の主要なる根拠地を攻略して、南方要域を占領確保し、終局において敵の戦意を破壊するにあり。

第一段作戦

一、南西方面においては、陸軍と協定してフィリピン、マレー両方面から作戦を開始し、でき得るかぎり短期間に蘭印のジャワの線までを攻略する。その要領は、フィリピン方面でまず航空撃滅戦を行なった後、マレー方面では有力な先遣兵団の奇襲上陸によって地歩を固め、航空撃滅戦を強化した後、それぞれ主力攻略兵団を揚陸し要地を攻略する。ついで航空制圧下に要地を攻略しながら、航空兵力を進出させ、東西からジャワ島を包囲して航空撃滅戦を強化のうえ、攻略兵団を東西から揚陸させて同島を攻略する。

二、開戦劈頭、空母基幹部隊をもってハワイを奇襲し、米艦隊主力の西太平洋機動作戦を未然に封止し、かつその勢力の漸減を図って、主として南方作戦を間接的に支援する。

三、南洋方面においては、米艦隊の動静を警戒しつつ、開戦劈頭、グアム、ウエーキ両島を攻略し、状況によりラバウル方面を攻略する。

第二段作戦

第二段作戦は伝統的な要撃、持久作戦である。（註、富岡定俊作戦課長が立案して、福留繁第一部長、伊藤整一次長、永野総長の承認を得た米豪分断作戦は、第二段作戦に入るが、この段階では、まだ指示されていなかった）

右の国策の審議にあたって、十一月四日に行なわれた軍事参議官会議において、永野総長は、海軍の意向をつぎのように述べた。

「日本海軍としては、開戦後二ヵ年の間は必勝の確信がある。将来の長期にわたる戦局については、予見し得ない。対米戦には決め手がない。海上交通遮断により英国を屈服させ、これにより一蓮托生の米国の戦意を喪失させるのが、わが方の着意すべき方策である。ドイツが英本土上陸に成功すれば、さらに有利である」

つづいて東條首相（陸相兼務）は述べた。

「長期戦となる公算は八分である。永野総長の説明のように二年後の戦局の見通しもつけられないのに、開戦を決意した理由は、つぎのとおりである。ここで隠忍自重する手もあるが、その結果は昔の小日本にもどり、わが光輝ある歴史を汚すことになろう。したがって二年後の見通しが不明であるとして無為にして自滅に終わるより、この難局を打開して、将来の光明を求めようとするものである。南方資源地域を確保して、全力を尽くして努力すれば、将来勝利の基は開き得るものと確信する」

また五日の御前会議の最後の挨拶に立った東條首相は、つぎのように「国策遂行要領」決定への苦衷を述べた。

「この『要領』が残された唯一の方策と考える。長期戦には困難があり、若干の不安があるが、といって、不安ありとして現在のように米国のなすままにさせていたなら、二年後には石油がなくなり、船が動かず、南西太平洋の防備強化、米艦隊の増強、シナ事変未完などを考えると、思い半ばに過ぎるものがある。国内が臥薪嘗胆といっても、長い年月これに堪えられるだろうか。といって、座して二、三年を過ごせば三等国になる。これらを考えて慎重な研究の結果、この『要領』となったのである」

天皇の意志はあくまでも和平交渉をつづけよ、ということなので、五日の御前会議の後もワシントンでは、野村大使とハル国務長官の間で交渉がつづけられた。

しかし、中国及び仏印における撤兵で、日本側がかなりの譲歩の条件を申し入れても、もともと開戦の時機（ルーズベルトはドイツを叩くには、日本を締めつけ、先に一撃を相手に撃たせ、米国の議会に参戦を承認させる、という政策であった）を待っていた米側が、日本の条件に応じる可能性はなく、空しく交渉期限の十一月二十五日を待つのみで、その回答のハル・ノートを見て、初めて開戦の決意に迫られる者もいたのである。

一方、海軍は迷っていた。

軍令部はその任務上、総長以下開戦準備を進めている。もっとも機動部隊発進後でも、ワシントンの交渉が成立すれば、引き返すことは、山本五十六長官もよく承知していたが……。

海軍省は嶋田海相以下、やらない方がいいという雰囲気であったが、陸軍は東條陸相が開戦決意で、参謀本部では、杉山元参謀総長、塚田攻次長ともに強硬な早期開戦派である。

先に及川海相は、「近衛総理に一任したい」といって、無責任と批判されたと書いたが、戦勝の確信のない戦争に突入することはできれば避けたい、というのが、嶋田海相以下の望みであった。海軍省が決戦にはっきり踏み切るのはハル・ノートが渡されてからだという見方もある。

保科善四郎（当時、少将、海軍省兵備局長）の回想。

「ハル・ノートを受けるまで、海軍省の首脳部の間では、戦争は無理だから、やめるべきだという声が強かった」

高田利種（当時、大佐、海軍省軍務局第一課長）の回想。

「山本五十六長官は、武力行使が発動された後、十二月三日参内の後、海相官邸で、『野村さん（駐米大使）は有能な人だから、日米関係をなんとか打開してくれるだろう』と漏らしていた。いかに戦争回避を念願していたかがうかがえた」

和戦両様のかまえの中で、機動部隊は十一月中旬出撃、エトロフ島の前進基地に向かうべく準備を進めていた。

先の十一月五日の御前会議の後をうけて、十一月十五日、大本営政府連絡会議は、「対米英蘭蔣戦争終末促進に関する腹案」を決定した。これが太平洋戦争開戦時における戦争指導方針といえるものである。

方針

一、速(すみ)やかに極東における米英蘭の根拠地を覆滅して、自存自衛を確立するとともに、さらに積極的措置により蔣（介石）政権の屈服を促進し、独伊と提携して、まず英の屈服を図り、米の戦争継続意志を喪失せしむるに努む。

二、極力戦争相手の拡大を防止し第三国の利導に努む。

要領

一、帝国は迅速なる武力戦を遂行し、東亜及び西南太平洋における米英蘭の根拠地を覆滅し、戦略上の優位を確立するとともに、重要資源地域及び主要交通線を確保して、長期自給自足の態勢を整える。

二、日独伊三国協力してまず英国の屈服を図る。

(一)、帝国は左の方策をとる。

イ、豪州、インドに対し政略及び通商破壊などの手段により英本国との連鎖を遮断しその離反を策す。

ロ、ビルマの独立を促進し、その成果を利導してインドの独立を刺激す。

(二)、独伊をして左の方策をとらしむるに努む。

イ、近東北阿(ほくあ)（アフリカ大陸北部）、スエズ作戦を実施するとともにインドに対し施策を行なう。

ロ、対英封鎖を強化す。

ハ、情勢許せば英本土上陸を実施す。

㈢、三国は協力して左の方策をとる。

イ、インド洋を通ずる三国間の連絡提携に努む。

ロ、海上作戦を強化す。

ハ、占領地資源の対英流出を禁絶す。

三、日独伊と協力し対英措置と並行して米の戦意を喪失せしむるに努む。

㈠、帝国は左の諸方策をとる。

イ、フィリピン対策。（略）

ロ、対米通商破壊戦を徹底す。

ハ、物資の対米流出禁絶。

ニ、宣伝謀略。

ホ、米豪関係の離隔を図る。

四、シナに対する方策。（略）

五、帝国は南方に対する作戦の間、極力対ソ連戦争の惹起を防止するに努む。

六、仏印、タイ関係。（略）

七、常時戦局の推移、国際情勢、敵国民の動向などに対し周密なる監視考察を加えつつ、その終末のための左のごとき機会を捕捉するに努む。

イ、南方に対する作戦の主要段落。

ロ、シナに対する作戦の主要段落及び蔣政権の屈服。
ハ、欧州戦局の情勢変化の好機、とくに英本土の没落、独ソ戦の終末、対インド政策の成功。
日独伊三国は単独不講和を取り決めるとともに、英の屈服に際し、これと講和することなく、英をして米を誘導せしむるごとく施策するに努む。
対米平和促進の方策として、南洋方面における錫（すず）、ゴム供給及びフィリピンの取り扱いに関し考慮す。

ここには早くも英国本土とインド、豪州の遮断案が出ているほか、非常に三国同盟に期待している点が目立つ。米豪分断を独伊の援助によろうという腹も見える。とくにドイツが近東、北アフリカ作戦を行ない、英本土上陸を決行することに、過大な期待をかけていることが目立つ。

山本長官の短期決戦は、日本の自力で米国より優位に立つことを望むものであるが、米豪分断作戦は多分にドイツの近東などと英本土上陸（占領）作戦に期待しているので、そこに日本の作戦の基盤の緩（ゆる）い点があった。

こうして戦争指導方針にあたる「戦争終末促進に関する腹案」までできたが、軍令部（大本営海軍部）はまだ複雑な雰囲気の中にあった。富岡の回想では、十六年の十月か十一月のある日、岡（敬純、海兵39期、少将）軍務局長が、作戦課長室にやってきて、

「おい、どうだ、開戦期日を昭和十七年の三月まで延ばせんか?」

と聞いたことがある。

岡は昭和十五年十月、軍務局長になるまで、軍令部の第三部長を勤めていたので、軍令部の内部もよく知っていた。岡の気持としては、どうも永野総長が、海軍が率先して開戦するようなことをいうので、冷却期間をおこう、というようなことらしい。その間にワシントンで妥結するかもしれない、という期待もある。

しかし、富岡は断固として、

「戦争をするかしないかは政府の決めることですが、作戦課としては、絶対に来年三月では戦(いくさ)ができません」

と率直に言い切った。

海軍の手持ちの石油は十七年春には底をつく状態である。半年か一年で石油が切れるというのに、三月まで引き延ばされて、「交渉は決裂した。さあ、作戦課、お前、戦をやれ!」といわれても、できるわけがない、というのが富岡の言い分であったという。

したがって、十一月十八日以降、機動部隊が北上して前進基地のエトロフ島ヒトカップ湾に向かっても、海軍省はワシントンの交渉待ち、軍令部は真珠湾攻撃の戦果待ちという状態に近かった。

後になって〝恨みぞ深し〟と大本営の参謀たちに回想されるハル・ノートが、ワシントンの野村大使に手交されたのは、ワシントン時間の十一月二十六日午後五時で、日本では、もう二十七日に入っていた。

ハル・ノートの内容を見る前に、アメリカがどういう対日戦略を持っていたかを知る必要があろう。

この年（昭和十六年）一月十六日、ルーズベルト大統領は、陸海軍の長官、参謀総長、作戦部長（軍令部長）、国務長官を集めて首脳会議を開いた。その主な内容はつぎのとおりである。

一、日本とドイツが同時に立つような危機に直面した場合、陸海軍はどのような行動をとるべきか――これに対しルーズベルトは、「我々は事に処するのに現実的でなければならない」と、レインボー作戦（ハワイを中心とする太平洋防衛作戦）をとり上げ、「我々はいますぐ役に立つような行動の心がまえが必要だ」といった。

二、日本に対してとるべき態度と英国に対する戦略物資の補給問題――これはルーズベルトがもっとも関心を示した問題で、「もし、ドイツと日本が米国に敵対行動を起こすようなことがあっても、英国は六ヵ月は持ちこたえ得るであろうし、ドイツがやってくる（アメリカを攻撃する）までには二ヵ月を要するであろうから、米国は戦力を整えるのに八ヵ月の期間がある。また英国への補給を削らないこと」と彼は指示した。

このときルーズベルトが与えた作戦上の指示はつぎのとおりである。

一、我々はハワイを基地とする艦隊をもって、太平洋は守勢の方針でいく。
二、アジア艦隊司令長官は、フィリピンをいつまで基地として使用するか、その時期に関し、また艦隊の後退命令に関し、自由裁量の権限を与えられるべきこと。
三、フィリピンに対し海軍の増援は行なわれないであろう。
四、海軍は日本の都市に対し爆撃実施の可能性があることを考慮すること。
五、海軍は英国本土に至る大西洋の船舶護送、アメリカ東海岸の沿岸哨戒を続行する用意あるべきこと。
六、陸軍は十分に準備ができるまでは攻勢をとらせないこと。
七、我々は英国に対する物資補給の基本精神を維持するためにあらゆる努力を払うこと。

以上が昭和十六年一月のアメリカの基本作戦方針で、アメリカはある程度時間をかせいで、戦力を充実させるつもりでいたが、六月二十二日、独ソ戦が始まると、対独日戦を急ぐようになってきた。ドイツがソ連と戦争を始めた以上、アメリカが日独の両国を相手にしても、弱い立場ではなくなってきたのである。

そして七月末、南部仏印進駐とともに、石油禁輸で日本のとくに海軍を圧迫して対米戦に駆り立てた。その最後の挑戦状がハル・ノートである。

その骨子はつぎのとおりである。

一、中国及び仏印から、日本の陸海空軍兵力、警察力の全面撤収
二、三国同盟の廃案
三、蔣介石政権以外の中国における政権（註、南京の王兆銘政府を含む）の否認

十一月二十七日朝、これを見た富岡は唸った。

「うむ、これは明らかに最後通牒（つうちょう）だぞ……」

陸軍も、これは戦争しかないと決意をしたようである。仏印はともかくシナ満州から撤退しろといわれても、日清、日露戦争で十万の精霊の眠るこの大陸を返すということは、祖先に申し訳がたたない。当然ではあるが、日本側の見通しは正しい。

ハルはその回想録に、「このノートを野村に渡した後、私はノックス（海軍長官）とスチムソン（陸軍長官）に、『これで、もう私は手を洗った、後は君たちの出番だ』と語った」と書いている。

十一月二十七日、東京では午前十時から大本営政府連絡会議を開いていたが、その途中、ワシントンの駐在武官からハル・ノートが届いた。そこで午後二時から、さらに連絡会議を開き、各情報を持ち寄って審議に入ったが、一同は、この米国案の過酷な内容に啞然として、審議の結果つぎの結論に到達した。

一、この覚書は明らかに日本に対する最後通牒である。
二、この覚書はわが国としては受諾することはできない。かつ米国は日本が受諾し得ないことを知って、この覚書を送ってきている。しかもそれは関係国の緊密なる了解を得たうえで出されている。
三、以上のことを推断し、各種の情勢を判断し、米国側は、すでに対日戦争を決意しているものと思われる。それ故にいつ米国から攻撃を受けるかもしれないから、十分に警戒する必要がある。

ここにおいてアメリカはいままでの平和愛好の衣を脱ぎ捨て、はっきり狼の牙を剝き出した。日米交渉が時間かせぎの隠れ蓑であったことが、やっと明確になり、近衛らの希望的観測が甘く、ハルのやり方に不審があると見破った松岡前外相の見方が正しかったことが証明された。

この会議で政府、統帥部は、もはや日米交渉の打開は絶望で、十一月五日の「帝国国策遂行要領」によって行動することを決めた。ただし開戦決定は連絡会議ではなく、十二月一日の御前会議で行なうことにした。

平和愛好の精神に富む天皇は、開戦に慎重を期するために十一月二十九日、重臣と懇談することにした。重臣は総理の前歴のある者（近衛、米内、阿部、平沼、若槻、林、広田、岡田）八名と原嘉道枢密院議長で、政府側からは首相、海相、外相、蔵相、企画院総裁で木戸内大臣が陪席した。

政府側が状況を説明し、重臣側から、「交渉が決裂しても開戦せず、再起を期するべきだ」「長期戦となった場合、補給力や国民の動向に懸念がある」「この戦争が自衛自存のためならば、開戦も止むを得ないが、東亜政策のためなら危険だ」というような意見が出たが、結局、開戦の止むなきを了解、天皇もそれを認める形となった。

しかし、これで天皇は開戦を認めたわけではない。十一月三十日午後三時、天皇は、突然、東條首相を召した。

「高松宮（十一月二十日付、軍令部員）から海軍はできるなら戦争を避けたいとのことであるが、首相（兼陸相）の考えはどうか？」

というのである。東條はこう答えた。

「この戦争を避けたいことは、政府統帥部も同じでありますが、連絡会議でも慎重研究の結果でもご承知のとおり、自衛上、開戦は止むを得ずと存じます。また統帥部においては相当の戦勝の確信を有すると承知しております。しかし、海軍作戦が基礎をなすことでもありますので、すこしでもご疑念があらせらるるならば、軍令部総長、海相をお召しのうえ、お確かめ願います」

同日夕刻、天皇は総長と海相をお召しのうえ、開戦の決意について所信を確かめられた。

嶋田繁太郎海相は、戦後つぎのように回想している。

十一月三十日夕刻、にわかに永野総長と私を呼ばれて、開戦に際しての海軍の所信を質(ただ)された。

陛下　いよいよ矢を放つときとなるね。矢を放つとなれば長期戦となるが、予定どおりやれるかね？

永野　大命いったん降下されれば、予定どおり進撃します。わが機動部隊はすでに二十六日（ハル・ノートが日本に届く前日）、ヒトカップ湾を出撃し、真珠湾の西方千八百マイルに迫っております。

嶋田　人も物もすべて準備ができており、大命降下をお待ちしております。先日、上京した山本連合艦隊司令長官の話によりますと、訓練も出来上がり、将兵の士気旺盛、自信あり、ハワイ作戦には張り切っていると申しておりました。今度の戦争は石に齧りついても勝たねばならぬと考えております。

陛下　ドイツが戦争を止めるとどうなるか？

嶋田　ドイツをあまり頼りにしてはおりません。ドイツが手を引いてもどうにかやっていけると思います。

ご聖断を翌日にひかえて、陛下にご心配をかけてはまことに恐懼(きょうく)に堪えないので、このように奉答したのであるが、陛下にはご安心されたご様子であった。

当時四十一歳（数え）の天皇が、祖宗から伝えた日本の運命をいかに憂えておられたかがわかる。

この日、午後七時頃、東條首相は内大臣からの電話で、「陛下から軍令部総長、海相とも相当確信ありとのことであるから、一日の御前会議は予定どおり進めて差し支えなし」という連絡を受けた。

これで、ついに日米開戦が決定したわけである。果たして開戦の責任はどこにあるのか。難しい問題である。

いよいよ開戦決定の御前会議であるが、その前にアメリカの戦争準備を見ておこう。ハル・ノートを出したアメリカ首脳は、和平交渉から戦争の策略に切り替えた。しかし、アメリカの議会の伝統上、アメリカが先に手を出すことは避けなければならない。日本軍が手を出すのを待つほかはなく、日本軍がどこにくるかを模索しつつ戦争の準備を進めていた。

十一月二十七日、マーシャル参謀総長とスターク作戦部長は、日本軍の最初の攻撃が南方から行なわれるとして、つぎのことを採用するように大統領に進言した。

一、フィリピンへの増援が完了する前に、日本軍が米英蘭に攻撃または脅威を加える場合のみ、軍事的応対行動を考えること。

二、日本軍が泰国（タイ）に侵入した場合には、東経百度以西、北緯十度の線を南に越えることは戦争を意味する旨を、米英蘭政府が日本政府に警告すること。この警告前には連合した軍事的処置を行なわないこと。

三、このような警告を発することについて、米英蘭と完全な同意に達しておくこと。

しかし、ルーズベルトはこの案が、米国本土が攻撃されない場合でも米国が参戦することになっているので、警告を出すことを認めなかった。

同じ二十七日、大統領承認のもとに現地陸海軍指揮官に、戦争警戒の命令が出された。作戦部長は太平洋艦隊、アジア艦隊各司令長官に、つぎのとおり発令している。

「この電報を戦争通告と考えよ。太平洋の現状維持を図るために行なわれた日本との交渉は終わった。ここ数日内に日本は侵略的行動をとるものと思われる。フィリピン、タイ、またはクラ半島（マレー半島の北のタイ領）、場合によってはボルネオに対する上陸作戦が、陸軍部隊と海軍機動部隊によって行なわれる徴候がある。貴官は米海軍基本戦争計画第四十六号を遂行する準備として、防衛展開を実施せよ」

この四十六号計画は、先に述べた一月十六日の大統領指示とレインボー五号作戦計画をもとにして、九月、策定されたもので、その要点は、太平洋艦隊の任務及び開戦時の行動をつぎのように規定したものである。

一、マーシャル諸島方面に対する拠点攻略と海上交通破壊とにより、日本の勢力をマレー半島から他方面にそらすことによって、極東における連合国部隊を支援する。

二、マーシャル及びカロリン諸島海域を攻略管制し、トラックに艦隊前進根拠地を設定する準備を行なう。
三、中部太平洋のミッドウェー、ジョンストン、パルミラ、サモア及びグアムを防衛する。
四、太平洋における連合国の領土を防衛する。
五、連合国の海上交通線を防護管制する。
六、できれば巡洋艦による南方諸島間の海域における日本船舶の攻撃、最大限の潜水艦による日本の海上交通の破壊。

以上のうちマーシャル作戦は、とくに日本の作戦に関係が深いので、つぎにその概要を紹介しておく。

一、J日（開戦発令日）の翌日、空母二隻、戦艦三隻基幹の任務（機動）部隊、真珠湾出撃。
二、J日の六ないし九日後、右部隊、マーシャル偵察、作戦資料収集。J日の十ないし十一日後、洋上で本隊（戦艦六隻基幹）と合同。
三、J日の五日後、本隊、真珠湾出撃。
四、J日の十ないし十一日後、全部隊集合、攻略計画策定、攻略準備を行ない、戦艦全力は支援配備に、その他はマーシャル諸島に向かう。
五、準備の十三日後、マーシャル諸島攻略作戦開始。

これによると、アメリカの戦略は、もっぱら日本軍の主攻撃方向をマーシャル方面からと限定している。

これはレインボー作戦全般でも、ハワイの西九〇度と南一八〇度線に囲まれた海面（当然マーシャルを含む）に対し、ハル・ノート発出の日から哨戒艇、駆逐艦などで警戒することになっていた。したがって、ルーズベルトが議会で（日本軍が攻撃してくるとは、全然思っていなかったので）「日本軍はスネークアタック（だまし討ち）を行なった」と訴えたのは、おかしい。日本軍に奇襲をやらせるというのが、ルーズベルトの企図であり、その反撃として、マーシャルを攻略する準備はしてあったのである。

ただ北からくるとは考えていなかったので、不意を衝かれたということで、これは〝だまし討ち〟というようなものではなく、戦術上の問題である。まさか航続力の短い空母（赤城、蒼龍、飛龍）や駆逐艦をもつ日本の機動部隊が、輸送船で補給しながら、天候の不良なアリューシャン方面からやってくるとは、アメリカの総合作戦本部も考えてはいなかったのである。

これは戦術的な米軍の負けで、それをスネークアタックといって、国民に訴えるのは、宣伝としてはうまいが、実際には桶狭間（おけはざま）で織田信長の奇襲を喰らって自滅した今川義元のようなもので、相手の信義を非難するよりも、自分の戦術的見通しの甘さを恥じるべきではなかったのか。

右の作戦計画は四月に策定されて、九月に大統領の認可を受けたものであるが、六月二十二日に独ソ戦が始まると、ルーズベルトは強気になってきた。

七月から八月にかけて、彼は陸海軍省に兵器、補給を考慮したうえで、九月十一日、枢軸国に対する勝利のための国家政策と戦略を立案させた。いわゆる「勝利の計画」と称せられるもので、公式には「世界戦争に対する総合基本見積もり」で、その要点はつぎのとおりである。

一、主作戦方面を欧州とし、その他の敵国をも想定し、これらを撃破できるかどうかは、ドイツを撃破できるかどうかにかかっている。米国の決戦準備は装備の不足のために昭和十八年七月一日以前にはできない。
二、この計画はつぎの三局面に分け、時期と目的に応じて遂行する。
㈠、第一局面　開戦日または戦争が実際に始まる日まで。英国に対する補給を確保し、また枢軸国と戦っている諸国に軍需品を供給し、その戦争努力の低下を防ぐとともに米国軍隊の戦争参加準備を行なう。

㈡、第二局面　開戦日から最後の攻勢作戦の準備完成まで。英国及び枢軸国と戦っている諸国と積極的に連合して、ドイツ撃破の準備をする。

㈢、第三局面　ドイツを屈服させる。
三、米国の重要戦略のうち太平洋方面に関するものの要点はつぎのとおりで、南太平洋諸島やフィリピンの確保が加わり、四十六号より積極化している。

㈠、第一目標はドイツの完全打倒で、これは日本の占領領土の多くの放棄を止むなくさせるであろう。

㈡、当面の戦略としてはドイツに対する日本の軍事的支援を抑制しつつ、米国が積極的に参戦することによって、現在の軍事作戦を強化することである。

㈢、日本が参戦した場合の戦略。

イ、シベリア及びマレーの強力な防衛（ルーズベルトは明らかにスターリンと組んでいた）。

ロ、封鎖を通じての経済攻勢。

ハ、空襲による日本の軍事力の低下。

ニ、日本占領軍に対する中国軍の攻撃。

㈣、米国及び連合国がとるべき重要戦略。

イ、ハワイ、アラスカ及び南太平洋諸島は東太平洋の安全に対し重要な関係をもつ。

ロ、経済封鎖はここしばらくの間、日独に対し最有効な攻撃方法であろう。

ハ、フィリピン、マレー、蘭印、豪州、ビルマ及び中国の連合国による把握は広遠な効果を有するであろう。

この勝利の計画で、以前は放棄することになっていたフィリピンを保持することに変えたのは、欧州におけるB17重爆撃機の活躍に力を得たものと思われる。

何にしてもドイツのソ連攻撃で、ルーズベルトは日本を屈服させる自信を持ったことは間違いのない事実で、ハル・ノート発出の後で、日本が攻撃してこないというようなことを信じていたとしたら、軍事外交の全権を握る大統領としては失格である。

開戦に決す

十二月一日の御前会議は午後二時から開かれた。東條首相以下各大臣、参謀総長、軍令部総長、各次長、枢密院議長、内閣書記官長、陸海軍省各軍務局長である。議題は、「対米英蘭開戦の件、十一月五日決定の『帝国国策遂行要領』に基づく対米交渉は遂に成立するに至らず帝国は米英蘭に対し開戦す」である。

会議の冒頭、東條首相が御前会議奏請の理由（ハル・ノートのために開戦の止むなきに至った）を説明、ついで東郷茂徳外相が十一月五日以降の日米交渉の経過を説明、米国の対日政策が終始わが大東亜共栄圏と新秩序建設を妨害するものであると報告した。

そして永野総長が統帥部を代表して、つぎのように開戦の理由を説明した。

「陸海軍統帥部は十一月五日決定の『帝国国策遂行要領』にもとづき、作戦準備を進めてきましたが、いまや武力発動の大命を仰ぎ次第、作戦行動を開始する態勢を完整しております。

（中略）

いまや肇国以来の困難に際しまして、陸海軍作戦部隊の全将士は士気極めて旺盛、一死奉公の念に燃え、大命一下、勇躍大任に赴かんとしつつあります。この点とくにご安心を願います」

この後、内相、蔵相、農相から国力と戦争に関する見通しの説明と質疑応答があり、原枢密院議長が代表して質問を行ない、政府統帥部の回答があったが、議長も開戦止むを得ずと認めた。

それまで沈痛な面持ちで出席者の説明を聞いていた天皇も、ついに午後四時十分、開戦の聖断を下された。

こうして日本は山本五十六、米内光政、井上成美あるいは近衛文麿ら多くの要人が恐れていた大国米国との戦争に踏み切ったのである。

そして多くの日本人は敗戦の後まで気づかなかったが、八月一日の禁輸以来、軍令部が作戦の都合上、「戦争をやるなら石油のあるうちに」と総長はじめ早期決戦を主張した動きがあったのは、統帥部として止むを得ないこととはいいながら、敗戦のときにうずくものを感じさせたのであった。

ご聖断が下ると、永野総長は直ちに連合艦隊司令長官に大命を伝え、開戦行動開始の命令を下した。

「大海令（大本営海軍部命令）第九号

一、帝国は十二月上旬を期して、米英蘭に対し開戦するに決す
二、連合艦隊司令長官は在東洋敵艦隊及び航空兵力を撃滅するとともに、敵艦隊東洋方面に来攻せばこれを要撃撃滅すべし
三、連合艦隊司令長官は南方軍総司令官と協同して、すみやかに東亜における米英蘭の主要根拠地を攻略し、南方要域を占領確保すべし（註、ハワイはこの東亜における主要根拠地の中に含まれる）（以下略）」

翌十二月二日、陸海軍両総長は参内列立して、十二月八日午前零時を武力発動の時機とすることを上奏、裁可を得た。

永野総長は、この十二月八日を開戦日に選んだ理由を、つぎのように説明している。

「陸海軍航空攻撃の第一撃を容易かつ効果あらしめるためには、夜半より日出まで月のある月齢二十日付近の月夜を適当とします。

また海軍機動部隊のハワイ空襲には、米艦船の真珠湾在泊、比較的多き休養日たる日曜日を有利としますので、ハワイ方面の日曜日で月齢十九日たる十二月八日を選定しました。八日は東洋では月曜日でありますが、機動部隊の奇襲に重点をおいた次第であります」

陛下の裁可を得たので、総長は大海令第十二号によって、つぎの命令を発した。

一、連合艦隊司令長官は十二月八日午前零時以後、大海令第十九号による武力を発動すべ

し。（以下略）

当時、連合艦隊旗艦「長門」は瀬戸内海の柱島沖にいて、山本長官は拝謁のために上京中であったので、宇垣纒参謀長がこの命令を受け、司令長官命令で全連合艦隊に午後五時三十分、「新高山登レ一二〇八」（「X日〈開戦日〉を十二月八日午前零時と定めらる」の暗号）を打電した。

これで対米外交交渉は終わり、開戦と決したわけで、ハワイ北方二百三十マイルのE点に向かっていた機動部隊の南雲司令部もほっとしたのであった。（註、陸軍でもマレー上陸部隊が仏印で待機しており、これに開戦日を知らせたが、その暗号は新高山ではなく、「ヒノデハヤマガタ」であった。ヤマガタが八日、ナガノが七日というようになっていた）

十一月二十六日、エトロフ島のヒトカップ湾を出港した機動部隊は、十二月一日午後七時頃、東経百八十度の日付変更線を越えて西半球に入っていた。「赤城」の電信室がこの開戦電を受信したのは、二日午後八時で、

「やっとこれで戦争に決まったな」

と艦橋の南雲司令長官以下、決意を新たにしたのである。このとき南雲は、十一月十三日、岩国航空隊における各艦隊長官会議のことを思い出した。

このとき山本長官は、

「たとえ攻撃隊が発艦した後でも、ワシントンでの外交交渉が成立したときは、戦闘は中止

するから、これを厳守するように」

と指示した。これに対し、猛将といわれる南雲は、

「しかし、長官、しかけたしょんべんは止められませんぞな」

と東北弁でいった。列席の長官や参謀長の中には笑う者もいた。

しかし、山本は笑わなかった。彼は一座を見回すと、

「一同によくいっておく。百年兵を養うのもこの一日のためである。自分のいうことが聞けないと思う者は、いま直ちに辞表を出せ！」

といった。南雲はじめ答える者はいなかった。

あれから南雲の胸中にしこっていたのは、攻撃の最中に連合艦隊司令部から「交渉成立、攻撃中止」という命令がきたらどうするか、ということであった。多年訓練の成果を示そうと勇躍飛び立った搭乗員たちに、帰れ、とはいえない。

――願わくば、このままハワイまで行かせてもらいたい……。

南雲はそう祈った。そしていま、ようやく開戦の指令が出たのである。

――これで搭乗員たちにも、心おきなく戦ってもらえる……。

南雲はそう考えながら、夜の海を眺めていた。

草鹿龍之介参謀長は後にこう回想している。

「機動部隊指揮官としては『開戦』とくるか『引き返せ』とくるか、通信は信頼していたもののの、やはり一抹の不安は拭い切れなかった。いまやこの電報によって作戦一本に没頭でき

ることとなった。この『新高山登レ』を受信したときは、青天に白日を望むような気持になった」

先述のようにこの二日、山本長官は東京にきていて、三日、参内拝謁して、つぎの勅語を賜わった。

「朕ここに出師を令するにあたり、卿に委するに連合艦隊統率の任を以てす。惟うに連合艦隊の責務は極めて重大にして事の成敗は真に国家興廃の繋がる所なり、卿それ多年艦隊錬磨の績を奮い、進んで敵を巣滅して威武を中外に宣揚し、以て朕が威信に副わんことを期せよ」

これに対し山本はつぎのように奉答した。

「開戦に先だち優渥なる勅語を賜わり、恐懼感激の至りであります。謹みて大命を奉じ、連合艦隊の将卒一同粉骨砕身、誓って出師の目的を貫徹し、聖旨に応える覚悟であります」

機動部隊の行動を見ておこう。

十一月七日、機密連合艦隊命令作第三号によって、開戦予定日Y日が指定され、作戦開始前の待機点であるエトロフ島ヒトカップ湾に進出することになったので、機動部隊は「加賀」(魚雷搭載のために遅れる)を除いて、十一月十六日、佐伯湾に集結した。

十七日午後二時、軍令部総長代理として次長の伊藤整一中将が「赤城」に来艦して、機動部隊の壮途を祝した。旗艦「長門」も佐伯にきており、午後三時二十分、山本長官は「赤城」の飛行甲板で機動部隊の各指揮官、飛行科士官を集めて、出撃前の訓示を行なった。

　このときの様子を、宇垣参謀長は『戦藻録』の中にこう述べている。


切々主将の言肺腑（はいふ）を衝く。将士の面上一種の凄味あるも一般に落着きあり。各々覚悟定まり忠節の一心に固まれるを見る。（後略）

　十八日午前九時の一航戦の「赤城」佐伯湾出港をはじめとして、「蒼龍」「飛龍」の二航戦、十九日、五航戦「翔鶴」「瑞鶴」という順に出港、二十二日午前八時「赤城」のヒトカップ湾入港をはじめとして、続々機動部隊は同湾に集結した（「加賀」は二十三日、入港）。

　機動部隊の主力は右の六隻の空母を主体として、第三戦隊「比叡」「霧島」、八戦隊「利根」「筑摩」、第一水雷戦隊、第二潜水隊、補給隊（輸送船七隻）などである。

　十一月二十六日午前六時、機動部隊はヒトカップ湾を抜錨、東に向かった。そして十二月二日「新高山登レ」を受信して、司令部以下、搭乗員、乗組員もほっとする。そして荒天の北太平洋を無線封止のなかで航海すること十二日、十二月七日には攻撃隊発進地点のE点、オアフ島の北方二百三十マイル近くに到達した。

　すでにハワイのラジオが高く入っており、ホノルルの総領事館に潜入していた軍令部のスパイ吉川猛夫少尉（海兵61期）からも、真珠湾在泊中の米艦隊の艦船状況が入っており、七日までに入手した情報では、つぎのようになっていた。

「戦艦ペンシルバニア、アリゾナ、カリフォルニア、ウエストバージニア、テネシー、メリーランド、その他巡洋艦、駆逐艦多数、空母なし」

そしていよいよ八日午前一時三十分(日本時間、ハワイ時間は午前六時)、E点に達したとみた南雲長官は、第一次攻撃隊の発進を命じた。「赤城」の板谷茂少佐(戦闘機隊指揮官)を先頭に、各艦から零戦、艦爆、艦攻計百八十機が飛行甲板を蹴って、真珠湾に殺到した。(註、真珠湾攻撃の詳しい様子は省略する)

午前三時十九分、オアフ島の上空に達した攻撃隊指揮官淵田美津雄中佐は、「トトトト」(ト連送)を打電した。「全軍突撃せよ」である。

このとき、オアフ島は一面の雲に覆われていたが、ちょうど攻撃隊が真珠湾の上空にきたとき、その上だけがぽっかりとあいていた。敵は、わが奇襲にまったく気づいていないらしく、ラジオは相変わらず陽気なジャズを演奏している。

――天佑なり……。

淵田中佐は躍る胸を抑えて「トラトラトラ」を打電した。

これが有名な「ワレ奇襲ニ成功セリ」連合艦隊、軍令部宛の第一電で、ほぼ同時に機動部隊指揮官も「トラトラトラ」を中央宛に打電した。

嶋崎重和少佐の率いる第二次攻撃隊は、午前二時四十五分発進、四時二十五分突撃した。

真珠湾攻撃の戦果は、日本軍の認定では、撃沈、戦艦四隻、大破、戦艦二隻のほか、重巡洋艦二隻撃沈、中破、戦艦二隻、大破、軽巡洋艦二隻、駆逐艦二隻などであるが、米軍の確認したものでは、つぎのようになっている。

戦艦　ネバダ　魚雷一、爆弾六命中、海底に擱座

同　アリゾナ　魚雷数本命中、大型爆弾四命中、沈没、完全喪失　戦隊司令官戦死、艦長戦死

同　ウエストバージニア　魚雷六、七本命中、爆弾二発以上命中、擱座、艦長戦死

同　テネシー　大型爆弾二発命中、中破

同　オクラホマ　魚雷五本命中、転覆

同　メリーランド　大型爆弾一発命中、小型爆弾一発命中、ほかに至近弾あり、中破

同　カリフォルニア　魚雷三本命中、大型爆弾一発命中、擱座

同　ペンシルバニア　工廠ドック入渠中、小型爆弾一発命中、小破

標的艦（旧戦艦）　ユタ　魚雷五本命中、転覆、完全喪失

巡洋艦　ヘレナ大破、ホノルル小破、ローリー中破

駆逐艦　カッシン、ダウンズともに大破

以上を総合すると、つぎのとおりとなる。

戦艦撃沈、完全喪失　アリゾナ

転覆　オクラホマ

擱座　ネバダ、ウエストバージニア、カリフォルニア

中破　テネシー、メリーランド
小破　ペンシルバニア

戦艦は在泊八隻のうち撃沈五隻（擱座も撃沈とみなす）で、日本軍の判定よりも多い。このほか機雷敷設艦オグララが沈没、工作艦ベスタルが擱座している。

戦艦に関していえば、全部で十隻のうち撃沈を含む七隻を艦隊行動不能に陥れたわけで、日露戦争の頃なら、これで大勝利と凱歌を挙げるところであった。しかし、肝心の空母は真珠湾には在泊せず、これが後々まで軍令部、連合艦隊の頭痛の種となった。

問題の米軍の空母部隊はどこにいたのか、その状況にふれておこう。

太平洋艦隊戦闘部隊航空機群指揮官ハルゼー中将は、空母エンタープライズに座乗、重巡三隻、駆逐艦九隻を率いて第八任務部隊を編成し、開戦直前、グラマン戦闘機十二機をウエーキ島に送り、ハワイへの帰路、真珠湾攻撃に遭遇する。攻撃開始時はオアフ島の西方二百マイルにあり、日本軍攻撃隊発艦とほぼ同時に先発飛行隊をオアフ島に向け発進させている。

また索敵部隊巡洋艦群指揮官ニュートン少将は、重巡シカゴに座乗、空母レキシントン、重巡二隻、駆逐艦五隻の第十二任務部隊を率いて、偵察爆撃機十八機をミッドウェーに送るため東行中で、開戦時はミッドウェーの南東四百二十マイルにあった。

開戦時、エンタープライズから発艦してフォード基地に向かっていた偵察爆撃機十八機は、日本軍の空襲中に同基地上空に達しており、敵味方から攻撃を受け、「われアメリカ機、味方を撃つな！」と無線電話で訴えていたのは、有名な話である。このうち十三機が同基地に着陸、うち九機が燃料爆薬を搭載して、オアフ島の南西二百マイルにわたって捜索を行なったが、南雲部隊は北方に引き揚げていた。

日本軍の空襲を知ったハルゼーは、さらに午前五時五十分（ハワイ時間、午前十時二十分）、偵察爆撃機十五機を発艦させ、オアフ島の南方、西方を捜索させたが、何も発見できなかった。

その後、午前九時十五分（日本時間）、ハルゼーは偵察爆撃機九機を発艦させたが、索敵方向が南西であったので日本軍を発見できなかったのに、発見の誤報を送った。これにもとづいて午後十二時二十九分、ハルゼーはさらに雷撃機十八機、偵察爆撃機四機、戦闘機六機をこの方向に送ったが、何も発見できず、大部分の飛行機はエンタープライズに着艦したが、フォード基地に向かった六機のうち四機は敵と誤認されて友軍の対空砲火で撃墜された。

すこし遡って、開戦通告をめぐる統帥部と外務省の意見の交換にふれておきたい。

十一月二十七日のハル・ノート到着をめぐって、宣戦布告は開戦の翌日とすることに決定した。各方面とも奇襲を以て武力行使を開始し、緒戦の作戦を成功させることが、この戦争勝利の絶対条件と思われたからである。

十一月二十九日の連絡会議で開戦と腹は決まったが、開戦までの対米交渉、すなわち外交をどうするかが問題となった。両統帥部総長は、外交は作戦を支援すべし、と主張した。すなわち第一撃を加えるまでは、偽装の和平交渉をつづけるべきだというのである。したがって十二月八日という開戦日は、天皇のほかは東條首相(兼陸相)と海相しか知らなかった。

そこで偽装外交を憂える東郷外相は永野総長に開戦日を教えるように迫った。永野は止むを得ず教えた。

一方、ワシントンの野村大使からは、大国としての信義上、攻撃を始める前に交渉打ち切りの意思表示をすべきだとの意見が届いた。(註、開戦に関するハーグ条約では、「締結国は〈交戦の場合〉理由を付したる開戦宣言の形式、または条件付開戦宣言を含む最後通牒の形式を有する明瞭かつ事前の通告なくして、相互間に戦争を開始すべからず」と規定している)

十二月四日の連絡会議では、外相は対米最後通牒をアメリカに提示すべきことを主張した。これに対し両総長は作戦上の理由から同意を渋った。その結果、作戦に悪影響を与えないように武力行使の直前に「交渉打ち切り通告」を行なうことにした。

そして十二月五日の連絡会議で、外務省の起案した対米通告案が採択された。その最後はつぎのようになっている。

「かくて日米国交を調整し、合衆国政府と相携えて太平洋の平和を維持確立せんとする帝国の希望はついに失われたり。

よって帝国政府はここに合衆国政府の態度に鑑(かんが)み、今後交渉を継続するも妥結に達するを得ずと認むるのほかなき旨を合衆国に通告するを遺憾とするものなり」

これが、開戦当日、ハルへの手交が遅延して問題となる最後通告の末尾である。

つぎの問題は、この最後通告を行なう時機である。

四日の連絡会議で、軍令部はハワイ奇襲時刻である八日午前三時三十分の一時間前を最後通告手交時刻とすることを陸軍に提案したが、五日の外相と統帥部の会議で、伊藤軍令部次長は、最後通告手交時刻を三十分繰り下げることを主張し、同意を得た。その理由はワシントン—ハワイ間の電信到達時間が意外に早いため、通告が早々にハワイに届く反面、日本軍の攻撃が手間どる可能性があるので、その間を切り詰めたのだという。

六日の連絡会議では、手交時刻は八日午前三時（ワシントン時間、七日午後一時）と決定され、これでますます手交時刻が遅れることになった。

実際にはこの最後通告は、六日午後八時二十分発信開始、最後の章は七日午後七時二十分（ワシントン時間、六日午前五時二十分）に打ち終わっている。

アメリカの情報部は、この電報の全文を解読していたので、攻撃の前日にこれを入手し、さらに英文に翻訳したもの（第十三部まで）が、六日午後九時半にはルーズベルト大統領やハル国務長官、ノックス海軍長官、スチムソン陸軍長官に知らされていた。これを読んだルーズベルトは、同席していたホプキンス補佐官に、「これは戦争を意味する」といった。

七日午前七時十五分（ワシントン時間）には、最後の章（第十四部）が解読され、午前十時（日本時間八日午前零時、ハワイ時間七日午前四時三十分）にはルーズベルトに届けられた。

また七日午後五時三十分発信（日本時間）の電報では、この最後通告の手交指定時刻（ワシントン時間、七日午後一時）も打電されていた。したがってルーズベルトもハルも真珠湾攻撃の遅くも一時間前には、この攻撃のことを知っていたはずである。

当時、大統領付の事務官であったシュルツの回想では、ノックスが「この最後通告のことをハワイやマニラの司令官に通報しましょうか?」と聞いたのに対し、ルーズベルトは「その必要はない」と答えた、となっている。

とにかく七日朝のワシントンは、米国務省、日本大使館ともに慌ただしかった。双方とも、東京の外務省から流れてくる最後通告の解読に忙しい。そして解読競争はアメリカの勝ちであった。ハル・ノートによって日本からの挑戦を予期する米国務省と、開戦についてなんら予報を受けていない日本大使館とでは、真剣味が違っていた。アメリカが第十四部を七日午前七時十五分(ワシントン時間、以下同じ)に解読したのに対し、日本大使館が第十四部を解読したのは、午後十二時三十分で手交予定時間の三十分前であった。

この遅延の理由は、日本大使館は六日午後十二時以降にこの電報の第十三部までを入手し、午後十一時までに解読したが、土曜日で書記官が全部退庁してしまったので、処理(英文への翻訳)ができなかったからである。(註、重要な電報は女性のタイピストに任せず、資格を持った書記官が翻訳することになっていた)

そして翌七日は日曜日で、当直の書記官一人が遅く登庁してこの翻訳を始めたが、タイプに慣れていないので時間がかかり、第十四部を解読したのは午後十二時三十分であった。すでにアメリカより五時間以上の遅れがある。そのうえこれを翻訳して公式文書にするのに時間がかかり、作成を終わったのは真珠湾攻撃の二十分後の午後一時五十分であった。

この日、野村大使は午後一時にハル長官と会見、最後通告を手交する予定になっていたが、翻訳が遅れたので、これを午後一時四十五分に延ばし、さらに遅れて最後通告を手にしてハルの部屋に駆けつけたのは、攻撃の三十五分後の午後二時五分であった。

ちょうどそのとき、ハルはルーズベルトから真珠湾攻撃の報を電話で受けていた。もちろん驚くこともなく、大きくうなずきながらハルはその電話を聞き、それが終わってから野村を部屋に入れた。午後二時二十分であった。

ハルは、この通告の手交時刻が午後一時となっているのを、ゆっくり確かめた後、表情を変えて罵（ののし）るようにこういった。

「はっきり申しあげるが、私は過去九ヵ月の間、あなたとの交渉では一言たりとも嘘をいわなかった。それは記録を見ればわかることだ。私の五十年の公職生活を通じてこれほど恥しらずな、虚偽と歪曲に満ちた文書を見たことがない。こんな大がかりな嘘とこじつけをいい出す国が、この世にあろうとは、いまのいままで夢想だにしなかった」

野村は無言のまま、ハルと握手して部屋を出た。彼にはなぜこのような重要な文書が予定より一時間以上も遅れて自分の手元に到着したのかわからなかった。（註、外務省ではワシントン時間の六日午後九時三十分には、訳了できるものと考えていた）

しかし戦後になって、世界でも希（まれ）な恥しらずで、嘘と歪曲に満ちていたのはハルとルーズベルトであったことが、野村や一般の日本人にもわかった。

しかし、ハル・ノート発出までばか正直な日本の近衛や東郷外相をだましてきた、その欺瞞に満ちた外交的手腕、そして日本より二時間以上も早く最後通告を解読していながら、だまし討ちを喰らったような顔をして、相手国の大使を罵倒するその芝居気たっぷりな演技……所詮、日本は数等役者の上の民族と戦争を始めたと考えるのは、思い過ぎであろうか?

危険と思われた真珠湾攻撃が成功したとき、柱島の旗艦「長門」の作戦室で参謀たちが乱舞し、第二撃を行なうべく南雲司令部に電報を打とうと、宇垣参謀長に詰め寄った様子は、多くの本で紹介されている。

しかし、軍令部の雰囲気はもうすこし複雑であった。

軍令部の無電受信は大和田通信隊（埼玉県）の百メートル以上もあるアンテナに刻々入ってきた。ト連送から「トラトラトラ……」、そしてつぎつぎに戦果の報告が入ってくる。最初、参謀たちは慎重な面持ちであった。奇襲は成功しても、肝心の空母を失っては、爾後の作戦に大きく差し支える。また第一目標であった敵空母はどうなっているのか。

そのような懐疑的な心理の底には、開戦前、連合艦隊に真珠湾攻撃の実施を強引に押し切られたという軍令部の苦い反省があった。

もちろん、真珠湾攻撃は成功してもらいたいが、あまり僥倖が重なって、連合艦隊が有頂天になると、今後も艦隊主導型になって、軍令部の企図している米豪分断作戦に、どの程度協力的であるのか、期待ができにくいことが起きるかもしれない。一部の参謀たちの危惧はそれであった。

しかし、四隻の戦艦を撃沈し、六隻の空母が無傷で引き揚げ中であることを確認すると、参謀たちの間で拍手と狂喜が湧いた。味方の勝利を祝う気持は、誰も同じである。まして、これで蘭印の石油も手に入るし、米豪分断作戦も無事に遂行できるというものである。

しかし、第一撃が成功したとなると、連合艦隊と同じく軍令部でも欲が出てきた。しかし、連合艦隊と違って軍令部は、もっと冷静であったといってよい。福留第一部長の手記『史観真珠湾攻撃』を見よう。

戦果の報告が入る一方、アメリカの方は奇襲を受けて、混乱その極に達した様子が手にとるようである。軍令部としては機動部隊の戦果がどの程度であったかわからないし、出動中の敵空母の位置も不明であったので、十分な索敵能力を持たぬ機動部隊が深入りし過ぎることのないよう念じていたのであった。（中略）

機動部隊は戦闘概報を打電した後、一路北上して、午後一時五分から速力を二十六ノットに増速して、戦場離脱を図った。大本営では、機動部隊が右のような大戦果を挙げて無傷で離脱に成功したことを、大いに喜びかつ安堵の思いをしたのであった。（中略）

真珠湾攻撃は奇襲中の奇襲であって、たとえ第一撃に成功したといっても、所詮、機動部隊の所在を発見されたら、万事休す、の状態となることは明らかである。

また戦況の変化により指揮官の独断専行により戦果の拡大を計るべきだとの議論もあるが、当時、敵空母の姿が見えなかったし、一撃で予想外の戦果を挙げ得たのであるから、未練なく切り上げたのは、指揮官の英断であったとみてよい。

指揮官が四周に対する哨戒偵察を一層厳にしつつ、もう一度だけ攻撃を繰り返していたら、満点であったといえる。それかといって、三回以上に及ぶのは、あの状況において行き過ぎと考えるべきである。


このように軍令部は冷静であったらしいが、連合艦隊司令部はもっと熱していた。参謀たちの第二撃必至という声に押されて、宇垣参謀長も山本長官に相談した。実をいうと宇垣は、十一月十三日の岩国の会議で、草鹿機動部隊参謀長に、

「絶対、第一撃で帰ってこい。決して深入りはするな」

と固く念を押した一件があるので、ここで第二撃を決行せよ、とは打電しにくい点があった。そこで長官から命令してもらおうかと考えたのである。

また、いまからやるのでは強襲となり、攻撃が翌朝となるのを恐れたと『戦藻録』ではいっている。

有名な『戦藻録』の所見をのぞいてみよう。

機動部隊は戦果報告と同時に帰投するの電昨夜到達す。泥棒の逃げ足と小成に安んずるの弊なしとせず。わずかに二十九機を損耗したる程度においては、戦果の拡大はもっとも重要なることなり。（註、機動部隊は攻撃直前予備機を入れて三百九十九機を保有していた。その

うち三百四十七機が攻撃に参加し、二十九機の損害を出し、残りは三百七十機である。もちろん搭乗員の負傷や機の損傷はあったが、予備搭乗員もおり、機を修理すれば、三百機は出せると連合艦隊では読んでいたのではないか）

（中略）

参謀連の中に「もう一度ハワイ攻撃をやっては如何？」という、もっとも至極の提案あり。研究を加えたるが、

一、近接は奇襲的にはやり得ざるべし。強襲となり効果はあるも我が損害も大なるべし。敵空母機に横合いをつかれる手もあるべし。これは相当に痛手なり。敵飛行機の損害程度不明、これを知る者は彼なり。（註、ハワイ残存航空兵力は偵察爆撃機十二、B17重爆撃機四のほか戦闘機を合わせて七十五機、このうち空母の機を除けば新型戦闘機は少なかった）

二、予定ができおらず、建て直して実行に移るは容易ならず、電波の複写は到底免れざるべく、かつ同方面に停滞せる低気圧も移動を始め、補給関係も困難を来すべし。

三、もっとも大切なるは精神的状態なり。本作戦の経緯を知るもの、誰かこれを強要するの可を唱えるものあらん。まず一杯一杯のところにしてこれを立たしめんがためには怒らすよりほか方法なし。将棋であれば指し過ぎということもあり、まず無理ならざる程度に収むるが上なり。

壮士的な気風を持つ宇垣としては、慎重な態度であるが、彼らしくこの後にこう付け加え

ている。

ただし、自分が指揮官たりせば、この際においてさらに部下を鞭撻して戦果を拡大、真珠湾攻撃を潰滅するまでやるつもりなり。

結局、第二撃は山本長官の「機動部隊は閫外の任（中国の言葉で、皇帝のいる首都から命令の届かぬ遠くにいる指揮官の任務）にあるから南雲長官に任せたい」という言葉で中止となった。

しかし、真珠湾攻撃は第二撃を欠いたので戦果の拡大が不十分であったという批判は、攻撃の直後はもちろん、戦後もアメリカの軍事評論家などからかまびすしい論議が加えられた。

——いわく当然、第二撃で石油タンク、ドック、工廠、港湾施設を叩くべし。いわく陸上の混乱に乗じて、陸戦隊の二個大隊を揚陸すれば、簡単にオアフ島を占領できた。いわくそのうえで輸送船を二、三隻、湾口の水道に沈めれば、当分の間、真珠湾は使用不能になったのに……。

——いわく南雲長官は飛行機の素人だから度胸がなく腰が弱い、強気の山口多聞少将（二航戦司令官）であったら、第二撃を敢行したであろう等々……。

この第二撃をやらなかった南雲中将は、半年後のミッドウェーで、索敵の失敗から空母四隻を失ったことと合わせて、愚将という烙印を押されることになる。

しかし、それほど第二撃は、ご利益のある金科玉条なのか。筆者は疑問を禁じ得ない。ほとんどの人が気づいていないようだが、第二撃の結果はある点で、ミッドウェーで出ているのである。それほど真珠湾とミッドウェーは似ている。

一、空母の艦隊で陸上の基地を攻める。
二、敵の空母群のありかがわかっていない。
三、第二撃をやるとすれば、敵空母の動静がわからないままに陸上を再度攻撃することになる。
四、真珠湾は第二撃をやらないで引き揚げたから、米空母の奇襲を喰わないですんだが、ミッドウェーでは、敵空母の位置が不明のままに、第二撃を計画して、いままで空母用に搭載していた魚雷を爆弾に替え、その途中で「敵ラシキモノ見ユ」「敵ハ空母ラシキモノヲ伴ウ」という索敵機の情報で、雷爆転換を行ない、その途中で奇襲を喰らったのである。

こうして見ると、一と二の状況は、どちらも一緒で、真珠湾では三と四が行なわれなかったので、敵空母機の奇襲を被ることを避けられたともいえるのである。もし第二撃を決行していたら、ミッドウェーと同じで、南雲艦隊はこの段階で、相当な打撃を受けていたかもしれない、というのが筆者の意見であるが、いかがであろうか？

しかし、これはあくまでも仮説であって、第二撃をやっていたら必ず奇襲を受けたという根拠は確実ではない。

たとえば先述のように、ハルゼーは真珠湾攻撃を知るや直ちにフォード島に着陸したエンタープライズの偵察爆撃機九機を、オアフ島の南西方二百マイルにわたって索敵させている。ついで午前十時二十分（ハワイ時間）、エンタープライズから偵察爆撃機十五機に千ポンド爆弾を搭載させて、発艦、やはりオアフ島の南西を捜索させている。また十時五十五分には重巡三隻から水上偵察機計六機を発艦させ、真珠湾の零度から四五度（北東）百五十マイルを捜索させ、日本軍戦闘機一機と遭遇、これの撃墜を報告している。ハルゼーはこれをニイハウ島（オアフ島の北東）に不時着した（西開地（にしかいち）兵曹の）機と推定している。

さらに午後一時四十五分、エンタープライズから偵察爆撃機九機が発艦、真珠湾の一一〇度（東南東）から二〇〇度（西北西）百七十五マイルを捜索させたが、オアフ島南西に日本艦隊を発見したという誤報を打電したに留まっている。

これらを知った評論家は、「それ見ろ、ハルゼーは米軍のレインボー作戦に従って、南西方面ばかりを捜索しているから、南雲艦隊が第二撃をやっても、発見できはしないのだ」というかもしれない。

しかし、それは空母による航空決戦の実際と指揮官の心理を知らないものの言い分である。ミッドウェーやその後の南太平洋海戦でも、機動部隊指揮官は敵空母発見、攻撃隊発進後、空母を前進させている。これが差し違え攻撃と、引き揚げ機の収容に便であるというのが、日本の機動部隊指揮官の常識である。

したがって、もし南雲長官が第二撃を決意したとしたら、再度オアフ島に接近して、攻撃隊を発進させた後、島に肉薄していくということは十分に考えられるところである。しかも、第一撃に引きつづき第二撃をやるならともかく、いったん後退してからの攻撃であると、夕方までに接近して、夜間攻撃（戦果はあまり期待できない）か早朝の攻撃になるが、この間にアメリカのB17爆撃機や大型哨戒艇あるいは潜水艦に発見される可能性は極めて大とみなければなるまい。

宇垣参謀長も心配しているように、翌朝はこちらの位置が発見された後の強襲になる可能性が強い。陸上を攻撃している間に、エンタープライズの攻撃隊から奇襲を喰らう可能性があり、またミッドウェー方面に行っていたレキシントンも、当然、真珠湾の急を聞いて、オアフ島に急行しているであろうから、翌日午後には、戦場に到着して攻撃隊を発進させる可能性もある。

ミッドウェーはオアフ島の西北西千二百マイルにあるが、開戦時、レキシントンはミッドウェーの南東四百二十マイルにいたというから、オアフ島からは約八百マイルの地点にいたことになる。

空母機の攻撃距離は二百マイル前後であるから、オアフ島の西方二百マイルまで接近すれば、発進地点にはそう遠くはないといえる。とすればレキシントンは六百マイルを走ればよいわけで、二十六ノットの高速で二十三時間も走れば戦場に到達できるわけである。ということは翌日の午前には戦場に到達し、エンタープライズが南雲艦隊を強襲している頃に戦列に参加するという、ハルゼーにとっては頼もしい局面を展開することになる。

もし二隻の高速空母に奇襲を喰らうと、機動部隊も最低二隻、悪くいくとミッドウェーのように三、四隻はダメージを受ける可能性がある。

以上、真珠湾攻撃の第二撃とミッドウェーの類似点について考えてみた。第二撃不実行の故をもって一概に南雲艦隊を非難するのは、楯（たて）の一面しか見ていないと思われるが、いかがであろうか。

凱歌は挙がる

こうして驚嘆すべき戦果という形のうちに、太平洋戦争は幕を開けたが、つづいてマレーに凱歌が挙がった。

まず陸軍は、予定どおり八日午前二時十五分、英領マレーの北部コタバルに上陸を開始、英軍の抵抗を排除しつつ南進を始めた。

そして開戦二日後にして、海軍航空隊はまたしてもマレー沖に高々と凱歌を挙げることになった。

九日午後三時十五分、伊六十五潜水艦が、仏印南方海面で、「戦艦二隻、針路三四〇度、速力十四ノット」という発見電を打電してきた。

「敵主力出現！」

と軍令部は色めき立った。

なかでも航空担当の三代辰吉中佐（海兵51期）は、胸の躍るのを禁じ得ない。仏印のサイゴン基地の陸攻隊には、飛行科の後輩である陸攻乗りたちが、腕によりをかけて、英軍の戦艦を待ち受けていたはずである。

——真珠湾についでマレーでも海軍航空隊の凱歌が挙がるか……。

三代参謀は懸命につぎの電報を待った。

その反面、ここで空母の二隻もいたら、という苦い思いも胸を嚙んだ。

「だから、六隻もハワイへ送ると、南方が危険だといったんだ……」

という参謀もいた。

そして、潜水艦からの連絡は、その後杳として切れた。

同じこの頃、サイゴンに近い飛行基地では、第二十二航空戦隊司令官の松永貞市少将が、黄昏の空を眺めていた。基地の周辺は美しい南海の夕焼けに包まれていたが、敵戦艦のいると思われる南方の空はスコールに覆われて暗い。この日午後五時三十分、松永少将は潜水艦の発見電に応じて、直ちに五十四機の雷撃隊を発進させた。

松永少将の指揮下には、二十二航戦の元山航空隊（九六式陸攻三十六機）、美幌航空隊（九六式陸攻三十六機）、二十一航戦の鹿屋航空隊（一式陸攻二十七機）計九十九機の陸攻がいた。皆シナ事変では渡洋爆撃で戦果を挙げたベテランばかりである。しかし、彼らのすべては中国の奥地の爆撃では場数を踏んではいるが、実際に敵艦に雷撃をやったことはない。今度は英国艦隊が相手なので、戦艦に魚雷を撃つことができる、と一同張り切って、仏印に進出したのであった。

しかし、天候は悪く潜水艦からもその後の情報が入らず、雷撃隊は午後八時近く、攻撃を諦めて引き返した。

実はこの二隻の英戦艦こそ、プリンス・オブ・ウェールズとレパルスであった。レパルスは旧式の巡洋戦艦であるが、プリンス・オブ・ウェールズは最新式の戦艦で、その高速と主砲の威力、防御、とくに対空砲火はまったく新しく優秀だと評判の艦であった。

この二隻の戦艦がはるばる英国本土から喜望峰を回って、十二月二日、シンガポールに入港したことは、日本側の情報にも入っていた。

これを聞いて緊張したのは、マレー、フィリピン攻略を担当する南方部隊の主力、第二艦隊司令長官の近藤信竹中将である。

この部隊は、比島部隊と馬来（マレー）部隊に分かれており、戦艦二隻が配属されているが、「榛名」は比島部隊、「金剛」は馬来部隊ということで、プリンス・オブ・ウェールズ以下の二隻に対抗するのは、大正四年進水の老雄「金剛」だけなのである。後は「愛宕」クラスの重巡と水雷戦隊である。「金剛」はレパルスとならどうにか対等に戦えようが、プリンス・オブ・ウェールズが相手では、主砲の射距離が違うので、歯が立たない。そこで柱島にいる「長門」クラスの戦艦をマレー沖に急送せよ、という意見も出たが、時間的に間に合わない。

山本長官はなんとかフィリピン方面から雷撃隊を増強して、この戦艦を叩きたいという意向であった。

そして十日午前二時過ぎ、伊五十八潜水艦は、ふたたび英戦艦を発見し、無電を打った。位置はマレー半島の東岸クアンタンの沖九十マイルである。

「すわ！」

午前五時、元山航空隊から索敵機九機が発進した。つづいて午前六時、三つの航空隊から計七十六機の陸攻が基地を発進、南下した。索敵機の発見電を聞いてから離陸したのでは間に合わないので、情報を集めながら、シンガポールの付近まで南下して、発見次第、殺到しようというわけである。

——いよいよ戦艦を轟沈だ……。

搭乗員は張り切ったが、なかなか発見電がこない。一番東を行く陸攻隊がシンガポールの線に達し、遠くスマトラの山脈が遠望されるようになっても、まだ発見電がこない。

——今日も駄目かなあ……。

鹿屋航空隊の第三中隊長壱岐春記大尉は、魚雷を抱いての危険な着陸を考えて、ひやりとしたものを感じた。

そして午前十一時四十五分、三番索敵線を南下した帆足正音少尉の機が、ついにプリンス・オブ・ウェールズ、レパルスのＺ部隊を発見した。

少尉は直ちに打電した。

「敵主力見ユ、北緯四度東経百三度五十五分、針路六〇度（クアンタン沖六十マイル）」

「きたぞ！」

待ちかまえていた七十六機の陸攻に乗った空の男たちは、クアンタン沖になだれこんだ。

午後十二時十四分、まず美幌航空隊の八機が爆撃を行ない一発をレパルスに命中させた。つづいて元山隊の十七機が両舷から挟み討ちの雷撃を行ない、二発がプリンス・オブ・ウェールズに命中、速力を減じさせた。つづいて元山、美幌が爆撃、雷撃を続行する。二隻の巨艦は炎上しつつ必死に南下する。そして魚雷で止めを刺すべく、鹿屋航空隊の三個中隊二十六機が果敢な雷撃を行なった。壱岐大尉の第三中隊も肉薄発射する。この攻撃でレパルスは五本、プリンス・オブ・ウェールズは三本の魚雷命中を数え、これが二巨艦の致命傷となった。

午後二時三分、レパルスは沈没、つづいて美幌隊が爆撃を行ない、五百キロ爆弾一発をプリンス・オブ・ウェールズに命中させた。巨艦はすでに艦首から沈みつつあった。午後二時五十分、英国から東洋の日本軍をこらしめるためにやってきた東洋艦隊の旗艦は、司令長官のフィリップス大将を抱いたまま、マレー沖の海底に急いだ。

この報を聞いた軍令部では、二度目の凱歌を挙げた。なかでも航空主務担当の三代中佐の感激は大きかった。

――日本の航空隊は世界一だ。不沈を誇った英海軍のシンボル、プリンス・オブ・ウェールズを、わずか二時間の雷爆撃で海底に送ってしまったのだ。これで飛行機で、行動中の戦艦を沈め得ることを証明できた。いよいよ航空時代の夜明けがきたのだ……。

仏印の近海では南方部隊指揮官の近藤信竹中将が、ほっと胸をなでおろしていた。「金剛」がプリンス・オブ・ウェールズにやられずにすんでよかった。「金剛」がやられると、「愛宕」クラスの重巡ではレパルスにも歯が立たない。航空攻撃が失敗した場合、水雷戦隊の夜襲で打撃を与え得ればよいが、それでないと、二隻の戦艦に攪乱されて、マレー上陸作戦、シンガポール攻略は成り立たなくなるのである。

陸上にいた第二十五軍司令官山下奉文（ともゆき）中将も、この報に安堵した。ここで海軍がプリンス・オブ・ウェールズらに追い回されると、陸軍は補給が止まり、二階で梯子（はしご）をはずされたような状態になるのである。

連合艦隊司令部が喜んだのはもちろんである。とくに空母六隻をハワイに送った責任者の山本五十六長官は、サイゴンの陸攻作戦に望みをかけながら、憂色を隠せなかった。ここで敵戦艦のためにマレー作戦が失敗すると、陸軍に対しても連合艦隊の責任は重いのである。しかし、みずから〝博打（ばくち）の天才〟と任じる山本は、腹を決めて航空隊の攻撃を待っていた。

当時、連合艦隊作戦参謀の三和義勇（みわよしたけ）大佐（航空専攻、昭和十九年八月、テニアンで戦死）は、こう回想している。

「山本長官は雷撃訓練の十分できている陸攻二十七機（鹿屋空）をフィリピン方面から馬来部隊に増援して、これでキング・ジョージ五世（実はプリンス・オブ・ウェールズ）を仕留めることができると考えていた。しかし、今回の戦闘は、世界で初めての洋上での飛行機と戦艦の一騎討ちである（前年、北海でドイツ戦艦ビスマルクと英軍雷撃隊の小規模な戦闘はあった）。一同は、緊張した。この戦闘に失敗してマレー上陸作戦に失敗したら、腹を切っても追いつかない。

十日朝、陸攻隊が発進したが、戦闘までには三時間もある。作戦室では長官を中央にして幕僚が集まり、勝手に戦果を予想していた。

突然、長官が私に、

『どうだ、二艦とも撃沈するか。僕はレパルスはやるが、キング・ジョージ五世は、まず大破だと思う』

といわれた。

私は『両方とも撃沈しますよ』と答えた。

すると長官は『賭けようか』とこられたので、私が勝ったならビール十ダース、長官が勝ったなら一ダース出すということになった。山本長官は相手の自信の程度を確かめるために、自分の考えと反対に出て賭をする手をよく使われた。

戦闘は始まり、レパルスの沈没はわかったが、肝心のキング・ジョージ五世の方がわからないので、私はやきもきした。開始一時間以上たってから、電信室からとてつもない奇声をあげて、『また一隻撃沈』と報じてきた。勝った、勝った、飛行機が戦艦に勝ったのである。飛行機屋の長年の努力が報われた。作戦室には期せずして歓声があがった。長官は両頬を紅潮させてニコニコしておられた。つねに無表情に近い顔がこんなに綻（ほころ）びたのは初めて見た。

私が長官に『十ダースいただきます』といったら、『十ダースでも五十ダースでも出すよ』といわれ、その顔は実に嬉しそうに見受けられた」

山本五十六は砲術科の出身で、航空の出身ではなかったが、大正十三年十二月、霞ヶ浦航空隊の副長兼教頭になった頃から、つぎの戦争は飛行機が中心となるという信念を抱き始めた。

第一次大戦では飛行機は、まだ陸軍の補助的な任務しか与えられていなかったが、いずれ飛行機が海軍の艦隊と決戦するときがくるということを、この先見の明ある有能な提督は信じていた。

昭和三年十二月、「赤城」艦長、八年十月、第一航戦司令官と歴任して、十年十二月、航空本部長となる頃には、飛行機通の提督として、また航空作戦の第一人者として、自他ともに認めるところとなっていた。

真珠湾攻撃は彼の航空第一主義を証明したものであるが、マレー沖においても陸攻隊の雷爆撃で新型戦艦を制圧でき得るという彼の考えは証明され、その航空主兵主義は強力な根拠を持つことになった。

しかし、当時の海軍の中央には、まだまだ砲術科出身の幹部が多く、彼らの大部分は、日露戦争当時の若手士官か、日本海海戦の大勝にあこがれて海軍に入った人々で、当然のように大艦巨砲主義者であった。したがってハワイ、マレー沖の飛行機の大活躍を聞いても、やはり海軍の中央は戦艦主兵主義が強かったのである。

筆者が不思議に思うのは、ハワイ、マレー沖であれだけの大戦果を挙げたのに、太平洋戦争開始後、日本海軍が建造した制式空母は「大鳳」一隻と後は「葛城」「天城」で、ほかはほとんどが商船改造だったことである。「大和」と同型の戦艦「信濃」も空母に改造され、十九年十一月末、竣工したが、整備が不足で、横須賀から瀬戸内海に回航する途中、紀伊半島沖で米潜水艦に撃沈されている。

筆者は軍令部参謀の人々に集まってもらって、座談会を開いたとき、この点について質問したが、金がなくて造れなかった、という返事であった。

山本長官が軍令部総長であったなら、兵力量決定権を活用して、「翔鶴」型空母を後二隻か四隻建造して、飛行機の数も倍増はしたのではないかと思われるが、いかがであろうか。

開戦と同時に行なわれたフィリピンの航空戦は、ハワイ、マレー沖とは別の意味で、日本海軍に戦勝の自信をつけさせたと佐薙毅(さなぎさだむ)大佐(開戦時、軍令部参謀)は回想している。

「マニラ付近の米空軍を叩くことは、フィリピン作戦に不可欠の作戦であった。このため、十一航空艦隊(司令長官塚原二四三中将)が台湾の高雄に陸攻百八機を集結して、マニラの飛行場を叩くことになった。

問題は護衛の戦闘機である。高雄からマニラまでは五百マイルある。これを往復するには並みの戦闘機では不可能である。ところが、ちょうど零戦が完成して、中国戦線で活躍し始めていた。増槽を腹の下につけていけば、五百マイルの往復が可能である。そして零戦八十四機が陸攻に同行することになった。

ところがいよいよ開戦の八日朝、台湾南部は濃い霧に覆われて、攻撃隊の発進が遅れた。南方部隊唯一の空母『龍驤』はミンダナオ島のダバオの攻撃を開始している。これではわが方が先に米空軍の攻撃を受けるのではないかと、軍令部では心配していた。

十時十五分、やっと霧が晴れて攻撃隊は発進した。そして米機百機以上を撃墜破して、フィリピンの米空軍は一挙に半減してしまった。わが方の損害は、わずかに戦闘機七機、陸攻二機に過ぎなかった。ここに零戦の高性能が確認され、太平洋戦争の主力飛行機として、その声価は米英の間にも高まっていくのである。

わが航空部隊は、十日、十二、十三日と連続してフィリピンの基地を空襲し、開戦時二百機いた第一線機はこれで二十機を残すのみとなり、事実上、フィリピンの制空権はわが手に帰した」

このように緒戦は軍艦マーチが高鳴る中に、大日本帝国の勝利を占うかのごとく推移して、国民を興奮させたが、国民に報道されないところで苦戦した部隊も南洋にいた。

後年、硬骨で筋を通す教育者型の提督として、高い評価を受ける井上成美中将は、第四艦隊を率いて、開戦時、トラック島に司令部をおいていた。艦隊といっても第十八戦隊（軽巡「天龍」「龍田」）、第六水雷戦隊（軽巡「夕張」、駆逐艦八隻）、陸攻五十四機という小部隊で、巡洋艦も駆逐艦も旧式である。

ところがこの小部隊の守備範囲には、ハワイを正面とするマーシャル群島が入っており、実は極めて敵に近い重要な地域を含んでいたのである。しかし、軍令部と連合艦隊司令部では、真珠湾攻撃が成功すれば、この方面の圧力はかなり緩和されるとみていた。

この部隊の当面の任務はグアム、ウエーキ島の攻略で、開戦を控えてトラック島に着任した土肥一夫少佐（第四艦隊航海参謀、後、軍令部参謀）が作戦計画を練っていると、連合艦隊司令部から戦務参謀の渡辺安次中佐がやってきた。

「おい、土肥君、ハワイから帰投する機動部隊の護衛を君んとこでやってもらうことにしたから頼むよ」

と渡辺参謀がいうので、土肥参謀は驚いた。グアム、ウエーキのほか南東のギルバート諸島（マキン、タラワ）の攻略で、とても手が足りないと考えているのに、機動部隊の護衛などとはとんでもない話である。

そこで井上長官、参謀長矢野志加三（しかぞう）大佐、先任参謀川井巌（いわお）中佐らと渡辺参謀が話し合った結果、機動部隊の護衛は願い下げることにした。

第四艦隊は、不運な艦隊で、開戦時、ウエーキ島攻略の失敗、MO作戦（ポートモレスビー攻略）の挫折などで、連合艦隊司令部のおぼえが悪く、下士官兵の間でも、〝またも負けたか四艦隊〟というような悪口をいわれ、井上中将（昭和二十年五月、大将）も、戦後、「わしは戦争は下手じゃった」と回想したといわれる。

そのウエーキ島攻撃であるが、まさに不運の連続であった。

すでに十二月十日、グアムとギルバートの攻略は終わり、十一日午前零時過ぎ、ウエーキ島の上陸作戦が始まった。金竜丸、金剛丸に乗った内田謹一大尉（海兵63期）の指揮する陸戦隊二個中隊が上陸する予定で、島に接近したが、異様な高波と強風のために大発（大型の発動機艇）の操縦が困難なので、上陸指揮官の梶岡定道少将（第六水雷戦隊司令官）は上陸時間を午前三時に延期して、艦砲射撃で敵を攻撃することにした。

このとき、ウエーキには指揮官カニンガム中佐のもとに、四百人近い海兵隊のほかに飛行機十二機、十二・七センチ砲六門、八センチ高角砲二十門などがあった。このうち飛行機と砲台に関しては、八日から十日まで、トラック、クェゼリンから二十四航戦の陸攻五十四機が空襲をつづけた結果、ほぼ破壊したという報告が入っていた。

ところが実際には三基の砲台はまだ健在で、飛行機もグラマン戦闘機四機が飛行可能であった。午前五時四十三分、旗艦「夕張」は島に近づき砲撃を開始した。まず燃料タンクが炎上し、上陸は容易とみられた。島の東端にある飛行場に近いピーコック岬を目標に、二隻の輸送船から大発が降ろされ、陸戦隊が乗船を開始した。

「いまだ！」

とカニンガム中佐は攻撃命令を下した。三つの砲台が火を噴き、四機のグラマン戦闘機が水雷戦隊に襲いかかった。

まず先頭の駆逐艦「疾風」が砲台からの集中射撃で轟沈した。戦闘機は焼夷弾で駆逐艦を攻撃、「如月」が炎上した。砲台の弾は「追風」「彌生」に命中、さらに戦闘機の銃弾が「如月」の甲板にあった魚雷頭部に命中という、偶然に近い不運のために同艦は轟沈した。

意外に激しい守備隊の抵抗に驚いた梶岡少将は、

「わずか四機の戦闘機にやられるとは……」

と残念がりながらも、いったん避退して、夜間上陸を計画したが、依然として十五メートルほどの風がふき、ついに上陸を諦めて帰投した。駆逐艦二隻を失い、二隻が小破、そしてウエーキ島の陣地は無傷に近かった。

大本営と連合艦隊は狼狽した。開戦当初の第一段作戦で、唯一の敗戦である。

「よし、こうなったら、こちらも飛行機を出そう……」

井上長官から、機動部隊の一部でウエーキ島を攻撃して欲しい、という依頼を受けた宇垣参謀長は、帝国海軍の名誉にかけても、この敗戦を挽回する必要を感じた。ハワイ空襲の帰途にあった機動部隊の二航戦（蒼龍、飛龍）と八戦隊（利根、筑摩）がウエーキ島に派遣され、別に六戦隊（重巡「青葉」以下四隻）、輸送船二隻も派遣されることになった。

一方、米軍もウエーキ島救援のために、第十四機動部隊（空母サラトガ、重巡三隻、駆逐艦九隻）が十六日、真珠湾を出発した。ウエーキ島到着は、十二月二十三日の予定である。

一方、再起を図る梶岡少将の部隊も、二十三日を攻撃予定日として、マーシャルの基地を発進、同日午前二時過ぎ、ウエーキ島に接近した。米軍の第十四機動部隊はすこし遅れて、同じ頃、ウエーキ島まで五百マイルの地点に到達していた。この間、二十一、二十二の両日、日本機動部隊の二航戦の飛行機が、ウエーキ島の砲台と残存飛行機をほぼ完全に破壊していた。

　二十三日も波は高かったが、もう後には引けぬと梶岡司令官は、上陸を強行させた。しかし、施設は破壊されたといっても、米軍は果敢に反撃し、残った八センチ砲で上陸のために接近してきた哨戒艇を炎上させた。また米海兵隊は勇敢に闇の中で白兵戦を挑み、激しい戦闘が海岸の灌木林の中で展開された。この上陸戦で中隊長の内田大尉は戦死した。

　上陸を完了した日本軍は、徐々に陣地を拡大し、飛行場に迫った。夜が明けるとふたたび二航戦の爆撃が始まる。沖に六隻の重巡（八戦隊、六戦隊）が二十センチの砲口をこちらに向けているのを見たカニンガム中佐は、すでにこの島の抵抗の限度がきたことを知った。中佐の命令で全米軍は降服し、午後十二時、梶岡少将はウエーキ島の占領を報告した。

　ほかの戦線が楽勝のように見える緒戦で、ウエーキ島だけは日本軍に苦汁を飲ませたのである。

　赫々（かくかく）たる戦果を挙げた海軍の戦闘は、十二月いっぱいで一応終わり、後は陸軍への協力作戦が行なわれた。開戦と同時に支那方面艦隊は香港の海上封鎖を行ない、陸軍の第二十三軍は十二月二十五日、香港を占領した。

　つぎの陸軍の目標は、待望の大英帝国の東洋最大の根拠地シンガポールの攻略である。参謀本部は、つぎのように占領地拡大の計画を抱いていた。

マニラ攻略　一月二日
シンガポール攻略　二月十一日（紀元節）
ジャワ攻略　三月十日（陸軍記念日）
ラングーン攻略　四月二十九日（天長節）

このうちシンガポール攻略は、予定よりすこし遅れただけで、昭和十七年二月十五日、実施された。第五師団（広島）、第十八師団（久留米）、近衛師団が競争でマレー半島を南下し、快進撃をつづけてシンガポールを占領し、英軍を驚かせた。

このとき、第十八師団を率いた牟田口廉也中将は、後にビルマで第十五軍司令官として、多くの犠牲を出してインパール作戦に失敗するが、このときジャングルの中で飢え死にする部下を見て、〝糧食を送れ〟と催促する師団長に対する牟田口司令官の口癖は、〝糧食は現地補給でやれ〟であった。

「わしがマレーで急進撃をしたときは、武器弾薬は英軍のものを使い、糧食はすべて現地補給だった。戦に勝っておれば、武器も糧食も後方から補給する必要はない。前進して敵の物資を使うのが戦のやり方というものだ」

と彼はマレーでの自分の手柄を吹聴した。

もちろん、マレーとビルマは根本的に違うが、マレーで牟田口が「現地補給」で自信を得ていたために、ビルマでは多くの日本兵がジャングルの中に消えたのである。

シンガポール陥落のつぎはジャワ島攻略作戦で、ここでは当然、日本艦隊と米英東洋艦隊の激突が予想された。

スラバヤ沖海戦とバタビヤ沖海戦がそれであるが、その前に空母レキシントン撃沈問題にふれておこう。

昭和十七年一月十二日、伊号第六潜水艦はハワイの西方五百五十マイルでレキシントン型空母一を中心とする機動部隊を発見、同空母に魚雷二本を命中させ、三時間後、浮上して現場を捜索の結果、撃沈おおむね確実を報告した。軍令部は状況を調査した結果、十四日、撃沈を認める旨を公表した。

国民は沸いた。真珠湾では空母撃沈の発表がなく、マレー沖でも戦艦はやったが、敵の空母は無傷のようである。それがサラトガと並んで世界最大の空母レキシントンを撃沈したのであるから、いよいよわが海軍は無敵だというわけである。

一方、連合艦隊司令部はこの撃沈報が潜水部隊の士気高揚に役立っていることは認めながらも、慎重に敵信の傍受に努めた。その後、米軍の空母に関する情報が断絶したので、司令部は一月二十日、当分、東京湾方面への敵空襲の公算は減ったとして、先遣部隊（潜水艦部隊）のハワイ監視を緩める方針を考えた。

そして一月二十四日、クェゼリンに帰投した伊六潜からレキシントン撃沈時の詳報を送ってきたので、司令部も撃沈を確実と判断して、ハワイを正面として待機させていた機動部隊をラバウル方面攻略の支援とインド洋作戦に使うことにした。しかし、レキシントン（実はサラトガ）は沈んではいなかった。サラトガは相当の被害を受けたが、自力航行が可能であった。

しかし、レキシントン撃沈を信じる軍令部は、第二段作戦の米豪分断作戦に備え、機動部隊をラバウル攻略、ポートダーウィン（オーストラリア北部）攻撃のために、トラック島に待機させた。（註、レキシントンが沈没しても、米軍にはサラトガ、エンタープライズ、ヨークタウン、ホーネット、ワスプと五隻の制式空母があるが、軍令部ではそのかなりのものは欧州に回っていると考えたのであろうか）

サラトガは戦闘参加が難しかったが、レキシントンは健在で、二月一日早朝、マーシャル諸島は米空母機の奇襲を受けた。この機動部隊の内容は不明であるが、レキシントン、エンタープライズ、ヨークタウン、ホーネットのうち二ないし三隻とみられる。クェゼリン、ルオット、タロア、ヤルートが攻撃を受けたうえ、ウォッゼ、タロアは敵水上部隊の砲撃を受けた。

機動部隊は、急遽、マーシャルに向かうことを考えたが、連合艦隊司令部は、敵主力が南方にくる可能性ありとして機動部隊をパラオに回航させた。マーシャルの航空部隊は、トラックから増援の陸攻及び飛行艇の協力を得て、敵を捜索したが、敵空母は発見できなかった。

この頃、山本長官は複雑な心境の中にあった。米豪分断作戦を推進しようとする軍令部は、南西あるいは南東方面を重視して、機動部隊をこちらに使おうとする。しかし、ハワイを根拠地とする敵の機動部隊が健在とすると、首都東京が奇襲にさらされるおそれがある。尊皇の志の厚い山本は、首都防衛とハワイ攻略のためにミッドウェー攻略作戦を必至と考えていた。

二月末、ジャワ方面の作戦が始まるが、一方、軍令部と連合艦隊司令部の間では、米豪分断作戦かミッドウェーかで激しい論争が行なわれたのである。これが実は、勝敗の帰趨を決める大きな問題であったのだが、両者とも緒戦の大勝利に幻惑されて、どちらに行っても勝利は我にあり、と楽観していた。

まずジャワ方面を見よう。

参謀本部の予定では、ジャワ攻略は三月十日であったが、実際に今村均中将の第十六軍がジャワに上陸したのは、三月一日で、その前に二月二十七日午後、スラバヤ沖海戦が起こった。

日本艦隊は高木武雄少将（昭和十七年五月、中将）の率いる第五戦隊（重巡「那智」「羽黒」、駆逐艦四隻）、第二水雷戦隊（軽巡「神通」、駆逐艦四隻）、第四水雷戦隊（軽巡「那珂」、駆逐艦六隻）で、米英豪蘭連合軍は、オランダのドールマン少将の率いるつぎの艦隊であった。

オランダ軍　軽巡（旗艦）デ・ロイテル、ジャワ、駆逐艦二隻

英軍　重巡エクゼター、駆逐艦三隻

オーストラリア軍　軽巡パース
米軍　重巡ヒューストン、駆逐艦四隻

この戦争で初めての砲戦による艦隊決戦は、二十七日午後五時四十五分、上陸船団護衛の任にある高木部隊の軽巡「神通」の砲撃によって開始された。敵発見の報を聞いた大本営の軍令部では、かねて、月月火水木金金の猛訓練の成果に大いに期待していたが、なかなか「敵艦轟沈！」の快報が入らない。

その理由は、日本軍重巡の初弾発砲が二万五千メートルという遠距離であったことである。アウトレインジ作戦で命中すればよいが、これが予想どおりには当たらない。二時間の砲戦で英駆逐艦一隻撃沈、重巡エクゼター中破という戦果である。

砲戦が駄目なら雷撃でというので、水雷戦隊が魚雷を撃ったが、オランダ駆逐艦一隻を沈めただけである。日本軍はもっと多くの戦果を挙げたと思ったが、発射された魚雷の爆発尖が自爆したのを命中と誤認したものもあった。これは軍令部にとって大きなショックであった。世界に誇る九三式酸素魚雷が調整不良のために自爆するということは、今後の戦闘に大きく影響するのである。

スラバヤ沖海戦は、午後九時から翌朝までつづき、突撃した水雷戦隊の雷撃によって旗艦デ・ロイテル、ジャワは撃沈され、ドールマン司令官は戦死、指揮はオーストラリア軽巡パース艦長ウォーラー大佐がとることになった。

二十八日、連合軍艦隊はオーストラリアに脱出することになったが、その夜、今村中将の第十六軍がバタビヤの近くに上陸を図ると、米重巡ヒューストンとパースがこれに接近してきた。日本軍の七戦隊（最上、三隈）が戦場に急行し水雷戦隊と協力して、まずパースを撃沈、三月一日に入って間もなく、ヒューストンも沈没、午前中にはエクゼターと英駆逐艦も沈没、脱出した米駆逐艦四隻以外の連合軍艦隊は全滅した。

尻上がりの海軍の奮戦で、第十六軍は無事上陸したが、このとき今村軍司令官の乗っていた輸送船竜城丸は味方の魚雷で沈没し、軍司令官は泳いで上陸した。

視線を北のフィリピンに移そう。

本間中将の第十四軍は、昭和十六年十二月二十二日、ルソン島の北西のリンガエン湾、二十四日、南東のラモン湾に上陸、十七年一月二日、マニラを占領した。

開戦後、大将に進級していた米極東軍司令官マッカーサーは、マニラ湾口のコレヒドール要塞で指揮をとっていたが、ルーズベルト大統領の命令により、三月十一日、魚雷艇で妻子とともにコレヒドール島を脱出、ミンダナオを経て三月十七日、オーストラリアのダーウィン飛行場に着いた。この後、アデレードで記者団に演説したのが、有名な「アイ、シャル、リターン」である。

マッカーサーはウエンライト中将に後を頼んで脱出したが、残余の米軍はバターン半島とコレヒドール島に逃げ込み、前者は四月九日、降服。米軍が〝死の行進〟と呼ぶ移動で八十八キロを歩かされた。五月五日、コレヒドールは陥落、ウエンライト中将は、日本敗戦まで捕虜収容所で暮らすことになった。マッカーサーの方は、三月二十五日、どういうわけかルーズベルト大統領から米議会名誉勲章をもらうことになっていた。

話が進み過ぎたが、四月に入ると第二段作戦を具体化することになり、またしても中央突破（ミッドウェー攻略、ハワイ占領）か米豪分断作戦かで軍令部と連合艦隊司令部が大もめとなるが、その前に『大本営海軍部』（山本親雄著、朝日ソノラマ刊）によって、第一段作戦を総括しておこう。（註、山本氏は飛行科出身、開戦時、航空本部総務部第一課長で、昭和十八年一月から二十年二月まで軍令部作戦課長兼第二課長を勤めた）

第一段作戦は基地航空部隊の航空撃滅作戦により敵空軍を制圧しての局地作戦であり、また機動部隊中心の作戦でもあって、ここに新しい第二次大戦型の作戦方式を打ち立てたのである。後に第三段作戦になってわが軍が守勢に立ち、連合軍が反攻に移るようになってから、敵がとった戦法もまた、第一段作戦中のわが戦法の繰り返しであった。兵力が大きかったという違いはあったが、敵の戦法が斬新卓抜であったとはいえないと思う。

ただ一つ重大な点は、なるほど第一段作戦中の日本軍の兵力は、陸、海、空のいずれにおいても、多くの場合、敵に対し圧倒的に優勢であり、それが作戦の中心となったが、航空兵力では、余裕というものがまったくなかったことである。わが国の飛行機生産能力は貧弱きわまるもので、第一段作戦の遂行すら大きな不安があったほどだった。

（註、昭和十六年十一月の日本の飛行機生産能力は、海軍機月産百八十機、陸軍機二百機（練

習機を含む〉で、連合艦隊司令部では、さらに月産百五十機を増産してもらいたいと希望したが、航空本部では応じなかった。戦時中、軍令部情報部隊が調査したところでは、米国の戦時飛行機生産能力は最大月産八千五百機〈年産十万二千機〉で、日本海軍の最高月産は昭和十九年六月の頃の月産千二百機に過ぎなかった）

航空本部では飛行機の補充に精一杯という有様であった。

幸いに連合国側の準備不十分のために、どうやら第一段作戦は乗り切ったが、これが終了したところで、力を出し尽くしてしまったというのが、実情であった。これに反して、その後の米軍は時日の経過にともない、膨大な生産力をもって、余裕しゃくしゃくたる兵力の使用ができたのである。

戦後、アメリカの一部の批評家が、日本軍の間の抜けたやり方や日本海軍士官の無能ぶりなどについて批判を加えている。またこれに付和雷同する一部同胞の批判や悪罵（あくば）を聞いたことがある。しかし、これは真相を知らない者の皮相の観察に過ぎない。

本書でもたびたび述べたように、大本営の作戦指導にも、出征部隊各級指揮官や一艦一機のやり方にも、まずい点は多々あり、日本海軍士官にも共通した欠点がいくらもあった。

（中略）

第一段作戦中の連合軍の戦いぶりは、海上部隊も航空部隊も、ほかにもうすこしやり方がありそうなものだ、と思われるようなことが多かった。アメリカの軍艦や飛行機はもうすこし手応えがあるものと予期していたが、事実は予想に反した場合が多かった。しかし、これが皮相な観察であったことはいうまでもない。実際、極東方面の連合軍も、当時、日本軍の優勢な兵力と、その勝ちに乗じた破竹の勢いに対しては、あのくらいの戦いぶりが、せいぜいのところであったのだろう。そして同じことが、後日の日本軍についてもいえると思う。

昭和十七年四月から第二段作戦の決定と実施にかかるのであるが、機動部隊がインド洋作戦に出かけているうちに、四月十八日、真昼の東京にサイレンが鳴り響き、市民を驚かした。被害は大したことはなかったが、海軍の面子（メンツ）は丸つぶれとなった。

大体、本土空襲を一番警戒していたのは、山本長官で、富岡作戦課長が戦後に、「なぜ長官があんなに本土空襲を心配しているのか不思議に思った」と回想しているほどである。しかし、山本長官はハワイ奇襲にも、敵空母の撃滅によって帝都を太平洋方面からの攻撃から守るという意味を含ませていたのである。（註、東京空襲によって、山本長官がミッドウェー攻略を決意したという人があるが、そうではなくミッドウェー作戦は四月上旬に決定して、東京空襲の二日前に裁可を得ていたものである）

連合艦隊司令部は、東京空襲を全然予期していなかったわけではない。本土の東方七百三十マイルの海面に多くの漁船を配備して、これを特設監視艇として、敵艦隊の接近を警戒していた。

十八日午前六時三十分、その監視艇の一隻から、敵空母三隻（実際はホーネット一隻）発見、を報告してきた。軍令部、連合艦隊司令部は緊張して、「対米国艦隊作戦第三法」を発動して、九州方面所在航空兵力を関東に集結させ、その他の部隊にも出動を命じた。当時、セイロン島を攻撃して、台湾西方を北上中の機動部隊にも、この敵に向かうよう命令が出た。

ところが、ここに連合艦隊司令部航空参謀らの誤算があった。

日本空母の例によれば、空母の艦載機は大体、二百五十マイルを出撃して、攻撃、帰投するのが普通である。したがってこの米空母も攻撃隊を発艦させるのは、日本に三百マイル以内に近づいた後であろうと予測し、それまでに迎撃すればよかろうと考えていたのである。

敵空母が発艦可能な地点まで接近するのは、二十六ノットで航行するとして十八時間はかかるので、発艦は十九日の午前零時以降、東京空襲はほぼ二時間後の午前二時以降であろうと、連合艦隊司令部は推定していたのである。

しかし、攻撃隊指揮官ドーリットル中佐の非凡な着想と、第十六任務部隊司令官ハルゼー中将の果断な決意によって、米爆撃機は十八日昼過ぎから、京浜、名古屋、神戸方面に来襲し、海軍の裏をかき、国民を驚かせた。

手品の種はこうである。

ルーズベルト大統領の発案（?）によって、米軍は真珠湾攻撃に対する報復として、東京を爆撃することを考えた。しかし、空母の艦載機を使うとなると、日本に接近している間に捕捉、迎撃されるので、航続距離の長い陸軍の双発機ノースアメリカンB25十六機を空母ホーネットに搭載し、遠距離から東京などを空襲させ、その後は着艦することなく、中国の蒋介石の支配下にある飛行場に不時着させようというものである。

十八日朝、日本の漁船に発見されたとき、ハルゼーは直ちに決意して、ドーリットルに即時発艦を命じた。十六機のノースアメリカンB25は、午前七時二十五分、発艦、ホーネットを含む任務部隊は反転して、二十五日、真珠湾に帰った。

B25の十三機は京浜、二機は名古屋、一機は神戸を空襲した（この日は土曜日で、筆者は大分県宇佐航空隊にいて、午後外出したが、航空隊からの呼び出しで、直ちに帰隊して戦闘準備を行なったことを記憶している）。攻撃隊の一機はウラジオストクに不時着、中国に向かった十五機は夜間の不時着や落下傘降下を行ない、かなりの死傷者を出した。そのうち二機は日本軍の占領地域に降下し、搭乗員は捕虜となり処刑されたと伝えられる。

この不意討ちによる軍部、国民のショックは大きかったが、すでに軍令部の反対を押し切って、ミッドウェー作戦を推進していた連合艦隊司令部は、これでますます、この作戦の必要性を強調することになった。

第四章　米軍の反攻

第二段作戦とミッドウェー

さて第二段作戦である。

第一段作戦が開戦前、度々の会議で詳細が何度も討議されたのに対して、第二段作戦は、第一段作戦が進行している間に固まっていったといえる。そしてまたしてもここでミッドウェー攻略か米豪分断作戦かで、連合艦隊司令部と軍令部は、激しい論争を展開した。

何度も述べたとおり、山本長官は中央突破、早期講和論で、ハワイを攻略して米本土西岸を脅かして講和に持ち込むという短期決戦論で、軍令部は日露戦争以降研究してきた漸減作戦を盛りこんだ米豪分断作戦で、オーストラリアを降服させて、ヒトラーの英本土上陸と相まって米国を孤立させ、有利な条件で講和に持ち込むという遠大な作戦を採用することにしていた。

この二つのコースをめぐる論争にふれる前に、連合艦隊司令部と機動部隊司令官の鼻息の荒さにふれておこう。

昭和十七年四月、山本長官は同期生の嶋田繁太郎海相宛の書簡につぎのように書いている。

「(前略)そろそろ銭勘定する経営家多き由なるも、そんな中途半端にて守勢に固まるものに之無。少なくも米英両主力艦隊を徹底的に撃滅して、太平洋、インド洋より近東経由ドイツと自由に交通し得る態勢まで、作戦は一歩も緩め難しと存じおり候」

沈着冷静な山本にして、緒戦の勝利に浮かれるということがあったのだろうか?

山本のいう近東でドイツと手を結ぶという考えは、かつて陸軍の石原莞爾らが考えたアジア大陸打通作戦の影響で、参謀本部の若手参謀らが、熱を入れていたものであろう。

この作戦は、中国南部—仏印—タイ—ビルマ—インド—パキスタン—アフガニスタン—イランを結ぶ大鉄道を建設して、東亜連盟（石原の主唱による）もしくは大東亜共栄圏を大アジア連盟に拡大して、八紘一宇を実現しようというもので、石原の元来の意味は『世界最終戦争論』に従って米国、英国、ドイツ、ソ連、日本がトーナメントを行ない、最後にドイツと日本が残るので、その決戦場をイラン高原と仮定して、そこまで軍隊を運ぶためにこの大陸打通作戦を考えたのだといわれる。

長官がこの壮大な計画を夢みるのなら、機動部隊はもっと鼻息が荒かった。二月二十日、第二航空戦隊司令官山口多聞少将は二航戦参謀鈴木栄二郎中佐の起案した、つぎの第二、第三段作戦への意見書を宇垣連合艦隊参謀長、草鹿（龍之介）機動部隊参謀長、福留第一部長に提出した。

第二段作戦
五月中旬　セイロン、カルカッタ、ボンベイ攻撃。
七月中旬　フィジー、サモア（これが軍令部の主張する米豪分断作戦の主眼点である）、ニューカレドニア、オーストラリア攻撃。
第三段作戦・第一期
八〜九月　アリューシャン攻撃。
十一〜十二月　ミッドウェー、ジョンストン、パルミラ（いずれもハワイに近い島）攻撃。
十二月〜十八年一月　ハワイ攻撃。
第三段作戦・第二期
一、ドイツと策応して南北米州の遮断。
二、状況によりパナマ運河の破壊。
三、第一、第八艦隊により北米西海岸基地攻撃。
四、ドイツと協力、派兵して、南米要地を枢軸陣営に投じせしめ、米国が必要とする資源の輸出を遮断する。

五、状況によりカリフォルニア州油田を占領。
六、基地航空部隊をカリフォルニアに進出させ、北米全域にわたって都市および軍事施設を攻撃する。

さすがにこの構想は、あまりにも雄大に過ぎるというので、連合艦隊司令部でも軍令部でも否決された。

さて軍令部と連合艦隊司令部の論争であるが、初めから米豪分断作戦とミッドウェーの争いになっていたわけではなく、軍令部の米豪分断作戦に対して、連合艦隊司令部はまずハワイ、セイロン島の攻略を研究した。

軍令部の米豪分断作戦は冒頭に述べたように、開戦前から富岡第一課長が構想していたもので、トラックからラバウルに進出した後、適当な時機をみてソロモン群島を南下して、片方ではニューギニアのポートモレスビーを攻略、北オーストラリア攻撃の基地とし、ポートダーウィンの飛行場を占領、片方ではガダルカナルの南のニューヘブリデース、エスピリッサント島を制圧し、南緯十度以南のフィジー、サモア島を占領する（FS作戦）、さらに好機をみてニューカレドニア、ニュージーランドを占領して、米豪の間にくさびを打ち込み、米豪分断作戦を完了して、アメリカとの講和を考えようというものである。

着想としては面白いし、この方面なら連合軍の抵抗も少ないと考えられた。問題は、すでに何度も書いたように補給である。補給を無視したわけではないが、緒戦の勝利で日本軍の優勢を過大評価した富岡は、オーストラリア全土の制圧を考えていた。その地勢からみて、それほど多くの陸軍兵力はいるまいと考えていた。そして彼は連合艦隊のハワイ攻略は困難で、仮に攻略できても、その後の確保が難しかろうと賛成しなかった。また彼は英国屈服の手段として海上交通破壊戦（潜水艦作戦）を強化することを重視していた。

片や山本長官は、ハワイとセイロンの攻略を重視していた。その理由は真珠湾で敵空母を撃ち損じたときから、本土空襲を防ぐためには、ハワイの占領が必要であり、セイロンの攻略はインド洋方面の英艦隊撃滅に必要であり、将来、インドの独立を促進し、蔣介石援助ルートの遮断にも有利であると、長官は考えていたのである。

渡辺安次連合艦隊参謀の戦後の回想によると、山本長官は米豪分断作戦は迂遠に過ぎるとして、関心を持たなかったという。

昭和十六年十二月十日、富岡は「長門」の連合艦隊司令部を訪れ、米豪分断作戦を披露したが、黒島亀人（かめと）参謀は、ハワイ攻略のために付近の島（ミッドウェー）を占領する考えを説明した。

一方、富岡は陸軍の田中（新一）作戦部長とも意見を交換したが、参謀本部は、一に対ソ戦、二にインドを連合国から脱落させるために連合艦隊主力をインド洋方面に進出させ、アジア打通作戦を支援させるという案であった。

肝心のオーストラリア制圧には、富岡のいう三個師団ではとても不足で、十個師団と二百万トンの船舶が必要なので全土の占領は不可能で、またシナ事変のように泥沼にはまるおそれがあり、ポートダーウィン程度の北部の占領はよいが、全土は無理、使用兵力の少ない米豪連絡要地の攻略程度には賛成、という態度であった。

しかし、あくまでも米豪分断作戦に固執する軍令部では、一月二十六日、「爾後の作戦はサモア、フィジー、ニューカレドニアの攻略」と決定し、参謀本部もこれに賛成したのである。

一方、連合艦隊司令部では昭和十七年一月末、当面の作戦方針をつぎのように定め、三十一日、「長門」に連絡にきた軍令部の山本祐二中佐(作戦担当)にそれを伝えた。

一、セイロン島攻略(五月末ないし六月)

二、ポートダーウィン攻略

三、フィジー、サモア破壊作戦

四、ハワイ攻略作戦

この頃、軍令部では、まだフィジー、サモア作戦くらいしか考えていなかったが、連合艦隊では二月一日の米機動部隊のマーシャル奇襲を、米国内の政治的効果をねらったものと軽くみて、二月十四日、セイロン奇襲作戦実施を決定した。しかし、陸軍はこれに賛成ではなく、杉山参謀総長は三月十九日参内して、つぎのように陸軍の慎重な作戦案を上奏した。

一、アリューシャン作戦　当面必要ではない。
二、ハワイ作戦　その価値は絶大であるが、攻略と攻略戦後の維持、補給に難点があり十分な検討を要する。
三、FS作戦（フィジー、サモア攻略）　米豪分断、南方からの反攻基地奪取という政戦両略上の価値が大きいので、六月以降、実施できるように海軍と連絡中。
四、豪州攻略作戦　戦略上、絶大な価値があり、戦争終末促進にも有効である。しかし、莫大な兵力を投入する必要があり、またソ連の攻勢を誘発するおそれもあるので、北方の不安が解消し、蔣介石政権の屈服など諸情勢が好転した後、要すれば処理する。その間、FS作戦や海軍作戦によって重圧を加え、米英との連絡を妨害するのが限度と考える。
五、インド作戦　インドを英国から離脱させることは、英国屈服のため極めて有効である。それにはビルマ作戦及び海軍のインド洋作戦などの成果を利用し、むしろ政治謀略的施策を強化すべきである。独伊の西アジア方面への作戦が有利に進展して、これに呼応できるようになったとき、要すればこれを開始することを考えている。

この上奏で、参謀本部がセイロン島攻略に重きをおいていないことを確かめた軍令部は、FS作戦を中心とする米豪分断作戦を推進することにして、第二段作戦の立案を急いだ。

ここで進退に困ったのは連合艦隊である。といって、軍令部のいうFS作戦は山本長官も反対である。

そこで黒島参謀が考えたのが、ミッドウェー攻略作戦である。その大きな狙いはこの戦略的に重要な島を攻略することによって、米空母群を誘出して、これを撃滅し、ハワイで失敗した空母の一掃を図り、日本本土東海岸を安全ならしめるというのが骨子である。

このとき、黒島は策士らしく軍令部に取引を申し込んだ。もしミッドウェー作戦に軍令部が賛成するならば、その後にFS作戦を実施することに反対はしない。FS作戦に対し連合艦隊が反対してきた理由は、攻略にも確保にも米空母の妨害が予想されるからで、ミッドウェー作戦で米空母を全滅させれば問題はなくなるからだというのである。

さらに黒島ら幕僚は、山本長官に相談して、四月一日、つぎのように作戦案を作った。

一、五月上旬　ポートモレスビー攻略
二、六月上旬　ミッドウェー作戦
三、七月上旬　FS作戦（攻撃、破壊とする）
四、十月を目処にハワイ攻略作戦の準備を進める

さて、ミッドウェー論争である。

四月三日、第二段作戦案の決定近しとみて、連合艦隊の戦務参謀渡辺安次中佐は上京し、軍令部でミッドウェー作戦の計画を説明し、その採用を要望した。ところが、かねてミッド

ウェー攻略は不可能と考えていた作戦担当者は、全員これに反対して渡辺参謀を落胆させた。
関係者は戦後、つぎのように反対の理由を説明している。

福留繁第一部長

海軍部（軍令部）は、ＦＳ作戦を実施して米の南方路反攻を封じておいて、マーシャル諸島の線にガッチリと要撃配備を布陣するのをもっとも堅実な作戦と考えていた。ミッドウェー作戦は、もとより不可能な作戦ではないが、開戦劈頭のハワイ奇襲と同一方向から、しかも、同じ要領の作戦を繰り返すことは、古来兵法の戒めるところであり、相当な犠牲があると判断していたので、この作戦案に反対した。

三代辰吉第一課部員

一、索敵の問題　敵はミッドウェーを基地として、大型機による広範囲の索敵を行なっていることが当然考えられる。これに対し、わが方では基地航空部隊の索敵はできない。

二、米艦隊を誘出するというが、彼は不利な情勢の場合、わが方を悩ます手段がいくらでもあるので、わざわざ出撃してこないだろう。

三、占領戦後のミッドウェーの防衛はきわめて困難であり、米艦隊が健在であるかぎり、同島の奪回は容易であろう。

四、米空母は、ＦＳ作戦を西の方から進めていけば出てくる公算は大きい。しかもこの方面ならば、基地航空部隊の協力も得られるので、敵空母の捕捉撃滅や要地攻略の作戦は容易で、占領戦後の防備や補給もミッドウェーより容易である。したがって次期作戦はFS作戦とすべきである。

作戦担当の参謀と激論を交わしたが、行き詰まった渡辺参謀は、次長の伊藤中将に膝詰め談判を行なった。

伊藤次長は軍令部にくる前連合艦隊参謀長を勤めており、柔軟な人柄といわれた。また開戦前、ハワイ作戦に使う空母を四隻から六隻にする件で、黒島参謀が福留部長らともめたとき、伊藤に直接話をして、希望がかなったことがあった。渡辺の申し入れを受けた伊藤は、永野総長、福留第一部長と協議のうえ、連合艦隊案を採用することにした。

福留は、その理由をつぎのように説明している。

一、早期決戦はわが海軍の大方針で、要撃決戦場をマリアナからマーシャルに移したが、さらに間合いを詰めて、敵との接触を促進するためにミッドウェー作戦を採用した。

二、ミッドウェー占領は敵艦隊の出撃を促進するためであり、これをハワイ占領の足場とする考えはなかった。

三、この作戦に山本長官が十分な自信を持っているというので、永野総長の「山本君がそれまでいうのなら、やらせてみようではないか」の一言で同意が決まった。このとき、参謀の中には永野総長の言い方に疑問を抱く者もいた。山本長官は優秀な提督かもしれないが、軍令部総長ともあろう者が、確固たる作戦の分析、検討もせず、「やらせてみようか」というのは、無責任のように思われたとしても、不思議はなかろう。果たしてミッドウェーが大敗戦に終わると、軍令部の中でも連合艦隊司令部を批判する声があがったが、その元は、この総長のあいまいな決断にあったのである。

ミッドウェー作戦が採用されると、軍令部はこれに北方の要地であるアリューシャンの攻略を考え、連合艦隊司令部の同意を得た。

こうして四月五日には、六月初旬のミッドウェー作戦が決定したが、肝心の機動部隊は何も知らず、この日はセイロン島の攻撃を行なっており、この作戦で英国の小型空母ハーミス、重巡ドーセットシャー、コーンウォールを撃沈、無敵機動部隊の看板に箔をつけ、凱歌を挙げた。

——しかし、彼らは知らなかった。二ヵ月後に、その凱歌が挽歌に変わることを……。

四月十六日（東京空襲の二日前）、永野総長は参内、第二段作戦計画について上奏、裁可を得た。

その大要はつぎのとおりである。

作戦要領

一、速やかにインド洋にある英艦隊を求めてこれを撃滅、独伊の西アジア作戦と呼応して、状況の許すかぎりセイロン島を攻略、英印の連絡を遮断す。
二、豪州に対しては米英との遮断作戦を強化するとともに敵艦隊を撃滅し、その屈服を促進す。
㈠、このために基地航空部隊をもって豪州東岸、北岸にある敵兵力、軍事施設を撃砕し、敵の反撃作戦を封じる。

㈡、機動部隊及び潜水艦をもって豪州方面敵艦隊を撃滅するとともに敵海上交通線を遮断す。

㈢、陸軍と協同してフィジー、サモア及びニューカレドニアを攻略す。

シナ事変を解決するか、または対ソ関係緩和せる情勢となりたる後、情勢これを許せば、豪州攻略作戦を企図することあり。
三、東正面に対しては左によって作戦す。
㈠、主として敵の奇襲を困難ならしむる目的をもってミッドウェーを攻略す。

㈡、敵の奇襲作戦に対し、適宜、所要兵力を配備哨戒し、とくに本土空襲に対し警戒を厳にし、敵の企図を未然に偵知し、適時兵力を集中これを捕捉撃滅す。

㈢、潜水艦、航空部隊による奇襲攻撃により、敵兵力の減殺及びハワイ方面の敵作戦基地の破壊に努む。

㈣、なるべく速やかにアリューシャン群島の作戦基地を破壊または攻略し、米国の北太平洋方面よりする作戦企図を封止す。
四、インド洋方面作戦及び豪州方面作戦一段落せば、全力を東正面に指向し、米艦隊主力に対し決戦を強要し、これを撃滅す。
　これがため準備完整を待ち、左の作戦を実施す。

㈠、ハワイの外郭基地ジョンストン、パルミラを攻略す。

㈡、機を見てハワイに対し大規模の奇襲作戦を実施し、所在航空兵力を撃滅す。

㈢、連合艦隊の大部分をもって前二項を実施しつつ、敵海上兵力を捕捉撃滅し、極力敵主力に決戦を強要す。

㈣、前諸項目と関連し、状況これを許せば、敵前進根拠地の覆滅、通商破壊戦及び米西海岸要地の奇襲攻撃を強化する目的をもって、陸軍と協同してハワイを攻略することあり。
五、作戦全期を通じ、インド洋及び太平洋において有効なる通商破壊戦を実施するとともに、帝国所要の海上交通線を確保す。

ここで問題となるのは、これらの作戦の順序である。右のうちセイロン、豪州、ハワイの攻略は厳しい条件がついているので、早急には実施されないとみてよい。

これまでの様子では、つぎの順序とみられる。

一、ポートモレスビー攻略
二、ミッドウェー攻略とアリューシャン作戦
三、FS作戦

ここで疑問となるのは、ポートモレスビーはともかく、FS作戦、インド洋、豪州作戦は、ミッドウェー、ハワイ方面で徹底的な勝利を得ないかぎり、連合艦隊の主力をそちらに振り替えることはできないということである。先述の福留第一部長のミッドウェー作戦に賛成した理由でも、「早期決戦が海軍の大方針で、要撃決戦場を前進させ、間合いを詰める意味である」となっている。

しからばミッドウェー—ハワイの線が海軍の主戦場で、ここで勝負をつけるわけで、これに圧勝しなければ、ほかの戦場での連合艦隊の作戦行動は不可能というわけである。

連合艦隊はセイロン攻略に反対されたためにミッドウェー作戦を割り込ませ、そこに軍令部のポートモレスビー作戦、FS作戦の間にミッドウェー—ハワイの線が入ってきたので、作戦全般が混乱した様相を呈してきたのである。

太平洋戦争における海軍のやり方は、ミッドウェー作戦までは二正面作戦で分裂したように見える。すなわち軍令部はFS作戦、豪州作戦をめざして、五月初旬にはポートモレスビー攻略作戦を実施し、珊瑚海海戦が生起する。連合艦隊はハワイ攻略を目標として、六月五日、ミッドウェーで米機動部隊と戦う。このFS作戦の米豪分断作戦指向とミッドウェー—

ハワイルートの短期決戦との間には、密接な関連がないように思われる。

もし軍令部に強力な指導力と作戦への自信、連合艦隊に対する完璧な統率力があったら、ミッドウェー——ハワイの線は後回しにして、軍令部の主要作戦である米豪分断作戦を強力に推進し、連合艦隊、とくに機動部隊をフルにこれに投入すべきであったのではないか。

公刊戦史『大本営・海軍部・連合艦隊』の筆者も、この第二段作戦には矛盾があると指摘している。それは軍令部のお膳立ての中に、セイロン作戦を否定された連合艦隊司令部が、強引にミッドウェーを割り込ませたためで、渡辺参謀は軍令部での会議のとき、「長門」の黒島参謀と電話連絡をして、「このミッドウェー作戦を認めないならば、山本長官は辞めるといっている」という意向を伝えたとなっている。

確かに山本長官は卓越した大提督であるが、連合艦隊の参謀たちが、長官をかついで、ミッドウェー作戦を軍令部の当初の腹案の中に押し込んできたようにみえるが、いかがであろうか。

もっともミッドウェーの敗戦は連合艦隊の作戦案の失敗ではなく、情報の問題（機動部隊の索敵の不十分、暗号を解読されていた）やハワイの第二撃について筆者が指摘したように、敵空母の所在が不明なのに陸上の基地を攻撃したという作戦の無理などであるが、上層部の指揮統率に統一がなく、また緒線の勝利におごって、「ミッドウェーで敵空母を撃滅したら、FS作戦を行なう」というような連合艦隊司令部の言い方の、無敵機動部隊が行けば、どこでもつねに勝利は我にあり、という安易な常勝将軍的なムードにも問題があったとおもわれる。

昔から〝勝って兜の緒を締めよ〟といわれるが、真珠湾は劈頭の奇襲であり、インド洋の敵は機動部隊が不在であった。スラバヤ沖海戦の砲撃、雷撃の成果を見ると、必ずしも水上艦隊の攻撃力は無敵とは思われない。

敵が準備を整えて四つに組んできたら、決して与しやすい相手ではないということを、早期に見抜き、中だるみのしないように、兜の緒を締めさせるのが、上層部の指導力の肝要な点ではなかろうか。

ミッドウェー作戦の話が早くから民間に漏れ、料理屋の女中が、「つぎはミッドウェーだそうですね。私もそちらで料亭でもやらせてもらいたいわ」と航空隊の士官にいって驚かせたという話は有名で、ある参謀の回想では、大阪の株屋が、「ミッドウェーのつぎはハワイで、軍需株が暴騰ですな」と語るので、驚いてその情報の出所を探ったがわからなかったと回想している。

筆者より三期先輩の山田昌平大尉は「翔鶴」乗り組みの艦爆分隊長で、開戦以来奮戦していたが、ポートダーウィンの爆撃で、「いつもこう据え物斬り（前においた物を斬る）では腕が鈍る。生きて動く物を斬らして下さいよ」と航空参謀に頼んだという。

インド洋でも英国の空母は飛行機を積んでおらず、二隻の重巡はなぶり殺しのように、呆気なく沈んでしまった。腕におぼえの搭乗員たちは不満を感じていたらしい。ここに、つぎつぎにその腕を試してくれるチャンスが到来する。

まず五月八日の珊瑚海海戦である。

これはMO作戦（ポートモレスビー攻略作戦）の一環として生起したもので、MO作戦はこれ以前に発動されていた。井上成美中将は第四艦隊（第六戦隊、「青葉」型重巡四隻を含む）中心の南洋部隊を率いてトラックからラバウルに進出、陸軍を載せた輸送船を護衛して、ポートモレスビー攻略に向かった。この部隊の出撃に先だって、五月三日、呉の特別陸戦隊がツラギ（ガダルカナルの北、フロリダ島の南）に向かった。海軍はここに飛行艇隊を進出させて、南方の哨戒を行ない、米豪分断作戦のFS作戦の足がかりとするつもりであった。

この頃、米機動部隊（第十七任務部隊、フレッチャー少将司令官、空母ヨークタウン、レキシントン、重巡七、軽巡一、駆逐艦十三）は、ハワイから珊瑚海（ソロモン群島、ニューギニア、オーストラリアにはさまれた海）にきて行動しており、日本軍のツラギ上陸を知ると、さっそく翌四日、艦爆、艦攻百機で攻撃を行ない、駆逐艦一、掃海艇一などを撃沈した。

この頃、トラックから珊瑚海に向かう五航戦（翔鶴、瑞鶴）はソロモン群島の東側を航行中で、さっそく、この機動部隊を捜索したが、敵はガダルカナルの遥か南方にあり、発見できなかった。

五月六日、ツラギから発進した飛行艇は、ツラギ南方四百五十マイルを二十ノットで南に航行中の米機動部隊を発見、五航戦は珊瑚海に急行した。

七日朝、ほぼ昨日と同じ位置に敵空母発見の報が入ったので、その近くに進出していた五航戦は、南方百六十マイルの敵に対し、攻撃隊を発進せしめた。しかし、これは油槽船ネオショーら二隻で、瞬時にこれらは撃沈されたが、この間にニューギニア東端の東方を航行中の空母「祥鳳」(潜水母艦改造の小型空母)は、敵機動部隊(推定位置より西方にいた)の九十三機の集中攻撃を受け、午前八時三十分、沈没した。

この前、午前六時四十分、「衣笠」の飛行機が本当の敵機動部隊を発見していたので、帰投した五航戦の攻撃隊は、この戦場に急行したが、雲のために敵を発見できず、夕刻帰投の途中、たまたま敵空母の上空を通過、味方空母と誤認して着艦しようとした飛行機もあり、敵戦闘機のため、艦爆一、艦攻八機が撃墜され、残りの大部分は海中に不時着し、かくして五航戦は、戦わずしてかなりの戦力を失い、前途の多難を思わせた。

かくて五月八日早朝、五航戦の索敵機は、南方二百マイルに敵空母を発見、七時十五分、勇躍発艦した全機は戦場に殺到した。午前九時四十分、「全軍突撃セヨ」を指揮官が打電、サラトガ(実はレキシントン)に爆弾十、魚雷八以上命中、ヨークタウンに爆弾数発、魚雷三本命中、二隻撃沈確実を報告して連合艦隊司令部を喜ばせた。

(註、実際はレキシントンに魚雷二本、爆弾二発命中、午後十二時過ぎ、大爆発を起こし、午後八時頃、味方駆逐艦の魚雷で撃沈された。大破したヨークタウンは真珠湾に避退し、応急修理の後、六月五日のミッドウェー海戦に間に合い、日本軍の誤算を招くことになる)

一方、敵攻撃隊も日本軍を発見、午前八時四十分頃から五航戦に来襲、「翔鶴」に爆弾三発命中、大火災を生じた。しかし、「翔鶴」の残存機は「瑞鶴」に収容したという報告を受けた連合艦隊司令部は、さらにその付近にいるという敵戦艦の攻撃を期待した。

しかし、ラバウルの「鹿島」艦上にいた南洋部隊司令部は、機動部隊は午後の攻撃不能として、MO作戦を中止してラバウルに引き返させることにした。（註、「瑞鶴」に収容された飛行機は、戦闘機二十四機、艦爆七機、艦攻九機であった）

「瑞鶴」に収容した飛行機で、再度敵戦艦部隊を攻撃して、戦果を拡大し、予定どおりポートモレスビー攻略を期待していた連合艦隊司令部は、この井上長官の作戦無期延期という闘志不足の決断に怒った。

宇垣参謀長の『戦藻録』を見る。

第四艦隊司令長官は午前の働きに対し（連合艦隊司令部から）見事なり、とこれを賞揚せるも、機動部隊の攻撃行動を止め、北上すべきを下命せり。その意はなはだ不可解なるにより、（四艦隊）参謀長宛進撃の必要なるところ、状況承知したき旨発電督促せり。しかるに本電に対する回答を与えざるのみならずポートモレスビーの攻略を無期延期し、オーシャン、ナウル（ソロモン東方の島）の占領を予定どおり実施し、各隊をそれぞれ防守的に配備せんとす。

ここにおいて（連合艦隊司令部の）参謀連は憤慨して躍起となり、「第四艦隊は『祥鳳』一隻の損失により、まったく敗戦思想に陥れり、戦果の拡大、残敵の殲滅を計らざるべからず」と参謀長電をもって迫る。いまより引き返すも時すでに遅し、それよりもポートモレスビー攻略の策を練るほう、有利ならずや。追撃の要は先電により明らかなり、いまさら追い立てても混乱を来すのみと考え、少々彼ら（参謀）の言に考慮を求めたるが、その精神を尊重すべきこともちろんなるをもって、ついに長官命令として、四、六、十一艦隊長官に発令せり。

自隊の損害を過大視して追撃を鈍り、戦果の拡大を期待するに遺憾の点往々にして見るは、昔もいまもその軌を一にす。本日午後、第二次の攻撃は不能なるにせよ、敵空母は全滅せしめれば、ツラギよりの飛行艇または五戦隊の水偵をもって触接を維持し、機動部隊は六戦隊、六水雷戦隊を合してこれに接近、攻撃機の準備なるをもって随時攻撃を加え、また夜戦決行をなさばよくこれら（宇垣は戦艦二隻がいると考えていたが、実際には重巡五隻で戦艦はいなかった）を全滅し得たりしならん。今後において深く銘記すべきなり。（後略）

かくて珊瑚海海戦は、一応、日本側の勝利となったが、開戦後初めて空母二隻ずつが四つに組んだ航空戦の熾烈さは、機動部隊に大きな教訓を与えた。敵は決してへなちょこではなく、帝国海軍の機動部隊も無敵ではないことがわかったのである。

またアメリカ側はレキシントンの喪失を認めながらも、このMO作戦は失敗であったと評した。結果としてポートモレスビー攻略は延期されたのであるから、成功とはいえない。そしてこの戦闘で四艦隊は「またも負けたか……」という悪評を被るのである。

またこの戦いで、敵空母はほぼ日本軍と同等の戦闘力、闘志を持っていることが判明し、今後の機動部隊決戦は慎重を要することがわかったにもかかわらず、ミッドウェーでは敵空母はいないと一方的に考え、大失敗を演じる。

これはいまだに緒戦の戦勝気分が抜けていないこと、そのうえに珊瑚海では敵空母二隻を沈めたので、一月に撃沈確実を報じられたレキシントンを除くと、残りはエンタープライズ、ホーネットくらいと考えたのが、ヨークタウンが戦場に急行していたので、目算がはずれたということも影響していた。

いずれにせよ珊瑚海海戦は海軍に大きな教訓を与えるものであったのに、宇垣参謀長ほか連合艦隊司令部は、単に第四艦隊の追撃不十分を怒るだけで、いまだに無敵海軍の夢から醒めようとはしなかった。

そしてミッドウェーである。

ミッドウェー攻略作戦のために、昭和十七年五月二十七日の海軍記念日に瀬戸内海を出撃した南雲忠一中将の機動部隊は、六月三日朝、ミッドウェーの北西六百マイルの地点に達していた。その編制はつぎのとおりであるが、各艦には依然として真珠湾以来の常勝ムードが満ちていた。新しく「飛龍」の機関長となった機関中佐は、「今度は僕も金鵄勲章をもらいにきたよ」とご機嫌で部下の分隊長に語っていた。

機動部隊編制

一航戦　「赤城」「加賀」

二航戦　「飛龍」「蒼龍」
三戦隊　「榛名」「霧島」
八戦隊　「利根」「筑摩」
十戦隊　「長良」、駆逐艦十二隻

ミッドウェーは前夜から深い霧の中にあった。

北のアリューシャンならともかく、南のミッドウェーでこんなに霧が深いとは、「赤城」艦橋の南雲長官以下この辺が初めてだけに知らなかったし悩んでいた。この日（六月三日）正午には南東に変針してミッドウェーに向かうことになっているのに、霧の中での大部隊の一斉変針は危険ではないかと、草鹿龍之介参謀長、雀部(ささべ)航海長も心配していた。

思案の末、草鹿は通信参謀と相談の後、無線封止を破って、微勢力の電波で正午と午後一時十五分に分けて、針路一三五度（南東）に変針することを各隊に指令した。この電波は敵機動部隊にはキャッチされなかったが、三百マイル後方に続行していた主力部隊の旗艦「大和」のアンテナには入った。

艦橋の宇垣や黒島先任参謀は、これを聞いて苦い顔をした。

「困ったものですなあ、変針は予定の行動なのに……。機動部隊はたるんでいるんじゃないか」

宇垣がぼやいたが、艦橋右前方の小さな腰掛けにいた山本長官は、

「見えないのじゃないか」

といったきりである。こちらは晴れているが、三百マイル先は霧の中らしい。案の定、午後には「大和」も濃い霧の中にすっぽりと包まれてしまった。

「やはり霧か……」

今度は宇垣がうめいた。この場合、戦艦にとって最大の敵は、潜水艦の雷撃である。発光信号で直衛の駆逐艦を近くに呼んで、敵潜を見張らせながら、彼は不吉なものを感じた。それは近くにいる黒島も同じであった。

このミッドウェー作戦の大要を起案したのは、黒島と渡辺安次参謀であるが、最大の問題は敵空母出現の可能性であった。このため彼は出撃前、草鹿参謀長に、

「陸上を攻めるときでも、つねに空母機の半数は、対空母用に艦攻は魚雷、艦爆は艦船用徹甲弾を装塡しておくように」

と、くどいように念を押したのだが、勝ちにおごっている機動部隊は、勝手に敵空母は出てこないと判断するかもしれない。

——島の攻撃を反復している間に、敵空母から奇襲を受けはしないか……。

〝仙人参謀〟と仇名をとる異色の黒島参謀の心配はそれであった。

翌六月四日、午前六時二十五分、アメリカの哨戒艇は、日本の巡洋艦、輸送船を発見、ついで戦艦二隻（金剛、比叡）、重巡八隻も発見されていた。南雲艦隊の南方を東進するミッドウェー攻略部隊である。

ハワイのシンクパック（CINCPAC・太平洋艦隊司令長官）・ニミッツ大将の司令部は、日本の機動部隊がミッドウェーを攻撃することを暗号解読で事前に知っていた。この攻略部隊の発見で、ますます警戒を厳にし、すでに真珠湾を出撃してミッドウェー北西に進出していた三隻の空母（エンタープライズ、ホーネット、すこし遅れてヨークタウンも合同した）に、索敵、攻撃待機を命じた。

ミッドウェーから発進した哨戒艇が、北西百八十マイルの地点で日本の空母二隻（赤城、加賀）を発見したのは、五日午前二時三十分である。機長のアディ大尉は、直ちにこれをミッドウェー基地と機動部隊司令官スプルーアンス少将に報告した。ほぼ同じ時期に米軍の哨戒艇は飛行機の大群がミッドウェーに向かっているのを発見して、ミッドウェー基地に報告した。これが午前一時三十分発艦して、ミッドウェー攻撃に向かう友永丈市大尉指揮の攻撃隊であった。

こうして日本側は敵空母を何も知らず、米国ははっきり日本軍の位置を把握して、世紀のミッドウェー海戦は幕を開けた。

午前四時、米機動部隊は全飛行機（雷撃機四十一、艦爆八十二、戦闘機二十六）計百四十九機を発進、南雲艦隊攻撃に向かわせた。

一方、南雲艦隊はまだこれに、全然、気づいていない。米大攻撃隊が、「赤城」や「加賀」を求めて南下し始めたとき、友永大尉の率いる攻撃隊は、やっとミッドウェーの飛行場や格納庫の爆撃を終わった。日本軍の来襲を予知していた米軍戦闘機と地上の対空砲火は熾烈で、友永隊は相当の被害を出した。

帰途についた友永大尉は、午前四時、偵察員の橋本敏男大尉に、つぎの電報を南雲司令部に打電させた。

「ワレ敵基地ヲ爆撃、地上施設ニ損害ヲ与エタルモ、効果不十分、第二次攻撃ノ要アリ」

この電報で「赤城」の草鹿参謀長は、再度ミッドウェー攻撃を行なう決心をして、南雲長官の許可を得て、艦攻の魚雷を爆弾に、艦爆の爆弾も艦船用から陸上用に転換させることにした。これが雷爆転換で、以前にはこれがミッドウェーの敗戦の原因のようにいわれたが、実際には、索敵の不十分と連勝のおごりから、敵はいないと誤信したことが、敗戦の真因であった。

途中を省くが、「赤城」の電信室が索敵に出ていた「利根」四号機の無電を受信して、これが艦橋の草鹿のところに届いたのは、午前五時頃であった。

「敵ラシキモノ見ユ」

これが悲劇の前ぶれである。

つづいて草鹿の詳細報告の要請に対して、その敵が巡洋艦五、駆逐艦五、そして「空母ラシキモノ一隻ヲ伴ウ」ときたので、南雲長官は爆弾を魚雷に転換して、敵空母の攻撃を考えた。

しかし、午前七時二十五分、やっと「赤城」の戦闘機隊長板谷茂少佐が発艦を始めたとき、「赤城」「加賀」「蒼龍」は、つぎつぎに敵艦爆の爆撃によって炎上した。

「後五分あれば攻撃隊全機が発艦できて、わが方の勝利であった」

と草鹿参謀長が戦後に書いたので、「雷爆転換運命の五分間」ということがいわれたが、筆者はこれを認めない。後五分では全機発艦は難しい。何故なら敵の艦攻の雷撃によって、機動部隊は変針を繰り返し、発艦コースを確保することは困難であった。また被害を被ることなく全機発艦できても、敵に対する攻撃はできたかもしれないが、こちらの被害は同じとみるべきである。すでに敵機は上空にきていたのである。

また筆者が、機動部隊航空参謀の源田実中佐に確かめたところでは、攻撃隊の発艦が遅れたのは、雷爆転換だけではなく、護衛の戦闘機を十機でもつけてやろうというので、これを一応着艦させて、燃料、弾薬を補給させて、発艦させようとしたのが裏目に出たというのである。

この後は省略するが、残った「飛龍」一隻は奮戦して、ヨークタウンに五発の魚雷を命中させ、同艦は伊号百六十八潜水艦によって撃沈される。日本軍は虎の子の空母四隻を失い、敵機の追撃で重巡洋艦「三隈」も撃沈された。米軍はヨークタウンと駆逐艦一隻を失っただけで、奇蹟的な大勝利を得た。

ミッドウェー海戦は太平洋戦争最大の曲がり角であるが、ここで内地に向けて帰投しつつある「大和」の艦橋で、苦いものを噛みしめている提督がいた。宇垣参謀長である。

この一ヵ月ほど前のことである。

五月一日から旗艦「大和」で、第二段作戦、とくにミッドウェー作戦の図演（図上演習）

が行なわれた。図上で青軍（味方）と赤軍（アメリカ）が展開して、接近、戦闘を行なう。爆撃、砲撃の命中率は係がサイコロを振って決める。これによって審判長がその効果、被害を裁定する。このときの審判長は宇垣で青軍指揮官を兼ねていた。

さていよいよ日本軍の機動部隊がミッドウェーに接近して、攻撃隊を発進させて攻撃中に、敵陸上爆撃機が味方空母を奇襲した。このとき、サイコロを振ったのが奥宮正武少佐（四航戦航空参謀）で、「赤城」に命中弾九発という結果が出た。九発も当たると大火災で戦闘は不能で、へたをすると沈没である。

すると宇垣審判長はいった。

「ただいまの命中弾は三発とする」

これなら中破くらいで、内地に帰れるかもしれない。

しかし、いかに宇垣がご都合主義で修正しても、数次の敵機の攻撃で「赤城」は沈没である。しかし、宇垣裁定によって「赤城」は生き残り、つぎのＦＳ作戦にも参加することになっていた。

――あの図演の結果は本当だったのだ。違うのは陸上爆撃機の攻撃によるところが、艦載機による攻撃というところで、実際の被害は図演よりさらに悪く、最悪といってもよい。やはり空母部隊で島と敵空母を同時に攻めるのは危険なのだ。真珠湾で敵空母が南雲部隊を奇襲しなかったのは、偶然の幸せだったのだ……。

宇垣は唇を噛みながら、波を眺めていた。

かくて楽観されていたミッドウェー作戦は、史上最大の敗戦となり、FS作戦も一挙に吹きとび、米豪分断どころか、今後の作戦方針もままならぬという有様になってしまった。

富岡定俊作戦課長の『開戦と終戦』に、ミッドウェー敗戦の報が入ったときの大本営作戦室の様子が出ている。大本営作戦室といっても、軍令部の一室であるが、広さ十二坪ほどの空間（二つの煉瓦作りの建物の間）を、ベニヤ板で囲んだお粗末なものである。

昭和十六年十二月八日午前三時二十三分、真珠湾攻撃の淵田指揮官が打った「トラトラトラ」の第一報が入って、一同喝采した歴史的な部屋に、十七年六月六日朝九時頃、いつものような大本営報道部の発表主務部員が、今日も軍艦マーチの材料を、と期待してやってきたが、彼らの期待ははずれた。作戦室はいつもの富岡課長、神重徳、山本祐二、佐薙毅、三代辰吉という顔ぶれであるが、一様に重苦しく黙りこくっている。

富永報道部員が参謀から渡された電報綴りを繰ってみると、不吉な文字がとびこんできた。

「『加賀』『蒼龍』『赤城』火災、『飛龍』をして敵空母を攻撃せしめ、機動部隊は一応北方に避退、兵力を集結せんとす」

――これはどうしたことだ……。

富永は自分の眼をうたがった。

――無敵機動部隊が三艦も一時に火災になるとは……。

残る一艦「飛龍」の「わが隊は敵空母を攻撃中なり」の電報が唯一の望みを抱かせたが、つぎの電報で関係者の暗い表情が了解できた。

「『飛龍』に爆弾命中、火災」

「敵空母四隻（実際は三隻または二隻）依然存在す。わが母艦は作戦可能なるもの皆無なり」

このときから三日三晩、作戦会議は善後策と発表の対策に明け暮れた。

報道部は、この際国民に真相を知らせて、奮起を促す必要ありとして、「わが方、空母二隻喪失、一隻大破、一隻中破、巡洋艦一隻沈没」の原案を出したが、軍令部の作戦部は、国民の士気と戦意の阻喪を顧慮するとして、これを拒否し、六月十日、つぎのいわゆる大本営発表（要旨）を行なった。

六月四日、アリューシャン列島のダッチハーバーを急襲、同五日、敵拠点ミッドウェーに猛烈なる強襲を敢行するとともに、同方面に増援中の米国艦隊を捕捉、猛攻を加え、敵海上及び航空兵力ならびに重要軍事施設に甚大なる損害を与えたり。

一、ミッドウェー方面

㈠、米航空母艦エンタープライズ型一隻及びホーネット型一隻撃沈

㈡、彼我上空において撃墜せる敵飛行機約百二十機

㈢、重要軍事施設爆破

二、本作戦におけるわが方の損害

㈠、航空母艦一隻喪失、同一隻大破

㈡、未帰還飛行機約三十五機

これに対して米太平洋艦隊司令部は、六月七日、つぎの発表を行なった。

重大な勝利はまさに達成されようとしている。しかし、戦闘はなお終結には至らない。敵に与えた損害は、航空母艦二隻ないし三隻を搭載飛行機全部とともに撃沈破した。他の一隻ないし二隻の航空母艦を大破したものと認めている。

この敗戦に対する宇垣参謀長の反省を『戦藻録』で見てみよう。

一、程度は別として我が企図敵に判明しありたる疑いあること。

二、敵情偵察不十分なりしこと。

三、（敵が）十分の大勢力をもって（味方）海上航空部隊の最大欠陥に乗じたること。

四月下旬の第一期作戦研究会に際し、草鹿参謀長は「海上航空部隊の攻撃は十分なる調査と精密なる計画のもとに、一刀のもとにすべてを集中すべきなり」と一刀流的名言を高調せり。余はこれに対し相当の不安を感じたり。移動性多く広闊（こうかつ）なる海面に作戦する海上兵力に対し事前十分なる調査をなし、索敵を完全ならしむることは容易ならざること、陸地とまったく異なるものあり。状況の変化に即応するの手段こそ肝要なれ。

山口二航戦司令官は常に機動部隊として活躍したるが、第一航空艦隊の思想にあきたらず、作戦実施中もしばしば意見具申をなしたる事実あるとともに、計画以外妙機を把握して戦果の拡大を計り、あるいは状況の変化に即応すること絶無なること余輩に語りしこと三回に及べり。彼の言おおむね至当にして、余輩と考えを一にし、今後も大いに意見を具申すべきを告げたり。なお第一航空艦隊司令部は誰が握りいるや、の質問に対し「長官は一言もいわぬ。参謀長、先任参謀どちらがどちらか知らぬが、億劫屋ぞろいである」と答えたり。（後略）

四、空母集結使用の欠陥に乗ぜられたること。

五、進攻作戦の正面広域に過ぎたること。

『戦藻録』六月十日の項には、「長良」に移乗していた機動部隊司令部が、「長門」に戦況報告にきたときの様子が書いてある。

午前八時過ぎきたる者、足に小負傷の参謀長、大石先任参謀、源田航空参謀及び副官なり。いずれも黒服にて、相当憔悴の兆あり。相見ての第一言は「何と申してよいかいうべき言葉なし。申しわけなし」もっともの次第なり。長官公室に下りて参謀長、先任参謀より報告を聞く。参謀長「大失策を演じおめおめ生きて帰れる身に非ざるも、ただ復讐の一念にかられて生還せる次第なれば、どうか復讐できるよう、とり計っていただきたし」長官簡単に「承知した」と力強く答えらる。（両者ともに真実の言、百万言に優る）

六月十四日、主力部隊は柱島に帰投した。この日、南雲長官は「長門」に報告に来艦する。

十六日、宇垣参謀長は髪を切った。

午前九時半、伊藤軍令部次長、岡軍務局長及び軍令部員、吉田軍務局員来艦。いずれも総長、大臣よりの見舞いと心得るも、かかる言は口にせず大いに可なり。伊藤次長は総長よりの言として、

「お上は本回の事余りご軫念(しんねん)にあらせられず。戦のことなればこれくらいの事は当然なり。士気を衰えしめずますます努力するように」

やはり総長としての伝言なりと感じたり。

この伊藤次長の「長門」訪問のとき、佐薙参謀はつぎのように各司令部の反省を聞いている。

連合艦隊司令部
一、作戦を急いで準備不足であった。
二、敵がわが企図を察知していた。
三、四日には機動部隊も攻略部隊も発見された。

四、敵情をつまびらかにせず。
五、従来と同一手法でやった。
六、同時に二方面作戦をやった。

機動部隊司令部

一、作戦がまずかった。側方警戒不足。
二、空母が団子になっていた。
三、索敵不足。索敵機の発進が遅い。索敵は疎に過ぎた。
四、雷爆同時攻撃にとらわれた感あり。
五、戦闘機の援護兵力を多く使い過ぎた。
六、上空直衛の戦闘機使用艦を専門にすればよかった。
七、空母の飛行機を発進させぬうちにやられて、搭乗員は残念がっている。早く出せぬことはなかったようである。

ミッドウェー作戦の失敗は、連合艦隊、軍令部に多くの教訓を残したが、軍令部のまとめたところでは、つぎの三つに総括できる。

一、心の緩(ゆる)み、事前の状況判断（敵空母はいない）からきた油断。
二、空母航空戦様相の事前研究不足。

機動部隊の「赤城」ら四艦は、開戦以来赫々たる戦果を挙げてきたが、実際に敵空母と四つに組んで戦うのはこれが初めてで、空母の戦法というものが確立されていなかった。勝利の条件は「先制攻撃」であるが、それには索敵が絶対必要である。また「飛龍」が示したように日本軍の攻撃力は卓越していたが、見張り、対空砲火、空母の直衛などに問題があり、機動部隊司令部は空母の防御力の弱さを認識せず一方的に完璧な攻撃を狙い過ぎた。

三、米軍のわが暗号解読。

海軍は暗号書を四月一日から変更することにしていたが、これが五月一日となり、また延びて米軍の解読を容易にした。米側資料によると、日本海軍が暗号を変えたのは五月二十六日だという。

筆者の見解では、日本軍の敗北の原因は、米軍の物量、こちらの補給不足といわれるが、ミッドウェーでは、先に真珠湾攻撃のところで指摘したように、空母で陸上を攻撃し、敵の空母の位置を確かめなかったということが、最大の原因である。

また、情報とエレクトロニクスの不足も敗戦の原因となっている。暗号は解読され、こちらの索敵は不十分（一段索敵）、敵発見を報じた「利根」四号機のコンパスが狂っていたので、敵の位置が不正確であったという。またレーダーを早く開発して、敵機発見を促進すれば、敵艦爆の奇襲を喰うこともなかったと思われる。

そして技術以前の問題として、〝敵空母はいないだろう。出てきてもいままでどおり鎧袖一触だ〟という慢心が作戦の弛緩（しかん）を呼んだのは、軍令部をはじめ、各司令部が指摘しているとおりである。

最後に陸軍はどう考えていたのか、『大本営機密日誌』（参謀本部戦争指導班長、種村佐孝著、ダイヤモンド社刊）の昭和十七年六月十一日の項には、つぎの記述がある。

「ミッドウェーとアリューシャンの戦果について、今日の新聞は一斉に記事を飾っている。ところがあに図らんや、ミッドウェーではわが海軍は大敗北を喫したのである。知らせぬは当局者、知らぬは国民のみだ。

あえて死児の年を数えるわけではないが、最高統帥部の考えねばならぬことは、作戦目的に対する深い考察である。ミッドウェー、アリューシャン作戦の目的はまったく不明瞭なものであった。海軍に引きずられてこれに同意した陸軍統帥部もまた大いに反省すべきである。かくて米豪分断の大目的を有するFS作戦は延期から中止の運命に瀕するに至った（註、実際には、当然のようにFS作戦はMO作戦の延期を最後に中止となった）」

七月十一日、永野総長は参内して、FS作戦の中止を上奏、裁可を得た。

これで富岡第一課長の苦心の作戦案である米豪分断作戦も空に帰したわけである。

ガダルカナルへの道

ミッドウェーで四隻の空母を失った軍令部、連合艦隊は途方に暮れた。残るは五航戦と「龍驤」、商船改造の「隼鷹」「飛鷹」のみである。こうなると米豪分断作戦は昔の夢で、まず本土防衛のために機動部隊の再建を急がなければならない。

七月十四日、軍令部は第一航空艦隊を廃止し、いままで臨時編制であった機動部隊を、第三艦隊として、建制（常時編制）化した。

その編制はつぎのとおりである。（註、司令長官、参謀長は一航艦のときと同じく南雲中将、草鹿少将で、参謀は全部代わった）

一航戦　「翔鶴」「瑞鶴」「瑞鳳」
二航戦　「隼鷹」「龍驤」（八月二十四日の第二次ソロモン海戦で沈没、「飛鷹」がこれに代わる）
第十一戦隊　「比叡」「霧島」
第七戦隊　「熊野」「鈴谷」「最上」
第八戦隊　「利根」「筑摩」
第十戦隊　「長良」、第四駆逐隊、第十駆逐隊、第十六駆逐隊、第十七駆逐隊

（註、ミッドウェーでの喪失を隠すために、この編制表には付属として「赤城」「飛龍」が入っていた）

また南東方面からの米軍の反攻が予想されるので、新たに第八艦隊が新設された。

第八艦隊（司令長官三川軍一中将）
旗艦「鳥海」
第十八戦隊「天龍」「龍田」
第七潜水戦隊
その他

こうして機動部隊に代わる第三艦隊が誕生し、南雲長官、草鹿参謀長はなんとかして、ミッドウェーの仇を討ちたいと、刃を磨くことになったが、当座、搭乗員の訓練養成に力を入れる程度で、大きな作戦の目処はつき難かった。

ミッドウェー――ハワイ、早期講和の線が崩れ、ＦＳ作戦が空中分解したいまとなっては、短期決戦は不可能で、さりとて長期戦の米豪分断作戦を再開するには、補給と同時に空母部隊の強化が問題であるが、肝心の空母が足りない。制式空母は「翔鶴」「瑞鶴」だけで、このつぎに戦線に参加できる制式空母は、昭和十九年春竣工予定の「大鳳」一隻で、「大和」型戦艦「信濃」の空母への改造が決定したが、竣工の予定は十九年末である。

軍令部は㊄計画（昭和十七年度）として、戦艦「大和」型三隻、超巡洋艦（新型）二隻、空母（「大鳳」型）三隻（「大鳳」は昭和十四年度の㊃計画で建造が決まった）の建造案を出したが、これらはすべて実現しなかった。この計画による戦艦のうち一隻は、五十一センチ主砲を持つ「大和」改造型、また超巡洋艦は三万二千トン、三十センチ主砲という高速戦艦に近い設計の予定であったが、陽の目を見なかった。

筆者は、「なぜ『大鳳』を計画したときに二隻にして、航空戦隊を組むようにしなかったのか」と軍令部参謀との座談会で質問したが、「金がなかった」という返事であった。要するに帝国海軍の財政的能力は、㊂計画（昭和十二年度）の「大和」型二隻、空母「翔鶴」「瑞鶴」、㊃計画（十四年度）の「信濃」（実際は二隻の予定であった）、「大鳳」、巡洋艦四隻（「阿賀野」など）までが精一杯で、㊄、㊅計画（戦艦四、超巡洋艦四、空母三）は案だけに終わった。

したがって、帝国海軍の空母部隊は、「翔鶴」「瑞鶴」「大鳳」を中心に戦うのみで、これらが潰えると、海軍の運命も窮まっていくのである。財政、工業力の裏付けなく戦争を始めたので、その行方は初めからわかっていたともいえよう。

さてミッドウェー以後の作戦指導であるが、七月二十五日の陸海軍省部主任課長会議では、海軍はインド洋の通商破壊を中心とするという、ミッドウェー――ハワイ作戦やFS作戦の景気のよさに較べると、いかにも冴えない状況となった。

そしてこの席上、海軍省軍務局第二課長の矢牧章大佐は、独伊の西アジア進出にともなう豪州作戦（全土占領または局地占領）を強調したが、参謀本部作戦課長の服部卓四郎大佐は、これに反対し、

「陸軍は対ソ戦の判断、シナ事変解決、戦力蓄積のいずれかを選ぶ。豪州作戦は船舶の制約がある、局地を攻略しても、結局は、全面戦に発展するおそれがあり、実現不能」

として、これを否定した。

先に永野総長の上奏でFS作戦は中止となったが、軍令部のみならず海軍省も、まだ米豪分断、豪州攻略作戦を断念してはいなかった。空母部隊の不足は基地航空部隊の強化で補うことにして、新編の第八艦隊はこれを援助し、またソロモン群島より南の諸島の調査をも行なうことになっており、南東方面の防衛をも兼ねて、七月十六日には、ソロモン南端に近いガダルカナルに飛行場の建設が始まっていた。

この頃の軍令部、連合艦隊の戦争指導は複雑で、FS作戦、ミッドウェー作戦は中止になったが、これで手空きとなった四つの設営隊を南洋部隊（指揮官井上成美第四艦隊長官）に投入して、南東方面（まずガダルカナル）の航空基地を整備しようというもので、これをSN作戦と称したが、ミッドウェー作戦、FS作戦に比べて、あまりにも規模の小さなものであった。そしてこの段階では、このガダルカナルという南海の小島が、太平洋戦争の天王山になろうとは、軍令部、連合艦隊、あるいは参謀本部の誰も予想してはいなかった。

さて突貫工事でガダルカナルの北岸には、八月五日、長さ八百メートル、幅六十メートルの飛行場（戦闘機の離着陸可能）が完成、日本軍戦闘機の進出可能を報じた。

しかし、大型飛行機の偵察によって、この状況を知った米軍は、飛行場が完成して間もない八月七日早朝、空母三隻（サラトガ、エンタープライズ、ワスプ）を含む有力な機動部隊の空襲とともに、海兵隊一個師団が、ガダルカナルの対岸ツラギの日本軍基地を奇襲、上陸してきた。

当時、ツラギには南方哨戒の任務を持つ横浜航空隊がいたが、午前六時十分、「敵兵力大、最後の一兵まで守る。武運長久を祈る」と発信して、消息を絶った。

この頃の米軍の戦争方針にふれておこう。

ミッドウェーの勝利が明らかになった六月八日、南西太平洋方面軍司令官マッカーサー大将は、この際、ラバウル及び戦略的に重要なビスマーク諸島（ラバウルのあるニューブリテン島の北方にある）を制圧するために、ニューブリテン及びニューアイルランド島に対する大攻勢をとることを提案した。陸軍三個師団、海兵隊一個師団及び空母二隻を基幹とする機動部隊をもって、直ちにビスマーク諸島を奪回し、日本軍をトラックに駆逐するというもので、この作戦の指揮官は、当然、自分であると主張した。

これに対し、合衆国艦隊司令長官兼作戦部長（軍令部総長）キング大将は反対した。ニューギニア、ソロモン、ビスマーク諸島方面の日本軍航空基地は、爆撃だけで制圧することは不可能であり、ソロモンからラバウルまで漸進的に進撃すべきであるというのである。

ここには指揮権の問題が介在していた（マッカーサーはしばしばこの問題で海軍と紛争を起こした）。陸軍側はソロモン及びビスマーク諸島は南西太平洋方面軍の戦略担当区域であり、マッカーサーの指揮下で作戦を実施すべきだという。

海軍側は、この作戦に最初に上陸させるのは海兵隊であり輸送する唯一の手段は海軍艦船で、これを援護する部隊は太平洋艦隊であるから、ハワイにいるニミッツ大将（太平洋艦隊司令長官）が指揮すべきだというのである。

論争の結果、七月二日、統合幕僚会議は、「ウオッチタワー作戦」と呼ばれるつぎの作戦命令を下した。

一、最終目標　ニューブリテン島、ニューアイルランド島、ニューギニアの奪取占領。

二、第一任務　作戦開始日を八月一日とし、太平洋方面部隊指揮官（ニミッツ）のもとに、サンタクルーズ諸島（ガダルカナル周辺）及びツラギを奪取占領する。南西方面軍はこれを支援する。

三、第二任務　南西太平洋方面軍司令官指揮のもとに、ソロモン諸島残部、ラエ、サラモア（いずれもニューギニア東部）及びニューギニア北東岸を奪取占領する。

四、第三任務　南西太平洋方面軍司令官指揮のもとに、ニューブリテン、ニューギニア及びニューアイルランド各地区におけるラバウルへの近接点を奪取占領する。

この命令によって南太平洋部隊は直ちにその準備に着手したが、日本軍がガダルカナルに飛行場を建設中なので、この作戦が困難になったことを知り、これをワシントンに報告した。中央は第一任務にガダルカナル攻略を付加し、ガダルカナル攻撃が始まったのである。

バンデグリフト少将の率いる第一海兵師団は、ガダルカナルにも上陸してきた。ガダルカナルには日本軍設営隊二千人と陸戦隊二百三十人がいたが、砲爆撃が始まるとジャングルに避退した。設営隊長の岡村徳長少佐は、国家改造論に関心を持ち、五・一五事件に関係して、早く予備役となったが、勇敢で奇策に富む人物であった。彼はこの後、陸戦隊と設営隊を率いて、ジャングルでゲリラ戦術を展開して、米軍を悩ませた。

米軍が上陸してきた七日は、ラバウルから第六航空隊の戦闘機が進出する予定であったが、代わりに米軍の飛行機がくることになった。

軍令部の動きを見よう。

米軍がツラギ方面を攻撃してきたとき、軍令部では、横浜空、基地航空隊などから、つぎの情報を得た。戦艦一、空母一、巡洋艦三、駆逐艦十五、輸送船若干がツラギ方面に、巡洋艦三、駆逐艦七、輸送船二十七がガダルカナル飛行場東方泊地に進入している。

米軍のガダルカナル上陸に、日本軍はこれを強行偵察の程度で、本格的反攻とは考えず、兵力の逐次投入を行なったので、これを一掃することができなかったという説があるが、陸軍はともかく、海軍がこれを米軍の積極的奪回の企図であると判断していたことは、つぎの福留繁第一部長の連合艦隊への通報で明らかである。(七日午後、発電)

「本日ツラギ方面に来襲せる敵は、その兵力ならびに数日来の敵無線状況に鑑み、ソロモン群島、ニューギニア方面に対し、積極的奪回の企図あるもののごとし。

また今月初頭ハワイを出撃の疑いある敵部隊も、すでにソロモン群島東方に進出せる算あり。したがって同方面の敵兵力なかんずく空母は、すでに判明せるもの以外になお若干近海に存在する算少なからざるものと判断せらる」

軍令部の指示で、連合艦隊からガダルカナルの敵艦隊、輸送船攻撃の命令を受けた三川軍一中将の第八艦隊は、午後二時、ラバウル出撃、港外で第六戦隊と合同し、ソロモン群島東方海面を高速で南下した。第八艦隊の主力は重巡「鳥海」、軽巡「天龍」「夕張」、駆逐艦「夕凪」で、これに第六戦隊の「青葉」（旗艦）型重巡四隻が加わった。

艦隊旗艦「鳥海」の艦橋には、三川長官、大西新蔵少将（参謀長）、早川幹夫大佐（「鳥海」艦長）のほか、元気のよい先任参謀の神重徳大佐（七月十四日、軍令部参謀から第八艦隊に転任）がいて、

「この戦は勝利間違いなしですぞ。末広の八の字ばかりです。決戦日は八月八日、そこへ第八艦隊の八隻が殴り込みですぞ」

としきりに縁起をかついでいた。

そして確かに巡洋艦の戦闘としては、空前ともいえる勝利であったが、真珠湾攻撃と同じく戦果拡大が不十分という批判も残したのである。

重巡五隻の突撃に対して、迎え討つ連合軍艦隊（米豪）は、重巡七、軽巡二、駆逐艦八の優勢な艦隊で、そのうち北方、南方警戒の米重巡五、豪重巡二、米駆逐艦四が、三川艦隊の相手をすることになった。

八隻の殴り込み艦隊は、八日午後十一時三十一分、サボ島（ガダルカナルの西南）南方水

道で、「全軍突撃セヨ」を下令、合戦のひぶたを切った。「鳥海」が吊光投弾を発射、この明かりで各艦敵を認めて、十一時三十八分、「砲撃開始」、六分間で敵の主力を潰滅させた。

第一次ソロモン海戦と呼ばれるこの激闘で、第八艦隊は米重巡アストリア、クインシー、ヴィンセンス、豪重巡キャンベラを撃沈、米重巡シカゴ、同駆逐艦二隻を大破せしめた。日本軍の損害は「鳥海」「青葉」小破に留まった。南海の空に赤い弾の曳光(えいこう)が飛び交い、そこここで連合軍の軍艦が炎上して、海面を赤々と染める。

九日に入って、午前零時二十三分、勝利はわれにあり、と認めた三川長官は、「全軍引け」を下令、三十ノットの高速で戦場を離脱した。

このとき、「鳥海」の早川艦長は、再突撃をして、敵の輸送船団を全滅させることを、強硬に意見具申した。第八艦隊の目的は、まず輸送船団の撃滅であったからである。しかし、大西参謀長は、これ以上深入りをすると、夜明けまでに敵飛行機の爆撃範囲内から脱出できない、として突撃を否定した。強気の神参謀も早川艦長に味方をしたが、結局、長官の裁定で離脱と決まったのである。

しかし、ここは早川艦長のいうとおり突撃してよかった。米軍の機動部隊、三隻の空母は、日本の陸攻隊の攻撃を避けるために、ガダルカナル南西に避退していて、ソロモン群島北方を逃げる第八艦隊を捕捉することは、非常に難しかったと思われる。宇垣参謀長の『戦藻録』には、この戦闘への批判は見あたらないが、山本長官はこの早期の引き揚げに非常に不満であったという。

三川長官は戦後、

「第八艦隊長官として、赴任の際、永野総長から『無理な注文かもしれないが、日本は工業力が少ないから艦を壊さないようにしてもらいたい』と注意を受けていたので、慎重になった」

と回想している。

第八艦隊が一瞬にして、連合軍の重巡四隻を沈めたが、ガダルカナルの敵は、ますますその勢力を増大し、飛行場を占領して、ここに艦載機を揚げ、間もなく大型機も到着しそうな様子である。

そこで陸軍は部隊を揚陸することになったが、これが敵の本格的反攻とは考えていなかった証拠に、八月十八日夜、飛行場の西四十キロのタイボ岬に揚陸された一木支隊は、歩兵二十八連隊長一木清直大佐の率いる二千四百名のうち先遣挺身隊の九百十六名の小部隊であった。（註、『大本営機密日誌』八月十三日の項には、「当時は、この敵上陸をもって米軍の大反攻とみるものはいなかった」と書いてある）

対する米第一海兵師団は一万九千名である。この一木支隊は、ミッドウェー占領時に上陸する予定の部隊であったが、ガダルカナルで全滅するとは、よくよく運の悪い部隊である。

一木大佐は少佐時代、北京に近い芦溝橋で事件が起きたときの大隊長である。

一木支隊は敵機が着陸しないうちに飛行場を奪取しようと、二十日夜、飛行場の東三キロのテナル河畔に達し、攻撃を開始した。しかし、対岸の敵機は優勢で、渡河ができない。二十一日未明、河をはさんで激戦が展開されたが、敵の砲火は猛烈で、午後には、南側から迂回してきた戦車六両が支隊の背後から猛攻を開始した。

——こんなはずではなかった……。

一木大佐は唇を噛んだ。

ラバウルで聞いた情報では、敵は二千くらいの小部隊で、艦隊が全滅したので、ガダルカナルからの脱出を図っている、早く行かないと逃げてしまう、ということであった。

腹背に敵を受けた一木支隊は、さらに二十日、飛行場に進出していた米戦闘機の掃射を受け、将兵の奮戦にもかかわらず、午後三時、戦況はまったく絶望的となり、一木連隊長は軍旗を焼いて自決、戦死七百七十七名、後退した者と上陸地点に残った者を合わせて残存者は百余名に過ぎず、一木支隊は事実上全滅した。

（註、全滅の場所は長い間、テナル河畔となっていたが、昭和五十九年六月、筆者がガダルカナルの慰霊旅行に行ったときは、最近、テナル河の西のアリゲーター・クリークという入り江の東岸を整地したところ、数百と思われる人骨が出てきたので、ここが連隊長らの最期の場所であろうということであった）

一木支隊の全滅が伝わる前に、ラバウルに司令部をおく百武（ひゃくたけ）晴吉中将の第十七軍は、川口清健少将の第三十五旅団をガダルカナルに送ることにした。この輸送の計画中に、八月二十四日、ソロモン群島東方海面で、機動部隊の決戦が行なわれた。これが第二次ソロモン海戦である。

敵機動部隊主力がガダルカナル上陸作戦を支援したことを知った第三艦隊の南雲長官は、ミッドウェーの仇討ちとばかりに、珊瑚海の修理成った「翔鶴」を旗艦として「瑞鶴」「龍驤」を率いて、ソロモン方面東方を南下した。

前衛は第十一戦隊（比叡、霧島）、第八戦隊、第十戦隊である。すでに哨戒機が二十日、ガダルカナルの南東二百五十マイルに、敵機動部隊を発見しているので、二十四日、もう遭遇する頃だと、機動部隊本隊（翔鶴、瑞鶴）は早朝索敵機を発艦させた。

一方「龍驤」は「利根」「時津風」らを直衛として、ガダルカナルの爆撃の任務を帯びて、マライタ島の北方に向かい、攻撃隊を発進させたが、午後二時頃、敵艦載機の攻撃を受け、午後六時、沈没した。

第二次索敵隊によって、正午過ぎ、敵の位置を知った機動部隊司令部は、直ちに第一次攻撃隊（「翔鶴」艦爆二十七、零戦十）を発進させた。敵の位置は、旗艦「翔鶴」の一五三度（ほぼ南南東）二百六十マイルである。

第一次攻撃隊は、米空母二隻（エンタープライズ、サラトガ）を発見、一隻大破、一隻大火災を報告した（実際にはエンタープライズに二百五十キロ爆弾三発命中、サラトガは無傷）。つづいて午後二時、第二次攻撃隊（「瑞鶴」艦爆二十七、零戦九）が発進したが、敵を発見できず、引き返した。

ミッドウェー以来、暗い空気の中にいた軍令部も、第一次ソロモン海戦では、敵重巡四隻を屠り、第二次でも空母二隻大破という報告が入ったので、ようやく明るい表情がもどってきた。参謀本部の方も川口支隊（第三十五旅団）が二十八日から飛行場東方のタイボ岬に上陸を始めたというので、これでガダルカナルも奪回できるだろうと、楽観するようになってきた。

上陸は難航で、二十八日は駆逐艦「朝霧」が沈没、「夕霧」「白雲」も損傷した。しかし、二十九日からは輸送も順調となり、九月二日までに川口支隊二千七百八十五名、一木支隊の残り六百三十名のタイボ岬への揚陸に成功した。

一方、九月五日、軍令部の伊藤整一次長、佐薙毅参謀は、参謀本部の田辺盛武次長、井本熊男中佐（参謀）、竹田宮恒徳（つねよし）王少佐（参謀）とラバウルに着いた。

その目的は、八月三十一日にできた陸海軍中央協定の伝達、これにもとづく現地陸海軍の作戦要領策定の実現、現地の実情の把握である。

伊藤次長らはラバウルで第十七軍司令官、第十一航空艦隊長官（塚原二四三長官）、第八艦隊長官らと会議を行なった。陸海軍中央協定の要旨はつぎのとおりである。

作戦方針

陸海軍協同して、速やかにソロモン群島の要地を奪回するとともに「レ号作戦」（ポートモレスビー攻略作戦）を既定計画にもとづき速やかに遂行す。

指揮官ならびに使用兵力、作戦要領（以上略）

この協定は、ガダルカナルに上陸した米軍を約五千～六千と過少評価したもので、田辺次長が九月五日、参謀本部に打電した報告でも、川口支隊の上陸で味方は六千名になるので、これで飛行場を奪回できると考えていたことがわかる。この報告で注目すべきは、ラバウルに陸軍機を派遣するという意見で、奪回戦後に高速の司令部偵察機が派遣されることになる。

さて川口支隊の攻撃である。

川口支隊長は九月六日、

「現兵力にて任務完遂（かんすい）の確信あり。ご安心を乞（こ）う。予定のごとく十二日攻撃を行なう。十二日は月なく夜襲に適す。攻撃日時の遷延はもっとも不利なり」

と第十七軍司令官に打電したが、飛行場の東と北は敵主力がいるので、飛行場の南に回ろうとしたが、これが大変なジャングルで、進撃は困難であった。

各隊の連絡がとれないので、川口支隊長は攻撃日を十三日に延期して、攻撃をするといってきたが、その後、無電の連絡が米軍の砲撃のため不通となり、十四日の報告で、第十七軍司令官は、川口支隊が攻撃に失敗して大川（ルンガ河、飛行場の西を流れる）の西岸に避退したことがわかった。

この後、川口支隊は、ルンガ河西方のジャングルに潜み、十月下旬の総攻撃までは組織的な戦闘は行なわない。

ただし、後に判明したところでは、川口支隊は十三日の夜襲では、国生大隊（大隊長は、この夜戦死)、田村大隊が勇敢に戦って、飛行場に迫り、このムカデ高地は〝血染めの丘〟と米兵に呼ばれた。

しかし、川口支隊長は道に迷って指揮をとれず、結局、国生大隊の奮戦にもかかわらず、敵戦車の出現で、飛行場奪取は成らなかった。

川口支隊が敗走すると、参謀本部はいよいよ本格的に兵力を投入して、ガダルカナルを奪回することにした。

九月十七日、杉山元参謀総長は参内して、一、第二師団(仙台編成、仙台、若松、新発田の連隊を含む)に重砲、戦車などをつけて、第十七軍に編入し、十月に総攻撃を行なわせる、二、さらに第三十八師団(名古屋編成、名古屋、岐阜、静岡の連隊を含む)を増強する、ことを上奏して、裁可を得た。

この頃、陸海軍の苦悶はそれぞれに深くなっていった。もともとこのガダルカナルという南海の無名の島に飛行場を造り、日米の消耗戦の場所としたのは、海軍の米豪分断作戦が原因である。陸軍は、この計画に反対であったのに引きずりこまれた形で、いまやのっぴきならぬ立場に立たされている。

海軍は山本長官以下、絶対にガダルカナルは奪回すべし、とやる気であるが、陸軍はここで大きな損害を受けて、太平洋中部の島や蘭印、フィリピンで決戦の際に兵力の不足を来したり、ドイツの要望に応えてソ連を攻めるときに不安があったりすることは避けねばならない。しかし、一木支隊、川口支隊の敗北は明治建軍以来の恥辱で、是非ともガダルカナルの敵は一掃しなければならない。

こういう羽目に陥ったことで、参謀本部では海軍を恨む声が出てき始めていた。

九月十日の『大本営機密日誌』はいう。

「海軍は勝手な作戦、しかも拙劣なる作戦（ミッドウェーを指す）をやり、不経済な油の使用をやり、いまさら油が足らぬ故民需特配を中止するがごときは、無責任もはなはだし。海軍も右責任を感じあるがごときも、現実に油なきを如何せん。ソロモン海戦また逆睹し難く、連合艦隊主力いまだラバウルにある現状において、とくにしかるべし。海軍今日の苦労、すべてミッドウェー海戦に起因す。軽率なるミッドウェー作戦、空母主力を失い、油を失い、人を失い、必勝の確信を失い、太平洋戦局の主導権を失い、得たるものは、ただ基地航空の偉大なる威力に対する教訓のみ」

九月十八日、大本営陸海軍部（参謀本部、軍令部）は、ニューギニア、ソロモン群島作戦に関する第八次中央協定を行なった。

一、陸海軍戦力を統合発揮し、一挙にガダルカナル飛行場を攻撃奪回す。

二、レ号作戦（ポートモレスビー攻略作戦）。（略）

三、海軍はソロモン群島及び東部ニューギニア方面の飛行場をさらに増強するに努む。

（以下略）

参謀本部はこの際、先に第十七軍に派遣されていた井本熊男中佐に代わって、辻政信中佐（作戦班長、陸士36期）を派遣することにし、辻は右の中央協定を持って、ラバウルに向かった。辻はこの後、十二月十二日にガダルカナルで負傷するまで、大本営派遣の第十七軍参謀として、ガダルカナル戦を指導する。

辻は陸大を恩賜で卒業した秀才で、優秀な幕僚として知られてきたが、そのやり方はつねに前線に出て、みずから弾を浴びながら指導するという陣頭指揮型で、「俺の体には、世界中の軍隊の弾が入っている」と自慢する戦国時代的な豪傑に似たところのある、自己顕示の強い将校であった。

彼は、昭和十四年夏のノモンハン事件のとき、関東軍参謀として、作戦班長の服部卓四郎（34期）とともに出血作戦を強行し、多くの損害を出したが、その著書『ノモンハン』では、「戦争は負けたと考えた方が負けなのだ」と敗戦を認めない考えを書いている。

その後、辻は開戦時に第二十五軍参謀として、山下奉文中将のもとでマレー作戦に敏腕をふるい、山下をして「辻は有能ではあるが、やり過ぎが多く、使い方を考えぬと、危険な男である」という感想を残させている。

その後、辻は昭和十七年三月、参謀本部作戦班長となり、今回ラバウルにきたものであるが、このとき中央の作戦課長がともにノモンハン事件を指導した服部大佐であることを考えると、この死神にも似た〝名参謀〟の登場によって、ガダルカナルをめぐる血の臭いが、ますます強くなることが考えられよう。（註、ガ島戦後、辻は中国の戦闘を指導し、昭和十九年

夏には第三十三軍参謀として、ビルマ戦線で出血作戦の指導をすることになる）

さてソロモンの日本軍は苦戦をつづけるが、この頃、連合軍も苦しかった。ガダルカナルの海兵隊は、補給が十分でないので、糧食、弾薬の不足に苦しんでいた。八月から九月中旬にかけて、ガダルカナルに特派されていたリチャード・トレガスキス記者は、「明日は二食になる可能性がある」と何度も書いている。補給に苦しんだのは、日本軍だけではない。

米海軍もこの時期、不運のどん底にあった。八月三十一日、空母サラトガが珊瑚海で日本の潜水艦のために雷撃され大破した。九月十五日、空母ワスプが同じく潜水艦の雷撃で撃沈された。

これで開戦時にいた六隻の制式空母のうち、レキシントン、ヨークタウン、ワスプは沈み、サラトガ大破、エンタープライズは第二次ソロモン海戦で中破しているので、満足なのはホーネット一艦のみとなってしまった。

それに比べると、日本海軍は苦戦しているとはいいながら、「翔鶴」「瑞鶴」を持ち、「隼鷹」の姉妹艦「飛鷹」も七月末には竣工して、戦力に加わったので、「瑞鳳」を入れて、一応五隻が戦力となっていた。

戦というものは、双方が自分の方が苦しいと思いがちであるが、味方が三、敵が七の力だと思っていると、実は五分五分なのである。前にも書いたが、これを七分三分の兼ね合いという。

ラバウルの百武第十七軍司令官も苦労していたが、それ以上にガダルカナルのバンデグリフト第一海兵隊師団長も苦しんでいた。二万に近い大兵を揚げたことは、日本軍への反撃には効果があったが、補給が大変である。頼みとするカクタス航空隊も、日本の零戦との戦いで日増しに減っていく。ホーネットが日本の機動部隊と相打ちになり、その後、日本海軍が戦艦、巡洋艦の激しい砲撃のもとに、一個師団を揚陸すれば、腹の減っている海兵隊では、太刀打ちができないのだ。

ところがどういうわけか、日本軍は増援せず、攻めてもこない。そしてワスプが沈んだ日の三日後、九月十八日、第七海兵連隊とともに膨大な補給品がガダルカナルのルンガ河口に陸揚げされた。まず糧食千トン、燃料四千本（ドラム缶）、車両百五十台、弾薬も十分である。

こうして十月下旬の日本軍の総攻撃まで、日米両軍は、マタニカウ河（ルンガ河の西十キロ）をはさんで対峙することになった。

第五章　守勢への転換

陸戦と海戦

ジャワ攻略で勇名を馳(は)せた第二師団（丸山政男中将指揮）は、十月一日から六日までに駆逐艦延べ十数隻に分乗して、ガダルカナルの西北岸のタサファロング方面に上陸、丸山中将の司令部は、三日夜上陸、東進してママラ河（マタニカウの西十キロ）上流に戦闘司令所を設けた。

また今回は、第十七軍司令官もガダルカナルに行くことになり、九日夜、百武晴吉司令官はコカンボナ（ママラの東五キロ）に戦闘司令所を設けた。第十七軍の宮崎周一参謀長は連絡のためラバウルに残ったが、大本営から派遣された辻参謀は軍司令官に同行して、ガダルカナルに上陸、ここで負傷することになる。

第二師団の主力が上陸したので、第十七軍司令官は、十月二十二日を期して、総攻撃を実施し、飛行場を攻略することに決した。このため丸山中将は大きく飛行場の南に迂回する作戦を立て、ジャングルの中に丸山道と呼ばれる道路を建設させた。

現在、このあたりに行くと、アウステン山の麓（ふもと）に広々とした耕地や丘が拡がっているが、昭和十七年秋にはうっそうたるジャングルで、これを切り開くのに工兵は非常に苦労したと思われる。丸山道はいまもその跡を残している。

二十日、百武軍司令官は、つぎの命令を発した。

「軍はY日を二十二日と決定。将兵一同、決死敢闘一挙に敵を殲滅、聖旨に応え奉らんことを期す」

しかし、当日朝、第二師団主力は、飛行場南方高地に向かうべく丸山道を進んだが、道は狭く険しくジャングルは深く、前進は困難を極め、このため丸山師団長は攻撃を二十三日に延期したい旨を軍司令官に具申し、軍司令官もこれを了承、海軍にも連絡した。ガダルカナル航空撃滅戦を行なっていた海軍航空隊は、丸山師団の飛行場制圧の電報が入り次第、飛行機を進出させるべく待っていた。

そして二十三日になると、右翼隊指揮官の川口清健支隊長から、飛行場の南の血染めの丘は、いまや多くのトーチカ陣地があり、困難なので、東へ迂回するためもう一日延期して欲しい、と訴えてきた。

第十七軍司令部では、先の九月の攻撃で失敗した川口支隊長に信頼を失い、戦場でこの支隊長を解任、東海林俊成大佐（歩兵第二百三十連隊長）に右翼の指揮をとらせることにして、攻撃を二十四日に延期した。ラバウルの海軍航空隊はじりじりしていた。

二十四日午後二時、豪雨の中を第二師団はジャングルの中を前進した。

そしてこの夜、東海林連隊長は、「われ飛行場に突入せり」という報告をして、山本長官らを喜ばせたが、これはかなり手前の草原で、この連絡で急いで着陸しようとした零戦の搭乗員が捕虜になるというハプニングが生じ、海軍を怒らせた。左翼の那須弓雄少将（第二歩兵団長）の率いる古宮正次郎大佐の歩兵第二十九連隊は、勇敢に突撃したが、敵の機関銃と迫撃砲のために阻止された。

第一回の総攻撃は失敗で、丸山師団長は二十五日、再度飛行場を攻撃させたが、今度は前以上に敵の砲兵が激しく反撃し、那須少将、歩兵第十六連隊長広安寿郎大佐をはじめ、大隊長の戦死が相ついだ。

二十六日午前六時、百武軍司令官は、総攻撃中止を下令した。敵の重火器の威力を知る川口少将の判断が正しかったのかもしれないが、軍司令部にいた辻参謀は、

「指揮官の判断が悪い。もっと敵情を偵察し、道路を整備して、一挙に突入すべきだ」

と批判した。

しかし、いまやガダルカナルの米軍は、十分に武装を整え、糧食、燃料、弾薬ともに豊富で、第二師団は昼は敵飛行機の掃射にさらされ、夜襲に行くとジャングルの向こうから、豪雨のような砲火を浴びせられるので、大本営の期待どおりにはいかなかった。

この総攻撃の損害は五千名近いと思われる。ところが、この総攻撃失敗の直後に、海軍はまたしても軍艦マーチを奏する戦果を挙げた。

二十六日、ソロモン群島東方海面で生起した南太平洋海戦がそれである。

南雲中将の機動部隊（一航戦「翔鶴」「瑞鶴」「瑞鳳」、二航戦「隼鷹」、二十六日午前八時、前進部隊から機動部隊に編入）は、第二師団の総攻撃に協力して、連合軍艦隊を攻撃すべく南下をつづけていた。そして二十六日午前零時五十分、敵機が「瑞鶴」の近くに四発投弾（偵察機が触接を終わって帰投するとき、爆撃したものらしい）したので、敵機動部隊も近くでこちらを窺っていると考え、午前二時四十五分、十三機の索敵機を発進せしめた。

午前四時五十分、「翔鶴」の索敵機が敵機動部隊を発見、報告してきた。午前五時二十五分、ハワイ以来の名物男・「翔鶴」艦攻隊長の村田重治少佐の率いる第一次攻撃隊、「翔鶴」の艦攻二十、零戦四、「瑞鶴」の艦爆二十一、零戦八、「瑞鳳」の零戦九、計六十二機が発進、南下して敵に向かった。

六時五十五分、第一次攻撃隊はホーネットを攻撃、爆弾六、魚雷二を命中させ、帰投した。つづいて「翔鶴」艦爆隊長関衛（まもる）少佐の率いる第二次攻撃隊（「翔鶴」の零戦五、艦爆十九、「瑞鶴」の零戦四、艦攻十六）が発進、エンタープライズに爆弾六発（米軍発表は三発）の命中を報告した。

また艦攻隊はエンタープライズに魚雷二本以上の命中を報告した（米軍の発表は全部回避）。

つづいて東方にいた二航戦の「隼鷹」も七時十四分、第一次攻撃隊、零戦十二、艦爆十七を発進させ、大破したホーネットを発見したが、これを見送り、間もなくエンタープライズを発見、これに爆弾三発命中を報告した。エンタープライズはこの攻撃で、前部エレベータが使用不能となり、帰投した飛行機の多くは海面に不時着した。米機動部隊司令官はエンタープライズの使用を諦め、南方に避退させた。残るは大破漂流するホーネットである。猛将として知られる二航戦司令官角田覚治（かくたかくじ）少将は、息もつがせぬ勢いで、第二次攻撃隊を発進させることにした。

すでに七時二十七分、「翔鶴」は敵艦爆の攻撃隊により爆弾四発を受け大火災を生じて後退しており、「翔鶴」の飛行機と「瑞鶴」の位置を見失った同艦の飛行機が、「隼鷹」に着艦していた。角田少将は喜び勇んでこれらを入れて第二次攻撃隊（零戦八、艦攻七）を編成して、十一時六分、発進させ、午後一時十分、この攻撃隊は重巡ノーザンプトンに曳航されていたホーネットを発見、魚雷一本を命中させ、ホーネットの傾斜は左一四度に達した。

午後三時四十五分、「瑞鶴」から発進した一航戦第二次攻撃隊（零戦五、艦攻七、艦爆二）がホーネットを攻撃、艦攻は爆装で八百キロ爆弾一発をホーネットの飛行甲板に命中させた。ホーネットはすでに曳航の望みも断たれ、総員退去中であった。

そして猛将角田司令官は、いよいよ最後の止めを刺すべく、「隼鷹」から第三次攻撃隊（零戦六、艦爆四）を発進させた。

このとき、艦爆隊は隊長、分隊長が戦死していたので、加藤舜孝（しゅんこう）中尉（海兵68期）が指揮

官で、筆者と同期生の若い中尉は、二航戦航空参謀の奥宮正武少佐から、

「加藤中尉、第三次を出す。もう一回行ってもらうから、準備してくれ」

といわれると、思わず弁当の箸をおいて、

「また行くんですか？」

と顔色を変えた。

無理もない、加藤は朝の第一次攻撃隊に参加して、ホーネットを爆撃したが、この攻撃でた。「隼鷹」艦爆隊は、敵の猛烈な対空砲火のために隊長の山口正夫大尉をはじめ十一機を失っ戦闘機に追い回され、アイスキャンデーと呼ばれる対空砲火に包まれて、隊長や部下が火達磨になって落ちていく光景は、初陣の加藤にとって、あまりにも凄惨なものであったに違いない。

海軍兵学校では彌山登山の猛者として知られた加藤も、実戦の激しさにショックを受け、着艦後の報告のときも、全身が硬直して、急には言葉も出ないほどであった。やっと報告を終わって、搭乗員待機室で遅い昼飯を食っていると、参謀からの連絡である。

——帰投して、まだ三十分しかたっていないのに、またあの地獄に行けというのか……。

元気者の加藤も、またあのアイスキャンデーの中に突入するのか、と思うと足がすくんだ。

これを見た戦闘機隊長の志賀淑雄大尉は、諭すようにいった。

「おい、トンちゃん（加藤の仇名）行こう。これが戦争だ、ここでへこたれちゃ駄目だぞ」

これを聞いた加藤は電流に打たれたように立ち上がった。

「行きます！　隊長！」

猛牛という別名も持っている加藤は、本来の元気を取りもどしてそういった。

志賀大尉の率いる二航戦の第三次攻撃隊（この日、通算六回目、最後の攻撃隊）は、午後一時三十三分、発進、三時十分、漂流中のホーネットを発見、爆撃を加え、止めを刺した。ホーネットは米軍から放棄され、夜半、日本軍が水上艦艇によって処分した。

こうして南太平洋海戦は、ホーネット撃沈、エンタープライズ大破という大戦果を挙げて、内地では、久方ぶりに軍艦マーチが響くことになったが、こちらにも被害はあった。

まず旗艦の「翔鶴」は、午前七時過ぎ、ホーネットの艦爆十五機の集中攻撃を受け、四発が飛行甲板に命中、大火災を起こした（火災は午後十二時三十分、鎮火）。この火災でこれ以上戦場に留まると、つぎの攻撃で機関室に火が入り、撃沈されるおそれがあるとみた司令部は、「翔鶴」を北に避退させることにした。

このとき、「翔鶴」艦長有馬正文大佐（必勝の精神の鬼と呼ばれた。昭和十九年十月、司令官みずから陸攻で敵艦に体当たりして、特攻作戦の魁（さきがけ）となる）は、南雲長官に、

「北へ行かないで、このまま敵に向かって下さい」

と頼んだ。

草鹿参謀長がその理由を聞くと、

「『翔鶴』が敵に向かえば、敵の攻撃隊はこれに集中します。これを囮（おとり）として、『瑞鶴』や『隼鷹』が攻撃をすれば、『翔鶴』が犠牲になってもよいのです」

と有馬大佐は主張して、説得しても頑として聞かないので、草鹿参謀長は、二期後輩の有馬大佐を殴り、「翔鶴」を北上させた。

この機動部隊旗艦の処置に対して、トラック島の連合艦隊旗艦「大和」にいた山本長官の司令部は、非常に不満であった。

つぎつぎに攻撃隊の戦果が報告されてくるのに、肝心の司令部を乗せた「翔鶴」は、どんどん北に逃げている。トラックでは「翔鶴」の損害状況がわからないので、気性の激しい宇垣参謀長は、「退却することなく前進攻撃せよ」という意味の電報を打って、南雲司令部を督促した。

しかし、目の前に大火災を見ている「翔鶴」の艦橋では、これ以上無理をしたら、いま日本に二隻しかない制式空母を失ってしまうと考えて、司令部は、なおも後退して、敵機の攻撃圏内を出たと思われる、午後五時三十分、駆逐艦「嵐」に司令部を移乗させ、ここに将旗を掲げた。

宇垣参謀長は怒った。ポートモレスビーのときに井上艦隊を叱咤激励したように、南雲司令部を督促したが、もうこの日の戦闘は終わっていた。

「翔鶴」がトラックに入港したのは、二十八日の午後三時である。

翌二十九日朝、宇垣は「翔鶴」を訪れて、戦死者の霊に焼香した。このとき、彼は初めて「翔鶴」の被害を実見して、その凄まじさに驚いた。後一撃を受けていたら、飛行甲板の底に穴があいて、機関室が火災となり、「翔鶴」は敵前に取り残されたかもしれないのである。

——南雲司令部はよく判断して、「翔鶴」を沈めないで帰ってきてくれた。後方にいて勝手な判断をして、指令することは慎むべきであろう……。

彼はそう考えるのであった。

この後ガダルカナル戦は、膠着状態に入り、十二月、撤退決意、二月初旬、撤退となるが、その途中、第三十八師団の輸送の援護のために、ガダルカナル飛行場を砲撃に行こうとした「比叡」「霧島」の奮戦と、その沈没についてふれておこう。

十一月十二日夜、挺進攻撃隊は、ガダルカナル・ルンガ泊地をめざして、サボ島の南水道に向かった。その任務は陸軍の揚陸に協力するため、飛行場を砲撃することで、その編制はつぎのとおりである。

挺進攻撃隊指揮官　第十一戦隊司令官阿部弘毅中将
第十一戦隊　戦艦「比叡」「霧島」
第十戦隊　軽巡「長良」、第十六駆逐隊（天津風、雪風）、第六十一駆逐隊（照月）、
　　第六駆逐隊（暁、電、雷）ほか駆逐艦八隻

午後十一時三十分、挺進隊は駆逐艦十隻を前衛ならびに側衛として、サボ島の南水道をルンガ沖に向かった。十一時四十二分、先頭の「夕立」が「敵発見」を報じた。同四十三分、「比叡」「霧島」も約九千メートル前方に敵を発見、阿部司令官は「比叡」「霧島」に敵艦射撃を下

令した。それまでの砲撃目標は飛行場で、両艦は陸上を砲撃するための三式弾（炸裂すると散弾が四方に飛散する）を装塡しており、これが敵戦艦との戦いに不利をもたらす。

十一時五十一分、司令官は距離六千メートル（実際は千六百メートル程度）で探照灯を照射して、敵重巡に三式弾の射撃を命じた。「比叡」の射撃は初弾から命中し、敵重巡の上甲板は火の海となったが、三式弾のため撃沈することが難しい。

このとき、敵の陣営は、カラガン少将の隊（軽巡一、駆逐艦四）、スコット少将の隊（重巡サンフランシスコ、ポートランド、軽巡一、駆逐艦四）の順でサボ島の南に向かっていた。敵はすでにレーダーで日本軍を発見しており、「比叡」の射撃とともに射撃を始めた。

この夜は、米軍のヘレナ（軽巡）が早く日本軍を発見していながら、旗艦サンフランシスコのレーダーが旧式なために確認に手間どり、砲撃開始が遅れたので、いきなり近距離でボクシングのような殴り合いが始まった。

探照灯を照射している一番艦の「比叡」は、敵砲火の集中を浴びて、たちまち火災を生じ、高角砲全部が破壊され、主砲電路も破損、一時は砲戦、通信ともに不能となった。駆逐艦も突撃し、敵味方入り乱れる中世風な撃ち合いが始まる。先頭を行く「夕立」「春雨」は、敵艦隊の縦陣の中に突入、距離千五百メートルで魚雷を発射し、防空巡洋艦及び重巡に各二、三本の命中を報告した。

勇猛をもって鳴る吉川潔（中佐）艦長の「夕立」は、敵陣に斬り込む若武者のように、魚雷発射後は敵に内薄、砲撃を行ない、敵重巡一隻に大火災を生じさせた。このとき、「夕立」の砲術長椛島千蔵大尉は、トップの射撃指揮所で砲戦を指揮していたが、艦長から、「どんどん撃て！」という命令がきたと回想している。（註、この日第一の奮戦を示した「夕立」は、火災を生じ、午前三時頃沈没する。吉川中佐は、この後「大波」艦長となり、昭和十八年十一月二十五日、戦死、二階級特進して少将となる）

「比叡」に続行した「霧島」は照射することなく有効な射撃を行ない、敵重巡に損害を与え、「長良」やほかの駆逐艦もそれぞれ奮戦して戦果を挙げた。「朝雲」「村雨」は重巡に雷撃を行ない、これの撃沈を報告した。「夕立」に続行していた「春雨」は、敵巡洋艦を砲撃、大火災を生じさせた後、雷撃でこれの撃沈を報告している。「電」は敵重巡に魚雷命中三本轟沈、「雪風」「長良」は敵巡洋艦、駆逐艦を砲撃、命中弾多数、撃沈確実を報告、「照月」は敵駆逐艦一轟沈、一大破を報告した。

米軍の報告を見てみよう。

旗艦サンフランシスコのレーダーが旧式であったために、せっかく日本軍より早く発見したのに、米軍の初弾発射は遅れた。そのうえ先頭にいたカッシングが、「夕立」と衝突（カッシングはこれを味方と誤認した）を避けるために、左に変針し、後続の駆逐艦もこれにならったので、六番目にいたサンフランシスコの司令官カラガン少将は、戦列の混乱のうちに戦闘を始めなければならなかった。

「比叡」の照射による砲撃によって、五番目にいたアトランタは大火災を生じ、艦橋にいた次席指揮官スコット少将は、真っ先に戦死した。アトランタは二本の魚雷を受け、戦闘力を失った。日本軍の砲撃、雷撃は実に正確で、先頭のカッシングは「夕立」の砲撃でたちまち全動力が停止、火薬庫が爆発して沈没。二番艦ラフェイは「比叡」の三十六センチ弾二発、魚雷二本を受けて沈没。三番艦ステレット、四番艦オバノンも損害を受け、緒戦にしてスコット隊は、その戦力の大部分を失った。

六番艦のサンフランシスコは、一時、間違ってアトランタを射撃したので、カラガン少将は射撃中止を命じた。この命令で一部の艦は射撃を中止して、混乱を招いた。この間にサンフランシスコは「霧島」らの砲撃を受け大破し、総司令官カラガン少将もスコット少将の後を追って戦死し、米軍は二人の指揮官を失って混乱を深めた。

七番艦ポートランドも砲撃と雷撃で艦の自由を失う。八番艦ヘレナの損害は軽微。九番艦ジュノーは砲撃と雷撃によって、戦列を離れ落伍した。後衛にあった駆逐艦四隻のうちアーロンワードは航行不能となり、ツラギに曳航される。バートンは魚雷二本で轟沈。モンセンも無数の命中弾を受けて沈没。フレッチャー一艦だけが、無傷という激戦で、米軍の被害も大きかった。

大損害を被ったアトランタは、ルンガ岬の近くまで曳航されたところで沈没した。サンフランシスコも曳航される状態であったが、どうにかツラギへ着いた。

二人の指揮官の戦死によって、先任指揮官となったヘレナ艦長フーバー大佐は、十三日午前零時十六分、射撃中止、残存艦隊の南方への避退を命じたが、応じるものは二艦に過ぎなかった。

生き残った米艦は、それぞれにルンガやツラギをめざした。ジュノーは十三日午前九時、日本の潜水艦の雷撃で轟沈した。結局、どうにか引き揚げたのは、ヘレナ、サンフランシスコ、フレッチャー、スターレット、オバノンの五隻で、フレッチャー以外は大中破していた。敵の司令官二人を戦死させ、重巡二隻を大破、軽巡一隻撃沈、駆逐艦四隻撃沈、その他もほとんどが破壊という戦果を挙げて、日本軍の勝利と思われたが、ここに旗艦「比叡」喪失という悲劇が待っていた。

「比叡」は舵故障のため、戦場を去ることができず、一時、指揮は第十戦隊司令官木村進少将に任された。木村司令官は夜明けの敵機の攻撃隊を避けるため、「霧島」に避退を命じた。

十三日の朝がきても、「比叡」はサボ島の近くに浮いていた。「雪風」「照月」が護衛しており、午前六時十五分、第十一戦隊司令官阿部弘毅中将は「雪風」に移り、将旗を掲げ指揮をとることとなった。

阿部司令官は、日中は敵機の空襲が激しいので、駆逐艦で護衛させ、日没後「霧島」で曳航させることを考えたが、「比叡」の命運は、徐々に尽きていった。

夜明けとともに敵機の激しい空襲が始まった。サボ島沖で同じところを旋回している日本軍の戦艦は、ガダルカナルの米空軍にとって絶好の標的であった。

阿部司令官もついに「比叡」を諦め、午後一時三十分、「総員退去」を命じたが、「比叡」艦長西田正雄大佐は、なかなかこれを実行しなかった。しかし、度々の司令官の督促に、艦長もついに「総員退去」を命じた。「比叡」は処分されることになり、西田艦長は艦と運命を共にする覚悟で、後部の四番砲塔の上で頑張っていた。

しかし、阿部司令官はこの艦長を殺したくはなかった。海軍大学校を優等で卒業し、将来の連合艦隊司令長官と目されるこの優秀な士官を救いたいと考えて、司令官は「所用あり、艦長は『雪風』にきたれ」と命令した。それでも艦長は退艦を承知しなかったが、部下たちは力ずくで艦長を「雪風」に運んだ。

空襲が激しいので、司令官はいったん駆逐艦に北への避退を命じ、午後十一時、ふたたびサボ島北西八マイルの地点に引き返したが、もう「比叡」の姿は、そこにはなかった。

後に筆者が、「比叡」の発令所長柚木哲大尉から聞いたところによると、「比叡」の総員退艦時に、西田艦長が司令部の命令の趣旨のもとに、機関長に命じてキングストン弁（船底にある弁、これを開けると海水が入って船が沈む）を開放させたのだという。

「比叡」を失った第十一戦隊は、十四日夜、ふたたび「霧島」に第四戦隊（愛宕、高雄）、第十戦隊を加えて、ガダルカナル飛行場の砲撃を企てた。

九時三十分頃、サボ島の西で戦闘開始、今回敵は重巡の不足を補うため、リー少将の指揮する戦艦ワシントン、サウスダコタ（いずれも四十センチ砲九門を搭載する新鋭艦）に駆逐艦四隻をつけて、日本軍を迎えた。

敵は重巡若干と考えていた日本軍の前に、二隻の最新型（ノースカロライナ型）戦艦が現われて驚かせた。戦闘の途中で出現した二番艦のサウスダコタに「霧島」、重巡は多くの命中弾（米軍の調査ではサウスダコタには、「霧島」の三十六センチ弾四十二発が命中した）を浴びせたので、サウスダコタは上甲板を一掃され、電路が止まり、ニューカレドニアに後退した。

「霧島」が飛行場砲撃のため、三式弾を装塡していたことが、このときもサウスダコタには幸運であった。徹甲弾（発射されたエネルギーで装甲板をつらぬく、破壊作用の強い砲弾）であったら沈没していたであろう。

どういうわけか旗艦のワシントンは無傷で、距離八千メートルからのレーダー射撃で「霧島」に火災を生じさせ、その舵を破壊した。「霧島」は右舷への傾斜が激しくなり、十五日午前一時二十五分、サボ島の西十一マイルで沈没した。

これで第三次ソロモン海戦の第二回の戦闘が終わり、この海戦すべてにおける日本海軍の損害は、米軍の記録をも参考にすると、つぎのとおりである。（註、米軍ではこの戦いをガダルカナル海戦といっている）

十三日の戦闘

米軍の損害　沈没　軽巡アトランタ、ジュノー、駆逐艦カッシング、モンセン、ラフェイ、バートン
大破　重巡ポートランド、サンフランシスコ、軽巡ヘレナ、駆逐艦スターレット、オバノン、アーロン・ワード

日本軍の損害　沈没　「比叡」、駆逐艦「暁」「夕立」

十四、十五日の戦闘

米軍の損害　沈没　駆逐艦ベンハム、プレストン、ウォーケ

　大破　戦艦サウスダコタ、駆逐艦グイン

日本軍の損害　沈没　「霧島」

米軍戦史によると、

「十四日午後、引きつづいて日本軍の有力部隊が南下しつつあることを知ったリー少将は、わずかに残った駆逐艦四隻を戦艦二隻に随行させて、この敵を要撃すべく、ガダルカナルの北岸に沿って北上し、サボ島の西方海面で北東から南西に進入してくる日本軍を迎撃した。午後九時十二分、ワシントンのレーダーが日本軍を発見し、星弾を揚げて主砲（四十センチ）を発射したが、日本軍は応ぜず、いったん北上し、また反転して、間もなく激戦が始まった。

九時三十三分、サウスダコタは電路が故障し、レーダーも使用不能となった。米駆逐艦四隻は日本軍の砲撃と雷撃で全部戦闘不能となった。駆逐艦プレストン、ウォーケはこの夜沈没、グインは大破、ベンハムは十五日沈没した。サウスダコタは魚雷は命中しなかったが、三十六センチ弾ほか多数が命中、上甲板以上が大損害、大火災で、避退した。無傷のワシントンはレーダー射撃で『霧島』の舵を破壊し、火災を生じさせた」

大本営はこの十四日の戦果を、「戦艦一隻撃沈（サウスダコタ型と認める）、一隻中破

(ワシントン型)、重巡二隻轟沈、駆逐艦二隻轟沈、二隻撃沈」と発表したが、実際の戦果は駆逐艦三隻撃沈、戦艦一隻大破、駆逐艦一隻大破であった。

この第三次ソロモン海戦で二隻の戦艦を失った日本海軍は、苦い目を見ることになった。それまで、ミッドウェー海戦でも四隻の空母の喪失を一隻と偽ってきた大本営は、このとき「戦艦二隻喪失」を発表した。

このため国内では、猛然と「戦艦献納運動」が起こった。空母一隻喪失を発表したときには、なんの反応もなかったのである。国民もやはり大艦巨砲主義の影響を強く受けていたようである。

「比叡」を失ってトラックに帰った西田正雄艦長は、内地に帰ると横須賀鎮守府付となり、翌十八年三月、予備役とされた。西田を高く買っていた山本五十六は、宇垣参謀長を東京に行かせて、海軍省の人事局長中沢佑(たすく)少将と交渉させたが、嶋田繁太郎海相はこれを認めなかった。

海軍では、〝艦長は艦と運命を共にすべきである〟という不文律があった。しかし、それは絶対のものではなく、時と場合によって中央の処理は違っていた。

同じく艦を失っても「霧島」艦長の岩淵三次大佐は、予備役とならず、その後、第八連合特別陸戦隊司令官となり、少将に進級、舞鶴鎮守府人事部長を経て第三十一特別根拠地隊司令官となり、フィリピン・マニラ地区の防衛司令官となり、昭和二十年二月二十六日、上陸してきた米軍を引き受けて戦死し、中将に進級している。

撤退の決定

第三次ソロモン海戦で、戦艦二隻を失う犠牲を払って、ガダルカナル飛行場を砲撃しようとした海軍の努力も空しく、第三十八師団の輸送は、敵空軍の攻撃隊のために失敗し、米軍のニューギニア・ブナ方面への上陸とあいまって、大本営もガダルカナルの維持に疑問を感じて撤退を考え始めた。

これより先、ガダルカナルの第十七軍司令部に出向していた辻政信参謀は、十一月十日、ラバウルに帰ったとき、大本営からきていた山本筑郎少佐から、

「このガダルカナル作戦は勝ち目がありません。大本営は思い切って転換しなければ、駄目です」

といわれ、

「そのとおりだ。ただいかにして転換に導くかの技術だ」

と答えたと、その手記に書いている。

十一月二十四日、大本営に帰還した辻政信参謀はつぎのように報告した。

「第二師団の戦力は四分の一に低下した。田村大隊は四百名が四十名になった。十一月五日、第三十八師団の一個連隊がガダルカナルに上陸して、やっと持ちこたえた。糧食は三分の一定量、一人一日一合五勺、ときには五勺のときもある。二十二日まではあるが、二十三日か

らはなくなる。百五十隻の発動艇は二隻を残して全部破壊された。三万の兵を食わせることに精一杯である」

一方、連合艦隊司令部でも宇垣纒参謀長は、戦略を転換する必要を感じて、『戦藻録』にそのことを書いている。

十一月二十六日

ガ島放棄、東部ニューギニア確保の戦略大転換等も陸軍の我執に基づき容易の業に非ず、しかれども目処なきものにとらわれて力闘を繰り返し損耗を重ねんか、他方面他日の国防を完(まっと)うするを得ず。いかなる条件の成立も完(まつた)からざれば、ガ島攻略成算なしとなる限界を判然としてその時機捕捉を誤らざるよう先任参謀に要求す。(中略)この機微なる転換は現地中央ともに了解のもとに行なわざるべからず。軍令部第一部長の来談を要するものと考う。

(註、当時、陸海軍の前線では、ガ島は失っても面子(メンツ)だけの問題で、東ニューギニアで後退すると敵はフィリピン、マリアナにくるので、ここは譲れぬ、損耗の多いガ島を撤退して東ニューギニアを固めるべきだ、という戦略が支配的であった)

宇垣は右の意見を、三十日、トラックから東京に帰る中沢少将に託して、福留繁第一部長のもとに届けた。福留部長は、十二月四日、トラックに出張する山本祐二参謀に口頭でつぎの返事を託した。山本参謀は、五日、トラックの連合艦隊司令部に到着した。

一、部長は今月中に連絡のためトラックに行く。
二、いろいろご心配あらんも、余り心配あらぬよう。空気が下に伝わると大事なり。
三、中央も連合艦隊と同様の方針にして、全責任をもって善処するつもりなり。
これによると、福留部長も方針転換に賛成のようである。

ラバウルへ行って南東方面の前線を視察した山本参謀は、帰国後十二月十一日、軍令部でつぎのとおり報告した。

一、わが航空部隊の戦力は開戦時の二分の一以下に低下し、第八艦隊は意気消沈、成算を失っている。駆逐隊は、毎日、決死隊を出して成算なき作戦をやっているという気分がみなぎっている。
二、ガ島の陸軍は、毎日、四、五十名を失い、今月末までには自然消耗するだろう。新来の第八方面軍と第十七軍とは全然考えが違う。
三、今後の見通しとして、第十一航空艦隊はムンダ（ブーゲンビル島とガ島の中間、ニュージョージア島の不時着基地）に出ても、敵の増援を有効に阻止できないだろう。第十七軍は一ヵ月を要する船団揚陸は成立しないのではないかとみている。
第八方面軍の参謀も誰も成算を持っていない。第八艦隊もガ島への駆逐艦輸送は断然やらぬ、命令なら仕方がない、という補給輸送の現状である。
四、今後ガ島、ブナとも背後を固めないと不安な状態に孤立する。連合艦隊はガ島作戦については、これ以上の損耗に堪えられない。撤退する場合もどれだけの損耗で抑えることができるか、という考えであり、第八艦隊はガ島、ブナともに退れ、という意見である。

五、自分としては、航空隊戦力とその補充の状況からみて、ガ島奪回は百パーセント成算がないと思う。

山本参謀の報告は、まさに現地の正確な報告であり、さらにラバウルに出張していた参謀本部の松前未曽雄(みぞお)参謀が、つぎのとおり航空隊作戦の見通しを報告してきた。

一、ガ島方面における航空撃滅戦は、時日の経過とともにわが方に不利なことは、予測したとおりであるが、最近はますますその感が深い。

二、対ガ島航空撃滅戦は全力を傾注すれば一回かぎりは可能であるが、旬日にして回復(敵兵力)されよう。

これより先、連合艦隊司令部は、十二月八日、黒島亀人参謀を軍令部に出張させた。黒島は軍令部及び参謀本部の服部卓四郎作戦課長と会談し、十二日「(ガ島撤退の件は)軍令部はまったく同意で、陸軍側も一応了解し、真剣な研究を開始した」と連合艦隊司令部に打電した。服部は間もなく真田穣一郎大佐に代わる(十二月十四日)が、服部から真田への申し継ぎの中に、つぎのように書いてある。

「連合艦隊の黒島参謀が上京して状況判断をやったが、自分の心中と一致している。ニューギニアは離してはならぬ。ニューギニアの価値は絶対なり。ブナをもてあます。後方はニューギニア、フィリピンである。これが後方連絡線である」

大本営では十一日、両総長、部長以上の懇談が行なわれ、十二日、海軍・山本中佐、陸軍・林少佐の南東方面視察の報告が行なわれ、課長以上の懇談が行なわれた。ここでは、つぎの事項が討議された。
一、ガ島に対しては連合艦隊と懇談した要領で行なう。（註、第六師団を中北部ソロモンに投入する。ガ島に行かせるはずの第五十一師団はニューギニアに転用する）
二、ブナに関しては、福留第一部長より、止むを得ないときは撤退しては如何、という提案があったが、陸軍側は海軍艦艇による収容が困難なので、いま撤退を指示することはできぬ、とこれを否定した。
いずれにしてもガ島撤退は時間の問題で、『大本営機密戦争日誌』は十二月十二日、つぎのように記している。

「海軍側最近弱腰現われ、十一、十二日の作戦情報交換は、その内容深刻なるものありしがごとし。（中略）昨今上司は深く決意しあるもののごとく、南太平洋各種の不吉なる状況の具現に際し、とるべき態度に関しても次長総長間の決意定まりたるもののごとし」

ここで問題なのは、軍令部でガ島引き揚げに関する〝見殺し論〟が固まりつつあったことである。

富岡定俊第一課長の戦後の回想によると、引き揚げに関して再三図演を行なったが、成功しても駆逐艦八～十隻の損害が出ることが予想された。

「第十七軍はもう戦力ではなく補強しても回復の見込みはない。悪い言葉だが敗残兵同様のものを収容するのに、多数の駆逐艦を失えば、駆逐艦兵力激減により、極言すれば連合艦隊は腰が抜けるという判断のもとに、わが方は引き揚げは行なわず〝見殺し〟にする方針を主張し、部長にも説明した。この件を佐薙部員が山本部員をして陸軍部の参謀にあたらせたが、服部課長には私からは話さなかった。

この件については辻参謀が大いに憤慨して、問題が大きくなってきたので、交渉を部長以上に移した」

この〝見殺し〟は連合艦隊司令部にもあった。またラバウルの南東方面艦隊司令部でも、参謀の大前（敏一）中佐が、ガ島見殺し論を唱えていた。

そして十四日、参謀本部作戦課長が服部から真田に代わったが、その申し継ぎ事項の中には、つぎのようなものがあった。
一、ガ島の奪回はいくら考えても正直なところ十分な確信はない。船の関係もあり、抜き差しならぬ。矛盾したことではあるが、三万の兵を見殺しにすることはいけないが、不確実なことをやって物動（物資動員）を破壊しては、国家の前途を危うくする。そんなことはできない。

二、第八方面軍は今日自信はないがやらざるを得ない、これが真の心境らしい。杉田一次参謀（シンガポール攻略時の第二十五軍参謀）など現地に長くいる者は、やれば破滅と考えている。新しく行った参謀はなんとかやろうと考えている。

三、ニューギニアを離れてはいかん。ニューギニアの後方はフィリピンだ。海軍は最近、ガ島には輸送できぬといい出した。

この頃、参謀本部第一部長田中新一中将は、船舶の件で東條首相と喧嘩をして、南方軍付となり、綾部橘樹（きつじゅ）少将が十二月十五日、後任として着任した。

新作戦部長を迎えて、十八日、陸海軍の情報交換が行なわれた。この会議の主な発言はつぎのとおりである。

軍令部第一部長　ガ島の件に関し連合艦隊の先任参謀を呼び、あらゆる方法でガ島への糧食輸送に努力中である。哨戒艇を擱座させるとか空輸を励行させるなどである。

参謀次長（田辺盛武中将、前北支方面軍参謀長）　配慮有り難し。電報のくるたびに身を切られる思いがする。

軍令部第一部長　輸送については現地でゴタゴタしているが、これは輸送担任の司令部のことで、最高司令部の問題ではない。連合艦隊としては大命に基づき万策を講じてもやる。ただし、いまの状況をいつまでもつづけられては、中央として作戦を変更しなければならぬことが起こると思う。二段作戦は研究不十分であったと思う。今後の作戦については、十分研究していきたい。とくに飛行機の消耗、輸送については両作戦部にて綿密に研究して欲しい。
参謀次長　西部ニューギニア、マーシャル方面もこの際検討したい。
参謀総長　一、ガ島の現輸送方式を反復しても焼け石に水である。二、後方を固め飛行基地を進めていきたい。三、現在もっとも懸念されるガ島部隊をいかにして支えるか、補給に関しては海軍に願わねばならぬ。陸としては何もできぬ。四、なんとかサボ島をとることはできないか。

右の発言を見ると、福留部長はすでに作戦転換の止むを得ないことを考えているようで、陸軍もガ島奪回は諦めている様子が見えた。

翌十九日、福留部長は綾部参謀本部第一部長を訪問し、

「最悪の事態を研究しておく必要あり」

と申し入れた。綾部部長は、

「海軍の意向には疑念があるようである。万一、そういう気持ならば、早めに決定しないと

陸軍は処置に長時間を要するので、含みおきを願いたい」

と答えた。

この頃、ラバウルの現地でも第八艦隊と第八方面軍司令部の参謀たちは、真剣にガ島撤退を考えていた。

事態の重大を考えた真田穣一郎作戦課長は、十二月十七日、瀬島龍三少佐（大本営参謀、全般作戦）を連れてラバウルに向かった。十九日、ラバウルに着いた真田課長は二十三日まで陸海軍関係者と会談した。このうち第八方面軍幹部との対話はつぎのとおりである。

井本熊男参謀　ガ島奪回は相当難しいと思う。中央、大決心の秋であろう。

有末次作戦課長　方面軍が東京出発のときより情勢は非常に悪化している。ことにガ島の攻略に失敗して戦争の前途、全局を誤ることなきよう。

加藤鑄平参謀長　海軍はガ島に対しては自信がない。表向き自信を喪失したことをいわずに、陸軍の口を封じて止めさせようとかかっている。一歩誤ると国の大事であるから十分考えてやってくれ。

今村均方面軍司令官　海軍は陸軍航空隊に頼りたいという気持になっている。実に意外である。ガ島はいずれにしても至難、死中に活を求める方法なきやを研究中である。転換は陸軍だけで癒えるものにあらず。中央は海軍の関係も考えて大局的に定めるべきである。

真田課長は、このとき「持久遊撃」（長期ゲリラ戦術）案を今村司令官に提案した。

「ガ島の部隊は最後まで抵抗し、組織的戦闘が不可能となったときは、ゲリラとしてジャングル内で機動戦術を行なうとするは如何？」

これに対し今村司令官は、「ガ島の部隊は見殺しにするという計画が洩れたら、ガ島の将兵は腹を切るであろう。機密保持が大切である」と答えた。

真田課長は海軍の南東方面艦隊司令部でも幹部と会った。

草鹿任一司令長官　海軍としては、なんとかしてガ島の陸軍に飯を食わせなければならない。しかし、飛行機はほとんどつぶれ、駆逐艦は十八隻を余すのみである。これ以上つぶれたら国防はできない。ガ島はこの際急がずに、ニューギニアを固める方が急を要する。

神重徳参謀　このままではつぶれる。残念ながら、一時間合い(まあい)をとり、先方を焦らせ、きたものは殺すという戦法でなければならない。このためガ島を一時引くということも考案の一つである。ニューギニア方面で地歩を固めたらガ島の方も緩和できる。ガ島の引き方は駆逐艦十八隻をもって、第一回十六隻、第二回十四隻、第三回は補助舟艇でルッセル島の線まで引き、これを艦艇で拾う。これなら成功の算あり。

しかし、この神参謀の話は建て前で、長官にも方面軍司令官にも内緒として、彼は真田にこう語った。

「引くことは楠木正成の戦法にもある。大勢がわが方に有利であるから、敵をイライラさせる戦をしなければならない。それにはニュージョージア、イサベル（ガ島北西のサンタイサベル島）の線まで陸軍を下げて、陸軍の航空の充実を待って、米空軍にかからねばならない。海軍としては航空作戦にぜんぜん自信がない。一対一がやっとで、これは中央にも電報が打てない」

——やはりガ島は撤退のほかに道はないのか……。

三万将兵の運命を思って重い胸を抱いてラバウルを去った真田課長は、東京への帰路、トラックの連合艦隊司令部に寄った。会談は儀礼的なものであったが、真田課長と黒島先任参謀の問答は面白かった。陸軍の英才瀬島少佐（陸士44期、海兵59期相当、陸大首席）の回想録にはつぎのような記述がある。（註、トラックの料亭小松において）

「真田大佐と黒島大佐の禅問答があった。

真田大佐が牛式戦略を採らざるべからざる所以（ゆえん）を説明すると、黒島参謀はこれに対し『ぜんぜん同感だ。それでやろう』と手をとり握り合った。人一倍大きな陸海の両偉丈夫の以心伝心であった（瀬島註、牛式とは相手が出れば退り、相手が退れば出る。要するに「気合で攻めて技で守る」という剣道の極意にかなった戦法である）」

禅問答で戦争ができるかどうかはわからないが、この夜の料亭小松では陸海参謀の間で、ガ島撤退の話は相当煮詰まったようである。

『戦藻録』には、「参謀本部第二課長（真田課長のこと）と話し合った参謀（黒島）の話では、陸軍もニューギニアを重視し、ガ島は攻守変換可能なるよう復命する腹なりという。まず当面可能なりとす」という記述がある。

真田たちはサイパンで一泊して、ソロモン方面視察の結論をまとめた。

一、攻撃は成功の可能性がない。陸海の実施部隊が確信を持っていない。

二、ガ島にとらわれている間に、ニューギニアが崩れていく。

三、海軍の空戦力をこれ以上、消耗してはならぬ。

以上の理由で攻撃再開は断念すべきである。

ここで真田、瀬島たちは、

A、後方の抵抗線が固まるまで、ガ島で敵の攻勢を阻止する。

B、思い切ってガ島を撤退して、後方に主抵抗戦を設定する。

という二案を検討した後、B案で意見が一致した。

昭和十七年も押し詰まった十二月二十五日、真田課長は帰京すると、その夜、参謀総長官邸で総長、次長、第一部長に以上の報告をした。

翌二十六日、宮中で陸海統帥部の課長以上が集合して、真田課長の報告を聞いた。海軍から佐薙中佐、陸軍から辻中佐がとくに参加を許された。その後、ガ島撤退を目標とする新作戦の陸海軍合同研究が行なわれた。軍令部からは山本祐二中佐、源田実中佐、陸軍は瀬島少佐とラバウルに同行した首藤忠男少佐が主任として、この研究に参加した。

ここで問題となったのは、つぎの二点である。
一、撤退の方法　駆逐艦、高速輸送船、発動艇などいろいろあるが、海軍としてはなるべく戦闘用の艦艇を使いたくない意向であった。
二、ガ島を撤退して、ソロモンの主戦線をどこに設定するか？
陸軍はラバウルのあるニューブリテン島とその東のニューアイランド島の線を主張したが、海軍はさらに前線を希望し、できるだけ南方に主戦線を選びたいという意向で、結局ニュージョージア、サンタイサベル島以北を確保することになった。

二十八日、両総長は参内して、本年度の状況について上奏し、天皇のお沙汰によって、三十一日午後二時から、宮中の大広間でガダルカナル撤退を議する御前会議が開かれることになった。

大晦日の御前会議という異例の会議は、二時間にわたってソロモンの戦況を討議、開戦決定の会議に匹敵する緊張をはらんだ。連戦連勝という形で、国民に勝利を喧伝してきたが、その膨脹が初めてここで挫折するのである。

連合軍が本格的反攻に移ったことは、いまやニューギニアの戦線を見ても明らかである。ガ島の海陸空にわたる激しい消耗戦に敗退した後、果たしてどこでこの反撃を喰い止めることができるのか。列席の総長、次長、第一部長らは、精密な両軍の兵力の比較が楽観を許さないことを知って、暗い表情を示していた。

審議の結果、永野修身軍令部総長が代表として、つぎのように上奏した。


右結局の結論にもとづきまして、南太平洋方面今後の作戦は遺憾ながら、左のごとく変換するを至当と認めます。ソロモン方面におきましては、ガ島奪回作戦を中止し、おおむね（十八年）一月下旬ないし二月上旬にわたる期間に陸海軍協同、在ガ島部隊を撤収いたします。爾後ニュージョージア、サンタイサベル島以北の群島を確保いたします。ブナ方面の部隊は、サラモアに撤退するよう指令いたしました。（以下略）

これに対して天皇は、

「陸海軍は協同してこの方針により最善を尽くすように」

と決裁し、大晦日の御前会議でガ島撤退が、正式に決定したのであった。

心なしか天皇の頬にも憂いの影が見えた。開戦に反対であった天皇は、その不吉な予感が、開戦後一年そこそこで事実となったらしいことを憂えているのであろう。

この会議後、天皇は侍従武官長（蓮沼蕃大将）を通じて、

「ガ島の撤退は遺憾であるが、今後陸海軍協同して作戦目的を達成するように、ガ島が奪回できたら勅語を下そうと考えていたが、今日まで苦戦したのだから勅語を下したらよいと思

うが、何時がよいか」

というお沙汰があった。杉山参謀総長は、恐懼して、

「勅語ははやくいただきたい、また国民には撤退は公表しない方がよろしかろう」

と返答申し上げた。

そこで年が明けた昭和十八年一月四日、簡単な激励の勅語が下された。

同日、大本営は撤退に関する陸海軍中央協定を指示した。これでガ島にいた三万の陸兵は、ラバウル方面に撤退と決まった。ただし、三万が上陸したのであるが、うち二万近くはすでに戦死、負傷あるいは餓死して、戦力とはなっていないのであった。

ここでガ島撤退の「ケ号作戦」が実施されるのであるが、この準備と打ち合わせのため、福留、綾部両第一部長は現地に行くことになった。

両部長は一月二日横須賀発、三日、トラックの連合艦隊司令部で打ち合わせを行なった。この後、二人はラバウルで作戦連絡を行ない、福留部長は十一日帰京した。福留の報告にはつぎの事項が入っている。

一、撤退の方針には連合艦隊、南東方面艦隊、第八艦隊、各長官異存なし。適当なときに中央が善処してくれて有り難い。気分も変わり新しい気持で善処できる、といっていた。
二、現地の計画、二月四日の暗夜、撤収開始の予定。
三、駆逐艦も相当使う予定。

四、ケ号作戦要領（要旨）。
㈠、一月十四日、撤退援護のため精兵六百名をガ島に送る。
㈡、撤退の海岸をカミンボ（ガ島の北端）とする。
㈢、主力の撤退開始を二月四日開始とし、第一次、駆逐艦二十隻（輸送艦を含む）で八千名を収容する。第二次八千名、第三次は四千名とする。（以下略）

右の要領によって、一月十四日、第三十八師団の補充兵で編成された矢野大隊（七百五十名）が、ガ島の北端エスペランス岬に上陸した。このとき、撤退の軍命令伝達の任務を持った方面軍の井本熊男、佐藤傑（すぐる）両参謀も上陸した。ガ島では第三十八師団が前線で苦戦をつづけ、最後の斬り込みを計画しているということであった。

撤退収容を二月初旬に控えて、陸海軍はガ島の爆撃を強化し、また引き揚げ部隊のために、事前の糧食輸送が強行された。

一月二十九、三十日、ガ島南東に敵機動部隊を発見した海軍陸攻隊は、猛攻を加え、戦艦三隻、巡洋艦二隻撃沈の戦果を報告して、気勢をあげた。（註、米軍の記録では巡洋艦一沈没、駆逐艦一損傷で、戦艦はいなかった）

そしていよいよ二月一日、ケ号作戦は始まった（ガ島の泊地進入は三日繰り上げられ一日、収容は二日となった）。

橋本信太郎少将（第三水雷戦隊司令官）を指揮官とする増援部隊は、収容地点によって、エスペランス隊〈警戒隊〈駆逐艦六隻〉、輸送隊〈駆逐艦八隻〉）、カミンボ隊（警戒隊〈駆逐艦二隻〉、輸送隊〈駆逐艦四隻〉）として、一日、ショートランド（ブーゲンビルの南）を出撃したが、午後四時過ぎ、コロンバンガラ島北方海面で敵機の攻撃を受け、橋本司令官座乗の旗艦「巻波」は至近弾で航行不能となり、「文月」が曳航してショートランドに向かった。橋本司令官は「白雪」に移って作戦の指揮をとった。

この夜九時過ぎ、増援部隊はエスペランス、カミンボの泊地に進入、予定の四千九百三十五名を収容、ブーゲンビル島に向かった。この間「巻雲」が機雷に触れ、大破したので、味方の魚雷で処分した。残りの増援部隊は二日午前十時、ブーゲンビル西岸のエレベンタに入港し、疲れたガ島の陸兵を揚陸した。

こうして第一次の撤収作戦は二隻の駆逐艦を犠牲としたが、所定の人員を収容することができた。ガ島海岸には敵の魚雷艇がいたが、敵はこの駆逐艦部隊が収容のためのものとは気づかず、いつもの糧食輸送と考え、第三次が終わるまで日本軍のガ島撤退には全然気づいていなかった。

第二次は、同じく駆逐艦十九隻を用いて、四日夜、同じ二箇所の海岸に進入、往路で敵機の空襲で「舞風」が損害を受けたが、泊地では魚雷艇もおらず、順調に三千九百二十一名を収容、エレベンタに引き揚げた。

第三次は、二月七日で、「磯風」が損傷したが、カミンボ、ラッセルなどで予定の全員千七百九十六名を収容、至難と思われたガ島撤収を終わった。

この撤収作戦で駆逐艦が収容したのが一万六百五十二名（うち海軍八百四十八名）で、ガ島に上陸した陸海軍の兵士は三万千四百名であるから、二万七百四十八名が消耗したことになる。このうち戦闘による戦死は五千〜六千とみられ、一万五千名ほどが病死、餓死と推定される。また戦闘中及び引き揚げ時に捕虜になった者も少なくはない。

筆者は、後に四月の「い号作戦」で乗機を撃墜されて捕虜となり、ガ島経由でニューカレドニアの収容所に連行されたが、ここに約三百名の陸兵の捕虜がいた。海軍の搭乗員、水兵も若干おり、アメリカ本土の収容所に送られたガ島の日本軍捕虜は数百、ほぼ同数がニュージーランド、オーストラリアに送られたものと考えられる。

そのうちかなりの部分が、撤退時に前線にいて、「二月十一日の紀元節には総攻撃をやるから、それまで待て」といわれて頑張っていたが、いつの間にか後方の友軍がいなくなり、置き去りにされたことがわかった、と非常に憤慨していた。

しかし、ある意味では彼らは幸運であったかもしれない。引き揚げた陸兵は機密保持のために内地に帰ることを許されず、そのままラバウルに残留するか、あるいはニューギニア、フィリピンなどの部隊に回され、戦死した者も多いといわれる。捕虜になった兵士は終戦後、祖国に引き揚げたが、とくにお咎めはなかった。

この撤収は至難の業とされていたが、敵がその意図に気づかず意外に順調に進行し、駆逐艦の四分の一（約五隻）は喪失という予定が、「巻雲」沈没、「巻波」「磯風」一時航行不能という予想以下の軽微な損害で撤収に成功し、連合艦隊司令長官は関係部隊に賞詞を下した。

米軍はこのガ島作戦に、陸軍、海兵隊併せて約六万名が参加し、戦死約千名、負傷四千二百四十五名の損害を出したと発表した。

かくてガダルカナルの争奪戦は日本軍の初めての撤退という残念な結果に終わった。この半年にわたる戦闘で、海軍は敵空母四、戦艦六、巡洋艦三十六、駆逐艦二十二隻の撃沈を発表したが（実際は空母二、戦艦零、巡洋艦九、駆逐艦二十四隻が戦果であった）、日本軍も空母一、戦艦二、重巡三、軽巡二、駆逐艦十四隻を喪失、飛行機も二百三十七機を失った。

このうち戦艦喪失を重大視した大本営の発表に、国民が戦艦献納運動を起こしたことはすでにふれた。これだけソロモンで飛行機や空母の必要なことがわかっても、大本営はそれを強調するよりは、戦艦の喪失を国民に訴えた。また国民も戦艦が二隻も無くなったのは大変だと献納運動に協力した。大艦巨砲主義は依然として健在であった。

参謀本部はこの撤退をどう考えていたのか。

『大本営機密日誌』をのぞいてみよう。

十八年二月七日　ガ島の撤退は、先に決定された新方針によって二月一日、四日、七日の三回にわたり駆逐艦で行なわれた。絶対に近い敵の制空権下、しかもわが戦闘力の極度に沈滞したその最中、不可能に近いと考えられたこの作戦行動が、予期以上にうまく遂行できたことは幸いなことであった。かくしてこの方面のわが第一線は後退し、新防御線についたのである。

こうして十七年八月七日の米軍の上陸以来、ちょうど半年にわたったガダルカナルの戦いは終わった。多くの苦い教訓が残ったが、ただ一つその最後に見事な撤退を行なったことは、有終の美といえないこともない。

皮肉なことに、このガ島の撤収は、この後のキスカ撤退（昭和十八年七月）と並んで、負け戦の多い日本軍の作戦の中で珍しく水際だった作戦として、戦史に残ることになるのである。

太平洋戦争の緒戦の進軍は、ミッドウェー海戦の敗戦でストップがかけられ、ガダルカナル撤退以後、持久しながら、徐々に後退していくことになる。

大本営海軍部（軍令部）は、昭和十八年三月二十五日、第三段作戦を発令したが、これも持久、攻勢防御を主体とした作戦方針であった。

一、作戦方針の大綱

東亜海域に来攻する敵艦隊及び航空兵力を撃滅し、海上輸送路を破壊するとともに、速やかに帝国自彊（じきょう）必勝の戦略的態勢を確立して、敵の戦意を破砕するにあり。

このために、

㈠、航空戦において、まず速やかに必勝態勢の確立を期する。

(二)、機宜敵艦隊の前進根拠地等に奇襲撃破し、戦略要点を攻略、敵の進攻企図を未然に破壊し、敵艦隊の誘出を図りこれを捕捉撃滅す。(以下略)

当時、軍令部第一課首席部員で、この作戦計画の立案者であった佐薙中佐は、この基本構想をつぎのように回想している。

一、大東亜共栄圏外に対する積極的進攻作戦はやめて、今後予期される連合軍の本格的反攻に備え既占領地区の防備を固め、ガ島の失敗を繰り返さぬよう、長期持久態勢を確立する。

二、しかし、無為にしてただ連合軍の来攻を待つだけの消極的戦法では、結局、圧倒的な戦力に敗れてしまうから、随時積極的に機会を作為して、敵の捕捉撃滅に努める。

三、真珠湾攻撃のような大規模な作戦は不可能なので、実際には、潜水艦による奇襲が可能性のある攻略法である。

四、海上輸送破壊戦の強化　ドイツの潜水艦戦と呼応して、破壊戦を推進する。(以下略)

四月一日、昭和十八年度帝国海軍戦時編制が決定された。

第一艦隊は従前どおり、「大和」ら六隻の戦艦中心で、肝心の第三艦隊(機動部隊)は、空母が一航戦（瑞鶴、翔鶴、瑞鳳）、二航戦（隼鷹、飛鷹）、第三戦隊（金剛、榛名）、第七戦隊（熊野、鈴谷）、第八戦隊（利根、筑摩）、第十戦隊（駆逐艦二十隻）で、この空母の陣営は南太平洋海戦当時とほぼ同じで、大破した「翔鶴」と故障した「飛鷹」は修理中であった。

帝国海軍の空母の建造は遅々として進まないが、真珠湾攻撃と同時にアメリカ東海岸のすべての造船所に空母のキールをおいたという米軍の空母建造は、昭和十八年に入ると急速に具体化してきた。その進度は軍令部のアメリカ情報班が予想したものより大体において、一ヵ月ないし半年も早かった。

アメリカ海軍は、昭和十八年五月から二十年六月までにエセックス型制式空母十三隻を完成就役させているが、そのうち五隻は十八年一月末のブーゲンビル島沖海戦に間に合い、八隻はマリアナ沖海戦に参加している。これらの新型空母には、沈んだヨークタウン、ホーネット、レキシントン、ワスプなどの二世を名乗るものもあるが、サラトガの二世はいない。

一方、帝国海軍の空母建造は遅々として進まず、マリアナにやっと新型かつ大型の「大鳳」が間に合ったが、これ以外は、ほとんどが商船改造型で、空母に改造された「信濃」は、十九年十一月、改造を終わって瀬戸内海に回航の途中、熊野沖で撃沈される。また制式空母として建造された「雲龍」「天城」「葛城」は、十九年八月以降就役したが、海戦で働くことはなかった。

昭和十八年三月、第三段作戦が発令された段階で、航空決戦の実態は大きくアメリカに有利となったと考えてよいが、四月にはまた空母部隊の飛行機を消耗させる作戦が実施されることになった。

山本長官の死

い号作戦は、第三艦隊の飛行機とラバウルにいる南東方面艦隊・第十一航空艦隊の飛行機を合同させて、ガダルカナル、ニューギニアの敵基地にある水上、航空兵力を叩くというもので、連合艦隊司令部の発案によるもので、その作戦目的はつぎのとおりである。

一、ソロモン及びニューギニア方面の敵水上、航空兵力に痛撃を加える。
二、敵の反攻企図を撃砕、防圧する。
三、補給、輸送を促進し、第一線戦力の充実を促進する。
四、現地海軍部隊の作戦指導を一層強化する。

このまま押されていくと、じり貧になるので、この辺で反撃しておく必要があるというのが、連合艦隊の意向であるが、戦後になって、この作戦は山本長官が最後の望みをかけた一戦であるということもいわれた。

山本長官が開戦前に近衛文麿首相に、「半年や一年は大いに暴れてみせるが、その後は講和に持ちこむよう頼みたい」といった話は有名であるが、ミッドウェーでその意図は中断され、ソロモンの苦戦で挫折とみられるに至った。

ここで敵に大きな一撃を加えることができれば、和平へのきっかけができるかもしれないという、政治家・山本の切実な望みがこの作戦に賭けられていたのだ、という説であるが、すでに空母部隊も整備されつつあり、ドイツの英本土上陸もなく、自信を持ちつつある連合軍が、ソロモンの部分的な勝敗で和平に応じようとは考えられなかった。

い号作戦の実施要領はつぎのとおりである。

参加部隊　一航戦（瑞鶴、瑞鳳）
　二航戦（隼鷹、飛鷹）
　基地航空隊　五八二空（艦爆）、二十一、二十六航戦（陸攻）
参加機数　第三艦隊百九十五機、第十一航空艦隊二百二十四機、計四百十九機（常用機数による）

攻撃は四月七日から十四日までにガダルカナル一回、ニューギニア四回が行なわれた。このうち第一回の作戦はフロリダ沖海戦と呼ばれ、つぎの戦果が発表された。
撃沈　巡洋艦一、駆逐艦一、大型輸送船二。撃墜　三十七機。日本軍の損害　零戦十二、艦爆九

この作戦には筆者も参加したので、戦後、日本に帰国してから宇垣参謀長の『戦藻録』を興味深く読んだ。

「飛鷹」の艦爆小隊長であった筆者は、十二月以降、鹿児島や佐伯で訓練を行ない、三月下旬、佐伯を出撃、トラック経由、四月二日、ラバウルに着いた。このときの第三艦隊司令長官は小沢治三郎中将で、南東方面艦隊司令長官は草鹿任一中将であった。

ラバウルの湾を見下ろす崖の上のブナカナウ（通称、山の上）飛行場で、出撃前の訓練を行なったが、山本長官がきていたので驚いた。長官は三日、宇垣参謀長らを連れて飛行艇でトラックからラバウルに飛んで、陣頭指揮の意気を示した。『戦藻録』にはつぎの記述が見える。

「今回の南下直接作戦指導に当たるに対しては、連合艦隊司令部としては大いなる決意を有す。もしそれこの挙において、満足なる成果を得ざるにおいては、当方面の今後とうてい勝算なかるべし。一般の作戦当事者かくのごとく感じおらざる点なきや。また従来幹部の前線に自ら出馬して指揮統率に従い、全般を鞭撻（べんたつ）するの気概やや欠けたるを憾（うら）まざるを得ず。

ここにおいて、余輩はブカ、ブイン、ショートランドはもちろん、コロンバンガラ、ムンダまで出向くの希（のぞみ）を述べたり。参謀連相当に泡を食ったるがごとし」

大艦巨砲主義者で、勇壮なことの好きな宇垣参謀長らしく、この司令部の陣頭指揮を愉快そうに書いているが、神ならぬ身の、この作戦が山本長官の命取りになろうとは、彼も予想してはいなかった。

四月七日から、い号作戦が始まり、筆者はその第一日に「飛鷹」艦爆隊の小隊長として、部下二機を率いて参加し、バラレ島（ブーゲンビルの南の小島）経由で南下し、ガダルカナルに近い空中でグラマン戦闘機にエンジンを撃たれて海上に不時着、一週間漂流して、米軍の捕虜となった。生涯の屈辱であったが、この卑小なドラマとは別に、ラバウル、ブーゲンビルではもっと歴史を揺るがすようなドラマが進行していた。

四月十六日、い号作戦が終了すると、十七日、この研究会に出席した山本長官は、十八日、連合艦隊司令部（陸攻二機に分乗、零戦六機が護衛）とともに、前線視察に出かけた。行き先はバラレ、ショートランド、ブインで、午前六時ラバウル発、ブインで昼食、午後二時ブイン発、午後三時四十分ラバウル帰着、という予定であったが、この電報の全文が米軍の解読するところとなり、長官機（一番機）は、バラレ着の直前、午前七時四十分、十六機のP38ロッキード戦闘機に奇襲され、火を発し、五分後、ブイン飛行場西方のジャングルの中に墜落した。

長官は機上で被弾、戦死していたが、ほかの司令部職員（樋端久利雄航空甲参謀、福崎昇副官、高田六郎艦隊軍医長ほか）も全員が死亡した。海岸近くの海上に落ちた二番機も戦死者を出したが、宇垣参謀長は右手首骨折の重傷を負いながら救助された。

山本長官の戦死は五月二十一日、大本営から発表され、六月五日、国葬となった。

連合艦隊司令部が全滅に瀕したこの事件は、軍令部でも痛恨の悲報であった。当時、軍令部第一課長であった山本親雄大佐は、つぎのように回想している。

四月十八日は土曜日だった。い号作戦は順調に捗って一応の成功を収め、南東方面の戦況はここ二、三日は大きな変化はありそうにもなかった。私はその晩久方ぶりに自宅に帰っていた。ところが午前一時頃軍令部から電話があり、「電話では話せぬ用件が起こったから、すぐに出勤せよ」という。さっそく出かけたが、真夜中に呼び出すほどの事件が何であるか、どうしても思い当たらない。しかし、ふと十八日には山本長官が前線視察のため、ブーゲンビル島のブイン飛行場に向かう予定の電報が来ていたことを思い出し、これはきっと山本長官の搭乗機に事故があったな、と直感した。軍令部に着いたら果たしてそうであった。

山本長官戦死の直後、山本課長は打ち合わせのためトラックの旗艦「大和」を訪問したが、このとき参謀の話によると、山本長官は、い号作戦のためにラバウルに進出することには反対であったという。

「宏大な戦域にわたる大作戦を指揮する最高指揮官は、軽軽しく前線に出るべきではない。ニミッツを見ろ。真珠湾にいて前線には出てこない。ニミッツが出てくるなら俺も出ていく」

といっていたという。

しかし、ラバウルの基地航空隊と第三艦隊の部隊との協同作戦を円満に指揮するには、山本長官の総指揮を必要とする事情があり、また第一線の将兵の士気を振興させるために、課長や幕僚の懇望を断わることができず、ラバウル行きを承知したのだという。

　山本課長が「大和」の長官私室を訪れたとき、室内は整然と整理されていた。引き出しの中に辞世とみられる詩のようなものが残っていた。その意味は、「開戦以来幾多有為の若人を失ったことは、家郷の父兄に相すまぬ。いずれは自分も国のために散った有志のあとを追っていくであろう」となっていた。


　戦後、主としてアメリカの軍事評論家の間から、山本長官の戦死は、実は自殺行の結果であるという意見が、誠しやかに伝えられた。

「山本は越後の侍の家系に生まれた。サムライは武士道によって生き、何よりも名誉を重んじる。そしてその名誉を傷つけられたときは、死をもってこれを補う。このための自殺は名誉回復であって、キリスト教のいうように罪悪ではない。だから真珠湾攻撃によって戦争を始めた山本は、戦局が負けと決まったので、その責任をとって、前線に行って自殺的な戦死を遂げたのだ」

　ざっとこのような論法の意見が、欧米ではもてはやされた。『菊と刀』などに見るように、武士道と恥＝死という図式を引くことによって、日本人の心理を解剖しようという欧米人好みの論法である。

「コマンダー・イン・チーフ（連合艦隊司令長官）の死は実は自殺だった」こう、したり顔に説明する図式は、かなり大衆にも浸透しているらしく、筆者が二度目にソロモンの慰霊旅行を行なったとき、ラバウルで我々を案内したオーストラリア人の中年の女性のガイドは、ブナカナウ飛行場の長官の司令部があった場所で、

「ここでヤマモトが日本空軍を指揮して、ガダルカナルの攻撃を行なった。彼は日本の敗北が決定的であるとみて、自決するためにここから前線に出発した。それがサムライの道だったのだ」

といくらかセンチメンタルな態度で説明した。筆者が、

「そうではない。彼はラバウルで基地と機動部隊の二つの航空部隊を統合指揮するために、参謀長の要請でラバウルに進出したので、ブーゲンビルの前線行きも参謀長の要請によるものなのだ」

と説明してもなかなか納得しなかった。

指揮統率というような作戦指導のための出撃よりも、命よりも名を惜しむサムライの出撃とみる方が、彼女の美学にかなうらしく、多くの欧米人と同じく、彼女は長官の死をサムライのロマンとして、胸に秘めておきたいらしかった。

しかし、戦後、戦記を取材するようになってから、多くの参謀たちの意見を聞くと、山本長官の死が自殺行であった可能性は、ますます薄くなっていく。

ある参謀はこういった。

「山本長官の死が自殺だって？　あの長官は負けたといって、自殺するような人ではない。自殺するとしたら敗北が決まって、無条件降服のときに責任をとるという形だろう。第一、

あんなに部下を可愛がる長官が、司令部全員を連れて敵機の来る前線にのこのこと出かけるはずがない。死ぬなら自分一人で『大和』の私室で腹を切ると思うよ」

また、ある参謀はいった。

「長官のラバウル行きも前線行きも、宇垣参謀長のプランだよ。『戦藻録』を注意して読んでご覧よ。参謀長は非常に長官の死に責任を感じている。宇垣さんが終戦のとき、大分から特攻隊を率いて沖縄に向かったのは、長官へのお詫びだと思うね」

先に、宇垣参謀長のラバウル進出に関する『戦藻録』の記述を引用した。そのつづきを読んでみる。

「長官にしてすでに当地に進出せらる。しかして為すべき決定事項は極めて小にして単に航空戦に留まる。この際難事を排して、余輩（自分たち）の最前線進出は当然と為す。すでにケ号作戦に先だち（司令部が）ガ島に行かんと思考したることもあり。今日において（ラバウルの）第十七軍（司令部）とも会うべき義理を有す。作戦の実施を阻害せざる限り断じて行く。

日露戦争時、満州軍総参謀長児玉（源太郎）大将の旅順攻略促進のため決死行ありたる、その精神と何ら選ぶ所なしというべし。不運にしてこの行に倒るるも決して犬死ににあらず。連合艦隊参謀長の重職は軽んずるにあらざるも、本戦局を打開せざる限り第一段作戦以来殉国の英霊二万名に対し、いかなる心をもって酬いん。我倒れて本局面の重大性を一般に了解せしめ、海陸軍真に一致していよいよその本質を発揮するに至らば、もって万事を解決し、戦勝の前途を瞭然たらしめ得べしと信ずればなり」

これが四月三日、トラックよりラバウルに進出したときの宇垣参謀長の決意で、このラバウル進出と前線視察に誰が一番力を入れていたかは明らかである。

宇垣参謀長はこの後、い号作戦進行中の十一日、発熱し、デング熱らしいというので入院し、十四日退院、十六日は元気で野豚狩りをやったが一匹も現われず、豚汁やトンカツを期待していた山本長官を落胆させた。

十七日、宇垣が主宰して、い号作戦の研究会を行なう。この後の打ち合わせ会で、宇垣が基地部隊と水上部隊との意思の疎通について、希望を述べたところ、草鹿南東方面艦隊司令長官が怒って宇垣を叱る場面があり、宇垣も憤慨してその旨を『戦藻録』に記している。そして運命の四月十八日（前年の東京空襲と同じ日）のブーゲンビル視察の出発となるのである。

この日から昭和十九年二月二十一日まで『戦藻録』は休みで、山本長官戦死の状況は、口述筆記として四月十八日の後に載っている。この長官戦死のとき、一番機は全員戦死、二番機でも生存者は宇垣と艦隊主計長、主操縦者の三名だけである。宇垣は自分の幸運に感謝するとともに、長官の死にいたく後悔している。

「かねて長官の身代わりたらんと覚悟せる身が、長官を失いて却（かえ）って生還す。意外にして相済まざる処なるも、これまた神意に基づくものと観念し生きて働くべき道に遺憾なく、この仇を返しもって神霊に答えんとするなり」

つぎに終戦の日の宇垣の行動を見たい。『戦藻録』の最後に彼はこう書いている。

「(午前、終戦の玉音放送前) 外国放送は帝国の無条件降服と、正午陛下の直接放送あるを報じたり。ここにおいて当基地所在の彗星特攻五機に至急準備を命じ、本職直率のもと、沖縄艦船特攻隊突入を決す」

そして最後の章はつぎのとおりである。

「事ここに至る原因については種々あり、自らの責また軽しとせざるも、大観すれば是国力の相違なり。独り軍人たるのみならず帝国臣民たるもの今後起こるべき艱難に抗し、ますます大和魂を振起し皇国の再建に最善を尽くし、将来必ずやこの報復を完うせんことを望む。余また楠公精神をもって永久に尽くす処あるを期す」

この後、五航艦司令部で幕僚たちと別杯を交わした宇垣長官は、山本長官から贈られた脇差一口を手にして飛行場に向かった。

宇垣中将は十一機の艦爆とともに、沖縄の米艦船に突入 (実際に突入したのは七機)、戦死を遂げたが、玉音放送の後の突入であり、部下を道連れにしたことで批判を受けた。しかし、彼が特攻隊の飛行機に乗るとき、山本長官からもらった脇差を手にして乗ったということに、筆者は深い意味を感じる。

――これでいよいよ山本長官のところに行ってお詫びができる……。

沖縄へ飛ぶ特攻機の後席で彼の脳裡を去来していたのは、そのような心情ではなかったろうか。

宇垣長官は中津留達雄大尉（海兵70期）の操縦する艦爆の後席に偵察員の遠藤飛曹長と同席して、沖縄に突入した。
その最後は長い間不明であったが、数年前、筆者が雑誌で読んだところでは、終戦の日の夕刻、沖縄本島の西の伊平屋島の海岸に突入した艦爆があったという。前席に海軍大尉の襟章をつけた搭乗員、後席には飛曹長の襟章をつけた同じく飛行服の搭乗員と、襟章のない第三種軍装（カーキ色の陸戦服）をきた士官が乗っており、島の人がこれを近くに葬ったという。筆者は、一度この墓を捜しにその島に行きたいと考えていながら果たせないでいる。

さて前線行きを喜ばない山本長官を、宇垣参謀長が連れ出したことは、大体想像できるが、筆者はある参謀から、さらにうがった説を聞くことができた。
宇垣参謀長は以前から、山本長官と連合艦隊司令部を、弾の飛んでくる前線に進出させようと考えていた。それにはある陸軍の大本営参謀がからんでくるが、それはさておき、い号作戦が決定したとき、彼は山本長官にこの際ラバウルに進出し、さらにブーゲンビル島の前線を視察すべきだと説いた。それに対して長官は、先の山本課長の説のように、ニミッツが真珠湾にいる以上、自分がラバウルに行く必要はない、トラックから無電で指揮をとれば十分であると、賛成しなかった。宇垣は困ったが、そこに都合のよい事が起こった。（註、ここから先は仮説で、戦史の承認を得ていない考え方である）
それは、い号作戦では、南東方面艦隊司令長官（草鹿中将）の指揮下にある基地航空部隊と第三艦隊司令長官（小沢中将）の指揮下にある空母の飛行隊が協同作戦を行なうが、ここに誰が統一指揮をとるかという問題が起こった。

こういうとき、海軍にはハンモックナンバー（海軍兵学校の卒業席次）というものがあって、卒業後二、三十年にわたってものをいうことになっている。もちろん、草鹿、小沢両中将のうち一人が先任（先に中将に進級している）であれば問題はない。しかし、この二人は海兵三十七期の同期生で、十五年十一月に同時に中将に進級している。そこでハンモックナンバーが登場する。進級が同時のときはハンモックナンバーの上の者が先任将校なのである。

幸か不幸か、ハンモックナンバーは草鹿中将の方が二十番ほど上であった。それでは草鹿が全航空部隊の指揮をとるべきかというと、第三艦隊の参謀や飛行隊長たちが、不平を言い出したという。自分たちは開戦以来、健闘をつづけてきた光栄ある機動部隊である。ここへきて基地部隊の下につくということは、忍びないというのである。（註、これも仮説であるが、これが事実であるとするならば、ハンモックナンバーと空母部隊の自尊心が、山本長官を死に追いやったということもいえるのであろうか）

そこで宇垣は、これ幸いと山本長官を説得した。

「この際、長官みずから陣頭に立って、ラバウルで統一指揮をとられるべきです。細かいことは私がやります」

といって、長官の承諾を得た宇垣の脳裡に一人の陸軍の大本営参謀の顔があった。〝実戦の天才〟といわれた辻政信中佐（陸軍部作戦班長）がそれである。

辻は十七年秋、大本営から第十七軍司令部に派遣され、ラバウルやガダルカナルに姿を見せていたが、負傷して年末に東京に帰った。そのとき、辻はトラックで「大和」の連合艦隊司令部を訪問した。このとき、打ち合わせと接待の相手になったのが、宇垣参謀長であったという。

前線の苦労で痩せ衰えた辻は、近海でとれた魚の刺身と日本酒の徳利を前にして、こうつぶやいた。

「なるほど『大和』ホテルとはよういうたものだ。こんな豪華なところで、刺身で酒など呑んでいては、ガ島の陸軍の飢餓の苦しみはわかるまい。どうりで連合艦隊がなかなか輸送の艦船を出してくれない訳がわかりましたよ」

毒づく辻を前に、宇垣はむっとしていった。どちらも戦国武将気質旺盛であるから、後へは引かない。

「辻参謀、それはちと言いすぎではないか。わが連合艦隊司令部で、前線に行きたいと考えていない参謀は、誰一人としていないはずですぞ。長官も同じです。必要とあればこの『大和』をガダルカナルの海岸にのしあげても、長官の陣頭指揮で戦ってご覧に入れますぞ!」

「よういうてくださった。その日のくるのを、この辻もお待ち申し上げております」

そういうと、辻中佐は「大和」を後にしたという。

辻にかぎらず第十七軍や第八方面軍の参謀は、つねに海軍のガ島への輸送を要請し、「海軍の協力が不足である」というのが、彼らの口癖であった。辻が「大和」にきたときから、宇垣はますます連合艦隊司令部の前線行きの必要性を痛感するようになった。

そして四月のい号作戦は、山本長官を前線に連れ出す絶好の機会であったのだ。

こうしてみると、山本長官の前線行きの責任者は、宇垣であるといえるかもしれない。もしこの仮説が正しいとすれば、宇垣が山本の死を深く悲しみ、日本敗北の日に尊敬する山本からもらった脇差を手にして、沖縄に突入した意味もわかるような気がするのである。


山本長官の撃殺の原因が、米軍の暗号解読によるものであることは、いまでは常識となっている。

数年前に、筆者は、『盗まれた暗号』（原題「DEADLY MAGIC」）という本を翻訳した。これは米国防省にある情報部の「OP—20—G」という暗号解読班にいたエドワード・ローアーという男が書いた本で、開戦時から終戦までのアメリカの暗号解読の実際を書いた本である。

これによると、ローアーが、日本軍の連合艦隊司令長官の前線視察に関する暗号解読を知ったのは、長官の死の一週間ほど前のことであった。

同僚のジム・ヒッチコックが、新着の電報をローアーに見せたが、そこには第八艦隊司令長官発の、山本長官のバラレ、ショートランド、ブイン視察の詳しい日程が全部指示されていた。

ローアーによるとこの電報は、海軍作戦部長キング提督と前線の各司令官に報告された。

提督たちが考えたことは、当然、この視察の場所に米軍の戦闘機を送って、この機を撃墜して、日本軍の司令長官を撃殺することであった。日本軍の提督であってもおそらくそうであったろう。

しかし、アメリカの高官の中にはこれを重大な国際法上の問題と考える者もいた。弁護士出身の海軍長官ノックスは、戦時におけるこのような暗殺が、合法的であるかどうかに疑問を感じ、法務官に相談したりした。アドミラル・ヤマモトがあまりにも有名なので、このような手段で易々と暗殺することに躊躇したのであろうか。

日露戦争のとき、ロシアの有名な提督マカロフは、旅順港外に出撃し、日本軍の機雷に旗艦が触れて沈没したため戦死した。世界の海軍関係者は、この名提督の不慮の死を悼み、前線の戦闘で死なせるべきだったといった。これがアメリカの提督ならどうかとノックスは考えた。ニミッツがたまたま真珠湾港外を巡視中、これを知った日本の潜水艦が雷撃して、ニミッツもろとも、その乗艦を沈めたとき、アメリカ人はその潜水艦の行為を裏切り的だといって、非難するであろうか。おそらく非難せず、日本の潜水艦の勇敢な攻撃を褒めるのではないか。

ノックスはまだ迷っていた。

――このようなチャンスに山本を闇討ちにしないで助けてやることは、アメリカの指導者たちのフェアプレーとして、後世に称賛される材料となるかもしれない……。

ノックスはルーズベルトと相談した後、山本機を撃墜せよ、という指令を出した。

これを受けとった南東地区司令官のハルゼーは、この実施を海軍のミッチャー少将に指示した。当時、ガ島のロッキードP38戦闘機隊はミッチャーの指揮下にあった。ミッチャーはガダルカナルにいる空軍のP38飛行隊長ミッチェル少佐にこの実施を命令した。ミッチェルは部下のランフィヤー大尉と計画を練った。

四月十八日午前六時、十六機のロッキード戦闘機はガ島のヘンダーソン飛行場を離陸して、北西に向かった。会敵予定の午前七時半過ぎ、ロッキード隊は、日本軍のレーダーから発見されないよう、低空で山本機を捜した。それから間もなく、高度千五百メートルほどで南下する二機が発見された。低空で接近したロッキードは、下から射撃した。ランフィヤー大尉の機は一番機の腹の下から撃ち上げた。一番機は火を発して、ブーゲンビル島のジャングルの中に突入した。

——果たして、その中に山本司令長官がいたのか……？

奇襲に成功すると、米軍は、その戦果に神経質になった。

同じ頃、米軍の捕虜としてハワイの収容所に送られていた筆者は、太平洋方面艦隊司令部の情報将校から厳しい尋問を受けていた。彼は私に、

「山本長官は本当に機上で戦死したのか、それとも助かってラバウルに帰り、表面上、死んだことにしているのか事実を話せ」

としつこく聞いた。

筆者は、「知らない」と答えた。

筆者の飛行機が海に落ちたのは四月七日で、長官の機が奇襲を受けたのは、十八日である。知るはずがない（実は筆者は後からきた捕虜の話から、長官が戦死したらしいということは知っていたが、知らないことにしていた）。情報将校は怒って、筆者を真っ暗な独房に入れた。やがて五月二十一日、大本営は山本長官の戦死を発表し、筆者も独房から出された。六月五日、山本長官は国葬になった。アドミラル・ヤマモトを撃殺した殊勲のランフィヤー大尉に対する恩賞はなかなかおりなかった。アメリカが日本軍の暗号を解読していることを知らせるのは問題であった。

山本長官機襲撃の内幕は、終戦まで秘密であった。ランフィヤー大尉が勲章をもらうのも戦後である。

方針の変遷と挫折

山本長官の戦死は、期待されていた大物長官だけに軍令部でも大きなショックであったが、佐薙参謀によると、ミッドウエーほどのショックではなかったという。長官の代理はなんとかなるが、制式空母四隻はかけがえがなかったということである。

しかし、連合艦隊司令部の半数近くが戦死したので、この後任を決めるのが大仕事であった。

山本長官戦死の後を受けて、連合艦隊司令長官は古賀峯一大将（横須賀鎮守府司令長官）、参謀長は宇垣に代わって、元参謀長の福留繁少将（軍令部第一部長）が返り咲くことになった。後任は横須賀鎮守府長官が豊田副武大将、第一部長が中沢佑少将（海兵43期、海軍省人事局長、軍令部第一課長、第二課長、作戦班長、連合艦隊首席参謀の経歴がある）。長官の発令が一ヵ月以上後の五月二十一日であるから、海軍省人事部も苦労したことと思われる。

長官が代わっても、帝国海軍の前途は多難であった。

ソロモン方面の敵はさすがに北上を緩めたが、矛先を北に変え、アリューシャン群島のアッツ島に、五月十二日、上陸してきた。

アッツの守備隊は、北海道の第七師団から分遣された山崎保代大佐指揮の二千五百名ほどの部隊で、島の東部を守り、攻める米軍は第七師団（一万千名）で、キンケイド少将指揮の第五十一機動部隊（空母一、戦艦三、駆逐艦七）に援護されて上陸してきた。守備隊は五倍近い敵に囲まれながら奮戦したが、制海、制空権なく増援もついに不可能となり、五月三十日、玉砕してしまった。

捕虜が二十九名おり、その大部分がアメリカのマッコイ収容所（シカゴの北東百キロ）に送られ、筆者と会った。彼らの大部分は重傷で片足の者もいた。彼らの話では、アッツの最後は全員玉砕ということで、数名が手榴弾の上に伏せた。不発の者だけ助かったが、また自決した者もいるという。〝捕虜になる前に自決せよ〟という教えはノモンハンだけでなくここでも生きていた。

アッツはグアムとともに、日本軍に占領された数少ないアメリカ領である。「アメリカから日本軍を追い出せ」という声は前からあり、大本営はアッツのつぎはキスカにくる、と考えた。キスカはアッツより東にあり、補給と維持はアッツより困難である。ガ島撤退で転進を行なった大本営は、キスカに敵がくる前に撤収することを考えた。戦略的価値のないところで多くの将兵を玉砕させることの無駄を、陸軍も考え始めた。

先にガ島を撤収した大本営は、この戦争で初めての玉砕をアッツで経験し、この戦いが並々ならぬものであることを知った。すでに五月三十日、アッツとともにキスカも撤収することが、陸海軍中央協定で決定していたが、そのうちにアッツは玉砕し、キスカも七月七日の米海軍のキスカ砲撃があったので、十一日以降、同島の撤収を試みたが濃霧のため決行が遅れ、二十九日濃霧をおして、ついに泊地突入に成功、海軍二千五百、陸軍二千七百名の撤収に成功した。

このとき、米海軍は何をしていたのか。アッツ、キスカ方面には、空母一を含む戦艦、巡洋艦の大艦隊が哨戒していたが、この日は米哨戒艇がアッツ南西二百マイルに日本軍らしい艦船七隻をレーダーで発見、米艦隊はこれを攻撃していて、日本軍の撤収を阻止することができなかったという。（註、米軍の同士討ちだという説あり）

八月十五日、米軍は三万に余る大軍でキスカ上陸を行なったが、島には犬が三匹いただけであった。

キスカの撤退で、それまで日本軍がとっていたソロモンから南下する米豪分断作戦とともに、北方進攻作戦も中止となり、大本営も戦線の縮小、敵の反撃の阻止、と攻勢防御から専守防衛に作戦方針を転換せざるを得なくなってきた。

六月以降、南太平洋の米軍は、車の両輪のようなカートホイール作戦を発動していた。東のハルゼー軍はガダルカナルからニュージョージア、コロンバンガラ、ブーゲンビルと北上し、ラバウルをうかがう。西のマッカーサー軍はニューギニア東岸のラエ、サラモア、北岸のマダンなどの要地を攻略、ニューブリテンの西部を占領する。

戦力に恵まれた米軍は、この後、車の両輪のように、東はラバウルを置き去りにして、トラックを強襲、その戦略的価値を低下せしめ、マリアナに進み、西は西部ニューギニアからフィリピンに進み、ここで両者は握手することになる。

カートホイール作戦は、六月三十日、正確に両戦闘正面で発動された。東はニュージョージア（ガダルカナルとブーゲンビルの中間にあり、北東端のムンダに小飛行場がある）とレンドバ島（ムンダの南）、西はニューギニア北岸のナッソウ湾（サラモアの南）に米軍が上陸してきた。この作戦に米軍は新しい上陸用舟艇、戦車などを使い、補給に苦しむ日本軍を圧倒した。

ニュージョージアでは、ガ島に上陸する予定であった第三十八師団の第二百二十九連隊と、沈没した「霧島」の艦長岩淵三次大佐の呉第六特別陸戦隊が防衛に努め、海軍は二航戦の艦爆、零戦をブインに進出させ、陸軍も第二十飛行団が米軍の攻撃を行なった。水雷戦隊が果敢な攻撃を行ない、多くの夜戦が生起した。

米軍のニュージョージア、ニューギニア上陸は、新しい作戦の開始とあって、天皇が心配され、三十日午後四時、永野軍令部総長は参内、「今度は非常に大事であるから、陸海軍協力せよ。本日戦勝を祈願した」とのお言葉を拝して、つぎのように海軍の決心を言上（大意）した。

今回の来襲は予期したところでありまして、ガ島作戦後敵の戦力は向上しつつありますが、わが方も大幅に向上しております。敵の来攻はあたかも陶晴賢の厳島上陸（陶氏はここで毛利元就に敗れた）のごときもので、今度は思い切り叩くつもりでございます。

しかし、全滅に瀕するほどの二航戦飛行隊や水雷戦隊の奮戦（ベララベラ沖の海戦では、レーダー射撃のために駆逐艦「山雲」に乗っていた筆者のクラス〈68期〉の首席・山岸計夫中尉〈砲術長〉が戦死している）にもかかわらず、敵は上陸後間もなく飛行場を奪い、日本軍はニュージョージアから北へ追われることになり、大本営も南東太平洋方面の作戦指導方針の転換を迫られ、八月十四日から十七日まで陸海協同の図上演習が行なわれた。

その結果、ムンダ、ラエ、サラモアの喪失は止むを得ず、という結論が出た。

そして九月三十日の南東方面作戦陸海軍中央協定では、「ラバウル付近を中核とするビスマーク群島、ブーゲンビル島方面要域の防備を強化し、極力永くこれを保持する」と作戦方針が転換され、ニュージョージア、ムンダ地区を含む中部ソロモン地区は放棄と決定、以後、ソロモンではこの十一月に米軍がブーゲンビルに上陸、ラバウル周辺で海空戦が生起したほか、戦闘はなくなり、主戦場は中部太平洋に移っていくのである。

　この図演から中部ソロモン撤退を決める頃の軍令部は、苦渋に満ちたものであった。すなわち帝国の主防御線をマリアナ、カロリン（トラックを含む）及び西部ニューギニアの絶対国防圏の線まで下げることになるので、この線を突破されると、敵はフィリピン、沖縄にくるほか、日本本土は敵の大型爆撃機の攻撃範囲に入り、祖国の安全は保障されなくなるのである。

　とくに連合艦隊司令部では、ラバウルを絶対圏からはずしたことに大反対であった。

　九月三十日の新作戦方針が決まると、中沢第一部長がトラックに飛んで、新方針について打ち合わせを行なったが、連合艦隊司令部の高田（利種）首席参謀はこの新方針に反対で、この後、同期生の山本（親雄）第一課長に、

「ラバウルを放棄しては、今後の作戦は成り立たない」

と痛烈な批判を送ってきた。

　幸いに米軍はラバウルを攻略することなく、トラックを攻撃しただけで、マリアナに行ったが、その頃にはラバウルも遙か後方にとり残され、戦略的価値に乏しくなってきていた。

　中部ソロモンを制した米軍は、昭和十八年十一月一日、ブーゲンビル島の西海岸タロキナに上陸してきた。

　この頃、ハルゼーの司令部では、ラバウルを攻略する意図はなかったが、膝元のブーゲンビルに飛行基地を造って、ラバウルをにらんでおく必要を感じていた。すでにアメリカは数

隻の新型空母を就役させており、「翔鶴」「瑞鶴」だけが頼りの日本海軍では、彼らの本土進攻も防ぐことが難しかったが、慎重な米軍は堅実に、しかし有効なフロッグ・ジャンプ（カエル跳び）作戦を実行して、中部太平洋に駒を進めようとしていた。

米軍のブーゲンビル上陸を知った古賀峯一連合艦隊司令長官は、トラックにいた栗田健男中将の第二艦隊にラバウル進出を命じた。

しかし、栗田艦隊がラバウルに到着した五日、サラトガ、プリンストンを含む米機動部隊は、湾内の日本艦隊を痛撃し、重巡四、駆逐艦五が湾内で大破する大被害を受けた。

このため艦隊による敵部隊の攻撃は難しくなったが、ちょうど、ニューブリテン島確保のためにニューギニアの敵艦隊を叩く、「ろ号作戦」のために一航戦（翔鶴、瑞鶴、瑞鳳）の飛行機がラバウルに進出していたので、この兵力と敵機動部隊の間で、五日から十一日まで三回にわたって海空戦が生起し、日本軍も敵空母の撃沈などを報告（実際は沈没はなし）したが、半数近い進出機の消耗を生じ、い号作戦のときと同じ批判を受けることになった。

この頃、軍令部は、敵が中部太平洋にきたときに備えて「Z作戦」を考えていた。それには空母の飛行機が絶対に必要である。

十一月五日、伊藤整一軍令部次長は、山本親雄第一課長、源田実航空担当参謀を連れて、トラックで連合艦隊司令部と打ち合わせを行なった。この席上、伊藤次長は、

「いまは敵主力は北部ソロモンに向かっているから、一航戦もこれの反撃に使うことを了承する」

といったが、次長らが帰って間もなく十一月二十一日、大空襲の後に敵はマーシャル南方のギルバート諸島のマキン、タラワに上陸してきた。

この、日本の勢力範囲としてはもっとも東の端にある小島に、米軍は第五水陸両用軍団、第二海兵師団、第二十七歩兵師団と、四つの機動部隊という大兵力で上陸してきた。タラワには柴崎恵次少将の第三特別根拠地隊、佐世保第七特別陸戦隊ら四千八百名が守っており、激戦で米軍を苦しめたが、十一月二十五日、玉砕してしまった。米軍の戦史はこのタラワ戦と翌々春の硫黄島上陸戦を、もっとも損害の多い戦闘であったと記録している。

タラワなどのギルバート諸島は、マーシャル群島の要衝クェゼリンから六百マイル（千百キロ）しか離れていない。いずれ敵はマーシャルかトラックにくると、軍令部、連合艦隊は考えていた。

果たして昭和十九年が明けると、マーシャルへの空襲が激しくなり、一月三十一日、戦艦、巡洋艦の猛烈な砲撃の後、翌二月一日、米軍はクェゼリン、ルオットに上陸を開始、六日までにこれらの占領を発表、クェゼリンの陸戦隊（秋山門造少将の率いる第六根拠地隊）と阿蘇太郎吉大佐の陸軍、計三千九百名は玉砕した。米軍が埋葬した日本軍の死体は、三千四百を越え、戦死者の中には第六根拠地隊参謀の元皇族（侯爵）音羽正彦大尉も含まれていた。

米軍のマーシャル進攻を聞いた軍令部の参謀の中には、感慨無量の者もいた。

帝国海軍は日露戦争の直後から、漸減作戦を考えていた。仮想敵である米海軍はハワイから輪型陣を作って、フィリピンへ、あるいは直接日本に攻めてくる。日本軍はこれをまずマーシャル群島付近で、空母もしくは潜水艦の奇襲で損害を与え、ついで小笠原諸島東方海面で、水雷戦隊の襲撃でまた敵の損害を増やす。そしてさらに本土に近寄ったところで、戦艦部隊が出撃して、雌雄を決する。その頃には敵の戦艦の数も漸減して、わが方と同兵力となり、猛訓練で鍛えた日本軍が勝つという論理であった。

それがいまや戦艦戦隊はトラックの環礁や瀬戸内海に逼塞し、マーシャルは簡単に敵の手に落ちてしまったのである。こういう結果になろうとは、歴代のどの軍令部長や参謀が予期したことであろうか。

永野修身軍令部総長はマーシャルへの敵来攻を重大として、二月三日、参内して、

「今後は太平洋正面海上作戦を主とし、トラック方面には第二十二航戦（陸攻十二、艦攻八～十二、艦爆十八）をあてる。三月～六月に東正面で決戦を予期する。作戦可能な全航空兵力を東正面に備える」

などを上奏したが、その三日後には、敵はクェゼリンの占領を発表した。

いよいよ敵は本格的に中部太平洋で攻勢に出るとみた軍令部では、何より必要なものは飛行機であるとして、一月末、陸軍につぎの要請を行なった。

一、本年度割り当て飛行機数を海軍十、陸軍五の割合に変更すること

二、本年度主要物資を海軍十、陸軍七の割合にすること

三、海軍に割り当てた志願兵、徴兵をさらに三割増加すること

この重大問題を討議するために、二月十日、宮中で陸海軍四首脳会談が午前十時から午後六時まで長時間にわたって行なわれた。出席者は永野軍令部総長、嶋田海相、杉山参謀総長、東條陸相と各次長、次官、軍務局長で、初めは険悪な空気で始まった。（註、以下は佐藤賢了陸軍省軍務局長の手記による）

最初に永野が、

「同じ日本人の男の子でも、山で育てれば金太郎となり、海で育てれば浦島太郎となる……海洋作戦では海軍航空でなければならない……」

とたとえ話をすると、杉山は難しい顔になり、

「それでは貴下に飛行機を全部あげれば、この戦勢を挽回できるのか？」

と反問した。永野は、

「そんなことはできない。それは、貴方でも同じことだろう」

と応酬し、杉山と衝突した。そこで岡（敬純）海軍省軍務局長がお茶を出して、空気を柔らげた。

この後、戦略思想の応酬となったが、自分（佐藤）が、

「昨年、絶対国防圏の連絡会議のときに、軍令部総長は、『マーシャルは太平洋でもっとも有利な戦略拠点であり、ここに敵が進攻してきたら、連合艦隊は全力で要撃、撃破する』と

いっておられたが、二月にマーシャルに敵がきても、連合艦隊どころか飛行機さえ出さなかったではありませんか。いまや連合艦隊をもって日本海海戦のような洋上決戦をすることは夢です。敵の上陸を待って泊地、水際でこれを撃滅するほかはありません。陸上基地を軸として陸海空の三位一体の戦闘こそ残された唯一の戦闘法であり、もはや太平洋の主人公は海軍ではありません」

と発言し、この後、陸海空軍の戦略思想を一致させ緊密な協同を求めようということになった。

この首脳会談ではつぎの点が決定した。

一、昭和十九年度生産アルミニウム二十一万五千余トンを陸海軍に七千トンの差をつけて配分する（陸軍から海軍省に三千五百トンを譲る）

二、海軍のアルミニウム　十一万四千八百五十トン　二万五千百三十機

陸軍のアルミニウム　十万三百三十トン　二万七千百二十機

計五万二千二百五十機

（註、この年六月、アメリカの海軍長官フォレスタルはアメリカ海軍の軍用機の生産量を月

産六万機と発表している。日本陸海軍の一年間の生産量を一ヵ月で生産するわけで、彼我の工業力の違いは歴然としていた）

マーシャルのつぎはトラックである。ラバウルを素通りした米軍は、この南太平洋の大基地をソロモンの孤児とすべく、二月十七日、トラックに大空襲をかけた。トラックが無力化すれば、ラバウルを攻略する必要はないわけである。

一方、軍令部では、十七年八月の作戦方針転換の図演のときから、トラックにある連合艦隊司令部を南西に移すことを考慮し、十一月十九日の軍令部図演の結果、連合艦隊司令部の待機位置はトラックより千百マイル（二千キロ）西のパラオを適当とする、ということになった。

中沢佑第一部長の回想によると、この理由は、

一、トラックに対する奇襲への顧慮

二、燃料補給の困難

三、南東方面からするＢ24重爆撃機の攻撃の顧慮

となっている。

この司令部の西への移動は、従来のマーシャル決戦の構想を、マリアナ、西カロリンの線に後退させたもので、古賀峯一長官はこの線をニューギニア西端に延長して、「死守決戦線」と呼ぶことにしていた。

十一月のブーゲンビルにおける、ろ号作戦での飛行機の消耗で、再建を迫られている連合艦隊司令部は、十二月、トラック引き揚げを考え、翌十九年一月七日、大型機一機の偵察を受けると、トラック撤退を決意した。古賀長官はつぎの部隊を敷島部隊として、パラオ経由リンガ泊地（シンガポールの南）に移動させることにした。

第二戦隊（長門、扶桑）、第七戦隊（熊野、鈴谷、利根）、第十一戦隊（秋月）、第十七駆逐隊

この部隊は、一月三十日トラック発、パラオに向かったが、たまたま敵のマーシャル来襲に会い、一時間後にまたトラックに引き返した。しかし、長官は予定どおり移動させることとし、同部隊は、二月一日トラック発、四日パラオ着、十六日同地発、二十一日リンガに入った。

トラックに残った旗艦「武蔵」以下、第四戦隊、第五戦隊の重巡は二月八日、侍従武官が激励にくるというので残留していたが、二月四日、B24一機の偵察を受けると、七日、急遽、引き揚げを決意、「武蔵」は駆逐隊とともに十日、横須賀に向かい、その他は、十日トラック発、パラオへ回航、遊撃部隊（第二艦隊）はパラオで訓練待機することとした。

十五日、「武蔵」が横須賀に入ると、古賀長官は上京して十七日、永野軍令部総長、嶋田海相と会い、トラックの防備を厳重にすべきことを強調したが、その日、米軍はトラックに猛攻を加えてきた。

この日と二十一日の長官と総長、大臣の討議で長官は長文の「中央に対する要望と連絡事

項」を提出したが、その内容について、福留参謀長はつぎのように回想している。

一、艦隊行動、補給問題、補充すべき機数、機種など多くの問題について、連合艦隊司令部の全幕僚と軍令部の参謀とが討議した。

二、この東京会談の重要決定事項は、古賀長官の提案どおり、絶対にアリアナ、西カロリン（パラオを含む）の最終国防線を確保すべきこと、そのためには必要な要撃準備を六月までに完成すべきことであった。

連合艦隊主力が去って、わずか一週間後の二月十七日、午前四時五十五分からトラックの大空襲が始まった。

――危ういかな！　連合艦隊……。

古賀長官がもう一週間引き揚げを渋っていたら、連合艦隊主力はトラック環礁の底に沈むところだったのだ。

米機動部隊は午後五時まで九次にわたる大空襲を繰り返し、延べ四百五十機が来襲した。日本軍索敵機は空母九隻が三群に分かれて行動しているのを発見したが、そのときにはもう空襲は始まっていた。翌十八日も空襲はつづき、湾外に出ていた巡洋艦「那珂」をはじめ輸送船などが撃沈された。連合艦隊が停泊していたら、甚大な損害を生じたところであったろう。

二日間の空襲で日本軍は、つぎの損害を受けた。

一、艦船　沈没九、損傷九

輸送船　沈没三十一

二、飛行機　戦闘時の消耗　七十機

地上での損害　約二百機

艦船の損害はさほどひどくはなかったが、この空襲でトラックは航空部隊のほとんどを喪失し、また基地としての機能を失い、ラバウル（全飛行機を後方に引き揚げることになる）とともに戦局からとり残されることになった。また同じ十八日、マーシャルのブラウン島（エニウエタック）には米軍が空襲の後上陸して、二十三日、占領された。

トラック空襲の際、、日本軍航空隊も反撃し、「巡洋艦二隻轟沈、空母一隻中破、飛行機五十六機撃墜」を報告したが、米軍の記録によると空母イントレピッドに魚雷一命中、飛行機の損害二十五機となっている。

トラック空襲は陸軍に海軍不信の念を強めさせる結果となった。

大本営からラバウルに打ち合わせに行くため、秦彦三郎参謀次長、服部作戦課長、瀬島作戦参謀がトラックについたとき、空襲が始まった。目の前で落ちる海軍機や沈む艦船を見て、秦次長らは、もう海軍に任せてはおけないと考えたという。二月十三日付の『大本営機密日誌』は、こう述べている。

「海軍部内には戦争の前途に悲観論多く、何らかの機会に妥協和平を企図せんとする空気相当充満しあるがごとし。重臣層においても右海軍部内のごとき空気濃厚にして、両者接近して戦争阻害抵抗力たるの公算少なしとせず。いまや陸軍は外、米英の強圧に抗しつつ、内においては意志薄弱の徒を駆使して邁進するを得ざらんことを十分意識しておくを必要とす」

　これ以前から陸軍の海軍に対する不信（ガ島戦において海軍の補給が十分でなかったなど）は高まっており、トラック空襲とともに「陸海軍統一論」が蒸し返され、両総長の引責辞任とともに、陸海軍大臣が総長を兼務するという異例の人事が行なわれた。

　もともと独裁型の東條首相は、戦争遂行や石油、船舶、飛行機の分配などで、統帥部が首相や陸相を批判するのを苦々しく思っており（十七年春には、田中新一第一部長が船舶のことで陸相と大喧嘩になり転出している）、この重大な戦局を担うために自分が軍政と統帥を一手に握り、また陸海軍の連絡を緊密にしたいと考えていた。（註、東條としては、いつも煙たい軍令部総長が嶋田繁太郎になれば御しやすいので、陸海軍の統一指揮が事実上できると考えていた）

　この陸相の意思表示を受けた嶋田海相は、
一、物資動員計画で飛行機などの取り合いが激しくなるのに対応する。

二、トラック大空襲や米潜水艦の攻勢で南方からの物資が思うように入ってこない。この際、逼迫しつつある戦況に対応するために軍政と軍令を一本化することが必要である。
三、作戦に関する連合艦隊の永野総長に対する不信の声がある。永野総長の健康もよくないので、軍令部の陣容も一新したい。
というような理由で総長兼務を考え、永野に相談した。

しかし、永野は、「海軍の人事に関しては異存はないが、大臣と総長の一人二役は、統帥に関して政治が関与するおそれがあり、多年のよい習慣を破って、統帥権の独立を害するおそれあり」として反対した。

そこで嶋田は熱海の別邸にいた伏見宮博恭王（元軍令部総長）を訪問して、意見を聞いた。宮と嶋田はかつて昭和八年秋の省部互渉規定改正のとき、総長と第一部長でともに海軍省と戦った仲である。

その事を思い出して、宮はこういった。

「永野のいうことは一理あるが、それも人による。嶋田は軍令部にいて、改正にも参加しており、統帥権の独立のことは十分承知しているからよいと思う。この非常の難局に際してはかえってよかろう」

嶋田はこの宮の言葉をもって、永野を訪問、その同意を得た。

陸軍も杉山総長は、陸相の兼務に反対であったが、三長官会議（陸相、参謀総長、教育総監の会議）で討論することになった。三長官といっても、東條、杉山の二人に教育総監の山田乙三大将が加わるだけで、山田から、「ここまで逼迫してきたので、首相のいうように変則的なやり方もよいのではないか」という意見が出て、結局、杉山の退陣となった。

この大臣、総長兼務はもともと東條首相の要請であったが、その真意はどこにあるのか？太平洋戦争の決を握るのは海軍で、東條は開戦にはそれほど賛成ではなかったが、始まった以上は勝たねばならない。しかし、艦船、兵器の補給、石油、アルミニウムなどの生産の問題もあって、首相、陸相に対する批判や不満が山積してきた。自分が全部を担当すれば、戦局を転回することができると信じている東條は、この際、理屈の多い参謀本部を自分が握り、嶋田を丸めて陸海軍を自分が統一指揮することを考えていたのである。

この東條の首相、陸相、参謀総長の兼務（一時は内相、文相も兼務した）は、東條幕府として、独裁を批判される理由となった。

両大臣の総長兼務は昭和十九年二月二十一日発令され、同時に統帥部に二人の次長をおくことになり、軍令部には塚原二四三中将（36期、前航空本部長）が高級次長として着任、参謀本部でも後宮淳大将が第一次長（作戦担当）として着任した。

戦局まさに重大なとき、東條主導の人事はできたが、総長を追って次長を増やしただけで、艦船、兵器、戦略物資がとくに増えるわけではない。こういうときに自分の敵を倒すことしか考えていないとしたら、東條人事は、まさに敗戦に繋がるものであったといえよう。

トラック空襲のつぎはマリアナにくると大本営も覚悟していた。トラック空襲の一週間後、二月二十三日、米機動部隊はマリアナ沖に姿を現わし、延べ二百機でサイパン、テニヤン、グアムを空襲した。敵の上陸はなかったが、連合艦隊はこの方面の防備と機動部隊の錬成を急いだ。

三月十日、「航空部隊をもってする海上交通保護に関する陸海軍中央協定」が大本営で決定された。

すでに昭和十八年七月、第一航空艦隊（長官角田覚治中将）が創設されて、テニヤンに進出しており、三月一日には第三艦隊を中心とする第一機動艦隊（長官小沢治三郎中将）が創設され、一航戦（大鳳、翔鶴、瑞鶴）、二航戦（隼鷹、飛鷹、龍鳳）、三航戦（千歳、千代田、瑞鳳）という空母部隊が中心で、シンガポールに近いリンガ泊地で訓練に励んでいた。

三月四日には中部太平洋艦隊が創設され、真珠湾攻撃の機動部隊指揮官南雲忠一中将が司令長官として、九日、サイパンの司令部に着任した。

海上護衛総隊もできて、中部太平洋の守りは徐々に固められていくようであるが、肝心の艦船兵器、とくに飛行機と搭乗員の補給は遅々として捗らず、サイパンに着任した南雲中将は、その要塞設備のあまりの粗末さに落胆して、早急の装備を要求したが、敵は六月中旬に上陸してきたので、間に合わなかった。

守勢に陥りつつある帝国海軍に、活を入れるような壮大な作戦が構想されたのはこの頃である。

この頃、米艦隊の主力はクェゼリン環礁に集結していた。これを奇襲しようという真珠湾攻撃の再現のような「雄作戦」は、二月末、軍令部の図演ですでに話が出ていた。

第一課参謀（潜水艦、戦備担当）の藤森康男中佐の回想によると、この作戦は、いまや敵の大基地であるクェゼリン環礁を奇襲して、敵の反撃を叩きつぶすというもので、源田参謀の着想によるものといわれる。とくに藤森参謀が強調するのは「S特」という水陸両用戦車を使用する件である。

このS特は小型戦車で、これを母艦に積んでいき、月夜にクェゼリン環礁の手前で発進させる。水上を航行して、環礁までくるとキャタピラでこれを越え、また水上を走って、停泊中の敵空母、戦艦に肉薄して魚雷を放ち、敵が混乱している間に、また環礁をのり越えて帰投するというもので、奇抜であるが、有効とみられた。

雄作戦は五月頃実施という話なので、藤森参謀は艦政本部の片山有樹（ありき）少将（造船）と相談し、陸軍も乗り気であったが、三月末、連合艦隊司令部がパラオからフィリピンに移動の途中、行方不明になってしまったので、雄作戦も流れてしまった。

雄作戦の主力は、もちろん飛行機で、使用兵力はつぎのようになっていた。（土肥参謀覚書）

「第一機動艦隊、六十一航戦（零戦、艦爆、艦攻）、十四航空艦隊の一部（陸攻）で、基地、空母の千二百七十五機を使う。ほかにクェゼリン攻略の陸軍、特殊奇襲部隊（S特）が参加する」

クェゼリンとトラックは八百マイル（千五百キロ）、トラックとパラオは千百キロ離れているので、月夜を狙うといっても、トラックから十八ノットで走っても四十四時間はかかるので、攻撃日の昼に敵の哨戒機や前衛の駆逐艦に発見される公算が大で、相当な損害を覚悟する必要があり、敵の機動部隊にこちらの機動部隊が痛撃されると、今後の作戦に大きな影響を及ぼす可能性があった。

それでも、じり貧で敵の進撃を待つよりは面白かったかもしれないが、残念ながら古賀長官らの殉職で、この壮挙も中止となった。

藤森参謀のメモによると、攻略兵団に同行するS特百台を使用する予定になっていたという。

三月十九日の定例軍令部会議で、第三部第五課長（アメリカ情報担当）竹内馨大佐は、トラック奇襲時のミッチャー少将指揮の米機動部隊の兵力を、つぎの編制のように推定した。

第一群　空母エセックス、イントレピッド、カウペンス、戦艦不明、巡洋艦三、駆逐艦六
第二群　空母エンタープライズ、ヨークタウン二世、ベローウッド、戦艦不明、重巡三、
　駆逐艦十
第三群　空母サラトガ、プリンストン、ラングレー二世、その他

米軍の資料によると、米機動部隊の編制はつぎのとおりである。

第五十八機動部隊（高速空母部隊）指揮官ミッチャー少将
TG五八・一　制式空母ヨークタウン二世、エンタープライズ、軽空母ベローウッド、軽巡四、駆逐艦九
TG五八・二　制式空母エセックス、イントレピッド、軽空母キャボット、重巡サンディエゴ、サンフランシスコ、ウイチタ、ボルチモア、駆逐艦九
TG五八・三　制式空母バンカーヒル、軽空母モンテレー、カウペンス、戦艦ノースダコタ型（四十センチ砲九門搭載）六隻、、重巡ミネアポリス、ニューオーリンズ、駆逐艦十

これによると、太平洋方面で行動中の米制式空母は五隻、軽空母は四隻で、そのうち制式空母四隻エセックス、エンタープライズ、ヨークタウン二世、イントレピッド、と軽空母カウペンス、ベローウッドは軍令部の情報網にかかっていた。米機動部隊の全艦船の数は五十三隻である。これに対し日本軍は、制式空母三、改造空母六であった。

三月二十七日、古賀長官は遊撃部隊（第二艦隊）を率い、「武蔵」に座乗して、パラオ泊地にいた。

二十七日頃からビスマーク諸島、ニューギニア北西海面で、米機動部隊の活発な動きが偵察機の網にかかってきた。連合艦隊司令部は三十日の敵空襲必至とみて、二十九日午後二時、

「武蔵」を出て陸上に司令部を移した。第二艦隊は午後七時頃湾外に避退したが、「武蔵」は湾口で米潜水艦の雷撃を受け、小破したので、駆逐艦三隻を護衛として呉に向かった。

予想された敵の空襲は、三十日午前五時三十分に始まり、午後五時三十分までに延べ四百五十六機が来襲、三十一日も延べ百五十機が空襲、つぎの損害を与えた。

沈没　駆逐艦「若竹」以下艦船六隻、船舶十八隻、飛行機百四十七機喪失

日本の航空部隊も敵を発見攻撃、重巡一轟沈、一撃沈、空母一大火災、戦艦一大火災を報告した。米軍の資料では損害は軽微であった。

破壊されたパラオは基地としての機能を失ったとして、古賀長官は三十日夕刻、フィリピンのダバオ（ミンダナオ島）に司令部を移すことを指示した。

三十一日午後八時、サイパンから二式大艇二機がパラオに到着、一番機には古賀長官、首席参謀柳沢蔵之助大佐、航空甲参謀内藤雄中佐らが乗り、二番機には参謀長福留中将、作戦参謀山本祐二中佐、航空乙参謀小牧一郎少佐らが乗って、午後十時、離水、ダバオに向かった。

見送る基地の士官たちは、不吉な予感に捕らえられた。山本長官がソロモンで戦死してから、ほぼ一年近い。あのときも大型機二機による司令部の移動であった。

——無事にフィリピンに行ければいいが……。

そう祈る人もいた。それは杞憂ではなく、長官機はその日夜半、消息を絶ち（全員殉職と認定される）、二番機は機位を失して、セブ島（ルソン島の南西）のセブ市の南方に不時着、

「乙事件」を発生せしめた。

乙事件とは長官機の遭難と、セブ島の南方に不時着した福留参謀長らが、ゲリラに捕らえられた事件である。二番機は一日午前二時頃、セブ市の南方フェルナンド沖海面に不時着水したが、高度を誤り、五十メートルの高さから墜落、小牧航空参謀ら八名が死亡、福留参謀長、山本参謀と搭乗員ら九名が生き残り、海岸に泳ぎついたところ、ゲリラに捕らえられ、その本部に連行された。

筆者は、昭和五十九年一月、『戦艦「武蔵」レイテに死す』（光人社NF文庫）という作品の取材でフィリピンに行ったとき、このフェルナンドを訪れた。フィリピンで一番古い町といわれるセブ市（有名なマゼランは世界一周の途中、この町にきてキリスト教を布教して、住民に殺された）の南方五十キロほどのところにある田舎の町で、元軍曹という男が案内をしてくれた。

当時、ルソン島には米軍のゲリラ指導者がいて、セブ島にもクッシン中佐というフィリピン人のゲリラの将校が、対日戦を指導していた。中佐は福留参謀長たちを海岸の薬工場（?）に収容した後、丘の上の本部に連行した。一番肥満していた参謀長は足に負傷していて、担架で運ばれたという。

詳しい事情を知らない軍令部は、苦悩に見舞われた。

——またか……。

と中沢第一部長は唇を嚙んだ。

前年四月、山本長官の司令部が遭難したとき彼は人事局長で、その後、司令部人事では頭を悩ましたのであった。

古賀長官の一行の行方がわからないうえに、参謀長たちの機も行き先がはっきりしない。軍令部では、四月二日午前五時から両次長、中沢第一部長らが海軍省と緊急協議を行なった。中沢第一部長は、とりあえず連合艦隊の指揮を次席指揮官である高須四郎中将（南西方面艦隊司令長官）にとるように連絡したが、中部太平洋の指揮については、中部太平洋方面艦隊司令長官が指揮するよう軍令部が指導した。

そしてセブ島在勤武官から、福留参謀長らの遭難が伝えられたのである。

セブ島には陸軍の部隊がいてゲリラを討伐中であった。軍令部は参謀本部と相談して、参謀長たちの救出を図った。幸いセブ島でゲリラの掃蕩戦をやっていた陸軍の指揮官は、敵の有力な隊長を捕らえていた。

四月十一日、ゲリラの指揮官クッシン中佐はこれと交換に、またゲリラに対する攻撃を中止するという条件で、参謀長らを渡すといってきた。十二日、参謀長ら九名は陸軍の討伐隊に収容されたという電報がマニラの三十一特別根拠地隊から中央に入り、第一部長たちをほっとさせた。

連合艦隊参謀長が敵のゲリラの手中に陥るというのは、前代未聞の不祥事で、軍令部もこの処分には頭を悩ませた。当時、海軍には陸軍の『戦陣訓』のような、「捕虜となる前に自決せよ」というような教えはなかったが、とくに士官は捕虜になるな、という不文律はあった（昭和十八年四月のい号作戦で捕虜となった筆者は、この戒律の前に非常に悩んだ）。

しかし、連合艦隊参謀長が仮に捕虜になっていたとしても、これを国民に公表することはできない。福留中将たちも、捕虜になっていた、とはいわない。そこで軍令部は海軍省と相談して、何事もなかったように、参謀長たちをつぎのポストにつけることにした。

福留中将は六月十五日付で第二航空艦隊長官、山本参謀は五月二十五日付で第二十一駆逐隊司令となり、間もなく第二艦隊首席参謀となり、「大和」出撃のとき戦死することになる。

ここで問題なのは、参謀長たちが携行していたはずのZ作戦（三月八日、発令）計画書の行方である。この作戦は昭和十九年度に敵が中部太平洋にきた場合の戦闘要領を細かく指示したもので、これがゲリラから米軍の手に渡ると、爾後（じご）の作戦に大きな影響を与えることになる。

しかし、参謀長たちは、「その書類は海岸の岩の下に埋めたから発見されるはずはない」と強く主張したので（山本参謀が隠したといわれる）、軍令部、海軍省も不問に付すことにした。

戦後、アメリカの発表では、このときZ作戦の書類を押収していたとのことであった。しかし、その後のマリアナ作戦、捷一号作戦（初期フィリピン作戦、レイテ戦を含む）などは、当然敵の来襲が予想されたもので、Z作戦の書類が敵の手に入っていてもいなくても、兵力、装備の差と運の悪さ（マリアナで空母がつぎつぎに潜水艦の魚雷で沈没した。レイテ戦では小沢艦隊がハルゼーの空母部隊を北方に誘致したのに、この電報が栗田長官に届かなかったなど）で、日本軍は惨敗をつづけるので、戦後、日本の軍事評論家で、セブ島でZ作戦書類を奪われたことが、その後の戦勢を大きく変化させたと主張する人は少ないようである。

筆者はセブ島訪問のとき、フェルナンドで元軍曹にその海岸に案内してもらった。彼は大きな岩の陰を指して、

「ここにアドミラルたちは重要な書類を埋めたが、ゲリラがそれを拾いあげて、米軍の司令部に届けた」

と、したり顔にいった。

そのとき筆者は、臭いと思った。フィリピンにしろソロモンにしろ、土地には取材ずれした住民がいて、「自分が現地を案内してやる」といって、こちらが喜びそうな場所に連れていく。ここが某将軍の戦死の場所だ、などというが、土地の役所が碑でも建てていればともかく、怪しいことが多い。一つの情報として受けとっておいて、真贋は自分で判定するより仕方がない、と私は考えている。

その元軍曹は参謀長たちが収容されたという工場やゲリラの本部があったという丘の林にも、私を連れていった。私は工場で、初老の女性係員に、

「戦争中、この工場に、ジャパンのアドミラルが収容されたというが、どうか？」

と聞いたが、彼女は、何も知らないと答えた。

元軍曹は、「例の岩の下の海底から日本の将校の階級章が発見され、自分の友人が持っているから、写真をとって送ってやろう」といった。

取材者の喜びそうなことをいって、小遣いをかせぐのが、彼らの常套手段である。私は怪しいと思いながら、若干の金を彼に渡した。多分、これは意味のない行為だと考えながら……。

一ヵ月ほどして、彼から航空郵便が届いた。私はひょっとしたら、その階級章が中将や大佐のものかもしれない、と考えていた。しかし、封筒の中から現われたのは、お稲荷さんなどのお守りの写真であった。そのお守りが実際に例の岩の下から出たものかどうか、確かめる手段はない。

米軍がセブ島で手に入れたというZ作戦の概要を眺めておきたい。
そもそも連合艦隊Z作戦は、昭和十八年八月十五日、敵の中部ソロモン進攻によって、国防圏をマリアナ、西カロリンの線まで下げると決定したとき、敵がマーシャルにきたときの決戦、要撃の要領を定めたもので、その後、状況が悪化し、二月初旬マーシャルを失陥、中旬トラックが大空襲を受けたので、三月八日、連合艦隊は軍令部と打ち合わせのうえ、改定されたZ作戦要領を指示した。

この作戦の要点は主作戦を太平洋正面に指向し、同方面において敵艦隊、攻略部隊が来攻するとき、これを要撃撃滅する、というものであるが、これを敵の来襲方向に分けて、詳細に、主として機動部隊と基地航空部隊の対策を指示したところに特色がある。

その分類法はつぎのとおりで、地域的に分けたところに要点があり、この時期、米軍の主力を迎えて、必勝の秘訣が指示されているわけではない。

甲作戦　第一法　敵が北海道東方海域にきた場合。第二法　小笠原北東海域

乙作戦　なし。乙はZとまぎらわしいため

丙作戦　第一法　南鳥島方面。第二、第三法　小笠原関係。第四法　マリアナ北西海域

以下、丁作戦を含めて、マリアナ、ヤップ、パラオ、ミンダナオ東方海域などに分類している。ハワイのシンクパック（太平洋艦隊司令長官）がこの書類を見て、どう考えたか。私の手元にはまだ資料がない。

古賀長官殉職のときも、後任の決定は遅れて、五月三日、豊田副武（そえむ）大将（海兵33期、横須賀鎮守府長官）が発令された。参謀長は開戦時、真珠湾攻撃の機動部隊参謀長であった草鹿龍之介中将（五月一日、進級）で、四月六日すでに発令されていた。

そして連合艦隊は新司令部でマリアナ沖海戦を戦うことになり、帝国海軍の悲運は、ようやく明らかになりつつあった。

サイパンを巡る葛藤

まず、五月三日、発令された連合艦隊の「あ号作戦」にふれておこう。

三月末のパラオ空襲、連合艦隊司令部の遭難によって、軍令部は連合艦隊司令部の再建を進める一方、三月策定のZ作戦に代わる新作戦計画を策定する必要に迫られていた。これが、あ号作戦である。（註、したがってZ作戦に代わって、あ号作戦が採用されるならば、Z作戦の書類が米軍の手にわたっても、こちらの手の中が全面的に敵にわかるわけではないといえよう）

この作戦計画の中心は、敵が中部太平洋方面と南東方面の両方から進攻してくるものとみなして、この対策を立てたことである。

五月二日の御前会議に両総長、次長、第一部長らが出席して、つぎのような作戦案（大意）を作成、裁可を得た。

一、連合軍の攻略目標はフィリピンで、攻撃正面は西カロリン、西部ニューギニア、マリアナである。

二、当面の作戦指導方針

㈠ 決戦兵力を整備して、五月下旬以降中部太平洋方面よりフィリピン、豪北方面に至る海域において、敵艦隊を捕捉撃滅する。

㈡ 五月下旬、第一機動艦隊及び第一航空艦隊（基地航空部隊）の兵力整備を待ち、第一機動艦隊をフィリピン中南部方面に待機せしめ、第一航空艦隊を中部太平洋方面、フィリピン、豪北方面に展開し、両艦隊の適切な運用により、敵主力を捕捉撃滅する。

こうして、五月三日発令された連合艦隊の「あ号作戦要領」は、つぎのように決戦海面を予定していた。

第一決戦海面　パラオ付近海面

第二決戦海面　西カロリン付近海面

敵がマリアナ、西カロリン両方面に機動したる場合は、第一機動艦隊、第一航空艦隊の全力を集中して、好機全軍決戦に転じ、昼間強襲により、敵機動部隊を撃滅する。

この頃、軍令部と参謀本部は毎日のように、あ号作戦の打ち合わせを行なっていた。

山本親雄第一課長は、その頃の東條参謀総長のことをつぎのように回想している。

私（山本）は陸軍の参謀にこう質問した。

「いよいよ敵がマリアナにくると思われますが、この方面の基地航空兵力も手薄で、多くは期待できない。連合艦隊主力も、敵の上陸必至となってからシンガポールの基地から出向くのでは、一週間はかかります。それまで陸軍が独力でサイパンの飛行場を確保してもらえば、艦隊の作戦もやりやすいのですが。十日間、せめて一週間、飛行場を敵に使用させなければよいのです。陸軍部としての自信を聞きたい」（註、情報によれば、米空軍の長距離爆撃機B29は、五千六百キロを飛び、サイパンから東京まで往復できるといわれていた。戦後、判明した話では、米軍では六月十五日のサイパン上陸の日に、中国基地から九州をB29で爆撃して、

威力を示す予定になっていたという）

陸軍の作戦参謀が答えようとすると、東條参謀総長がそれを遮（さえぎ）っていった。

「一週間、十日はおろか一ヵ月でも大丈夫だ。サイパンはニューギニアやマーシャルとは地形も違う。あれだけの兵力があれば、絶対にサイパンを占領されることはない。十分自信がある。いくら米軍でもサイパンに一度に十個師団も持ってこれるものではない。せいぜい三個師団か五個師団までだと思う。味方はあれだけの島に二個師団の兵力がある。しかも、装備もよくしてあるから大丈夫だ」

山本課長はソロモンやニューギニアでの陸軍の戦闘ぶりからみて、参謀総長の言をそのまま信用はできないと考えたが、陸軍の参謀の話によると、サイパンは小さな環礁ではなく、防備に適した大きな島で、ガ島のようなジャングルも少ないという。

また、その頃サイパンに行って防備を現地指導してきた防備担当の参謀は、

「今度サイパンに送った師団は、陸軍でも優秀な装備を持つ満州の第一線師団の二倍にしてあるから、十分自信があります」

という。

山本課長は、一応信用することにしたが心配であった。

第一機動艦隊がサイパンに近い決戦海面に到着したとき、味方の飛行場が確保されておれば、日本の飛行機は母艦と飛行場の両方を活用することができる。逆にこれを敵にとられれ

ば、敵は空母の飛行機を陸上の飛行場に降ろして戦うことができるのである。

　実際にはどうであったか。米軍のサイパン空襲が始まったのは六月十一日で、十五日には上陸が始まり、十七日から十八日にはサイパンの飛行場は米軍に占領され、マリアナ沖海戦が行なわれた十九日以降は、日本軍はこの飛行場を使用することはできなかったのである。六月十五日未明、サイパンに上陸してきた米軍は、第二、第四海兵師団、第二十七歩兵師団、計約六万名。守る日本軍は、陸軍が第三十一軍（第四十三師団基幹、二万五千名）、海軍が南雲中将の指揮する中部太平洋艦隊（第六艦隊〈潜水艦部隊〉、第五根拠地隊、第五十五警備隊、横須賀第一特別陸戦隊、計六千名）、総計三万千名で、米軍の半分以下であるが、東條参謀総長のいうように優秀な装備があれば、一ヵ月くらいは立派に持久できるはずであった。（註、第三十一軍司令官小畑英良中将は、グアムに出張中でサイパンに帰れず、第四十三師団長の斎藤義次中将が指揮官であるが、実質はやり手の三十一軍参謀長井桁敬治少将が指揮をとる形となった）

　前にも書いたように、この年三月、サイパンに着任した南雲長官はその防備の粗末さに驚いたが、五月に着任した斎藤中将もそれはまったく同じであった。

　斎藤中将の第四十三師団は、昭和十八年六月、名古屋で編制された師団で、静岡の歩兵第百十八連隊、名古屋の同百三十五連隊、岐阜の同百三十六連隊を主力としていたが、その他は寄せ集めで、統一指揮が困難で、中将はまず海岸に陣地を構築にかかったが、資材、道具が不足で、作業の途中で敵が上陸してくるという結果になった。東條総長は自信たっぷりであったが、派遣された参謀は何を視察していったのかわからない。

米軍の本格的なサイパン上陸を知ると、豊田連合艦隊司令長官は、午前七時十七分、「あ号作戦発動」を下令し、八時、各艦隊に日本海海戦と同じつぎの電報を打電させた。

「皇国の興廃この一戦にあり。各員一層奮励努力せよ」

ボルネオの北のタウイタウイ泊地にいた第一機動艦隊は、時きたれり、と出港、東に向かった。その編制はすでに書いたが、つぎのとおりである。

第三艦隊
一航戦　「大鳳」「瑞鶴」「翔鶴」
二航戦　「隼鷹」「飛鷹」「龍鳳」
三航戦　「千歳」「千代田」「瑞鳳」
第十戦隊（軽巡「阿賀野」、駆逐艦「雪風」ほか）
第二艦隊
第四戦隊（愛宕、高雄、鳥海、摩耶）、第一戦隊（大和、武蔵、長門）
第三戦隊（金剛、榛名）、第五戦隊（妙高、羽黒）、第七戦隊（熊野、鈴谷、利根、筑摩）
第二水雷戦隊（軽巡「能代」、駆逐艦「長波」ほか）

これに対してクェゼリン環礁から攻めてきたのは、スプルーアンス大将指揮の第五艦隊とこれに護衛された前記の上陸部隊で、ミッチャー中将の指揮する第五十八機動部隊の空母群は、先に書いたトラックを奇襲した部隊とほぼ同じ兵力であった。戦闘はサイパン島南東の海面で生起し、六月十九、二十の二日にわたって戦われた。

この前、十七日、豊田司令長官はつぎの天皇のお言葉を各司令官宛に打電していた。

「このたびの作戦は国家の興隆に関する重大なものなれば、日本海海戦のごとき立派なる戦果を挙ぐるよう作戦部隊の奮起を望む」

果たして小沢艦隊は東郷艦隊のような殲滅的な打撃を敵に加えて、スプルーアンスの大艦隊を粉砕し、戦局を転回できるであろうか?

このとき、旗艦「大鳳」の艦橋にあった参謀の中には、きっと飛行機隊は期待に応えてくれるだろう、と期待に胸を躍らせていた。それは今回の航空攻撃には、アウトレインジ戦法が採用され、敵機が攻撃する前にこちらが敵の空母を攻撃することができるようになっていたからである。日本軍の零戦、彗星艦爆、天山艦攻はいずれも敵機より足(航続距離)が長い。そうなれば訓練によってきたえられた腕がものをいう。これが日本軍の秘策であった。

しかし、戦争というものは必ずしも訓練やアイデアだけで勝敗が決まるのではない。すでに十八年四月十八日、山本長官機が奇襲されてから、戦の神は日本軍を見放したのか、と思われるほどの運の悪さである。一年間に二回も司令長官が遭難するというのは、世界の戦史にも例がないのではないか。マリアナでも日本軍は不運であった。

第一日、索敵機の「敵発見」の報により、午前七時三十分、三航戦から六十四機、一航戦百二十八機（この中に期待の彗星艦爆五十三、天山艦攻二十七が入っていた）、二航戦艦攻四十九機（天山艦攻七を含む）が、母艦を発進、東に向かった。米軍はサイパンを背にして、西からくる日本軍を迎えた。

そしてあまりにも不運な日本軍……攻撃隊が発進してから、一時間もたたない午前八時十三分、旗艦「大鳳」に米潜水艦の魚雷一発が命中した。三万四千トン（公試）の大空母「大鳳」は傾きもしなかったが、午後二時過ぎには、格納庫の中に充満したガソリン混合ガスが大爆発を起こし、攻撃隊の戦果も聞かず沈没してしまった。そしてこのすこし前、午後二時一分、「翔鶴」も米潜水艦の魚雷三本を受けて沈没していた。

何ということであろう。珊瑚海、ミッドウェー、南太平洋海戦でも、日本の空母は敵の潜水艦の魚雷で沈んではいない。むしろサラトガ、ワスプ、ヨークタウンなど、日本の潜水艦によって、大破、もしくは撃沈された米空母の方が多いのである。戦の神はついに日本軍を見放したのか。

攻撃隊の方も不運がつづいた。そしてこの海戦の鍵は新兵器の登場でもあった。午前十時、一航戦、三航戦の攻撃隊が敵空母陣の百五十マイルに接近すると、レーダーで早くもこれを探知した（日本軍にもレーダーはあったが、精度がいまだしであった）ミッチャー中将の司令部は、予定どおり四百五十機の戦闘機を上げて日本軍を迎撃した。

その大部分は新型のグラマンＦ６Ｆヘルキャットで、ソロモンでさんざん零戦に翻弄されたＦ４Ｆワイルドキャットの兄貴分で、零戦より重量は重いが、速力はぐんと速く、航続力でも対等で、とくに防御力に優れていた。零戦は空戦性能をよくするために、操縦士の背中の装甲などを薄くしてあったが、ヘルキャットは厚く、また燃料タンクの装甲も同様で、零戦自慢の二十ミリ炸裂弾でもなかなか撃墜が難しくなってきていた。

もちろん、攻撃隊にも四十八機の直衛の零戦がついており、壮烈な空戦が展開されたが、圧倒的多数のヘルキャットの前に、零戦の防衛も成らず、つぎつぎに日本の攻撃機は撃墜され、ほとんど戦果は挙がらず（戦艦サウスダコタ、空母バンカーヒルなどが小破の程度）、さらに日本の攻撃隊が空母に接近すると、直衛の戦艦、巡洋艦、駆逐艦からおそるべき新兵器が撃ち出された。マジック・ヒューズと呼ばれるＶＴ信管がついた米軍の高角砲で、この機銃の弾は目標に命中しなくとも、その近くにくれば炸裂するようになっており、このため突入した日本機は、つぎつぎに目標を前にして墜落していった。

これら新兵器のために、百九十七機の攻撃隊のうち百三十八機が撃墜され、最初の攻撃は失敗に終わった。遅く発進した二航戦は、敵空母を発見せずに帰投した。また第二次攻撃隊も発進したが、ほとんどが敵空母を発見することができなかった。

かくて海戦第一日は、空母「大鳳」「翔鶴」と多くの飛行機を失い、予定の〝アウトレインジ〟作戦は、敵の攻撃隊がくるより前に敵を発見できたが、ほとんど戦果を挙げることができなかった。（註、この日、米軍の攻撃隊は日本軍を発見できず、その点では〝アウトレインジ〟戦法は成功していたかもしれないが）

そして第二日、旗艦「大鳳」の沈没のため、将旗を重巡「羽黒」、ついで空母「瑞鶴」に移した小沢長官は、陣容を建て直すためにいったん西北に避退した。今度は米軍が日本軍を追撃する番である。ミッチャーは午後四時、日本軍を発見、二百十六機を発進させた。小沢の方も薄暮攻撃を計画し、「瑞鶴」からベテランを集めて、天山十機を発進せしめたが、敵を発見することはできなかった。

米攻撃隊は午後六時近く、小沢部隊を発見、殺到した。空母「飛鷹」は撃沈され、不敗を誇る「瑞鶴」もついに一弾を浴び、「隼鷹」「龍鳳」「千代田」もそれぞれ損傷を被った。敵機が去った後、小沢の手に残ったのは、わずかに彗星一、天山四、を含む三十五機に過ぎなかった。

「これで、当分、空母決戦はできなくなったな……」

「瑞鶴」の艦橋では航空参謀がそうつぶやいた。闇の中で小沢長官の表情はわからなかった。事実、これで太平洋をわがものに駆け回った帝国海軍の機動部隊は、終焉を告げたのであった。

当時、小沢長官は帝国海軍最後の切り札ともいうべき実戦に強いと思われた指揮官（水雷科出身で、航戦司令官、海軍大学校長の経験あり、開戦以来、南遣艦隊長官、第三艦隊長官など前線の経験豊富）で、このマリアナ沖海戦では、ソロモン以来長期の搭乗員の錬成もできており、飛行機も彗星、天山と新型機がそろっているので、軍令部も大いに期待していた。

しかし、武運つたなく敵潜水艦の雷撃と飛行機の攻撃で虎の子の空母三隻を失い、とくに新造の「大鳳」と開戦以来活躍してきた「翔鶴」を失ったことは痛く、これで制式空母は「瑞鶴」だけとなってしまったので、機動部隊の再建はほとんど絶望とみられるに至った。

当時、早急に間に合う空母としては、「天城」「葛城」のほか戦艦改造の「信濃」ぐらいで、この海戦で飛行機約四百機を失い、搭乗員もベテランのほとんどを失ったので、軍令部も今後、航空戦に関してはどのような作戦を立てたらよいのか、案も出ない状況であった。

この作戦の間、大本営がサイパン増援、奪回を図ったので、それにふれておこう。

東條総長はサイパン戦開始前には、陸上の防備に自信を持っているようなことをいっていたが、実際に米軍が上陸してくると、たちまち飛行場に敵が迫る状況なので（上陸前に米軍の戦艦、巡洋艦が猛烈な砲撃を海岸の日本軍施設に加える方法は、アッツ、タラワなどで行なわれていたが、今回、サイパンではこれが日本軍の士気を非常に阻喪させた）、昭和十九年六月十六日、東條総長は早くもサイパンに増援部隊を送ることを上奏した。

軍令部もこの方針にもとづき、戦艦「山城」で陸軍数千を輸送することや、第五艦隊「那智」「多摩」「木曽」ほかを使用することを考え始めた。

十九日、東條総長はこの件に関して上奏、裁可を得た。この作戦を「Y作戦」といい、つぎのような内容であった。

イ号作戦（確保任務）歩兵一個連隊、速射砲五大隊、迫撃砲一大隊、突撃一中隊、噴進砲一中隊などを海軍艦艇によってサイパンに輸送する。

ワ号作戦（撃滅任務）　二個師団を七月上旬、サイパンに送る。

軍令部第一部は榎尾（えのお）義男大佐（作戦班長）を主務部長として研究をつづけ、六月二十一日、つぎのように空母部隊をも投入してサイパンを奪回する作戦案を立てた。

参加飛行機　八幡部隊（各航空隊の教官、教員クラスで老練な搭乗員で編成）二百七十機、一航艦百機、空母部隊百機（註、八幡部隊は以前から準備していたが、一航艦はテニアン島に集結して、連日、敵の空襲を受けているので多数の参加は望み薄で、空母部隊も新たな搭乗員を錬成しなければ、多くは望めなかった）

行動予定　実施日　七月八日（X日とする）

X日マイナス七（七月一日）　輸送船団（八万トン）出港（横須賀か）

X日　六　第五艦隊出港

X日　四　空母部隊、第二艦隊出港

X日　一　航空機投入、三百機でグアム、テニアンを制圧

同日　輸送船サイパン入港

X日プラス一　第五艦隊、サイパン入港、イ号作戦決行。制空、制海権をとるために猛攻を加える

陸軍の意見　イ号でいきたい。ワ号はやりたくない。
嶋田総長の指示　敵を増長させれば将来の算立たず。何とかして成立せしめたし。敵艦隊が東に移動したときを狙う。やる以上は大兵力を出す。「瑞鶴」も出すべし。小兵力は危険である。艦隊決戦が目標である。飛行機は陸軍からも出せる。（註、これに陸軍はこだわった。陸軍の飛行機は海上を飛ぶことに慣れていない）

軍令部第一部では中沢部長を中心に、この案を甲案として研究をつづけた。

一方、マリアナ沖海戦の状況が判明し、二十一日には敗北とわかったが、連合艦隊司令部はこの甲案でサイパン奪回作戦をやるつもりで、二十二日、沖縄に向かう機動艦隊司令部につぎの奪回作戦準備を指令している。

初めやる気であった陸軍は、マリアナ沖海戦の失敗を知ると消極的になってきた。言い出した東條総長も、

「機動艦隊が駄目なら（陸軍の）航空部隊は硫黄島まで進出したところでつぶれてしまいはしないか？　一時的に敵の空母に打撃を与えても、わが航空部隊も持続できなければ困る。イ号、ワ号の成算はなかなか立たないと思う。あ号作戦は最悪の結果と思う」

と陸軍部内の研究会で発言した。

六月二十二日、大本営陸海軍部は作戦課長以下による打ち合わせを行なった。結局、陸軍部は海軍部の計画に対し「さようなる決心つかず」と結論を出した。その理由は、つぎのと

おりである。

一、陸軍としては成算が立たない。

二、陸軍機は出す余裕がない。出すとしてもせいぜい戦闘機一個戦隊（三十六機）で、しかもその戦力に自信がない。

三、本作戦に成功するとしても、陸海軍の戦力を消尽する。敵は再度サイパンの攻略を企図するか、または他の方面に攻略作戦を計画するであろう。サイパンのみを守れば他は守る必要なし、とすることはできない。小笠原やパラオがある。

要するに東條総長は、海軍が輸送してくれれば、陸軍はサイパンを奪回する自信があるとして、この作戦を提案したので、航空戦のことは考えていなかったらしい。陸軍も飛行機を出せ、と海軍が言い出したので、参謀たちは尻込みし始めた。

それも無理からぬことで、海軍の搭乗員は、元来、海の上を飛ぶので、下に目印がなくとも片道二百五十マイルくらいは行って帰ってくる。それでなければ空母の決戦はできない。基地の搭乗員でも海の上を飛行して、海図だけを頼りに帰るように訓練されている。

シナ事変のとき、陸軍の飛行機が台湾から大陸の飛行場を攻撃することになった。陸軍の指揮官が、

「我々の搭乗員は海の上を飛ぶことに慣れていない。陸の上を飛ぶときは主として鉄道のレ

ールや駅を目印に飛ぶ。台湾から対岸の福建まで五キロおきに駆逐艦を並べてくれないか」と注文したので、海軍の指揮官も初めて陸軍の航法の正体を知ったという話がある。

サイパンに敵が上陸してきたとき、グアムやテニアンはまだ日本軍の手中にあったので、ここに陸軍の飛行機を送れば、相当有効だと海軍は考えたが、そこまで陸軍機を送るのが大問題であったのだ。

軍令部は甲案（奪回強行）か乙案（サイパンを持久して、航空戦力を再建する）かで参謀本部と話し合いをつづけたが、小沢艦隊の損害を知った連合艦隊司令部も乗り気ではなくなったことがわかってきた。

そこで軍令部も乙案でいくことにし、二十四日、東條、嶋田両総長は参内して、その旨を上奏した。しかし、サイパン上陸を重大と考える陛下は直ちに承認がなく、元帥会議でよく検討するようにと指示された。

二十五日午前十時から、宮中で元帥会議が開催され、海軍、伏見宮、永野の両元総長、陸軍、梨本宮、杉山前総長に両現総長が陪席した。会議の結果、伏見宮が代表して、両総長の上奏した中部太平洋処理（奪回中止）と陸海軍の航空戦力の統一運用に努めるべし、というお沙汰を賜わった。

このようにして、〝戦の神〟が最後の微笑みを見せたかもしれないサイパン奪回作戦も、断念されることになった。陸軍はどう考えていたのか、『大本営機密日誌』を見る。

昭和十九年六月二十日

昨日の海空戦で、わが艦載機主力を喪失して、沖縄方面に避退しているようであるが、まだ明らかでない。帝国の運命はすでに決したのだろうか？

十四日、シナから帰ったとき、私は真田第一部長に「サイパンはどうですか？　心配でしょう」と聞くと、

「いや、中部太平洋で一番堅固な正面にぶつかったのだから、これは敵の過失だ、必ず確保するだろう」

とのことであった。

陸軍作戦部長のこの強気は一週間たたぬうちに、ついに裏切られた。絶対優勢なる海空軍の支援下に上陸してきた敵に対する、孤島防衛の思想はすでに成立しないことがわかった。開戦前からわが統帥部が堅持していた、不沈空母の思想は根底から覆（くつがえ）された。我々の考えた絶対国防圏の思想は、ついにこのときをもって瓦解（がかい）せざるを得なくなったのである。（中略）

海軍はサイパンの重要性に鑑み、ふたたびこれを奪回しようと躍起になって、今度は陸軍航空隊の出動をうながしているけれども、制空権を失った今日如何（いかん）とも仕方がない。たとえそれが可能であったとしても、まだ全然海上航法の試練を受けていない陸軍航空隊を、その尻ぬぐいに使おうと思っても、これは焼け石に水にほかならぬ。希望と現実は違う。ついに東條、嶋田の会談で本作戦を断念するに至った。

七月七日、南雲司令部の最後の突撃によって、サイパンは陥落した。

このサイパン奪回作戦中止のことは、山本親雄作戦課長の『大本営海軍部』にも出ているが、サイパン戦が終わったとき、陸軍の作戦課長服部卓四郎大佐が、しみじみと、

「山本さん、今度の戦で陸軍の装備が悪いことが、本当によくわかった。だが、いまからでは間に合わない」

といった。悲痛な声であった。

陸軍の装備がアメリカに比べて格段に落ちることは、ガダルカナル、アッツで経験ずみのはずである。それなのに東條総長は、サイパンの装備に自信があるようなことをいっていた。そしていまからアメリカを凌ぐ装備を整えるというのは、現在の工業力を考えると不可能に近いのだ。開戦時、量はともかく空母や飛行機の質において、アメリカと対等もしくはそれ以上を誇っていた海軍も、この海戦でアメリカの新兵器に圧倒され、零戦も時代遅れとなりつつあり、これからの見通しは暗かった。

この山本課長の本には出ていないが、サイパン奪回には余談がある。当時、海軍省教育局でサイパンの悲報を聞いて悲憤に堪えない士官がいた。元軍令部参謀（作戦班長）で、第一次ソロモン海戦で、三川艦隊が敵の重巡四隻を一瞬にして屠ったときの、第八艦隊首席参謀であった熱血の愛国者神重徳大佐がその人である。

彼はその後、軽巡「多摩」艦長を経て教育局第一課長を勤めていたが、サイパンの窮状を

見るにしのびず、二期先輩の山本第一課長のところにくると、

「山本大佐、戦艦『山城』か『扶桑』と特別陸戦隊二千名を私に貸してください。サイパンにのしあげて、浮き砲台として、奪還してご覧に入れます」

と強調した。山本は驚いたが、ちょうど甲案で陸軍と交渉しているところなので、そちらでやる、というと、

「いや、陸軍では駄目だ。陸軍の飛行機を使うといっても、彼らは海の上を飛べない、というではないか。これは海軍で、特攻隊でやるのだ」

と神はいつもの精神主義を強く主張した。

しかし、そんな特攻隊作戦を嶋田総長が許すはずもなく、神案は空中分解してしまった。後に甲案も流れたと聞いたとき、神大佐は非常に残念がった。

しかし、神大佐は単なる精神主義者ではなく、重臣の岡田啓介元総理にこのサイパン奪回作戦を熱心に強調し、岡田大将もこれを軍令部に紹介した。サイパン玉砕の後、神大佐は連合艦隊首席参謀となり、捷一号作戦（レイテ戦を含む）では、水上部隊の敵上陸地点への殴り込み作戦を提唱し、レイテ戦ではこれを実現、翌年四月には、「大和」中心の沖縄特攻の計画主任者となる。

薩摩人らしい熱血の神大佐は、その後、第十航空艦隊首席参謀として終戦を迎えるが、九月、所用で北海道へ飛ぶとき、飛行機が海に不時着し、彼は助かるのに海底に沈んだという。

サイパン奪回断念の後、軍令部第一部第一課は、昭和十九年六月二十七日、つぎなる敵の

企図を判断するために研究会を開いたところ、参謀たちからつぎの発言があった。

榎尾(えのお)義男大佐(作戦班長) まず八月から九月にかけて本土空襲のために硫黄島の攻略を図る。ついで、パラオの攻略を図る。機動部隊は沖縄を攻撃する。十月から十一月にかけて南西諸島(奄美、沖縄を含む)攻略、フィリピンにくるのは十九年末であろうが、攻略戦はフィリピン北部に向けられると思う。本土空襲は十月頃以降、硫黄島から実施されるであろう。

源田実中佐(航空作戦担当) 米軍は八月から九月頃、南西諸島の攻略を行なうであろう。(六月十五日のB29による)先の(北九州)空襲より大規模の空襲が本土に行なわれるであろう。

中沢佑(たすく)少将(第一部長) 公算の大きいのは、ルソン島北部、台湾、南西諸島南部と思う。硫黄島、パラオに関しては、機動戦の程度であろう。次期攻略戦の開始時期は二ヵ月後、九月初頭であろう。米軍は十一月のモンスーンの前までに、次期作戦の一段落を企図していると思う。

三上作夫中佐(情報担当、南西方面担当) 次期攻略作戦はフィリピン北部に指向されるものと思う。

これらを総合すると、敵の次期進攻を予想されるのは、硫黄島、パラオ、沖縄、フィリピンが多い。実際、マリアナのつぎに米軍が上陸してきたのは、パラオの南のペリリューと蘭印のモロタイであるが、大きなところでは十月中旬のフィリピン（レイテ島、スルアン島）であった。

翌二十八日、陸海軍部長作戦担当者の打ち合わせがあった。陸軍側の企図判断も海軍と大きな違いはなかった。杉田一次大佐（参謀本部第二課〈作戦課〉高級部員）の発言はつぎのとおりである。

「敵は速やかに終局を結びたいと思っている。戦略的に二つの大目的がある。

一、日本本土と南方資源要域を中断すること。このためには南西諸島またはバシー海峡（台湾とフィリピンの間）の一部を占領すればよい。

二、本土を中心とする戦争遂行能力を弱化させる、これには要地を空襲し、船舶を攻撃し、要すれば本土上陸作戦を実施するであろう」

またこのとき、後に大本営の名参謀といわれる瀬島龍三第二課員は、つぎのように発言した。

「敵は東の太平洋方面及び西のインド、シナ方面から、我の首に主攻撃を指向し、状況によっては直接、本土に攻撃を指向する算がある」

サイパンの失陥によって、中央の政局は、東條引き降ろしに慌ただしく動き始めた。以前から東條を追って早期和平に持ちこもうと考えていた重臣は、岡田啓介、米内光政、近衛文麿、吉田茂（前駐英大使）、牧野伸顕らで、彼らはまず東條幕府の中で嶋田海相を降ろそうと考え、ひそかに会合を行ない、木戸内府と組んで、まず嶋田海相を辞めさせ、七月十八日、ついに東條内閣を総辞職に追い込んだ。

二十二日、小磯・米内連立内閣の形で、後継内閣が発足した。米内は海相で副総理の形で、陸相は杉山元、外相は重光葵（まもる）、蔵相は石渡荘太郎で、困難な時局に直面することになった。

第六章　連合艦隊の終焉

痛恨、レイテ沖

いよいよ十月中旬、ハルゼー大将の率いる米第三艦隊は、制式空母八隻、新型戦艦六隻を基幹とする史上最大の大機動部隊を中心として、フィリピンに押し寄せ、連合艦隊と最後の決戦を行なう。

八月末、軍令部第三部（情報担当、第五課は、アメリカ担当）は、アメリカの兵力をつぎのように推定し、空母に関してはかなりの正確度を持っていた。

制式空母

新式エセックス型　十隻（エセックス、レキシントン二世、ヨークタウン二世、ホーネッ

ンデロガ）ト二世、ワスプ二世、バンカーヒル、フランクリン、イントレピッド、ハンコック、タイコ

旧式二隻（サラトガ、エンタープライズ）

このうち新型のエセックスの要目はつぎのように推定される。
二万五千トン、三十五ノット、搭載機数・艦戦F6Fヘルキャット三十六機、艦爆SB
DドーントレスまたはSB2Cヘルダイバー三十六機、艦攻TBFアベンジャー十八機
計九十機

軽空母

九隻、一万三千トン、三十ノット、三十機

護送空母

七十隻以上、そのうち対日作戦に充当されるのは四十隻

戦艦

新型　四万五千トン型　三隻（アイオワ、ニュージャージー、ウィスコンシン）
新型　三万五千トン型　六隻（ノースカロライナ、ワシントン、サウスダコタ、インディアナ、マサチューセッツ、アラバマ）
旧型　八隻（コロラド、メリーランド、ウエストバージニア、テネシー、カリフォルニア、ペンシルバニア、アイダホ型二隻）

航空兵力

アメリカの第一線軍用機は二万四千六百機で、そのうち対日正面に使用されているのは、九千三百機と推定される。また中部太平洋方面には二千四百五十機、南太平洋方面には千四百五十機が充当されていると軍令部では推定していた。

地上兵力

この時期、アメリカは全部で百三十四師団の地上兵力を所有していると推定される。そのうち欧州に五十師団、太平洋方面に四十・五師団を充当していると推定されるが、海より陸の方が推測は困難である。

太平洋方面

海兵師団五・五、歩兵師団三十八、空輸師団二、装甲師団一、騎兵師団一。

平和と友情を愛する民族の国フィリピンにふたたび戦火が訪れるのは、十月中旬であるが、その前に昭和十九年十月十日から、ハルゼーの機動部隊と日本の基地航空隊との間で台湾沖航空戦が行なわれた。

十二日から十五日までに、空母撃沈十一隻、八隻撃破、戦艦一隻、重巡一隻撃沈を搭乗員は報告し、久方ぶりに国内では軍艦マーチが鳴り響いたが、残念ながら日本軍の搭乗員には未熟な者も多く、実際は重巡二隻が大破しただけで、空母の戦果はなかった。

またこの戦果を信用したために、後の作戦では、敵の空母がいないものとして方針を立て、損害を大きくしたこともあった。

この台湾沖航空戦の最中、十二日午前十時三十分、日吉（横浜市、東横線日吉駅の近く）に移動（九月二十九日）していた連合艦隊司令部は、基地航空部隊の「捷一号、二号作戦」を発動した。これは全力を挙げての本土防衛作戦で、一号は敵がフィリピンにきた場合、二号は台湾にきた場合の作戦であった。

霞ヶ関の軍令部にいた中沢佑第一部長は、

——きたな……。

と思った。

中央と現地の連絡を密にするため、彼は十月二日、横浜を発して、フィリピン、台湾、南西諸島方面を視察した。三日、マニラに達した中沢は、南西方面司令長官（三川中将）、第一航空艦隊司令長官（寺岡謹平中将）、第二十六航戦司令官（有馬正文少将、十五日、司令官みずから特攻として、敵艦に体当たりする）らと会って中央の期待を伝え、士気を鼓舞した。

この視察によって、中沢は現地部隊の戦局認識は、「漸次改善されつつあり」と感じ、陸海軍の協同も、「敵機動部隊の来攻により、作戦思想が一致しつつあり」と感じたが、各部とも人員が不足し、とくに幹部級にそれがはなはだしく、基地航空隊の通信関係の陣容がもっとも貧弱であることを痛感したと報告している。

「アイ、シャル、リターン」と約束したマッカーサーの部隊が、二年十ヵ月ぶりにフィリピンに帰ってきたのは、レイテ湾の小島スルアン島においてであった。

十月十七日、午前七時近く、スルアン島の近くにアメリカの戦艦一、巡洋艦二、駆逐艦八が接近してきた。同島にあった海軍見張所は、七時四十分、「敵は上陸準備中」を打電し、八時、「敵は上陸を開始せり。天皇陛下万歳」を最後に消息を絶った。

これが凄惨なフィリピン戦の幕開けであった。進攻してきた米軍の中心は第三艦隊で、その編制は先に軍令部第三部が推定したものに近いが、総指揮官ハルゼー大将は戦艦ニュージャージーに座乗、機動部隊の第三十八部隊指揮官ミッチャー中将は空母レキシントンに座乗していた。

空母部隊の編制はつぎのとおりである。

第一群（指揮官マッケーン中将）　制式空母ワスプ、ホーネット、軽空母三、飛行機二百七十四機、重巡三、駆逐艦五

第二群（ボーガン少将）　制式空母イントレピッド、ハンコック、バンカーヒル、軽空母インデペンデンス、飛行機三百三機、戦艦ニュージャージー、アイオワ、軽巡五、駆逐艦十七

第三群（シャーマン少将）　制式空母エセックス、レキシントン、軽空母プリンストン、ラングレー、飛行機二百八十二機、戦艦ワシントン、マサチューセッツ、サウスダコタ、アラバマ、軽巡四、駆逐艦十四

第四群（デービソン少将）　制式空母フランクリン、エンタープライズ、軽空母サンハシ

ント、ベローウッド、飛行機三百二十九機、重巡一、軽巡一、駆逐艦十二
合計、制式空母九、軽空母八、計十七、戦艦六、重巡四、計十、軽巡十、駆逐艦五十八、
搭載飛行機千百八十八機であった。

これに対し〝最後の連合艦隊〟ともいうべき小沢中将の第一機動艦隊は、つぎの編制で、
まずシンガポールの南のリンガ泊地に勢ぞろいした第二艦隊中心の第一遊撃部隊は、ボルネ
オのブルネイ湾を経て、決戦場のレイテ湾に向かった。

第一遊撃部隊（栗田健男中将指揮）
第一夜戦部隊（栗田中将直率）
第一戦隊　「大和」「武蔵」「長門」
第四戦隊　「愛宕」「高雄」「鳥海」「摩耶」
第五戦隊　「妙高」「羽黒」
第二水雷戦隊　軽巡「能代」、第二駆逐隊、第三十一駆逐隊、第三十二駆逐隊、「島
風」
以上、戦艦三、重巡六、軽巡一、駆逐艦九
第二夜戦部隊（第三戦隊司令官鈴木義尾中将指揮）
第三戦隊　「金剛」「榛名」

第七戦隊　「熊野」「鈴谷」「利根」「筑摩」
第十戦隊（司令官木村進少将）軽巡「矢矧」、第十七駆逐隊
以上、戦艦二、重巡四、軽巡一、駆逐艦六
第三夜戦部隊（第二戦隊司令官西村祥治中将指揮）
第二戦隊　「山城」「扶桑」、重巡「最上」、第四駆逐隊、「時雨」
以上、戦艦二、重巡一、駆逐艦四
合計、戦艦七、重巡十一、軽巡二、駆逐艦十九であった。

このほか、瀬戸内海には小沢中将指揮の機動部隊本隊と第五艦隊中心の第二遊撃部隊が待機していた。

機動部隊本隊
第三艦隊（小沢治三郎中将直率）
第三航空戦隊　「瑞鶴」「瑞鳳」「千代田」「千歳」
飛行機百八機
第四航空戦隊　航空戦艦「日向」「伊勢」、軽巡「大淀」
第三十一水雷戦隊　軽巡「五十鈴」、駆逐艦八

第二遊撃部隊（第五艦隊司令長官志摩清英中将指揮）

第二十一戦隊　重巡「那智」「足柄」

第一水雷戦隊　軽巡「阿武隈」、駆逐艦四

これが最後の連合艦隊の一見堂々たる陣営であるが、これで気づくのは、開戦時、十二隻あった戦艦が、三隻しか減っていないことである。その三隻のうちソロモンで戦って撃沈されたのは、「比叡」「霧島」で、残る「陸奥」は昭和十八年六月、事故で爆沈している。

要するに航空万能のこの戦いで、実戦に出て水雷戦隊などと共同作戦を行ない得たのは、三十ノットの高速を持つ「比叡」「霧島」「金剛」「榛名」の旧巡洋戦艦・高速戦艦だけで、ほかの戦艦はその巨大な体を瀬戸内海やトラック環礁に横たえるだけで、山本五十六ら航空派が主張したように、大艦巨砲主義は完全に崩れたといってよかろう。

空母は四隻が顔を出しているが、このうち、開戦時からいた制式空母は「瑞鶴」だけで、ほかの「赤城」「加賀」「飛龍」「蒼龍」「翔鶴」の五隻は、すべて実戦で沈んでいる。では開戦と同時に空母の建造を盛んにすれば、戦局に間に合ったかというと、開戦直前、十六年七月起工された「大鳳」が竣工したのが、十九年三月七日で、マリアナ沖海戦にやっと参加した。

一方、アメリカの方は開戦と同時に多数の空母の建造を始め、これがソロモンの戦闘の最後、ブーゲンビル沖海戦に出てきて、日本軍の飛行機に大きな損害を与えている。

アメリカは多くの空母と飛行機を製作しているが、「大和」と対抗すべき新型戦艦も数隻建造している。しかし、この戦艦群はあまり働いてはおらず、日露戦争当時に海軍に入った提督たちが期待した戦艦対戦艦の壮絶な撃ち合いは、第三次ソロモン海戦のときに「霧島」とワシントン、サウスダコタの間に一回だけ生起したのみである。

このレイテ沖海戦でも、「大和」「武蔵」「長門」は珍しく主砲を撃つが、相手は空母や飛行機で、六隻きているアメリカの新型戦艦との対決はついに見ることができなかった。

さもあらばあれ、この史上最大にして最後の艦隊決戦の様子を追っていこう。

昭和十九年十月十七日、レイテ湾の小島に上陸してきた米軍は、十八日、レイテ島の日本陸軍の陣地に猛攻を加えた後、上陸してきた。その場所はレイテ湾岸のほぼ中央で、その後、マッカーサーという地名になるところである。

筆者は昭和五十九年一月、『戦艦「武蔵」レイテに死す』の取材でフィリピンに行ったとき、この米軍上陸の海岸に行ってみた。九十九里のような曲線をもつ浜で、椰子の葉で屋根をふいた高床式の粗末な家がばらばらと建っていた。

一軒の家の主に聞くと、「この辺にマッカーサーの軍が上陸してきたという話は聞いた。我々はその後に移住してきたのだ」ということであった。この近くに日本軍の将校クラブをやっていたというヨーロッパふうの家が残っていた。将校とダンスを踊ったという中年の女性がいた。

「ここは艦砲射撃でやられなかったか?」

という質問に対し、

「日本軍は山中で戦うといって、早めに引き揚げたので、それほど砲撃は激しくなかった」

と将校のアルバムを見ながら、彼女はそう答えた。

レイテの守備隊は京都の第十六師団であった。水際で決戦するよりも、内部にマッカーサーの軍を引き入れて打撃を与えようとしたことは戦史に出ている。その後、山中で決戦を挑み、また持久しようとして、ほとんどが玉砕したと伝えられる。

この後、私はレイテの山中に入って、将兵の慰霊碑に詣でた。アルバムの若い将校たちの元気な笑顔が、私の目の前に浮かんだ。

——あの将校たちも、このレイテの土となってしまったのか……。

そう考えていると、スコールがばらついてきた。

クラブの女主人の話では、この地域の日本軍は軍紀厳正で、住民でうらむ者はいなかったという。優雅かと思われる古都の将兵は勇敢に戦って、いまは歴史に残るこの島に眠っているのである。

マッカーサーが部下とともに上陸して、「アイ、ハブ、リターンド(私は帰ってきた)」と胸を張ったのは、もっと北の海岸だという。そのパロという海岸にいく途中、マルコス元大統領夫人イメルダの生家の横を通った。熱帯樹の林に覆われて、中の屋敷は見えなかった。

イメルダはフィリピン有数の財閥で、この島の北端にあるタクロバンにも立派なリゾートホテルを経営している。マニラでもセブでも、最高級のホテルはイメルダが経営していると思えばよいという。

また彼女は自分の生家のあるレイテ島をリゾートとして売りだすために、マニラとレイテを繋ぐ高速道路を建設中で、すぐ北のサマール島との間にはすでに立派な吊橋がかかっていた。サマール島とルソン島の間にあるサンベルナルジノ海峡にも橋を渡して、マニラから車で来られるようにするのが、彼女の夢だったという。彼女が狙うのはすべて外国の金持ちで、セブでガイドを勤めた若い女性は、

「日本と違ってフィリピンでは、政府が国民の面倒をすこしもみてくれないので、民衆は困っている」

とぼやいていた。マルコス政権が崩壊する根は深いといえよう。

日米両軍が攻防に死闘を演じたタクロバン港のすぐ南にパロの町があり、その海岸に直径二十メートルほどの池があり、その中に数名のアメリカ将校が歩いている銅像が立っていた。その前列中央に池の水を蹴って、こちらに進んでくるのが、フィリピンの救いの〝英雄〟ダグラス・マッカーサー将軍である。並の銅像でなく、いま帰ってきたという感じで、海水を分けていく形にしたということが、この自己顕示の好きな将軍らしいところといえようか。

いよいよ帝国海軍の運命を決する世紀の海戦である。軍令部の動きを中心に経過を追ってみたい。

レイテに敵主力の上陸近しとみた大本営は、緊張して決戦の準備を急いだ。海軍部（軍令部）は、十月十八日（この日、敵はレイテ島に上陸してきた）午前、作戦会議を開いた。

栗田艦隊（第一遊撃部隊）は、この日午前一時、リンガ泊地を出撃、二十日、ブルネイ湾で重油の補給を行なって、決戦場への通路であるサンベルナルジノ海峡を通過するのは、二十四日夕刻の予定と、栗田中将からの連絡が入っていた。

瀬戸内海にいた機動部隊本隊からは、空母機の搭載に三日を要するので、出撃は二十日午後となる予定との入電が、軍令部にあった。志摩清英中将の第二遊撃部隊は、すでに十七日夕刻、奄美大島に入港、十八日午前五時には、台湾の馬公要港に向かっていた。

この日の軍令部の作戦会議（正しくは作戦会報）では、「まず捷号作戦方面の決定を急ぐこと」を確認した。敵主力がフィリピンにきたことが確かなら、当然、捷一号作戦発動である。

日吉の連合艦隊司令部では、第一遊撃部隊は二十二日未明、レイテの敵上陸地点に投入、そのために陽動を行なう機動部隊本隊は、二十一日夕刻、ルソン海峡（台湾とフィリピンの間、バシー海峡を含む）東方にあるべし、という案を抱いていたが、以上の理由でこれは実現不可能となっていた。そこで軍令部は別案を考えた。

「第一遊撃部隊は第二遊撃部隊を含んでルソン海峡より東進し、わが基地航空圏内にて決戦を企図す。敵来攻せざるときは南下してスリガオ海峡（レイテ島の南の海峡、敵護衛艦隊の泊地と推定される）付近の敵を撃滅す」

すなわち水上部隊の主力をルソン海峡から東進させれば、敵空母部隊主力は北上してこれを猛攻するであろう、そのとき、基地航空隊が米空母群を総攻撃し、空海の挟み討ちで、敵を叩こうというものである。

しかし、この案ができたときには、日吉司令部では、すでに第一遊撃部隊をサンベルナルジノ海峡からサマール島東方海面に進出させる考えを固めていた。これに対し軍令部第一課は、

一、第一遊撃部隊にフィリピン内の海峡を通過させれば、早期に敵に発見される。（註、フィリピンには至るところにアメリカ将校に指揮されるゲリラがいた）

二、米基地（モロタイ島、ミンダナオの南）航空隊から進撃途中で空襲を受ける。

との理由でサンベルナルジノ海峡通過を危険視していた。

源田実大佐（十月十五日、進級）は日吉の連合艦隊司令部に行き、「ルソン海峡を迂回して、第一遊撃部隊を進撃させるよう」という軍令部の意向を伝えた。しかし、連合艦隊司令部は、「米基地航空隊はそれほどの大兵力を指向し得ない」として、軍令部の方針を採用しなかった。

このサンベルナルジノ海峡かルソン海峡かは、大きな問題であった。結果としては二十四日夕刻、サンベルナルジノ海峡を通過しようとした第一遊撃部隊は、その手前、狭いシブヤ

ン海で敵空母部隊の猛攻を受け、「武蔵」が撃沈される。そして翌二十五日早朝、サンベルナルジノ海峡を抜けた艦隊は、珍しく敵の軽空母部隊に「大和」の四十六センチ砲を発射するという機会に恵まれるのである。

軍令部案のようにルソン島の北を迂回した場合は、サマール島沖の奇襲作戦はできなかったと思われる。しかし、米空母部隊主力が、ルソン島東方海面で栗田艦隊主力を迎え撃ったとき、軍令部の期待するように基地航空部隊が敵の空母を痛撃することができれば、相当の戦果を挙げることができたであろう。そのうえ、敵の戦艦部隊と「大和」「武蔵」が遭遇して、彼の四十センチ砲とわが方の四十六センチ砲の切れ味を試すことができれば、砲術出身の提督たちは本望であったかもしれない。

しかし、実際の問題として二十四、二十五の両日、第一航空艦隊長官の大西瀧治郎中将は、基地航空隊の任務は敵空母の撃沈であるから、味方艦隊の援護はできないとして、直衛を断わっている。基地航空隊はこの間、米空母部隊を特攻を含めて猛攻しているが、残念ながら戦果は軽空母プリンストン沈没だけである。軍令部の期待したように、基地航空隊で敵空母を痛撃して、これに被害を与えたうえで、戦艦部隊がこれを追撃して、巨砲の威力を示す前に、相当の戦艦、巡洋艦が敵機動部隊の遠距離からの攻撃によって大きな被害を受けることが懸念される。

直衛機の傘なしの艦隊が、敵空母の集中攻撃を受けたとき、どのくらいの損害を受けるかは、二十四日、「武蔵」沈没、「長門」小破、重巡「妙高」被災後退、そして二十五日には、重巡「鈴谷」「筑摩」を失い、「熊野」大破、二十六日には、軽巡「能代」が沈没という損害を見てもわかるであろう。

要するに、基地、空母両方の航空部隊が、ハルゼーの大機動部隊を阻止する力を持たなかったことが、このレイテ沖海戦の勝敗を決めるのである。またルソン海峡が、米潜水艦の得意の漁場であったことを忘れてはなるまい。

十月十八日、日吉の連合艦隊司令部は、第一遊撃部隊の敵上陸地点への投入を、二十四日とする作戦指導案を作成した。この重大なときに、連合艦隊司令長官が日吉の司令部にいなかったことも、なにかと指揮には不都合なことであった。長官は、敵のくる直前からフィリピンの現地視察に行っていたが、意外に早い敵の上陸のときは、まだ台湾の高雄にいた。十八日、長官は高雄から日吉に向かうが、それまでに草鹿参謀長と神重徳首席参謀が作った作戦案を見ておきたい。

一、第一遊撃部隊はサンベルナルジノ海峡より（東方に、ついでレイテ沖に）進出、敵攻略（上陸）部隊を全滅す。

二、機動部隊本隊は第一遊撃部隊の投入に策応、敵（空母部隊を）北方に牽制するとともに、好機に乗じ敗敵を撃滅す。（註、小沢艦隊を囮（おとり）にして、ハルゼーの機動部隊を北方に引きつける戦法は、機動部隊本隊が瀬戸内海にいるときに決まっていた）

三、第二遊撃部隊は第十八戦隊とともに逆上陸を決行する。

四、基地航空隊の全力をフィリピンに集中、敵空母を徹底的に撃滅す。

この日（十八日）午後、及川古志郎軍令部総長、梅津美治郎参謀総長は、参内して、敵のレイテ方面上陸を本格的なフィリピン決戦と推定して、捷一号作戦を発動いたしたき旨を上奏、裁可を得た。

午後七時一分、及川軍令部総長は、豊田副武連合艦隊司令長官に「捷作戦の方面を比島とす」と指令して、捷一号作戦を発動した。ここに世紀の大作戦、そして大日本帝国の運命を定める大作戦の幕は切って落とされたのである。

同時に梅津美治郎総長も、各指揮官に、「国軍決戦実施の要域は比島方面とす」とこの作戦を発動した。

翌十九日、天皇は侍従武官を通じて、つぎのお言葉を賜わった。

「皇国の興廃を決すべき重大なる戦いなるをもって、陸海真に一体となりて敵撃滅に邁進せよ」

十九日午前、戦艦七隻（実際は大部分が巡洋艦）を含む大部隊の援護のもとに、敵はレイテ北方のタクロバン方面に上陸を開始したという報告が現地から入った。（註、実際は二十日）

二十日、豊田長官は大村から日吉の連合艦隊第一司令所に帰り、正午、将旗を掲げた。

米軍のレイテ進攻が、予想より早かったため、この大作戦に際し、十日の台湾沖航空戦から約十日間、司令長官は不在で、留守の間の作戦指導は、草鹿参謀長、神首席参謀らが、軍令部の指導によって実施し、今次作戦の大綱もこの間に決定され、後は連合艦隊各部隊の勇戦に待つのみとなっていた。

報告を聞く豊田長官の眉も、日頃、豪快な提督だけに、心なしか暗いものをひそめていた。したがって捷一号作戦の初期において、その発動その他を決定したのは、軍令部の指導による草鹿参謀長ら首脳部であった。当時の軍令部の首脳部はつぎのとおりである。（註、八月二日、現在）

総長　及川古志郎大将
次長　伊藤整一中将
第一部　部長　中沢佑少将
部員　高松宮宣仁（のぶひと）親王大佐（戦争指導全般）
甲部員　末沢慶政大佐（戦争指導全般、戦争指導と作戦指導との調整）
第一課　課長　山本親雄（ちかお）大佐（国防方針）
企画班　班長（兼甲一部員）榎尾義男大佐
一、作戦計画、二、国防所用兵力、三、作戦指導と戦争指導との調整
甲二部員　源田実中佐（作戦計画の一部、航空に関する事項）
甲三部員　山口史郎中佐（作戦計画の一部、海陸協同作戦）

甲四部員　三上作夫中佐（作戦計画の一部、情報、作戦資料及び兵要地点図）
総務班　班長（兼務）末沢慶政大佐
乙一部員　土肥一夫中佐（作戦計画の一部、戦時編制、戦力配備総合計画）
乙二部員　源田実中佐（兼務、戦時編制に関する事項の一部、航空）
乙三部員　鈴木栄二郎中佐（作戦計画の一部、戦時編制のうち航空関係、戦力配備、補給計画のうち航空関係）
（以下略）

この日、午前八時、連合艦隊司令部は、第一遊撃部隊のタクロバン方面突入の日取りを二十五日とすることを指示した。

一方、アメリカの放送は二十一日、つぎの内容の放送を行ない、軍令部もこれに注目した。
「レイテ方面上陸部隊は騎兵第一師団、歩兵第九十六師団、歩兵第七師団で、豪州軍も参加している。これを援護するのは米第三及び第七艦隊と極東空軍部隊で、豪州軍も巡洋艦二隻、駆逐艦二隻と空軍を参加させ、真珠湾攻撃で沈没した戦艦カリフォルニア、ペンシルバニアも戦列にある。上陸部隊は十八日、スルアンを占領、二十日、レイテ東岸各地とパナオン島に上陸、数時間後にはタクロバン飛行場を占領した」
豊田長官は二十二日、つぎの訓示を全海軍に指示した。

（前略）全将兵はここに死所を逸せざるの覚悟を新にし、必死奮戦もって興敵を殲滅し、皇恩に報ずべし。

本職は皇国興廃の関頭に立ちて神霊の加護を信じ、将兵一同の必死の体当たりの勇戦により誓って敵を殲滅して、聖旨に副い奉らんことを期す。

各艦隊の動きを見ていこう。

二十日、ボルネオのブルネイ湾に到着した栗田健男中将の第一遊撃部隊は、燃料補給を終わると、二十二日午前八時、ブルネイ湾を出撃してルソン島南方のシブヤン海に向かった。第一夜戦部隊と第二夜戦部隊は、二十四日日没時、シブヤン海を東に向かい、サンベルナルジノ海峡を通過して、二十五日午後四時、レイテ湾の敵泊地に殴り込む。西村祥治中将の第三夜戦部隊は、別行動をとり、二十四日日没時、レイテ島の南、スリガオ海峡を通過して、主力と協同、敵上陸部隊を挟み討ちにするという作戦で、敵航空部隊の死闘的な抵抗がなければ、立派な作戦であった。

しかし、冷酷な戦の神は、第一遊撃部隊出発の翌日から、日本艦隊を見放していた。

この第一遊撃部隊の第一戦隊には、宇垣纏中将が司令官として巨艦「大和」に座乗していて、艦隊の注目を呼んでいた。宇垣中将といえば、帝国海軍では強気で有名な提督である。かつては大艦巨砲主義で有名であった。それが山本五十六長官の参謀長として呼ばれると、山本の大物的な風格に魅せられて、航空万能主義を勉強するようになってきたといわれる。

しかし、山本長官が頼みとした海軍航空部隊も、マリアナ沖海戦以降、牙を抜かれたようになっていた。宇垣中将は、この年二月には負傷も癒えて、第一戦隊司令官として、巨艦「大和」「武蔵」「長門」を率いることになったのである。

かつての連合艦隊において、第一戦隊司令官といえば、巨砲をぶっ放す砲術家の名誉あるポストとして、連合艦隊司令長官に継ぐ地位とも思われたものである。片や、帝国海軍が開戦以来誇った海鷲部隊は影をひそめ、ふたたび幻の巨大戦艦の巨砲に頼みを託する向きも出てきた。そこへ宇垣中将が、第一戦隊の司令官として返り咲いたので、四十六センチ砲の威力に望みを託する砲術家も多かったのである。

もちろん、このような専門的なことは、当時、国民には何も知らされてはいなかった。というよりは「大和」「武蔵」の存在すらも軍事機密であったのである。

さてこのレイテ沖海戦の初頭に軍令部を驚かせたのは、その第一戦隊司令官の電報（二十三日正午前、発電）であった。

「〇六三四（午前六時三十四分）、敵潜水艦三隻の攻撃を受け、『愛宕』沈没、『摩耶』轟沈、『高雄』航行不能、（栗田）長官は『岸波』（駆逐艦）に乗艦中にして一三〇〇（午後一時）頃、『大和』に移乗の予定、本職一時、第一遊撃部隊の指揮をとり作戦を続行す」

——またしても潜水艦か……。

軍令部の参謀たちは、声もなく腕を組んだ。

乾坤一擲と帝国海軍の運命を賭したマリアナ沖海戦でも、緒戦で日本軍に悪運をもたらしたのは、「大鳳」に対する米潜水艦の魚雷一発の洗礼であった。つづいて「翔鶴」がやられ、予想された航空決戦よりも、潜水艦の雷撃で勝負がついたような後味の悪い敗戦であった。

——今度も潜水艦戦で機先を制せられるのか……。

軍令部勤務が長く知性的な参謀として、部内の信頼を集めてきた中沢佑作戦部長も、寂然として声なく腕を組むだけである。中沢が恐れるのは、ただ海戦劈頭、雷撃で二艦を失ったことだけではなく、これが連合艦隊全体の、あるいは日本の近い将来の暗い運命の訪れではないかということであった。

十月二十三日早朝、栗田艦隊は第一夜戦部隊、第二夜戦部隊の順でパラワン島(ボルネオの北から南に伸びる細長い島)の西を北上していた。第一部隊は西に「愛宕」(栗田艦隊旗艦)「高雄」「鳥海」「長門」、東に「妙高」「羽黒」「摩耶」「大和」「武蔵」の体形で、「愛宕」と「妙高」の間は四キロ離れており、針路は北東であった。

第二部隊はその十キロ後方に随行し、旗艦「金剛」の直衛にあたっていた駆逐艦「雪風」の航海長田口康生(やすお)中尉は、午前六時半過ぎ、前方十キロを行く第一部隊の左前方に大きな水柱が何本も天に冲(ちゅう)するのを、艦橋から見て胸を衝かれた。飛行機が見えないから、潜水艦の雷撃ではないか。

「潜水艦らしいな……」

傍(かたわ)らの艦長寺内正道中佐も、不安そうに双眼鏡を眼にあてた。この水柱が栗田艦隊の旗艦「愛宕」に命中した四本の魚雷によるもので、発射した潜水艦はアメリカのダーターで、この勇敢な潜水艦は、今度は反転すると艦尾の発射管から二本を発射し、これが「高雄」に命中、同艦は大破してブルネイ湾に帰ることになった。

「またやられたか……」

双眼鏡を眼にあてたまま、田口航海長はうめいた。そのレンズの中に今度は、右前方の水柱が映った。右前方から三番目の「摩耶」がやられたのだ。

これは米潜水艦デースによるもので、米軍はもう一隻の潜水艦をこの海面に送っていたが、射点（発射地点）が後落して発射時期を逸したのは、栗田艦隊にとって幸せであった。米軍が後二、三隻の潜水艦をこの地域に待ち伏せさせていたら、「大和」「武蔵」も危ないところであった。このところ勝運は米軍につきっぱなしで、栗田艦隊には幸先の悪い出発であった。

旗艦「愛宕」がやられたので、栗田長官はとりあえず直衛の「岸波」に移った後、午後三時四十分、「大和」に移った。

それまで艦隊の指揮は宇垣中将（第一戦隊司令官として「大和」に座乗）がとった。久方ぶりに戦艦の艦橋に立ち、連合艦隊の主力を指揮することになったので、宇垣中将は張り切った。飛行機が少ない以上この巨艦「大和」と「武蔵」の四十六センチ砲が頼りで、今度は砲戦で敵空母を沈めるつもりであった。それだけに午後になって、栗田艦隊司令部が乗ってくると、宇垣中将（海兵40期）はすこし不満であった。

栗田中将は海兵三十八期で、宇垣の上級生である。開戦以来、重巡の七戦隊、三戦隊を指揮して、ミッドウェー、ソロモンと実戦の経験も豊富であるが、もともとは水雷屋なのであった。

――戦艦の砲戦なら俺に任せてくれ……。

宇垣は広い「大和」の艦橋に移ってきた栗田艦隊の司令部を眺めていた。これ以後、「大和」の艦橋では、右前方の腰掛けには栗田中将が座って全艦隊の指揮をとり、左側の腰掛けには宇垣中将がいて、第一戦隊の戦艦群の指揮をとった。

不吉な二十三日が暮れて、太陽が南シナ海に沈む頃、艦隊はパラワン島の北を回り、夜半、東に変針してミンドロ島（ルソン島の南）の南のミンドロ海峡を通過、シブヤン海に入った。これを東に抜けると、夕刻にはサンベルナルジノ海峡の西口に到着し、明日はサマール島の東を回って、いよいよレイテ湾に突入するのである。

この日二十四日は、軍令部が期待した航空艦隊の航空総攻撃の日である。第一、第二、第三航空艦隊及びT攻撃部隊（台風シーズンに敵機動部隊を奇襲すべく、ベテラン搭乗員を中心に編制し、銀河〈新型双発高速爆撃機〉、紫電〈新型戦闘機、後の名戦闘機紫電改の原形〉、天山〈新型艦攻〉、彩雲〈新型偵察機〉らを集めた新航空戦力。八月、源田参謀の提案で発足、爆弾のほか新型魚雷を主兵器として、台湾沖航空戦で初陣を戦った）を合わせて、七百機以上がフィリピンに集結していたので、その半数は、この日の航空総攻撃に出動するものと軍令部は期待していた。

しかし、この日も天候は米軍に幸いした。

敵機動部隊はフィリピンの東岸の遙か沖から、シブヤン海の栗田艦隊を攻撃するが、こちらは晴れており、敵艦隊とマニラの間には密雲があって索敵行動を妨げた。大西瀧治郎中将の一航艦（第一航空艦隊）は、決死の特攻隊を送ったが、この日は大きな戦果が挙がらず（空母フランクリンを大破させるのは、翌日である）、福留繁中将の二航艦は、ルソン島東方の敵機動部隊（シャーマン少将の第三群エセックス、レキシントン〈ミッチャー中将座乗〉を含む）を発見、二次にわたって四百機近い攻撃隊を送った。

このうち実際に敵を発見できたのは、第一次攻撃隊（百八十九機）で、軽空母プリンストンを撃沈（米軍が処分した）、ほかに空母、戦艦、巡洋艦に命中弾を与えたと報告した。

また百機余りしか持っていない小沢中将の機動部隊も、この日の総攻撃に参加、第一次は敵を発見できず、第二次攻撃隊は奇襲に成功、ハルゼー大将に、北方に日本の機動部隊ありと知らせる役目を果たした。

もっとも二航艦の攻撃隊も艦攻、艦爆を多く含んでいたので、日本の基地航空隊は陸攻中心と考えていたハルゼーは、これからも近くに日本の大きな機動部隊がいると考えて、索敵に力を入れ、翌朝の小沢艦隊への大空襲となるのである。

必殺の信念を胸に秘めてシブヤン海を東に進む栗田艦隊が、覚悟していた敵の空襲を受けたのは、基地航空隊と空母の飛行機が米空母部隊に決死の攻撃をかけていた、二十四日午前十時二十分過ぎである。

「大和」の艦橋で宇垣司令官が、「戦闘！」を下令したのは、十時二十六分であった。艦長の森下信衛少将（十月十五日、進級）が「攻撃始め」を下し、トップの砲術長が、「撃ち方始め！」と叫んだ。

各艦の高角砲がいっせいに火を吐き、やがて敵機が突っ込んでくると、戦艦の主砲も三式弾（対飛行機用、空中で爆発、飛散する）をつぎつぎに発射、多くの米機を撃墜した。このときの栗田艦隊の陣形は、つぎのとおりである。

第一部隊は「大和」を中心に、その左右にやや後方「長門」「武蔵」、やや前方に「鳥海」「妙高」、前方に「能代」、後方に「羽黒」、その外側を駆逐艦七隻が円形に囲む輪型陣で、第二部隊は「金剛」「榛名」が中央に縦陣を作り、その周囲を「矢矧」「筑摩」「利根」「鈴谷」「熊野」、さらにその外側を六隻の駆逐艦が同心円を作っていた。

この日、ミッチャーの機動部隊は、六次にわたる攻撃を繰り返し、ついに巨艦「武蔵」を撃沈した。まずやってきたのが、ボーガン少将の攻撃隊（空母イントレピッド、バンカーヒルなど）で、「武蔵」は四十六センチ砲をはじめ全砲門を開いてこの敵機を迎え撃った。この日、「武蔵」の乗組員は、艦長猪口敏平少将以下、今日を最期という覚悟で、全員下着を取り替え、鉢巻きを締め、全対空砲火を動員して、つぎつぎに敵機を撃墜した。

しかし、敵機はもっぱら「武蔵」に攻撃を集中した。一番外側にあって攻撃しやすかったのか、旗機とみられたのか、「大和」や「長門」の何倍も攻撃を受け、爆弾、魚雷の多くを引き受けた形になった。その概況はつぎのとおりである。（註、戦艦「武蔵」の奮闘については、拙著『戦艦武蔵レイテに死す』を参照されたい）

第一波　爆弾一発一番砲塔の天蓋に当たってはね返る。二発至近弾、魚雷一発右舷に命中。
第二波　爆弾二発直撃、至近弾五発、魚雷三本左舷に命中、速力二十二ノットとなる。
第三波　爆弾四発命中、魚雷五本命中、これで九本の魚雷が命中し、艦首は海面近くまで沈み、速力もさらに低下、ようやく不沈艦の命運も定まるかと見えた。
第四波　初めて「武蔵」に敵襲がなかったが、「大和」は前艦橋に徹甲弾を受け、浸水三千トンに達し、傾斜したため、注排水で傾斜を復元した。
第五波　百機以上が来襲、この日最大の空襲で、その大部分が、落伍していた「武蔵」に集中した。「武蔵」は十一本の魚雷を左舷に受け、十発の爆弾が命中、左舷への傾斜が深まり、艦首は最上甲板まで水びたしとなった。時刻は午後三時に近い。

このとき、「大和」の艦橋では、二人の提督が断末魔の「武蔵」を後方に見ながら、思案していた。

――このままサンベルナルジノ海峡に向かうと、つぎの空襲で「武蔵」は沈没してしまう。ここはいったん味方の航空情報（敵機の機動部隊への空襲や戦果はどうなっているのか）を集めながら後退し、夜になってからサンベルナルジノ海峡に向かうべきではないか……。

栗田中将は小柳冨次参謀長と相談して、午後三時三十分、いったん反転することにして、つぎの電報（大意）を連合艦隊司令部に打った。

〇八三〇より一五三〇までの敵機延べ二百五十機、いまのところ航空艦隊索敵攻撃の期待もなく、無理にサンベルナルジノ海峡に突入するも徒に好餌となるのみ。一時敵機の空襲圏外に避退し、友隊の戦果に策応し進撃するを可と認めたり。一六〇〇（午後四時）シブヤン海北緯十三度、東経百二十二度四十分、針路二九〇度（西北西）

この問題の電報は、当然、軍令部にも届いた。

中沢第一部長は顔色を変えた。これが連合艦隊最後の決戦である。結果はどうであれ、この一戦だけはいかに被害が多くても、避けてはならぬ。この捷一号作戦は栗田艦隊のレイテ突入にすべてがかかっている。ここでこの艦隊が腰砕けになっては、この戦争で勝利を摑む機会はもう訪れてはこないのだ。

急を聞いた及川軍令部総長は、伊藤次長、中沢第一部長、山本作戦課長らの幹部を集めて、緊急会議を開いた。同じ頃、日吉の連合艦隊司令部でも、当然、豊田長官、草鹿参謀長、神首席参謀らが会議を開いていた。

軍令部の方では、この状況で豊田長官が栗田中将に再進撃を命じるのは苦しかろう、軍令部の方から確固たる意思表示をすべきだ、というので、「断固再進撃すべし」という意向で電話を入れると、連合艦隊の方では、「すでに再進撃を発令した」というので軍令部の幹部も、ほっと一息ついた。

その電文はつぎのとおりである。

「天佑を確信し全軍突撃せよ一八一三（午後六時十三分）」

しかし、この激励電は実は不要であった。不思議なことに栗田艦隊が反転したときから、嘘のように敵の空襲はやんだ。

「なぜこないのだ？　まだ明るいのに……」

「大和」の艦橋で栗田中将は、青みがかっている熱帯の空を仰いだ。ミッチャー中将の方は、明日の小沢艦隊との決戦のために、この日の空襲を打ち切ったのだが、「大和」の艦橋ではそんなことはわからなかった。

一時間以上も敵襲がないので、栗田中将は活気を取りもどした。

「よし、空襲がないならば、行くべきだ。今夜のうちに、サンベルナルジノ海峡を出れば、明日はレイテに突入できる……」

小柳参謀長と相談した栗田中将は、午後五時十五分、艦隊に反転を命じた。ちょうどマリンドゥーケ島（ルソン島の南）の南東二十五マイルの海面にあった艦隊は、反転するとボンドク半島の南方に向かった。

「おう、『武蔵』が燃えているぞ！」

「大和」乗組員は、いっせいに熔鉱炉のように炎上している「武蔵」を見つめた。「武蔵」は沈没をまぬがれるために、ボンドク半島の海岸に向かっているのだった。その必死ではあるがのろい歩みが、巨艦の最期を暗示して、艦隊全員の暗い思いを誘った。（註、「武蔵」

が沈没するのは、午後七時三十五分のことである）

燃える「武蔵」を視界の後に残して、「大和」が一時間ほど東進していくと、例の「天佑を確信し全軍突撃せよ」という連合艦隊司令部からの激励電が入った。

「長官、いま頃、こんなことをいってきましたよ」

小柳参謀長が複雑な表情で、その電報を栗田中将に渡した。

一読した栗田の頬に、薄い笑みが現われてまた消えた。ミッドウェーやソロモンで、彼は中央からクレームをつけられたことがあった。

ミッドウェーでは七戦隊司令官であったが、四空母を失って翌日後退する途中、敵空母の追撃を受けて、「三隈」と「最上」が衝突して、追撃された「三隈」が沈没、「最上」は前部を損傷して、後進で母港に帰投した。このとき旗艦の「熊野」に座乗していた栗田司令官は、なおも敵の空襲が激しいので、「最上」の救援を打ち切り、「鈴谷」を連れて帰投してしまった。

これについて、軍令部や連合艦隊司令部では、「なぜ、『最上』を援護しなかったのか？」という強い批判があったが、あれ以上現場にいたら全部が撃沈されていただろう、という意見もあって、栗田は現役に残ったのであった。

ソロモンでも、昭和十七年十月十三日、第三戦隊司令官であった栗田は、「金剛」「榛名」を率いて、ガダルカナル島の飛行場砲撃に行ったことがある。黒木大尉という優秀な発令所長が、綿密な計画を立てたおかげで、ヘンダーソン飛行場の隅から隅まで炎上させて、ラバウルに帰投した。米軍ではあそこで日本軍が上陸してきたら降服するよりほかはない、と覚悟を決めていたという説も、戦後には出ている。

しかし、中央では、作戦後になって不満の意見も出てきた。なぜ一航過（一回通ること）で帰ったのか？　というのである。

栗田司令部では飛行場砲撃で効果をあげたならば、帰投が夜明け以降になって、敵飛行機の攻撃を受けないうちに、その攻撃範囲から脱出する必要があり、それで一航過の砲撃で十分効果ありとして、帰投したのである。

しかし、批判する方はこういう。飛行場の砲撃が十分有効であったなら、夜明けの敵の空襲はないのだから、さらに飛行場の砲撃を徹底的にやり、敵の泊地に侵入して、小型艦艇や輸送船を大いに撃ちまくったらどうか？　というのである。宇垣参謀長の『戦藻録』では、この三戦隊の砲撃を非常に賞賛しているが、いつの世にも皮肉を事とする人物はいるものである。

――今度も中央の参謀の誰かが、栗田は行脚（ゆきあし）（前進する意気込み）が弱いから尻を叩くべきだ、というようなことをいっているらしい。しかし、敵の空襲が収まれば、前進するのは当然ではないか。中央の奴らに、あの燃えている「武蔵」を見ながら前進する、この第一遊撃部隊の様子を見せてやりたい……。

栗田はぐっと唇を噛みながら、夕闇の迫るシブヤン海の海面を見つめた。振り返ると「武蔵」は何度も爆発を繰り返している。もう最期まで、いくらも時間はなさそうであった。

さもあらばあれ、栗田艦隊はこの夜午後十一時十七分、問題のサンベルナルジノ海峡にかかった。狭いところは幅十キロに満たない水道を「大和」以下、全艦が灯を消して北上し、二十五日午前零時三十分、水道を出終わると太平洋に入り、針路を九五度に変針して、サマール島東方面に進出した。

いよいよ決戦である。小沢長官苦心の陽動作戦が成功して、ハルゼーの機動部隊を北方に誘導している間に、レイテ湾に突入して、あわよくばマッカーサーを捕虜にするという、世紀の作戦が成功するかどうか。「大和」艦橋の宇垣第一戦隊司令官や、ほかの参謀たちの頬にも緊張と決意が満ちていた。

午前四時、艦隊は針路一五〇度でサマール島の東方を南南東に進み、レイテ湾をめざした。午前九時には湾内のスルアン島で、スリガオ海峡の敵を一掃した西村中将の第三夜戦部隊と凱歌のうちに会合する予定である。（註、西村部隊もこれに追随した志摩部隊も、前夜のうちにその海峡で、敵魚雷艇や戦艦、重巡のために「扶桑」「山城」「最上」を失うなど潰滅的な打撃を受けて避退していたが、連絡が悪く栗田中将はそれを知らなかった）

宿命の決戦場サマール島沖は、五時頃から天候が不良となり、六時には艦隊全部が大きなスコールの中に入ってしまった。

「これは天佑だ。隠密裡に接敵できる。敵空母の飛行機から逃れることもできます……」

小柳参謀長はそう言い、栗田長官もうなずいた。正しくこの時点からしばらく後までは、天佑は日本軍の上にあったのだ。

スコールを出て間もない、六時四十分、艦隊は針路を一七〇度として、さらに南下を急いだ。この頃、早くも「大和」や「鳥海」のレーダーは、敵飛行機を探知していたが、まさか空母が射程内にいようとは、神ならぬ身の知るはずもなかった。

突如、午前六時四十五分、「大和」の見張員は一一五度（東南東）三十五キロに数本のマストを発見、艦橋に報告した。森下艦長はとっさに、

「左砲戦！」

を下令したが、これが空母とは思わず、戦艦であればよいと考えていた。ところが間もなく、これが敵空母と判明したので驚いた。栗田中将は直ちに発見電を打たせた。

「敵空母らしきマスト七本見ゆ、われよりの方位一二五度距離三十七キロ」

このとき、軍令部はスリガオ海峡での西村部隊と志摩艦隊の戦況報告に眼を奪われていた。そこへいきなり、「敵空母のマスト発見、〇六五三」という電報が入ったので、中沢第一部長は眉を寄せた。

「空母……？　なにかの間違いでなければよいが。空襲もないのにいきなり空母が現われるとは、とても考えられない。しかし、実際に空母であっても、この辺の風は東風が多いから、敵は発艦させながら東進するから、速力の遅い戦艦群では追いつけまい……」

そう考えて中沢部長は、

――多くを期待はできない……。

と思っていた。

しかし、事態は意外な方向に発展して、軍令部や連合艦隊司令部を喜ばせた。栗田中将から、「われ敵空母三隻に対し砲撃開始、〇七〇〇」という電報が入ったのである。

「そうか大砲が届くのか……」

山本親雄第一課長も、やっと頬をほころばせた。連合艦隊司令部の方でも、これこそ天佑だ、というので、豊田長官も全軍にあて、つぎの電報を発信させた。

「第一遊撃部隊は〇六五三、サマール島北東海面において敵空母三を発見、〇七〇〇砲撃を開始せり。全軍右に策応し敵を猛攻せよ」

時に、昭和十九年十月二十五日午前七時三十八分であった。

この後、栗田艦隊からはつぎつぎに景気のよい敵艦撃沈電が入ってくる。すでに午前六時五十九分、「大和」では宇垣司令官が第一戦隊に砲撃開始を命じていた。「大和」の前部砲塔六門が距離三万七千メートルで、敵艦に初弾を発射、六発の四十六センチ砲弾が、敵空母の方に飛んでいった。

つづいて「長門」「榛名」「金剛」の順で戦艦が主砲を発射した。水雷戦隊は全速で前進する。距離三万メートルでは弾が届かないのだ。そして七時四分には「長門」が、敵空母の一隻に四十センチ弾が命中、黒煙をあげたと報告した。さらに「大和」の栗田司令部は、水雷戦隊に随行を命じ（午前七時六分）、巡洋艦戦隊に突撃を命じた（午前八時三分）。

「一体どうなっているのだ……？」

軍令部の作戦室では、山本第一課長が電報を手にしてうなった。戦艦がまず突撃して、駆逐艦に随行を命じ、その後で巡洋艦にも突撃を命じている。

――そうか、戦艦が空母を追いかけているのか……。

山本の脳裡には、思いがけなく眼前に空母が出現するという千載一遇の好機に、目の色をかえて砲撃を命じている「大和」や「長門」の艦橋の活気がありありと映った。

――昨日は、敵の飛行機にさんざんひどい目にあった。今日こそは、そのお返しだぞ！

そう叫んでいる司令官や艦長の姿が浮かぶようである。

――宇垣さんはやっているな……。

山本の頬に微笑が浮かんだ。第一戦隊司令官の宇垣中将は、山本が軍令部作戦班長のとき第一部長で、ブーゲンビルで負傷し、入院中は軍令部出仕で、退院してからも、十九年二月、第一戦隊司令官になるまでは軍令部勤務であったので、よく知っている。

骨の髄からの〝大艦巨砲主義者〟で、戦艦の主砲をぶっ放すことを夢に見て帝国海軍に入った提督の一人である。山本五十六長官の下で連合艦隊参謀長となってからは、航空の重要性に目覚めて、勉強もしたらしいが、いま、フィリピンで珍しく敵空母が眼前に出現したので、舌なめずりして、「大和」の主砲をがんがんぶっ放しているのであろう。

「本当に、いきなり空母が現われたのかなあ？　タンカーじゃないのか……」

まだ疑問を感じている参謀の前に、つぎつぎに「大和」から景気のよい撃沈電が届いた。

「巡洋艦一隻撃沈、〇七二五」（註、実は駆逐艦ジョンストンで、損害を受けてスコールの中に姿を消した。沈没は午前十時十分）

「空母一隻轟沈、〇七三六」

米軍の戦史によると、最初に被弾した米空母はカリニン・ベイ（午前七時五十分）で、つぎはガンビア・ベイ（午前八時十分、後に沈没）となっている。

このとき、米軍の中で目覚ましい働きを示して「大和」艦橋の宇垣に目を見晴らせたのは、米駆逐艦の活躍であった。彼らは不意をつかれた味方の空母を援護しようと、空母に猛射をつづける日本軍の戦艦や巡洋艦部隊に、象に挑む猟犬のようにむしゃぶりついた。

「大和」から砲撃されたジョンストンは、七時十分過ぎ、近くにきた「熊野」に魚雷を発射、その一発が「熊野」の艦首に命中、「熊野」は落伍して、第七戦隊司令官白石万隆（かずたか）少将は「鈴谷」に将旗を移すことになる。このほか、アメリカの駆逐艦は空母群を隠すために煙幕を張るなど健気（けなげ）な働きを示したが、三隻が沈没し、二隻が大破するという犠牲を払った。

「大和」の撃沈電はなおもつづき、

「空母一隻大火災、〇八二五」

と報じる（カリニン・ベイかガンビア・ベイ）。

午前十時には、栗田中将からの戦闘詳報が届いた。

一、いままでに判明せる戦果。

　撃沈確実・空母二（うち制式大型空母一、註、この戦場にきていたのは、すべて護送空母で、制式空母はいなかった）、命中弾確実なるもの、空母一ないし二（サマール島沖で沈没した空母はガンビア・ベイ一隻で、カリニン・ベイ、ファンショー・ベイ、ホワイト・プレーンズの三隻が大中破したが、いずれも主として戦艦の砲撃によるものとされている)。

敵機反復来襲中、残敵(空母五ないし七基幹)はスコール及び煙幕を利用し南東方向に避退せり。わが方、被害大なるもの「鳥海」「筑摩」(以上この日沈没)、「熊野」、その他調査中。

二、われはとりあえず北進中。

その後、雷撃を行なった十戦隊からは、「エンタープライズ型空母、撃沈一、大破一、駆逐艦三」という報告も入った。(註、いずれも護送空母であろう)

これらの電報を前に、作戦室の参謀たちは久方ぶりに明るい表情にもどった。昨日の「武蔵」沈没という暗い報告を吹きとばすような、今日の珍しい戦果である。及川軍令部総長も、さっそく参内、戦況を上奏したが、

「敵空母は飛行機を発進中で、わが戦艦の砲撃に驚いて、煙幕を展張して、空母三沈没、駆逐艦三沈没の損害を受けて、南東に遁走中で、わが方は目下、これを追撃中でございます」

と申しあげたところ、お上にも非常にご満足の様子でお言葉を賜わった。総長はこの日の午後、このお言葉を豊田、栗田両長官に打電した。

ここまでは、サマール島沖の戦の神は日本軍に微笑んでいるようにみえ、「栗田艦隊のレ

イテ突入は間違いない、マッカーサーの捕虜はともかく、これで当面のフィリピンの危機は去り、戦局の挽回も夢ではない」と作戦室でも未来に期待を抱くに至った。しかし、好事魔多し、のたとえもあり、この後、栗田艦隊の反転、という予期せざる異変が持ち上がるのである。

午前九時過ぎ、栗田中将は米空母との戦闘を打ち切り、全軍に「逐次集まれ」と信号し、損傷艦には、サンベルナルジノ海峡に向かうよう指令した。

この頃、敵機の編隊がつぎつぎに栗田艦隊を空襲し、

——さてはハルゼーの機動部隊近しか……。

と「大和」の艦橋を緊張させた。しかし、これは護送空母群からの攻撃で、ハルゼーの本隊は遙か北方で、小沢艦隊の攻撃に全力をあげていた。

午前十一時、残存部隊（重巡四隻が沈没、または大破）を率いてレイテ湾に突入するため、艦隊針路を二二五度（南西）として、南下を始めた。このまま二時間も行けば、レイテ湾突入は確実であり、米戦艦、巡洋艦部隊と決戦の後、輸送船団（空船かどうかは別として）を滅多撃ちにできることは確実とみられた。

しかし、空襲の中を一時間ほど行くと、栗田中将はつぎのように打電して、中沢や山本に首をひねらせた。

「第一遊撃部隊はレイテ泊地突入を止め、サマール島北岸を北上、敵機動部隊を求め決戦、爾後サンベルナルジノ海峡を突破せんとす。一二三六」

これが有名な〝レイテ沖謎の反転〟の始まりである。

後に栗田中将は、その戦闘詳報で、つぎのように説明している

「一二〇〇に至る間は屢次（るじ）の空襲を冒しつつも、予定どおりレイテ突入を企画せしが、敵信によれば、敵七艦隊は、レイテ南東三百マイルに集結を下令、敵はレイテの北部タクロバン基地に艦上機兵力を集結するとともに、洋上機動部隊をもってわがレイテ泊地突入を予期し、要撃配備まったきもののごとく、また、当時レイテ泊地の状況不明にして第三部隊、第二遊撃部隊の戦闘経過にも鑑（かんが）み、我の突入は敵の好餌たるのおそれなしとせず。むしろ、敵の意表を衝き、〇九四五出現のスルアン灯台の五度百十三マイル（「大和」の北東三十マイル）の敵機動部隊を索めて反転北上するを、爾後（じご）の作戦上有利と認め、北上するに決す」

戦闘の後で軍令部は、この栗田中将の説明を入念に検討してみた。中将の考えは、要するに、

一、敵平文（暗号でない普通の文章）傍受から推定した米軍の配備（敵は栗田艦隊の突入を予期し、その飛行機をレイテ島北端のタクロバンと洋上の空母に準備して、日本艦隊の突入を待ちかまえている）を考慮した。

二、レイテ湾の敵情が不明である。

三、北方近距離に敵機動部隊が出現した。

の三つが反転の理由だというのである。

軍令部所属の大和田通信隊はこの日、米軍の平文電報を傍受した。それは栗田艦隊に攻撃されている司令官の発したものらしく、「戦艦四、巡洋艦八、駆逐艦多数より砲撃をうけている」というもので、敵が不意を喰ったことを示していた。このとき攻撃を受けたのは、キンケード中将の第七艦隊（旧式戦艦中心、この日未明、西村、志摩部隊を痛撃した）に属する護送空母で、キンケード中将の司令部がハルゼーの旗艦ニュージャージーに報告した電報を、日本軍が傍受したものである。

さらに大和田通信隊は、つぎの平文電報をも傍受した。

「戦艦四、巡洋艦八なる敵部隊より攻撃されつつあり。リー中将の戦艦部隊（新型）全速力をもってレイテ方面より援助せよ。急速、高速母艦による攻撃を望む」

軍令部第一部では、この電報の原文を取り寄せてみたが、その英文は、「リー中将は速力をもってレイテ方面を援護せよ」となっていた。（註、リー中将の新型戦艦はハルゼーの機動部隊に随行して北方にいた）

連合艦隊司令部の豊田長官は、この敵平文電報を見て、北方にいたはずのハルゼーの高速空母群が、苦戦しているサマール島沖の護送空母群を救援に赴くものと考えた。

この日、北方のルソン島東方にいた小沢中将の機動部隊は、ハルゼーの米空母機の懸命な攻撃を受けて、囮（おとり）の役目を果たしていたが、午前八時過ぎに「瑞鶴」が打電した、「われ敵航空機の攻撃を受けつつあり」という電報は、不幸にして栗田艦隊にも大本営、連合艦隊司令部にも届いていなかった(「瑞鶴」の通信能力が低かったためか?)。

それを知らない豊田長官は、北方の米高速空母部隊が、サマール島方面の米軍の救援に赴くものと考えた。そこで豊田長官は、小沢中将と大西、福留中将らに、この救援に赴く米空母部隊の攻撃をつぎのように指示した。

「目下第一遊撃部隊が追撃中の敵機動部隊は、ラモン(ルソン島東岸)東方で行動中と推定せらるる敵機動部隊に対し、急遽、救援を求めつつあり(敵平文電傍受)。敵機動部隊が救援に赴く前にこれを撃破するは急務と認む」

さらに大和田通信隊は、午前八時三十二分にキンケード中将が発信した、第七艦隊宛と思われるつぎの電報を傍受して、これを軍令部、連合艦隊のほかに栗田、志摩、三川(南西方面艦隊司令長官)、大西、福留の各中将に打電した。

「現命令(サマール島の救援?)をとり消す。直ちにレイテ湾口南東三百(実際は三十)マイルに向かい爾後令を待て」

この電報を栗田中将は午後十二時三十分に受信した。栗田中将はこの電報はキンケードが第七艦隊にあてたものと判断し、レイテ湾で待ち伏せしている敵艦隊の中に突入するのは、危険であると判断した。この命令は、第七艦隊全体にあてたものではなく、船団護衛中の駆逐隊司令に、船団護衛を離れて、レイテ湾口南東三十マイルに集合せよと指示したものであったが、宛先が不明だったので、栗田中将も連合艦隊司令部も、第七艦隊全部へのものと誤解したのであった。

これが栗田中将反転の一つの理由である。

つぎに第二の理由（レイテ湾の敵情不明）を検討してみたい。

大本営海軍部は二十五日、レイテ湾所在部隊からの情報として、

「〇八〇〇、湾内には『戦艦二隻、空母三隻』『戦艦四隻、巡洋艦二隻、駆逐艦四隻』『巡洋艦四隻、駆逐艦六隻』の各艦隊があり、輸送船八十隻（うち二十七隻が炎上中）が在泊している」

という通報を受けていたが、この情報は栗田艦隊に届かなかった。それで栗田中将はレイテ湾突入に不安を感じたのではないか。

第三の理由、北方至近にいるという敵機動部隊について、考えたい。

ここに謎の情報が介入する。この日軍令部は、午前九時三十分、「スルアン灯台の五度百十三マイルに空母三隻、戦艦多数」の敵部隊がいるという情報を受け、昨夜、サンベルナルジノ海峡東方にあって、「武蔵」らを攻撃した敵機動部隊が南下したものと考えた。栗田中将が決戦を求めようとした敵は、この機動部隊であったのだが、この情報は架空のものであった。

もし何らかの原因があるとするならば、日本軍偵察機の誤認である。栗田艦隊を発見した索敵機が、これをアメリカの艦隊と誤認し、それが情報として捷一号作戦部隊に流れたものかもしれない。栗田艦隊がその攻撃のために北上した相手は、自分の影であったのだ。

不思議なことに、栗田中将から反転の電報を受けた軍令部と連合艦隊司令部は、昨日とは

違って、激励電を打たなかった。昨日の午後の反転のときには、この好機を逸しては、レイテ湾の敵を撃滅するチャンスはないというので、豊田長官はやっきになって、激励電を打った。しかし、それが届いたとき、すでに栗田艦隊は再反転して、サンベルナルジノ海峡に向かっていたのである。

なにしろ情報が不足で、レイテ湾もルソン島東方の小沢部隊も、いかなる状況にあるのか、確かなことは何もわからない。わかっているのは、栗田艦隊が敵空母部隊に相当な損害を与えて、レイテ湾突入を変更して、反転しつつあるということだけなのである。

――押すが是か、引くが是か……。

軍令部も連合艦隊司令部も、混沌の中で頭を抱えていた。そして、栗田中将から反転の電報が軍令部に届いたときには、すでに時間的にも突入の時期を失していた。

このとき、連合艦隊参謀長草鹿中将の胸には、真珠湾攻撃のときの山本長官の判断が蘇ってきた。第一撃が成功したとき、連合艦隊司令部の大部分の参謀は、第二撃決行を叫んだ。いまは「大和」の艦橋にいる宇垣元参謀長もその一人であった。しかし、山本長官は現地の南雲長官に一任するという態度を崩さなかった。

「いま、南雲君は閫外（こんがい）（皇帝の命令の及ばない遠方）にいる。中央からとやかくいうべきではない……」

自分が実際に連合艦隊司令部にいて、二千キロ近く南方にいる栗田艦隊を指揮してみて、あのときの山本長官の苦衷がわかるような気が草鹿はするのであった。

軍令部でも、総長、次長、第一部長、第一課長が、頭をそろえて対策を練ったが、結局、「これは栗田君のところと、敵の高速空母部隊が激突するということになるか。小沢君の機動部隊がこの敵を攻撃することができるといいが……」

という総長の言葉で、激励電の話は出ずに終わった。

——実際に突入してみたら、どうであったか……？

当時、レイテ湾にいた米戦艦は、真珠湾攻撃でいったんは撃沈同様になった旧式戦艦が大部分で、「長門」と対抗できる四十センチ砲を持っていたのは、ウエストバージニア、メリーランドの二隻で、「金剛」「榛名」の三十六センチ砲と同じ砲を持つのがテネシー、カリフォルニア、ミシシッピー、ペンシルバニアの四隻で、このままでは、当然アメリカの方が優勢で、勝敗の鍵を握るのは、当然「大和」の四十六センチ砲である。

ただし、敵は六隻であるから、四万メートルの射距離を持つ「大和」といえども、完璧にリードするのは難しい。初めに「大和」の射撃で、敵の一、二隻が沈没、大破する間に、米戦艦がどの程度のダメージを「長門」「金剛」らに与えることができるかという点に勝敗がかかっている。

こうなると「武蔵」の喪失が惜しまれる。「武蔵」が加わって、こちらが五隻になれば、レイテ湾に関するかぎり勝ちは動かないところとみたいが、いかがであろうか？

この栗田艦隊の反転は、戦後も〝謎の反転〟として、日米の軍事評論家の間で、たびたび問題となった。戦後はさまざまな本が公刊されて、「大和」の暗号士であった小島清文氏の

『栗田艦隊退却す』(光人社NF文庫)のように「栗田艦隊の反転は退却であった」と断定するものもある。また、「北方に敵が現われた」というのは、米潜水艦の偽電であった、という説もある。

筆者は中日新聞のデスクであったとき、部下を神戸の栗田中将の自宅に派遣して、実情を取材させたことがあった。それによると、中将の反転に関する説明はつぎのとおりであった。

一、北方に敵が現われた、という米潜水艦からの偽電はなかった。

二、この日、朝から一番気にしていたのは、北方にあった小沢艦隊が、囮(おとり)の役割を果たして、ハルゼーの機動部隊の北方誘致に成功したかどうかであった。ところが、午前十一時を過ぎても、なんの連絡もないので、北方誘致は失敗したと判断した。(註、つまり、いつ昨日の強力な空母部隊につかまるかもしれないという不安があった)

三、レイテ湾に進入しても、(空の)輸送船ばかりでは、艦隊戦闘として不本意である。

四、そこへ北方に機動部隊が現われたという電報(発信者不明)が入り、敵らしいマストが見えたというので、北方の機動部隊と対決しようと考えたのである。

前日、さんざん痛めつけられた機動部隊に対して、戦艦と巡洋艦で攻撃しようというのは、あまり成功率が高いとは考えられないが、要するに水雷屋の栗田中将としては、レイテ湾の空船と心中する形で、ふたたびハルゼーの機動部隊の猛攻にさらされることの危険を感じ、戦局の収拾を図ったものであろう。

世の戦史家、軍事評論家、戦記読者たちの間で、残念がられる戦がいくつかあるが、その中で「真珠湾攻撃で第二撃をやらなかったこと」「ミッドウェーで索敵に失敗したこと」「マリアナで〝アウトレインジ〟戦法が失敗して、敵を発見しそこない、敵潜水艦によって空母二隻を失ったこと」と並んで最大の痛恨事ともいわれるのが、レイテ沖海戦における「謎の反転」で、あのとき、栗田艦隊が勇気を出して突入しておれば、マッカーサーを捕虜にできたかどうかは別として、敵の艦隊と輸送船を「大和」「長門」の主砲で、全滅できたと残念がる人はいまも多い。

しかし、真珠湾攻撃の第二撃と同じで、やってみたらどの程度の成功を収め得たかは疑問である。

先に述べたように、戦艦同士の戦闘で、圧倒的な勝利を得たかどうかはわからない。「大和」の奮戦で一応の勝利を得て、レイテ湾からサンベルナルジノ海峡に向かったとしよう。そこに待っているのは、当然ハルゼーの三群の機動部隊である。へたをするとサマール島沖でシブヤン海の二の舞いになったかもしれない。その実例が、二十六日、シブヤン海で行なわれている。

世人は二十五日の戦艦による空母の撃沈という快挙をあげつらって、二十六日の悲痛な退却戦のことを語らない。夜の間にふたたびサンベルナルジノ海峡を抜けてシブヤン海を西進する栗田艦隊は、米機二百五十七機に襲われて、「大和」が二発被弾、「長門」は至近弾四発を受け、二水戦旗艦「能代」は沈没している。

これは栗田艦隊が早目に避退したから、シブヤン海で遭遇したので、レイテ湾まで行っていたら、そこでもある程度の損害を被るから、サマール島沖で敵空母部隊の襲撃を受けることは確実である。果たしてブルネイ湾に何隻が無事で帰れたかは、神のみぞ知るであろう。

もっとも、戦というものは一種の賭であるから、無事に帰投できることばかり考えていては、勝利の女神は微笑まない。「断じて行なえば、鬼神もこれを避く」という言葉もある。果敢な突撃が成功した例は、戦史に列挙するのに暇がないが。

エンガノ沖における、小沢艦隊の奮戦については、拙著『空母「瑞鶴」の生涯』（光人社NF文庫）に詳述したので、省略したい。ただ名将といわれた小沢中将はマリアナと合わせて、不運な提督であったと惜しみたい。

世界海戦史上最大といわれたレイテ沖海戦における彼我の損害（沈没）はつぎのとおりである。

日本　戦艦「武蔵」「山城」「扶桑」
　空母「瑞鶴」「瑞鳳」「千歳」「千代田」
　重巡「愛宕」「摩耶」「鳥海」「鈴谷」「筑摩」「最上」
　軽巡「阿武隈」「多摩」「能代」
　駆逐艦「野分」以下八隻

米国　軽空母プリンストン
　　　護衛空母ガンビア・ベイ、セント・ロー
　　　駆逐艦三隻

これで日清戦争の前に、山本権兵衛海相が作ったといわれる連合艦隊は、事実上五十年にわたる生涯を閉じることになる。

「大和」の最期

レイテ沖海戦の〝謎の反転〟によって、栗田艦隊がチャンスを逸してから、連合艦隊の反撃の機会は永遠に去ったというのが、多くの史家の一致した見方である。もちろん、空中、水上、水中と、日本武士道の精華を示す最後の抵抗はつづいたが、軍艦、飛行機の数が圧倒的に違う以上、挽回の策はなかった。

以下、米軍の硫黄島攻略、沖縄上陸、「大和」部隊の水上特攻、と終戦への悲痛な歩みを辿ることになるのは残念であるが致し方ない。

レイテ戦後、軍令部、連合艦隊で人事異動があった。開戦前からの軍令部次長伊藤整一中将は、昭和十九年十一月二十三日、事実上の連合艦隊である第二艦隊司令長官となる。（註、この後、「大和」とともに九州南方海面で最期を遂げることになる）

伊藤次長の後には小沢艦隊の小沢治三郎中将（海大校長兼務）が入った。水雷屋出身の小沢は、海軍でも有数の戦術家として知られていた。宮崎県出身、柔道が強く豪快な人柄であるが、連合艦隊参謀長、水雷学校長、一航戦司令官、三戦隊司令官、海大校長、開戦時は南遣艦隊司令長官、南太平洋海戦後、機動部隊が建制化したときの第三艦隊司令長官、マリアナ沖海戦時の第一機動艦隊司令長官と、つねに艦隊と作戦部の最前線を歩いて、海軍部内でも実戦の指揮官として、厚い信頼を得てきた名将である。

時、利非ず、マリアナでは独創的な〝アウトレインジ〟作戦が効を奏せず、レイテ沖海戦では、囮作戦に成功していながら、無電の故障で情報が栗田艦隊に通ぜず、開戦以来の無敵空母「瑞鶴」をはじめ最後の機動部隊の全空母を失うという悲運に遭遇した。実戦の名将もこのままでは、帝国海軍の葬儀委員となりそうで、無念の戦争指導がつづくわけである。

マリアナ、レイテと苦い戦いを指導した中沢佑第一部長は、二十一航戦司令官に転出（中央で指揮するよりも、実戦部隊に出て役に立ちたいと希望したといわれる）、代わって「大淀」艦長（昭和十八年一月）から南東方面艦隊参謀副長、同参謀長を勤めていた富岡定俊少将（昭和十八年十一月、進級）が、軍令部にもどってきた。

開戦時、連合艦隊司令部のハワイ―サンフランシスコという中央突破作戦に対し、独特の米豪分断作戦を唱え、ミッドウェー海戦と米軍のガダルカナル上陸で挫折した、当時の富岡第一課長が、第一部長として古巣に帰ってきたわけで、ラバウルで北上してくる連合軍と死闘を交えてきただけに、その采配に期待を抱く参謀もいた。

山本親雄第一課長は、翌昭和二十年一月六日、田口太郎大佐（海兵47期、開戦時、軍令部第一部第二課長）に代わり、十一航戦司令官に転出する。

ここで二年ぶりに南方から軍令部に帰ってきた、富岡第一部長の手記『開戦と終戦』をのぞいてみよう。

富岡が軍令部出仕を命じられて東京に帰ってきたのは、レイテ戦後間もない昭和十九年十一月七日のことであった。すでにＢ29が関東の偵察にきており（東京初空襲は十一月二十四日）、本土上陸も噂だけではない状態なのに、ラバウルの地下壕で、芋ばかりを食べるという耐乏生活を送ってきた富岡には、内地の人々はあまりにものんびりして、戦争という覚悟に乏しく思われた。そこで富岡は及川総長に話をして、閣僚や次官会議、枢密顧問官会議、陸海軍各部に一ヵ月に二十回くらいの講演をやって、ラバウル態勢に見習え、と説いて回った。

そのうちに、「富岡は第一部長をやれ」ということになったので、彼は驚いた。すでにサイパンは敵の手に落ち、ルソン島にもマッカーサーが迫ろうとしている。

――とても、わが方に策立たず……。

という感じであるが、「ともかくフィリピン、沖縄、南西諸島の現地を見てこい」と小沢次長にいわれて行ってみた。

ちょうど、敵がリンガエン湾に上陸する前で、大本営は「比島決戦要綱」によってフィリピンで総戦力を結集して、敵に大打撃を与えて、挫折させるという戦略を実施しようとしていた。しかし、膨大な島嶼から成っているフィリピンを占領しつづけることは不可能である。いかに、莫大な陸軍の兵力を注ぎこんでも守ることは困難で、とられることは覚悟しなければならない。

——フィリピンは放棄して、沖縄で決戦の策を練るべきだ……。

と富岡は考えた。

——敵は沖縄をとらなければ、本土上陸ができないので、必ず沖縄に上陸するであろう。こちらもここに全力を投入すべし。ここなら九州や台湾からも特攻隊が攻撃できるし、潜水艦作戦もやれる。ラバウルの地下要塞の何倍もの壕を無数に造って、敵の出血を強いるのだ。そのことによってソ連の対日戦参加を喰い止めることができる……。

東京に帰った富岡はそう報告した。

最終決戦の年、昭和二十年が明けて、新しい軍令部の幹部が直面したのは、当然ながら北上してくる連合軍に対する本土の防衛であった。

攻めてくる米軍の司令部は、どういう方策を考えていたか。ワシントンの統合参謀本部は、一月二十二日、つぎの段取りを決めた。ヨーロッパ戦線も、すでにドイツ領内に連合軍が侵入しており、枢軸国の運命も、ようやく窮まりつつあった。二月十九日、硫黄島攻略、四月一日、沖縄攻略、そしてその後にくるものは、日本本土進攻作戦であった。

このとき、統合参謀本部の中では、フィリピンのつぎには、台湾をやるべきだという派と、まず硫黄島を占領して、日本空襲の基地からB29が空襲の帰路不時着のために硫黄島を占領し、沖縄へいくべきだという派にわかれたが、結局、マッカーサー、ニミッツ両司令官が、硫黄島コースに賛成して、こちらに決まった。

マリアナ沖海戦が終わって間もない昭和十九年七月末、マッカーサーとニミッツが、ハワイでルーズベルト大統領と打ち合わせをしたことがあった。

面白いことに、このとき、つぎの進攻地点に関し、ニミッツは抵抗の激しいフィリピンを通り越して、台湾から沖縄に進むことを主張したが、マッカーサーは断固として、フィリピンを固持した。日本の海軍力、とくに航空の力を相当減殺したと考えているニミッツは、台湾もしくは沖縄から本土をめざした方が、犠牲を少なくして、戦争を終結に持ちこめると考えていたが、マッカーサーの必死の抵抗に、ルーズベルトもついにフィリピンルートを認めたのであった。

もちろん、ルーズベルトはマッカーサーがフィリピンに執着する理由を知っていた。この自己顕示の強い演出の好きな将軍が、ふたたび英雄になるためには、開戦後間もなくフィリピンを去るとき、「アイ、シャル、リターン」といい残した約束を果たして、ウエンライト将軍以下の旧部下に対面しなければならないのである。

またルーズベルトは、台湾、沖縄ルートの方が、犠牲が少ないことを知っていたが、マッカーサーにはルーズベルトがいやといえない泣きどころをつかんでいた。それはこの年秋の大統領選挙に、マッカーサーが出るという噂であった。

いまやニューギニアから蘭印の一部を制して、フィリピンに迫ろうとするこの将軍の名声は、ルーズベルトをしのぐものがあり、独日を叩いて、戦争を終結させるには、軍人の方がよい、という意見も侮れぬものがあった。戦勝の波に乗るマッカーサーが、共和党から立候補すると、三選しているとはいえルーズベルトにとっても、強敵であることは間違いない。

悪い言い方をすれば、ルーズベルトはアメリカの陸海軍人に多くの犠牲を強いることをあえてして、マッカーサーに立候補を断念させるために、フィリピン進攻に賛成したのである。

こうして、アメリカの最高作戦方針は、マッカーサーとニミッツが協同してレイテに上陸した後、マッカーサーはルソン島、ニミッツは硫黄島から、沖縄に進むことに決定した。

昭和十九年十月二十五日のサマール島沖海戦で、日本軍が敗退すると、二十八日、レイテにいたマッカーサーは、「大統領選には出馬しない」と声明した。これがルーズベルトとの密約であった。ルーズベルトは十一月の選挙で四選され、翌二十年四月十二日死去し、マッカーサーのライバルとなるトルーマンが大統領に就任する。ルーズベルト四選の直後、十二月十六日、マッカーサーは新しく制定された元帥の位に昇進する。

これらの動きのどの程度までが大統領選挙に絡む取引かはわからないが、マッカーサーの執念が、レイテやルソンで、多くの日米の将兵の血を流させたことは確かのようである。

ふたたび、車の両輪のようなマッカーサーとニミッツの前進が始まる。

昭和二十年一月九日、マッカーサーの軍隊はルソン島西岸のリンガエン湾に上陸する。米軍がマニラに突入するのは、二月四日のことである。

米海兵隊第三、四、五師団、七万五千名が硫黄島に上陸したのは、二月十九日のことである。迎え撃つ日本軍は、栗林忠道中将の小笠原兵団（第百師団中心）一万五千名と市丸利之助少将指揮の第二十七航戦ら七千五百名である。この作戦で米軍は、レイテ戦で活躍したミッチャー中将指揮の第五十八機動部隊を派遣した。

軍令部第三部（情報担当）の調査（捕虜尋問などによる）では、この海面にはサラトガ、エンタープライズ、ヨークタウン、レキシントン、エセックスなど制式空母九隻を含む大空母部隊がいることがわかっていたが、こちらには反撃すべき空母がない。そこで村川弘大尉の指揮する特攻隊（第二御楯特別攻撃隊）を突入させ、サラトガ大破、護衛空母ビスマルク撃沈の戦果（米軍資料）を挙げた。

硫黄島の陸海軍は、できるだけ敵を内陸に引き入れ、損害を大きくしてから玉砕するという方針で、勇戦奮闘し、連合軍に有史以来というほどの犠牲を強いた後、三月十七日、玉砕した。

一方、ルソン島ではすでに、二月二十六日、マニラは陥落、防衛司令官の岩淵三次少将（第三次ソロモン海戦における「霧島」艦長）も同日自決した。

米軍は、その後も、ルソン島における日本軍の追撃をつづけ、山下奉文大将の第十四方面軍は、北のバギオで持久作戦に持ちこみ、期待された比島決戦を実施しようとはしなかった。

敵がフィリピンと硫黄島にきたらつぎは沖縄と、軍令部でも覚悟はしていたが、もはや連合艦隊も有名無実で、戦艦「大和」「長門」「日向」「伊勢」「榛名」、重巡「利根」「熊野」「妙高」「高雄」、軽巡「大淀」「矢矧」のほか駆逐艦十数隻が残っていたが、肝心の燃料がなく、大きな作戦は後一回がせいぜいで、これではとても海軍が国防に任じるとはいえない情ない有様であった。

そこで、先にフィリピン、台湾、沖縄を視察した富岡第一部長が結論とした、防衛拠点は沖縄しかないという意見にもとづいて、まず沖縄航空決戦が検討されたが、新しい第一課長以下第一課の参謀たちは、東シナ海の要地に敵がくる可能性ありとして、当時、八百機しかない海軍機（陸軍は千三百機）を、沖縄で大きく消耗させることに反対であった。

しかし、軍令部第一部第十二課員（防備、戦時警備担当）として、十九年九月、一航艦参謀から転入してきた松浦五郎参謀が、本土決戦の前に沖縄で決戦すべきであると強く主張し、かつての上官である小沢次長（第一南遣艦隊長官のとき松浦少佐が参謀であった）もこれに賛成したので、航空決戦は見直しとなり、実施されることになった。

土肥一夫中佐（第一課参謀）の「図演研究記事」によると、二月一日から三日まで軍令部総長官邸で、沖縄航空決戦の図演が行なわれた。まず機動部隊に対するT攻撃部隊（銀河中心）と神雷部隊（桜花というロケット付爆弾に操縦士を乗せる特攻機。陸攻に吊って行き、敵前で放す）を主力とし、薄暮特攻攻撃を行なうのがよいということになった。（註、昼間の強襲は効果が薄く、夜間攻撃は不徹底であるという意見が出た）

つづいて一航戦、三航艦のほか練習航空隊の飛行機も使用する意見が出た。参謀たちの大きな悩みは、沖縄で特攻による航空決戦をやることはいいが、後詰めがなくなるということであった。

航空出身の松浦参謀は、空母に対する具体的な戦法について、つぎのような意見を述べている。

「十六隻の空母を攻撃するには、二百機以上の特攻を必要とする。桜花百、後二百を銀河、別に艦攻、艦爆百五十を準備し、薄暮に突入する」

また南西諸島への敵の攻略作戦についても、意見が闘わせられた。

田口課長　五月末までは歯を喰いしばっても、三航艦を錬成する必要がある。南西諸島（沖縄、八重垣島など）の一角くらいとられても、爾後戦力を向上せざるべからず。

富岡部長　それは駄目だ。燃料の面からそうはいかない。

宮崎勇中佐（58期、第一課甲四部員、情報）南西諸島は皇国興廃の分岐点である。これをとられては、爾後何ものも立たず。一機一兵も投入、絶対にこれをとられざるを要す。

つづいて練習航空隊を急速に戦力化する案が議題に上がり、松浦参謀からつぎの意見が出た。

「各練習航空隊を合わせて、作戦に使用できる実用機数四百五十機、これに対し教官、教員らの搭乗員（訓練中の学生、練習生は投入しない）は、技量ABCとして総計千五百六十名、うちA、B計八百十名、ほかにD級千五十二名、六月末における中間練習機搭乗可能者は、七千七百名」

これにつづいて田口第一課長から、「練習生が練習機で特攻をやる方法を研究する必要がある」という発言があり、参謀たちもくるところまできたという感じに打たれた。やっと離着陸ができて、編隊飛行も怪しいような練習生を特攻に出すというのは、これが帝国海軍最後の戦力という感じであった。

三月一日、航空作戦に関する「陸海軍航空中央協定」がまとまり、海軍も沖縄を含む南西諸島の防衛に、航空の全力を投入することになった。かねて九州南方海面で行動中の米機動部隊は、三月十八日、南九州、四国方面の日本軍基地に大挙来襲、その機数は延べ千五百機に近い。

この日、第一機動基地航空部隊は、艦攻、艦爆八十機が黎明攻撃を行ない、軍令部には、撃沈、制式空母一、特設空母または戦艦一、戦艦または巡洋艦一などの報告が入った。

翌十九日、米機延べ千百機が呉、阪神の工場、四国、九州の航空基地を攻撃、軍令部では室戸岬南方海面に敵空母十四〜十六隻が行動中であるという情報を入手していた。

この日、軍令部では、参謀たちが拍手するニュースが入った。それは、一月十五日、軍令部の航空担当参謀から、「この敵を痛撃するには、戦闘機隊を充実させる必要がある」として、松山航空隊（三四三航空隊）司令に転出して、訓練に励んでいた源田実大佐の部隊が、阪神、呉方面から帰艦する敵（主として戦闘機）を痛烈に迎撃、五十機以上の撃墜機数を報告したことである。

「やるなあ、源田君は……」

富岡部長も田口課長も、その電報を手にしてうなった。

レイテ戦で惨敗したとき、作戦会議で源田大佐は、

「航空戦では、断固敵の戦闘機を制圧するのが先決です。戦闘機を叩き落とし、制空権を奪えば、艦攻、艦爆は逃げ腰になります。私に新鋭の戦闘機と、熟練の搭乗員を下さい。敵を本土上空で全滅させてご覧にいれます」

と、戦闘機出身らしい意見を述べ、年が明けると早々に松山に行って、空戦の名手を集め猛訓練に入った。使用戦闘機は最新鋭の紫電改（水上機を改造したもので、零戦よりはるかに速力、空戦性能に優り、アメリカの新型ヘルキャットにも負けない性能を持っていた）で、この戦闘機隊には「新選組、菊水隊、維新隊」などの名前がついており、一騎当千、海軍航空隊最後、最強の戦闘機隊であった。

（註、筆者の海兵の同期生鴛淵孝大尉はこの菊水隊の隊長で、終戦の直前に戦死するまで五十機以上の協同撃墜を記録した。この三四三空の強豪ぶりは、間もなく米軍にも有名となり、爆撃隊は松山の上空を避けていくようになったという）

松山空は奮戦したが、期待された神雷部隊は二十一日、鹿屋から陸攻十八機が桜花を吊って出撃したが、敵空母の上空に達する前に、戦闘機の網にかかり、陸攻は桜花を放って戦闘機と戦ったが、全機撃墜され、桜花による戦果も聞かれなかった。

こうして基地航空隊が米機動部隊と死闘を繰り返しているうちに、敵の沖縄方面上陸が必至とみられるに至ったので、豊田長官は二十六日、「天一号作戦」を発動した。この作戦は

本土防衛のために基地航空隊の全力を投入して、沖縄、南九州方面に行動中の敵機動部隊を全滅させ、その上陸企図を粉砕しようというものである。

果敢な特攻作戦が展開されている中、四月一日午前八時、連合軍は沖縄の嘉手納飛行場（那覇の北方）西の海岸に上陸してきた。この沖縄上陸作戦の連合軍総指揮官は、マリアナ沖海戦で米軍を指揮したスプルーアンス大将で、その兵力はつぎのとおりである。

上陸部隊　第二十四軍団
第七師団、第二十七師団、第七十七師団、第九十六師団
第三水陸両用軍団
第一海兵師団、第二海兵師団、第六海兵師団
計十八万二千八百名

支援部隊
射撃部隊　戦艦十、重巡九、軽巡四、駆逐艦二十三
第五十八機動部隊　空母十五、戦艦八、重巡四、軽巡十一、駆逐艦四十八、艦載機九百十九機
英空母部隊　空母四、戦艦二、軽巡四、駆逐艦十二、艦載機二百四十四機

捷一号作戦でレイテ戦を指揮したハルゼーの米軍も、有史以来の大艦隊といわれたが、こ

の沖縄作戦でミッチャーの指揮した空母部隊も、空母十五をそろえ、それに英空母四、戦艦米英合同で二十隻という大水上部隊であった。

守る日本軍は牛島満中将の第三十二軍で、その編制はつぎのとおりである。

陸軍　第二十四師団、第六十二師団、独立混成第四十四旅団、野戦重砲兵第一、第二十三連隊など計七万名

海軍　沖縄方面根拠地隊八千名

総計七万八千名、数において連合軍の三分の一強であるが、爆撃と戦艦群の猛射の後に、水陸両用戦車で上陸してくる連合軍の装備の前には、激しい抵抗も時間の問題と考えられた。

連合軍がつぎつぎに橋頭堡を拡げていくのを知った豊田副武連合艦隊司令長官は、昭和二十年四月四日、敵機動部隊、攻略部隊に対する航空総攻撃を、四月六日、実施することを決定した。

これと関連して、連合艦隊司令部は同じ六日、「大和」を中心とする最後の水上部隊の沖縄突入特攻作戦を実施することを決定した。

この突入について、豊田長官は、戦後に、

「成功率は五十パーセントと考え、うまくいったら奇蹟だと考えたが、窮迫した当時の戦況において、まだ使えるものを残して、前線の将兵を見殺しにするということは忍びない。と

いって、勝ち目のない戦をして大きな犠牲を払うことも大変苦痛だ。しかし、多少でも成功の算があれば、できることは何でもやらねばならぬというのが、当時の気持であった」

と語っている。

「大和」突入ということに関しては、天皇のお言葉も理由の一つになっているという説がある。

三月二十六日、連合艦隊司令部が「天一号作戦」を発動した後、三月末、及川軍令部総長が参内して、

「天一号作戦を発動し航空総攻撃を行ないます」

と上奏すると、天皇は憂わしげな表情で、

「全軍の奮闘を期待するが、もう日本には、軍艦はないのか？　海上部隊はどうなっているのか？」

と下問された。

総長は恐懼して下がり、陛下の言葉のうち「奮闘を期待する」という件は伝えたが、海上部隊の件は伏せられていた。

しかし、このことは連合艦隊の参謀（神大佐ら）には伝わったらしい。それが後に鹿屋にいた草鹿（龍之介）参謀長と日吉の神参謀との電話に出てくるのである。

豊田長官が「大和」部隊の突入を決意すると、連合艦隊司令部はこれを軍令部に申し入れ、まず富岡第一部長の了解を求めた。

しかし、富岡は反対した。その第一の理由は、「燃料がない。本土決戦は望むところではないが、もしやらなければならない状況になった場合、若干の燃料は残しておかねばならない」ということであった。

このとき、軍令部に行ったのは神参謀（連合艦隊首席参謀）であったといわれるが、富岡に反対されると、神は強気といわれる小沢（治三郎）次長に相談した。小沢は「連合艦隊司令長官がそうしたいという決意ならよかろう」と了解した。そのとき及川総長は黙って聞いていた、と小沢は戦後、回想している。

また富岡の回想では、「私の知らないところで、燃料は片道でもよいということで、小沢次長のいうことで承知したらしい」となっており、結局、富岡は反対、小沢は賛成、及川は黙認という形になったらしい。

先に、マリアナ作戦のときにも書いたが、神参謀は、戦艦を主体とする突入作戦に熱心で、しばらく前、「大和」が軍港に係留されるはずであったのを、「特攻に使用したい」と希望し、「大和」が第二艦隊に編入されるという経緯があった。沖縄作戦が始まると、神はしきりに戦艦の使用を強調し、草鹿は「機会を見る必要あり」として、延期させていた。

「大和」突入が決まる前、二日、草鹿は豊田長官の命令で、現地の航空作戦を指導するため、淵田（航空）、三上（作戦）両参謀を連れて、鹿屋に出向いていた。四日になって神参謀から電話で、

「長官の決裁で『大和』の出撃が決まりましたが、参謀長のご意見はいかがですか？」

と聞いてきた。これに対し草鹿は、

「長官が決裁したものを、参謀長の意見はどうですかもないものだ」

と腹を立てたという。

淵田大佐は、戦後、マッカーサー司令部の歴史課係官の質問に対し、

「神参謀が発意し、直接、長官に進言し決裁を得たもので、連合艦隊参謀長も不同意であったし、第五航空艦隊も迷惑がっていた」

と証言した。

三上参謀は、

「当時の司令部内の空気などから考えて、単なる神参謀の発意だけで、このような作戦が取り上げられるはずがない。水上部隊もあげて総攻撃を行なうということになれば、こういう方法しかない、と提案したのが神参謀であったかもしれない」

と回想している。

また神参謀はこの突入作戦について、「大和」（燃料搭載のために徳山湾にいた）に説明にいくよう参謀長に要望した。この説明には三上参謀が参謀長に同行した。

「作戦計画については伊藤（整一）第二艦隊長官は、なかなか納得されなかった。当然、このような作戦などとはいえない無謀無策な挙を納得されるはずがなかった。最後に（草鹿参謀長の）『一億総特攻の先駆けになってもらいたい』という説明に『そうかそれならわかった』と即座に納得された」

三上参謀は、こう回想している。

こうして「大和」部隊は、沖縄に突入することになった（菊水作戦と呼ばれた）。その編制はつぎのとおりで、不沈駆逐艦といわれた歴戦の「雪風」も参加している。

指揮官　第二艦隊司令長官伊藤整一中将
旗艦　「大和」
第二水雷戦隊　司令官古村（こむら）啓蔵少将、旗艦「矢矧」
四十一駆逐隊　「冬月」「涼月」
十七駆逐隊　「磯風」「浜風」「雪風」
二十一駆逐隊　「朝霜」「霞」「初霜」

総計十隻の殴り込み部隊が、沖縄に突入することになったが、ここに筆者は一つの疑問がある。

それは軍令部というよりは、神参謀の宗教（神道）的な考えに動かされた、連合艦隊司令部の考え方である。この「大和」特攻の発想は、航空特攻、水中特攻に対し、水上特攻を企図し、水上艦艇も突っ込むのだぞ、という一億総特攻的な考えを、全海軍、やがては国民に示すことであった。

ここで問題なのは、主力を「大和」一艦に絞ったことである。当時、戦艦としては「長門」「榛名」が行動自由であり、「伊勢」「日向」もいた。この五艦で沖縄に突入して撃ちまくれば、連合軍も相当な損害を被ったことであろう。しかし、徳山燃料廠には、五艦の沖縄行片道の燃料すらなかった。

では横須賀軍港に温存されていた、かつての帝国海軍の象徴「長門」ではなぜいけなかったのか。燃料補給のために徳山まで回航することの危険は、もちろんあったであろう。しかし、連合艦隊司令部の考え方は、日本の古名であり、いまや帝国海軍の象徴（国民にはこの巨艦のことは秘密であったが）である「大和」を沖縄に送ることによって、全軍特攻の決意を示すことであった。

飛行機の傘をつけない「大和」部隊の特攻の成功は期待できない。しかし、「大和」が散ることによって、海軍の決意を全軍に知ってもらえばよいということらしい。

これは死によって名誉と勝利をかち得ようとする散華（さんげ）の思想であり、作戦と艦隊の能力によって勝ちを制する冷静な戦術とは異質な、絶望的抵抗ともいえる戦法であった。〝死中に活を得る〟というのは、個人対個人の剣術などには成功の率が高いかもしれないが、鉄の塊がぶつかり合う近代戦においては、必勝の信念というような抽象的な観念が先行することは、自滅の危険がある。そしてそのように宗教的な信仰に頼らざるを得ないように、戦況を追い込んできたところに、この戦争の根本的な無理があったといえるのではないか。「大和」突入は、この戦争の論理の不足を、身をもって示すものともいえよう。

こうして「大和」部隊（海上特攻隊）は、昭和二十年四月六日午後三時二十分、徳山港を出港、沖縄に向かうことになった（沖縄突入は八日の予定）。

出港前に「大和」と「矢矧」の甲板で、小さなドラマが演じられた。それは、少尉候補生の退艦である。三月三十日、海軍兵学校を卒業した七十四期候補生（機関科、主計科を含む）六十七名が、「大和」「矢矧」に乗り組んで実習の勤務についていたが、これが六日、退艦となったのである。

せっかく待望の巨艦や新鋭巡洋艦に乗り組んで、いざ出撃で実戦に参加しようと張り切っていた候補生たちは、出動する「大和」などから退艦させられると聞くと、非常に残念がり、なかには艦長に直接談判する者も出てきたが、それも無駄であった。

「諸君の前途は洋々たるものである。生き残って、国のために働くべきである」

という艦長の訓示に、彼らは涙ながらに退艦したのである。

出撃にあたって豊田長官はつぎの訓電を全軍に打電した。

「帝国海軍部隊は陸軍と協力、空海陸の全力を上げて沖縄島周辺の敵艦船に対する総攻撃を決行せんとす。

皇国の興廃は正にこの一挙にあり。ここに海上特攻隊を編成し、壮烈無比の突入作戦を命じたるは、帝国海軍力をこの一戦に結集し、光輝ある帝国海軍海上部隊の伝統を発揚するとともにその光栄を後世に伝えんとするにほかならず。各隊はその特攻隊たると否とを問わず、いよいよ殊死奮戦敵艦隊を随所に殲滅し、もって皇国無窮の礎を確立すべし」

粛々として徳山を出港した「大和」部隊は、豊後水道から九州東方海面に向かった。午後四時十分、伊藤長官は、麾下全軍につぎの訓示を信号で送った。

「神機まさに動かんとす。皇国の隆替繫りてこの一挙に存す。各員奮励激闘会敵を必滅し、もって海上特攻隊の本領を発揮せよ」

翌四月七日午前八時十分、艦隊が薩摩半島の西方を西に向かっていたとき、艦載機ヘルキャット七機が上空に現われ、一周すると飛び去った。

「戦闘機がきた。敵は近いぞ」

「大和」の艦橋は緊張した。

——今日は必ず敵機がくる。果たして明日、沖縄に突入できるかどうか……。

すでに連合艦隊司令部、軍令部からは、つぎの情報が入っていた。

「敵機動部隊の一群は『大和』より一七五度二百五十マイル付近にあり。〇八一〇」

これは数群ある機動部隊の一つで、ほかに何群かあるとみなければならない。この八時十分の米機動部隊の位置は徳之島の南東七十マイルで事実に近い。

「大和」を発見したのは、エセックスの索敵機で時刻は午前八時二十二分となっている。この日、徳之島東方海面にはミッチャー中将の第五十八機動部隊が行動中で、その兵力は空母五、戦艦八、重巡四、軽巡十一で、この日は艦載機三百八十六機が待機していた。

午前十時、鹿屋から派遣されていた五航艦の直衛零戦十機が、名残惜しそうにバンク（翼を左右に振る）をしながら反転して去った。これで飛行機の傘はなくなった。五航艦はこの日、水上特攻と並行して沖縄方面の敵機動部隊への特攻に専念するという理由で、「大和」

部隊の直衛を打ち切ったのである。

この戦争では戦闘機の援護のない戦艦が、いかに飛行機、とくに雷撃機の攻撃に弱いかを示す例がいくつかあった。真珠湾攻撃もその一つの例であるが、歴史的なのは開戦直後のマレー沖海戦である。このときプリンス・オブ・ウェールズとレパルスの二艦が沈んだが、これで新鋭戦艦といえども雷撃機の反復攻撃には抗し得ないことがわかった。シブヤン海における「武蔵」の沈没も同じ例である。そして、いままた「大和」が戦史に残る戦艦対飛行機の戦いの例を作ろうとして、沖縄に向かいつつあった。

午前十一時七分、「大和」のレーダーは一八〇度八十キロと百キロに、二群の大編隊を探知した。

「対空戦闘用意！」

「大和」の艦橋では艦長の有賀幸作大佐が、凛（りん）とした声でそう命令した。いよいよ決戦である。

午後十二時三十二分、「大和」の一三〇度（進行方向）五十キロに、艦爆、艦攻、戦闘機を含む第一波二百機の編隊が現われた。

「対空戦闘！」

各艦でラッパが高々と鳴り響く。十二時四十分、敵の第一波二百機は、主として「大和」と先行する「矢矧」に四周から襲いかかった。

「撃ち方始め！」

「大和」の四十六センチ主砲が火を吐く。対空用の三式弾がうなりを生じてとんでいく。

ここに昨十九年十月二十四日の「武蔵」の悲壮な戦いが再現された。巨鯨を襲う鷲や鷹のような艦爆や艦攻……違うところは艦攻の雷撃が、もっぱら「大和」の左舷に集中したことである。「武蔵」のときは左右両舷にきて、平均して沈んでいくので、なかなか沈没しなかった。その戦訓にもとづいて、今度は「攻撃正面は左舷」と各艦飛行長が協定したものらしい。

「畜生！　余裕を持ってきやがるな……」

「大和」の右後方で射撃をつづけていた「雪風」の艦橋トップの射撃指揮所で、田口砲術長は唇を嚙みながら、射撃をつづけた。「大和」は、十二時四十分、敵急降下爆撃機一機を撃墜したが、その艦爆の攻撃で後部マスト付近に爆弾二発を受け、後部射撃指揮所、二番副砲などを破壊された。これがこの日の犠牲（いけにえ）に対する儀式の始まりである。爆撃とほぼ同時に雷撃が行なわれ、十二時四十三分、五機が左舷から雷撃を行ない、一本が左舷艦首付近に命中した。

直衛の駆逐艦にも被害はあった。十二時四十五分、「大和」の右正横にいた「浜風」が魚雷一本を受けて、二つに折れて沈没した。

十二時四十六分、「大和」についで多くの敵機を引き受けていた「矢矧」が、爆弾と魚雷のために航行不能となり、四十八分、「雪風」の左後方を走っていた「冬月」にロケット弾二発が命中（いずれも不発）、一時八分には、「冬月」の左方にいた「涼月」の前部に爆弾が命中、火災を生じた。敵機は「武蔵」のときより多いらしく、駆逐艦にも（大きな目標がなかったともいえる）かなりの数の敵機がきた。

午後一時二十分、第二波艦爆五十機、艦攻二十機がやってきた。敵機は雷爆同時攻撃で猛訓練の後を偲ばせる腕前である。

一時三十七分、「大和」は左舷中部に魚雷三本を受け、左舷に八度傾斜したが、右舷に三千トン注水して復原した。四十七分、さらに魚雷二本が左舷に命中、傾斜は左舷一五度となり、主砲その他の砲も射撃が困難となってきたが、速力は、なお十八ノットが可能である。

午後二時二分、左舷中部に爆弾三発が命中、左舷への傾斜はますます激しくなったので、有賀艦長は副長能村大佐と相談して、兵員のいる右舷機械室、罐室（ボイラー室）に涙をのんで注水した。このため傾斜は一時停まった。

二時七分、珍しく右舷に魚雷一本が命中したが、傾斜復原の効果はなかった。これで左舷に六本、右舷に一本、計七本が命中。十二分、さらに左舷中部と艦尾に二本が命中した。

午後二時十五分、最後の魚雷が、左舷中部に命中（計十本）、これ以後、左舷への傾斜を深め、二時二十分には二〇度となり、二時二十三分には、艦橋後方の戦闘旗が海面につくほど傾斜し、前部砲塔内の弾薬が誘爆して大爆発を起こし、ついに沈没した。伊藤長官、有賀艦長をはじめ、乗組員二千四百九十八名は艦と運命を共にした。

不沈といわれた「大和」は、今回は一時間五十分しかたたぬ間に沈没してしまった。これは「武蔵」よりかなり早く、この日の攻撃が左舷専門であったことが、大きく影響している。

何にしても世界最大の不沈戦艦が、魚雷十本で沈んだということは、造船家にはもちろん、大艦巨砲主義者の砲術家にも、大きなショックであったろう。これでアメリカも戦艦の建造を止め、戦後は、巨大空母の建造を考えるのである。

「大和」のほか「矢矧」「朝霜」「浜風」「磯風」「霞」が沈没、「初霜」に移乗した古村少将に率いられて、佐世保に帰投したのは、「初霜」「雪風」「冬月」「涼月」の四隻で、ここに燃料の不足とともに、連合艦隊は完全に潰滅した。

「大和」部隊の突入失敗を確認した後も、軍令部は天一号作戦を続行、戦果を挙げつつある航空攻撃の総追撃戦を指導したが、兵力がつづかなかった。

四月六日までの大本営発表の戦果は、つぎのとおりである。

撃沈　特型(特設?)空母三、戦艦一、巡洋艦十一、巡洋艦または駆逐艦四、駆逐艦二十六

米軍の資料による米軍艦艇の損害はつぎのとおりである。

損傷　空母三、戦艦四、巡洋艦四、駆逐艦三十九

沈没なし

第七章　終戦と軍令部

決号作戦と御前会議

沖縄の陥落は六月二十三日であるが、その前に大本営は、本土決戦（決号作戦）の準備にかかっていた。しかし、これはもはや陸軍が主体で、燃料がなく艦艇もわずかに空母、戦艦合わせて数隻しかない海軍は、飛行機と回天（水中特攻兵器）などによる特攻しか協力する道はなかった。

戦艦「大和」出撃の直前、四月四日、大本営陸軍部（参謀本部）は、決号作戦準備要綱を発令した。後述のように作戦区分をして、進攻してくる連合軍を要撃、決戦に持ち込んで、死中に活を得ようというもので、このために陸軍は、第一（東日本）、第二（西日本）総軍、陸軍航空総軍司令部を設置し、四月八日、戦闘序列に編入した。司令官は第一が杉山元（陸相）、第二が畑俊六（教育総監）、航空は河辺正三（第十五方面軍司令官）各大将が親補された。

決号作戦準備要綱の要点は、作戦区分と作戦方面を示していることで、作戦区分は、決一号—北海道方面、決二号—東北方面、決三号—関東方面、決四号—東海方面、決五号—近畿、中国、四国方面、決六号—九州方面、決七号—朝鮮方面である。

作戦の要旨はつぎのとおりである。

一、帝国陸軍は、（中略）主敵米軍の侵攻を本土要域において要撃する、このため主戦面は太平洋、シナ海正面とし、戦備の重点を関東地方、九州地方に保持する。

二、敵の空襲を撃破して敵機の跳梁を制するに努め、帝都及び本土の枢要部、とくに生産、交通並びに作戦準備を援護する。

三、航空作戦、四、防空作戦、五、対上陸作戦（略）

これと関連して、昭和二十年四月八日、大本営陸海軍部は、「本土作戦に関する陸海軍中央協定」を結び、「一、陸上作戦は陸軍、水上、水中作戦は海軍が担当する」などの分担を定めた。

これに先立ち、陸軍より「陸海軍統合問題」が提起され、三月三日、首脳会談が行なわれた。かねて陸軍は、本土決戦では陸軍が統一指揮をとるべきだという意向が強く、まず大本営陸海軍部を合同させる意見を出したが、海軍はこれに反対した。この会議には出席しなかったが、井上（成美）海軍次官は、陸軍の国軍一元化に乗りだした理由をつぎのように推察した。

一、日本は陸軍で持っている、日本を背負うものは陸軍なり。陸軍は日本を牛耳る力あり、またこれを培養すべし――。以上は陸軍の通論で、陸士あたりの教育の裏面に明瞭に窺い知るのみならず、満州事変以降、陸軍の政策につねにその片鱗を見るところなり。

二、海軍の主体の艦艇もレイテ戦以降、姿を見せず、海軍は消失したという考えで、陸軍一本で行くべしという気持になることは想像できる。

三、レイテ戦以後、国民の陸軍に対する不満反感、相当強いものあり。その後はB29の空襲開始などで不満が加速度的に増大しつつあるので、この際、国軍一元化により、国民の反軍思想の一半を海軍に負担させ、陸軍の独裁に邪魔になる海軍を抹殺しようという底意であろう。

陸海軍の意見の相違を心配された天皇は、三月三日午後、陸海軍大臣を召して、陸海軍の統合について、意見を聴取されたが、米内海相はこれに反対、陸軍はさらに陸海軍を統合した場合の総指揮官として、大本営総長（総幕僚長）をおく案を考えたが、海相はこれをも拒絶した。

四月七日、小磯国昭内閣に代わって、鈴木貫太郎海軍大将が組閣（海相米内、陸相阿南、外相東郷茂徳）したが、このとき、陸軍は阿南惟幾(これちか)大将を陸相に送る条件として、陸海軍一本化を条件としていたが、内閣が出発しても、この問題はまとまらなかった。

四月二十七日、鈴木総理は首相官邸に陸海軍首脳を集めて、会談を行なったが結論は出ず、その後、六月二十一日、次官会議で海軍は、総理を議長とする「最高幕僚府」を提案したが、鈴木貫太郎海軍大将を議長とする案に陸軍が賛成する理由もなく、結局、陸海軍統合問題は消滅した。

昭和二十年五月、いよいよ本土決戦近しとみた海軍は、大本営海軍諸機関として、大本営海軍総合部（部長保科善四郎中将、軍務局長）、戦備部（部長高田利種少将、軍務局次長、兼軍令部第二課長）、戦力補給部（部長石川信吾少将、運輸本部長）、戦力錬成部（部長高柳儀八中将、教育局長）が新設された。

こうして陸海軍が決号作戦のために準備を進めている間に、重臣たちの間では密かに終戦工作が進められていた。ソ連を仲介とする和平案もあって、近衛元総理を特使として送る話もあったが、腹に一物あるソ連は、四月五日、日ソ中立条約を破棄する旨を通告してきた。

スターリンは、昭和十八年十一月のテヘラン会談で米英に対し、対日参戦を約束していたが、さらに二十年二月のヤルタ会談でも、ドイツ降服後二、三ヵ月後に、つぎの条件で対日参戦を約束していた。

一、樺太南部の返還
二、大連、旅順においてソ連の権利を回復する
三、東清鉄道、満州鉄道の中ソ合同運営とソ連の優先的権利の保障

本土決戦と和平工作が、大日本帝国の運命を挟み討ちにしている間に、五月八日、ドイツは降服し、事態は急速に終戦に向かっていった。

七月二十六日夜発表の米英中三国によるポツダム宣言がそれである。日本への無条件降服の勧告に対し、二十七日午前、最高戦争指導会議が開かれた。この席上、東郷外相は慎重にソ連の出方を見るべきだ、と主張したが、豊田副武軍令部総長（五月二十九日、発令）は、「この際、この宣言は不都合であるとして、大号令（戦争継続の）を発せらるべきである」と主張し、総理と東郷外相はこれに反対し、結局、この宣言は閣議でもニュースの程度にとり扱うことにした。

これが朝日新聞に「政府は黙殺」と出たので、これで連合国は原爆投下を決めたというのが、通説のようである。

豊田総長は、戦後、そのような発言はしなかったと否定している。

海軍部内も割れていた。米内海相、多田武雄次官（五月十五日、発令）、保科軍務局長のトリオでポツダム宣言を受諾して終戦に持ち込もうという海軍と、豊田総長、大西瀧治郎次長のコンビで（大西次長が強硬に総長を突き上げていたといわれる）、終戦拒否、徹底抗戦

（いま一度、敵に痛撃を与えてから講和に持ち込むべきだともいう）の線を押し進めていた。

こうして政府の態度がはっきりしないうちに、八月六日、広島に原爆が投下されて、皇国は不滅であるという、神国大和島根（日本国の別称）の夢は一挙に吹きとんでしまった。

この原爆について、豊田総長は七日、

「昨六日〇八二〇頃、広島方面空襲に際しては、呉鎮守府部隊は、千数百名を救援隊工作隊として派遣し、糧食の準備を行なうとともに、第二総軍と東京方面との通信連絡に任じつつあり」

と簡単に上奏しただけであった。

大本営陸軍部は、直ちに情報部長を長とする調査団を広島に派遣、海軍も淵田美津雄連合艦隊航空参謀と火薬などの専門家八名を広島に派遣した。呉鎮守府長官は九日、大臣、総長宛親展扱いの電報で、捕虜情報によって、この爆弾が原爆であることを報告、新型爆弾といわれるこの爆弾が、非常に強力な原子爆弾であることが徐々に判明し、大本営も戦争終結か抗戦かで、態度を決めなければならない時期に至った。

さらに原爆投下の二日後、八日に至って、ソ連は日本に宣戦布告を行なった。政府もポツダム宣言の受諾を考えざるを得なくなってきた。

九日午前十時半から最高戦争指導会議（首相、外相、海相、陸相、両総長、幹事として陸海軍軍務局長）が宮中で開催され、ポツダム宣言のとり扱いが討議された。（註、この会議中に午前十一時頃、長崎に原爆が投下される）

まず鈴木貫太郎首相が、

「大勢からみて、ポツダム宣言を受諾するほかはないと思う」

と決然たる態度でいった。

首相はこの際、一挙に終戦に持ち込み、これ以上の国民の災害を喰い止めようと、老骨を賭ける意気込みで、それが列座の大臣、総長にも喰い入るように伝わった。抗戦派の梅津美治郎、豊田副武両総長、阿南惟幾陸相も急には声が出ない。

やがて和平を胸に秘めた米内光政海相が口を切った。

「みな、黙っていても仕方がない。ポツダム宣言を受諾するとして、無条件で受けるか、条件をつけるかだが、考えられる条件は、一、国体の護持（皇室の安泰）、二、戦争責任者の自国による自主的処理、三、自発的撤兵と自主的武装解除で、これをどうするか、である」

これに対し東郷茂徳外相は、部内の意見としてまとめていた「国体の護持」だけを条件とする受諾を主張し、鈴木、米内もその線に傾いた。

しかし、阿南は右の三条件のほかに、「保障占領は行なわない」という条件をつけるというので、外相と激論になった。

豊田総長も阿南に同調した。豊田自身は徹底抗戦論者ではない。富岡第一部長も合理的で冷静な判断力を持っている。問題は特攻の創始者大西瀧治郎次長である。

大西は富岡が和平説を漏らしたとき、頭から怒鳴りつけたことがある。ソ連が参戦し長崎に原爆が落ちたことを知ると、大西は軍装に軍刀（短剣という説あり）を吊って、指導会議の会場に駆けつけた。扉の外に立っていたが、会議が長引くと、待ちかねたように、大西は無断で会場に入ってきた。軍刀の柄に手をかけて、ぬっと顔を出したので、入り口に近いところにいた幹事の保科（軍務局長）は驚いた。

これを見た米内は、顔色を変えて怒鳴りつけた。

「大西、何事か！　ここはお前の入ってくるところではない。場所がらを弁えろ。第一、宮中に軍刀を持ち込むとは何だ！」

米内にも大西の気持はわかっていた。

――ここで無条件降服をのむと、特攻隊で散華した二千余の英霊に、何といって申し訳をしたらよいのか？　彼らの死を無駄にすることはできない。日本降服のときは自分も腹を切って英霊に詫びをいうが、その前にいま一戦やらしてはもらえないだろうか。後五千機いや三千機でよい、それだけの飛行機に特攻隊を乗せて、一機一艦の特攻体当たりをやれば、十五隻や二十隻の空母を中心とする敵機動部隊も、全滅させることは不可能ではない。それをやらせてくれて、それでも敵が優勢であれば諦めるが、このまま降服というのは、あまりにも情ない……。

というのが、大西の言い分であった。

しかし、大西の理論には、根本的な誤謬があった。操縦員が機械であれば、十機で十艦に体当たりすることができる。しかし、若い搭乗員の誰もが大西のように、国のためなら体当たりできるという固い信念に燃えているとはかぎらないのである。

実際に前線で出撃する特攻隊員を見送りにいった参謀の話では、彼らは出発の前は顔色も青ざめて、この世のものとも思われない表情の者が多いという。また技量の問題もあって、突入という気持はあっても、敵の戦闘機に撃墜されて、目標まで突入できない者が多いという。特攻といえどもベテランでなければ、多くの戦果は期待できないのである。三千機の飛行機と三千人の若者をそろえれば、敵艦隊を撃滅できるという考え方は、あまりにも精神主義に過ぎるのではないか。

米内の怒りに触れると、大西は目礼をして去った。大西は四十期、米内は十一期先輩の二十九期（豊田副武総長は33期）である。こういう切羽詰まったときでも、海軍は飯の数がものをいった。

外相と陸相の論争の決がとれないままに、午後一時、総理は休憩とし、午後二時半の閣議に図ることになった。閣議の席でも、陸相は戦争継続を強く主張した。阿南は元来道理のわかる人間であるが、若手の参謀から突き上げられていた。

これに対し米内が、

「現代の戦争は国家の総力戦であるから、現在の国内情勢では戦争はできないと思う」

と述べたが、午後五時半、閣議は休憩に入り、六時半、再開、ここでは「国体護持」という条件をつけることには全員一致したが、武装解除、非占領、戦犯の処理で議論が闘わされた。

このとき、有名な問答があった。

阿南　戦局は五分五分である。負けとはみていない。

米内　科学戦として武力戦として負けている。

阿南　（局部の）会戦では負けているが、戦争では負けていない。陸海軍の感覚が違うのだ。

米内　敗北とはいわぬが負けている。

阿南　負けているとは思わぬ。

午後十時を過ぎても結論が出ないので、御前会議でご聖断を仰ぐことになり、閣議は散会した。

終戦を図る第一回の御前会議は、九日午後十一時五十分から、宮中の御文庫（陛下の御殿）付属室で開かれた。出席者は最高戦争指導会議のメンバーである四人の大臣、両総長、平沼騏一郎枢密院議長、迫水（さこみず）久常内閣書記官長、保科善四郎（海軍）、吉積正雄（陸軍）軍務局長ら十二人である。

事前に米内は一策を案じて、鈴木総理にいった。

「総理、決定権を持つのは、枢密院議長を入れて七人です。僅差で受諾ということになると、陸軍の青年将校が騒ぐ。そこで決をとることなく、各自意見を述べた後、陛下のご聖断を仰ぎ、これを会議の結論とするのがよかろうと思います」

鈴木はこれに賛成した。

陛下が出御され、鈴木の司会で会議は始まった。東郷外相が国体護持だけを条件として、ポツダム宣言を受諾すべきだと主張し、予想どおり米内、平沼が賛成し、阿南、豊田、梅津が反対、これで鈴木が外相の側につくと、四対三で受諾という形勢になるが、米内との密約どおり鈴木は、陛下のご聖断を仰ぐことにした。

すでに決意を固めていた天皇は口を開いた。

「自分は外務大臣の意見に賛成である」

これで大日本帝国の無条件降服は決定したかにみえた。重臣たちは声をしのんで泣いた。抗戦派の阿南も豊田、梅津も涙をこらえ難い。万世一系の皇統を誇る大日本帝国も開闢（かいびゃく）以来初めて敗北を認めたのである。輔弼（ほひつ）の任にある者、涙なくしてこれを聞くことができようか。

天皇はさらに言葉をつづけた。

「皇室と人民と国土があれば、国家生存の根基は残る。これ以上望みなき戦争を継続することは、元も子もなくなるおそれが多い。彼我の物力諸般の情勢を勘案するに、わが方に勝算はない（後略）」

述べ終わると天皇は白手袋で涙を拭われた。

時に昭和二十年八月十日午前二時三十分である

この日、午前六時四十五分、在スイス加瀬公使、在スウェーデン岡本公使を通じて国体護持を条件に、ポツダム宣言を受諾する旨の無電が打たれた。

——さて連合国はどう出るか……。

軍令部の富岡参謀たちは、成り行きを見守っていた。富岡はもちろん、豊田総長といえども徹底抗戦派ではないが、強気で必死の大西次長に押されていた。

「祖国を滅してよいのか？　特攻隊にどういって詫びをいうのか……！」

こういわれると、総長も返す言葉がないのである。

一つだけ条件をつけたポツダム宣言受諾の電報に対する連合国の返事は、十二日午前零時四十五分、サンフランシスコ放送によって、日本の電波にかかった。

この電文を見て、

――難しいことになったな……。

と松本俊一外務次官は頭をひねった。

「この降服の瞬間より天皇と日本政府の権威（権限）は、連合軍の最高司令官に subject to する」と書かれているのである。この subject to という英語は、普通に訳すると、「従属する、隷属する」という意味になる。そこで松本らは、これを「制限の下にあり」と訳した。しかし、阿南陸相は、さっそくこれに不信を抱き、再度照会せよ、という。天皇が連合軍司令官に隷属するならば、最後の一戦も辞せない、という覚悟である。

この日、十二日午前八時二十分、豊田、梅津両総長はそろって参内し、つぎのように列立上奏した。

「統帥部と致しましては、本覚書（返電）のごとき和平条件は断固として拒絶すべきものと存じます。右覚書によれば、敵国の意図が名実ともに無条件降服を要求し、とくに国体護持の根基たる天皇の尊厳を冒瀆しあるは明らかなるところであります」

徹底抗戦の意思表示である。

天皇は、「さらに公式の返電がきてから、慎重に検討すべし」といって、二人を下がらせた。

豊田と梅津が列立上奏したことを聞くと、米内は烈火のごとくに怒った。彼は元航空本部に仮住まいしている海軍省の大臣室に豊田と大西の二人を呼びつけると、がんがん怒鳴りつけた。

両総長が急いで上奏した理由は、米内にはわかっていた。外相が上奏して裁可を得ると取り返しがつかないとして、急いだものであろうが、作戦、用兵ならともかく、和戦を決める国の大事に統帥部だけで抗戦を陛下に強いるようなことをすべきではない、というのが米内の言い分である。

皇居も海軍省も慌ただしい雰囲気のうちに、午後六時四十分、連合国からの公式の返事が、スイスの加瀬公使から届いたが、先のサンフランシスコ放送と同じで、やはり、subject to という言葉が入っている。これを知った東郷外相は、陸軍や右翼の頭を冷やさせるために、一日おいて十三日到着したことにして発表した。

十三日午前八時半、この公電をめぐって最高戦争指導会議が開かれた。依然として受諾説は総理、外相、海相で、再照会説は陸相、両総長である。午後四時、閣議が開かれたが、再照会説は陸相、安倍源基(げんき)内相、松阪広政法相で、ほかは東郷の即時受諾説を支持した。

午後七時、閣議はまとまらぬうちに散会、東郷は、「このままではクーデターのおそれがある。速やかにご聖断を仰ぐべきである」と進言したので、総理も覚悟を決めて小石川の邸に帰った。渋谷の官邸に帰った東郷のもとに豊田と梅津が会見を申しこんできたので、首相官邸で三者会談を開いた。両総長が再照会で東郷を責めるところへ、大西がとび込んできた。大西はいう。

「米国の回答がどうこうというよりも、根本的な問題は、陛下が軍を信用しておられないということです。それで陛下に絶対に勝つという方法を上奏して、ご再考を仰ぐ必要があります。いま、日本人二千万人を（特攻隊で）殺す覚悟があれば、決して負けはしませんぞ！」

これは大西の持論であるが、ここへきて二千万人を犠牲にするなどということを、陛下がお許しになるはずもない。さすがに両総長も黙っている。大西は東郷に向かって、

「外務大臣はどう考えますか？」

と聞いた。

「勝つことが確実なら、ポツダム宣言を受諾する必要はない。問題は、どうして勝ち得るかということですよ」

と東郷は答えた。

そして大詰めの八月十四日である。

鈴木総理は本日の御前会議でご聖断を仰いで、受諾に持ち込みたいと考えていたが、公式に御前会議を召集すると、抗戦派の青年将校に妨害される恐れがあるので、午前十時に開催される閣議をそのまま御前会議に移行させることを考え、木戸内大臣の了承をとりつけた。

午前十時過ぎ、首相官邸での閣議が始まると間もなく、鈴木は、「ただいまより御前会議があります。直ちに宮中の防空壕内会議室に入っていただきたい」といった。

十時五十分、全閣僚、両総長、平沼枢密院議長らが皇居に入り、大日本帝国最後の御前会議が開かれた。

冒頭、鈴木が、「連合国側回答受諾に反対する者のご意見を聴取のうえ、ご聖断を仰ぎたい」と言上し、梅津、豊田、阿南が涙ながらに、国体護持のため再照会を要する、と言上した。

これに対して天皇は、有名なご聖断を下された。

その大意はつぎのとおりである。

一、受諾の決意に変わりはない。

二、外務大臣のいうとおり要はわが国民の信念と覚悟の問題であるから、連合国の回答を受諾してよい。

三、武装解除、保障占領、戦犯の問題は、誠にしのびないが、このうえ戦争をつづけては日本は焦土になる。

四、自分はいかになろうとも、国民を救いたい。この際、堪え難きを堪え、忍び難きを忍び、一致協力、将来の回復に立ち直りたい。

五、国民に呼びかける必要があれば、マイクの前にも立とう。詔書を出す必要もあろうから、政府はさっそく起案するよう。

これでついに最後のご聖断が下り、大日本帝国は無条件降服、終戦和平が確定した。居並ぶ重臣たちも寂(せき)として声なく、抗戦を主張した阿南、豊田、梅津も、いまはハンカチで顔を覆うのみである。

回顧と反省

翌八月十五日の玉音放送でさしもの太平洋戦争も幕を下ろすわけであるが、ここで帝国海軍最後の軍令部総長豊田副武大将の回想を『最後の帝国海軍』(昭和二十五年刊)から拾ってみよう。

「(前略)午前十一時(十四日)から最後の御前会議が始まった。(中略)梅津総長、阿南陸相の言上については、当時私も相当興奮していたので、一々具体的に言葉を記憶していないが、趣旨は私と大差なかった。私の言上したことを要約していえば、『連合国側の回答をそのまま鵜呑(うの)みにすることは忍びない。さらに質問をするとか注文をつけるとか、要するにこちらの所信をもう一度披瀝することが適当であると思う』ということで、決してポツダム宣言受諾絶対反対、戦争継続一本という主張ではなかった。

御前会議の経緯については、終戦後いろいろの発表があるが、これはおおむね無条件受諾を主張した側の人から出たもので、反対の立場に立つ者を、強く批判しているような色彩が濃厚である。三人の主張は決して戦争継続一本というものではなかった。

私はその前日もっぱら東郷外相と論議した点を繰り返して、『無条件受諾ということは第一回に申し入れた趣旨にもとる、第一回の絶対条件が全員の一致した意見であるならば、それをやはり貫徹するよう努力しなければならない。それにはこれだけの申し入れをするということは、決して不当ではない、極めて合理的であると思う、そしてそれを申し入れたところで、話がこわれてしまうとは思われない。また向こうはそれを受諾しないかもしれないが、少なくとも効果はあると思う』と申し上げた。

さらに『最高戦争指導会議についてはこれこれの準備はしてある、さらばといって戦争をつづけて勝算はあるかと問われれば、自信があるとは自分ではいえない。しかし、とにかく一度は一億特攻、本土決戦というような大きな決心だけはした、それだけの決心をした勇気を持っておれば、この際、これだけの申し入れをできないはずはない。また申し入れをすることは危険でもないし、話はまとまると思うし、それだけのことをする効果はあると思う』と大体こういう主張をしたのである。それを私が、終戦絶対反対、最後まで戦うのだと主張したかのように誤伝されているのは、はなはだ心外とするところである。私の心持ちも主張も決してそうではなかった（後略）」

この後に「終戦有感」という一文がある。

「軍令部内の状況を補足しておく。連合国の回答がきたとき、私は読んでみて、これは具合が悪いと思った。第一に subject to の問題、つぎに統治形態決定の問題、これについて軍令部の部下が自分のところにきて不満の意向を漏らしたので、私は、『黙っておれ、私がいう、私にはちゃんと考えがある』

といって、所信（後に御前会議で主張したような）を述べてそれで収まった。もし私が黙っていたら、こんなものは蹴とばしてしまえ、戦争一本で行こう、と主張する者が出る可能性が見えた。それで私は先手を打って、俺はこれだけの主張をするからといって、相当強い言葉で部下の鋭鋒を抑えたのである。

それから後で聞いたのだが、軍令部総長が頑張っているから、話がなかなかうまくいかぬという噂が、陸軍の一部で立っているという。それを聞いて私は、ははあ、これで俺の目的は達したな、危険はないなという気がした。（註、軍令部総長が抗戦に反対では困る、と陸軍の主戦派がいっていたということか？）

そんなふうで、私は一方では米内海相の期待に背き、他方部下の者には、一億特攻で戦備をやれ、といって、大いに激励しながら、陰では密かに終戦工作をやっていた、というわけで妙な立場に立った次第であるが、当時としては終戦の工作をやるにしても、その気配をあからさまに他に示すわけにはいかない。どうしても二枚舌を使わなければならない。これはもっぱら海軍部内の静穏ということと、陸海軍の関係をなんとかして不祥事を起こさずにうまくまとめたいという意図にほかならなかった。米内海相は、そんなにしゃべる方ではないが、意見をいうときははっきりいうから、それがそのまま人に伝わると反響が大きいのである。

それで私は、当時、私のとった態度について米内海相に釈明したことがあったが、彼は何もいわずに憮然としていた。多分不満だったのであろう。しかし、もしあの場合私が米内側につくと四対二となって、参謀総長と陸相の陸軍側だけが反対側に立つことになり、これは大変なことになる。私は何も陸軍に同情を持っているのでもないし、そういう義理もないが、あの最後の土壇場になって、内部の動乱でも起こりでもしたら一大事である。それが陸軍の一部の者、海軍の一部の者が事故を起こした程度で収まればよいが、それが波及したら大変なことになる。（中略）

御前会議の後にあらゆる方法を講じて無血停戦をやるようにというので、皇族方を作戦部隊にご差遣になった。また両総長から上奏して、大本営命令を出していただいて、今回の終戦にともない、連合国の指示によって武装を解除したものは、降服したものと認めずという国内的なとり扱いをした。

結論を述べると、終戦のときの御前会議で我々無条件降服に反対の立場にあったものが粘ったのが、手前味噌ではないが、終戦を無血に円満に遂行できた一つの動機になっていると考えている。何もいわずに無条件でいっておったら、何事かが起こっただろうと思う。

国内の作戦部隊には、本土決戦のスローガンに刺激されて、どこまでも戦争するのだ、やれば勝つのだという盲目的信念を持った者が相当いたのだから、それに政府なり統帥部なりが無条件で武器を捨てろと命じたら、決して平穏には収まるまいと考えざるを得なかった。戦後、私に、最後まで戦争継続を主張してくださったそうですが、大いに意を強くしました、というようなことをいった人が相当あった。しかし、それは私の本意ではない。私は黙って苦笑いしていたようなわけであった」

本編執筆のために軍令部参謀藤森康男元大佐（昭和十八年六月～終戦。海兵56期、潜水艦、戦備担当。愛知県海部郡十四山村在住）を訪問したところ、興味あるお話をいただいたので、主な点を紹介したい。

「水中高速潜水艦と水陸両用戦車――

着任して間もなく、軍令部で真珠湾攻撃で使った特殊潜水艦（甲標的と呼ばれた）を改良して、高速の潜水艦を作る案が出た。甲標的は水中十九ノットぐらいであるが、これでは行動中の敵艦隊（十六～二十六ノットくらい）を追い越すことはできない。それで二十五ノット以上出す小型潜水艦を建造して敵艦隊の前面に進出させ、いったん魚雷を発射して、また前進して艦隊の前面で射点を得て発射するという構想で、艦政本部の片山有樹（ありき）少将と相談した。当時、ドイツでも小型Uボートの構想があったので、実施に努力したが、実戦には間に合わなかった。

嶋田軍令部総長の人柄――

十九年春、敵の機動部隊が、突然硫黄島に来襲したことがあった。被害は少なかったが、大本営も驚いた。当時、私（藤森参謀）は大本営の当直参謀で勤務していたが、重要な事件は宮中の侍従武官室に直通電話で知らせることになっていたので、これを知らせた。ところがこれが陛下の耳に入り、『海軍はどのような対策をとるのか』というお沙汰があった。それで自宅にいた嶋田総長を起こしてこれを報告したところ、総長は適当なご返事をしたらしいが、翌朝、作戦会議の後で私を総長室に呼ぶと、叱りつけた。

『あの程度のことで侍従武官室などに報告するな』というわけである。重要なことを連絡するために直通電話が引いてあるのだから、連絡したので、それを叱られて、私もむっとした。『では辞めさせていただきます』と進退伺いを出したが、これは第一部長の中沢少将のところでストップした。辞めたければ、後任を捜してこいというわけである。これがなかなか見つからないので、終戦までいることになってしまった」

昭和十九年三月頃、雄作戦のために軍令部で水陸両用戦車を開発して、米軍の泊地を奇襲しようという案を出したが、三月末の古賀峯一司令長官の殉職で流れた話は前に書いた。

同じ頃、サイパンに赴任した南雲忠一長官と話をする機会があった。「装備が悪い、通信施設がだめだ」と嘆いていたが、悲壮な調子であった。

マリアナ海戦の敗北の後に、軍令部では、「潜水艦が敵の泊地メジュロ環礁を奇襲せよ」

「陸軍の飛行機を敵艦隊襲撃に使うべきだ」というような議論が出たが、いずれも実際に効果は上がらなかった。

珍しい話では、陸軍が潜水艦を造ったという話がある。ガダルカナル以来陸軍は、島の部隊の輸送、補給に苦しんできた。いま、本土決戦間際になって、太平洋に散らばる島々に置き去りにされた陸軍を撤収するのに、陸軍は、海軍にばかり頼ってはおられぬ、というので、自分たちで潜水艦を造り始めた。乗組員の訓練は海軍が引き受けるというので、潜水艦担当の藤森参謀が、この相談にのった。どうやって陸軍があの難しい潜水艦を造るのかというと、瀬戸内海の海岸に工場を造り、機関車のボイラーをもってきて、これを胴体として、これに電動機をつけて、四百トンほどの潜水艦を造ってしまったので、参謀も驚いた。

この潜水艦は、実際に沖縄作戦などで使われたというから、筆者も、その実際を聞いてみたいと考えている。

そして終戦が近くなると、軍令部では決号作戦のために、陸上機一万機で敵を倒す、というような案も出たが、生産がまったく駄目である。一方、鈴木総理や近衛、岡田、米内らの重臣の間で講和の話が密かに進められていた。

この頃、鈴木総理が横須賀軍港を視察して、潜水艦を眺めながら、

「決号作戦は勝ち目があるかね?」

と随行の藤森参謀に聞いたことがある。このとき彼は、

――やはり、もう和平なのかなあ……。

と感じたが、それから間もなくポツダム宣言となった。

太平洋戦争における軍令部の考えのまとめとして、『大本営海軍部』の「軍令部の反省」という項から要点を紹介しておきたい。

一、敗戦を招いた艦隊決戦主義
日露戦争の勝利が、その後長い間、戦略、戦術に影響したことは、陸海軍ともに不幸なことであった。陸軍が歩兵偏重で太平洋戦争に三八式（明治三十八年、制定）歩兵銃を使用したことは有名であるが、海軍でも艦船兵器は進んだが、抜きがたい大艦巨砲主義の影響が残っていた。戦艦を中心とする主力艦隊の決戦によって、勝敗を決するという戦術で、日本海海戦の夢を抱いて海軍に入った提督たちは、この夢から醒めることが遅かった。

飛行機や潜水艦の発達で、昭和十五、十六年頃には、艦隊決戦による速戦即決は難しくなってきていた。将来の日米戦は西太平洋の両国の領土や戦略要地の攻防戦、通商破壊戦などに終始し、いわゆる漸減作戦における日本近海での艦隊決戦は起こらないかもしれないと、考えられるようになってきた。

四年にわたる戦争の経過を振り返ってみると、大体はそのようになったと思われる。軍令部としては開戦の数年前からこの問題（航空の重視、基地としての島の重要性の見直し、島の攻防に用いる中小艦艇の充実、潜水艦による通商破壊など）の対策を考えておくべきであった。

航空軍備重視の傾向は、昭和十一、十二年頃から相当高まっていた。
しかし、ワシントン条約明けの昭和十二年度から、自主的軍備の実行に移った最初の軍備計画は、単に量の不足を質の向上に求めただけで、根本は艦隊決戦中心、戦艦重視の旧態依然のもので、革新的なものはなかった。「大和」「武蔵」はこの計画で建造されたが、期待はずれの結果となった。

この時点で艦隊決戦を重んじたのは、米英も同じで、これを批判する一人は井上成美中将で、十六年一月、航空本部長のとき、つぎの新軍備論を海相に提出して、軍令部の計画の改善を求めたが、省部はこれを無視してしまった。

「日米戦争では潜水艦、飛行機の発達した現在、艦隊決戦などは起こらない。西太平洋の島、戦略要地の攻防戦や、潜水艦、飛行機による通商破壊戦とその防衛戦が主となるから、軍備の重点はこれらの作戦遂行に必要な兵力の整備に重点をおき、いままでの艦隊決戦兵力の充実は必要がない」

また同じ頃、山本五十六連合艦隊司令長官は及川古志郎海相宛の書簡で、つぎのように述べている。

「従来の訓練の大部分は、艦隊決戦に関するものであるが、米英と開戦の場合は、全艦隊の決戦などは、全期を通じて実現せぬかもしれない。大ざっぱな場面の戦術運動のみに熱中することなく、状況に応じ自己の率いる艦隊、戦隊あるいは一隊、一艦が、つねに各場面でその戦闘力を極度に発揮することを演練すべきである」

後にその先見を賞賛される提督が、そろって艦隊決戦以外に決戦の道を求めていたことは、注目に値しよう。

二、潜水艦作戦の不振

艦隊決戦と関連して、潜水艦もワシントン条約以来、艦隊決戦の補助用として、大型で航続距離の長いものが建造された。しかし、太平洋戦争が始まってみると、敵艦隊の奇襲を狙ったが、大きな戦果は挙がらず（空母撃沈などはあったが）、戦局を動かすほどではなく、通商破壊を狙っていたが、その途中でソロモン、ニューギニアで輸送任務につくようになって、潜水艦本来の艦隊攻撃の機会は少なかった。これも予想外の結果であった。

三、情報、暗号戦で、まず敗北

日本の大きな失敗の原因は、ドイツの不敗を信じて、同盟を結んだことであるが、これは対独情報の誤りが原因である。当時、日本の駐独大使はナチスや外務省とは緊密な連絡をとっていたが、軍部との連絡は不十分であった。

アメリカは第一次大戦で暗号解読に努力しただけあって、今度の戦争でも初めから見事な暗号作戦を展開して、日本外務省の開戦最後通告も全部ワシントンの情報部で解読されていた。

わが軍令部もハワイに吉川少尉というスパイを送って、真珠湾内の軍艦の数を報告させていたが、この暗号電報も解読していたというから、アメリカ上層部は日本が真珠湾に対して何事かを企図していたことは、想像していたと思われる。しかもワシントンはハワイ、フィリピンなどの出先の司令官に警告を発しなかったので、戦後になって、ルーズベルト大統領は日本に一撃を打たせようとしていた、という非難が国内から起こった。

山本長官が暗号解読によって奇襲されたことは、すでに述べたが、このとき、暗号が解読されているのではないかと、軍令部で疑問を抱き、暗号担当者にこの究明を求めたが、「絶対に解読されていない」という返事であった。暗号の技術のみならず、暗号の重要性に関する認識においても、日米の差は歴然たるものがあった。

ミッドウェーでもアメリカは日本の攻撃を暗号解読によって察知し、ヨークタウンの修理を急ぎ、三隻の空母をそろえて南雲艦隊を待ち伏せした。天晴(あっぱれ)な総合作戦で、〝運命の五分間〟だけが、敗因でないことは明らかである。

帝国海軍も中国空軍の暗号は解読できたが、アメリカの暗号はついに解読できなかった。一般に知られてはいないが、戦争の後期、アメリカの情報部は日本の海上護衛総隊司令部が、出先の輸送船に発する暗号を解読していた。味方の潜水艦に襲撃されないため、輸送船は毎日正午の位置を司令部に打電する。これをアメリカが解読して、潜水艦に攻撃を命じるのである。無数ともいえるわが輸送船が西太平洋の藻屑(もくず)となったのは、この暗号解読のためである。

四、特攻作戦

特攻作戦では昭和十九年十月下旬の大西中将の特攻開始が有名であるが、そのすこし前に第二航空艦隊司令長官福留中将が部下の航空隊司令岡本基春大佐の特攻決行案を、軍令部次長伊藤中将に伝えている。しかし、伊藤次長は、「まだ体当たり攻撃の時期とは認めない」と答えた。

十九年十月中旬、敵はレイテ湾のスルアン島に上陸し、大西中将がフィリピンに赴任するにあたり、軍令部を訪れ、総長、次長、第一部長と四人で討議したとき、中将は搭乗員の技術について述べた後、

「敵は電波兵器を活用し、わが攻撃機を阻止することが巧妙になったので、わが方の犠牲が多くなってきた。この際第一線将兵の殉国の至誠に訴えて、必至必殺の体当たり攻撃を敢行するほかに良策がない。これが大義に徹するところと考えるので、大本営の了解を求めたい」

と述べた。一同、声を発する者もなかったが、及川総長がおもむろに口を開いた。

「大西中将、あなたの申し出に対し、大本営は涙をのんでこれを承認します。しかし、その実行にあたっては、あくまで本人の自由意志にもとづいてやってください。決して命令はしてくださるな」

こうして特攻作戦は実施された。

その成果はつぎのとおりである。

海軍特攻実施機数　千二百九十八

体当たり機数　二百四十四

至近弾となった機数　百六十六
奏功率　十六・五パーセント
被害を与えた艦数　三百五十八
空母に関しては、撃沈　護衛空母三
撃破　制式空母十六、軽空母五、護衛空母十五

特攻で戦死した海軍将兵の数は、二千名といわれるが、この英霊へのお詫びとして、大西中将が終戦の翌日、軍令部次長官舎で割腹自殺したことは有名である。

五、飛行機生産力の差

太平洋戦争は情報、補給、エレクトロニクスなどの技術の戦いであったが、もっとも顕著なのは飛行機の戦いであった。真珠湾攻撃によって飛行機の戦艦に対する優位を知った日米上層部は、いっせいに飛行機の増産に踏み切ったが、悲しいかな、自動車の生産を飛行機にふりかえたアメリカに比べて、日本にはそれだけの下地がなかった。つぎのような生産力の差となり、敗戦の大きな原因となった。

十六年十二月　米　二千五百（月産機数）
日　五百五十
十七年十二月　米　五千四百
日　千四十

十八年十月　米　八千四百
　　　　　　日　千六百二十
十九年六月　米　八千百
　　　　　　日　二千八百
十九年十一月　米　六千七百
　　　　　　日　二千百
二十年四月　米　六千四百
　　　　　　日　千八百

六、実現しなかった日独協同作戦

ドイツとの同盟は、単に政治的に米英を牽制するだけではなく、昭和十七年初頭のベルリンにおける日独伊新軍事協定によって、軍事的にも協力する建て前になっていたが、地域的に離れていたので、実際には困難であった。

この協定では、「インド洋のほぼ中心の東経七十度線を境として、日本は太平洋とインド洋を作戦区域とし、独伊はこの線以西を担当する」となっていた。十七年夏、独伊両国がアフリカの北岸で苦戦していたとき、日本の潜水艦や艦隊をインド洋に派遣して、マダガスカルからスエズに向かう連合軍の大船団を叩いてもらいたい、という熱望が伝えられたが、日本軍はソロモン、ニューギニアで苦戦の最中で、これに応じることができなかった。

昭和十八年秋以降、ドイツの潜水艦約十隻がマレー西岸のペナンにきたほか、日本軍の潜水艦はアラビアのアデン付近までも連合軍の輸送船狩りに遠征していた。ドイツの仮装巡洋艦が一隻、南米を回って、通商破壊戦をやりながら日本まできたことが一度あった。日本の潜水艦も数隻、新型兵器の資料を授受するために、アフリカの南を回ってドイツに使いをしたことがあった。この授受は日独技術相互協定で無償であったといわれるが、日本の潜水艦が大量の金貨や金を積んでいったという話もある。

日本に提供された兵器の特許料だけでも、十五億円を越えたといわれる。ドイツの液冷エンジンの設計をもらってできたのが、初期の彗星艦爆であったが、重過ぎて結局、国産のエンジンに替えたということを聞いたことがある。

日独伊三国条約による軍事委員として、ドイツに駐在していた野村直邦中将が、ドイツ空軍司令官ゲーリング元帥に会ったとき、元帥は、「ドイツ空軍はたびたび英海軍の主力艦を攻撃したが、一度も撃沈したことがない」と日本航空部隊の優秀さを賞賛した。そこで日本海軍から独空軍に相当数の航空魚雷を送ったが、実際に使用されることはなかった。

七、魚雷の活躍

テクノロジーでも日本はアメリカに負けていたといわれるが、魚雷においては負けてはいなかった。とくに巡洋艦、駆逐艦、潜水艦で使用した九三式魚雷（昭和十年、開発）は酸素魚雷と呼ばれ、ほとんど百パーセントが酸素で窒素がなく、力は従来の九〇式の三倍で、九〇式が四十六ノットで七千メートルを走るのに比べて、四十八ノットで二万二千メートルを走ることができ、爆薬量も九〇式の三百九十キロに対し四百九十キロを装填することができた。

米英に比べて優秀であったが、予想された艦隊決戦で、敵の戦艦を轟沈させるという勇壮な場面は現われなかった。しかし、潜水艦の魚雷はたびたび敵制式空母を撃沈もしくは撃破して、気を吐いた。スラバヤ沖海戦をはじめ、ソロモンでも駆逐艦の魚雷は活躍したが、相手は小物が多く、性能が優秀なのに殊勲を挙げることが少なかったのは残念である。

戦争の初期には、日本軍の航空魚雷（九一式）の活躍も目立った。ハワイ、マレー沖では存分にその効果を発揮して、米英の戦艦の心胆を寒からしめた。珊瑚海やソロモンでも航空雷撃は敵の脅威であったが、中部太平洋からフィリピンに戦場が移る頃からは、敵の発見ができなかったり、敵の対空砲火に阻止されたりで、緒戦の戦果が見られなくなったのは残念であった。

八、統帥権独立の弊害

シナ事変に比べると、海軍の対米作戦計画は綿密にできていた。

しかし、それは「作戦計画」であって「戦争計画」ではなかった。太平洋戦争に関しては、第一段作戦計画では、まずフィリピンを占領し極東方面の米英を撃破して、西太平洋に進撃してくる米艦隊を撃破するまでの作戦が計画されていたが、そこまでで、その後の長期戦でいかにして終戦に導くかという戦争計画については、計画といえるほどのものはなかった。

第一段作戦までの計画は、作戦専門の軍令部と参謀本部で作るが、広汎な戦争計画となると、統帥部だけではできない。国家機関の全智全能を集めて計画しなければならない。しかるに日本には統帥権独立というものがあって、統帥部独占のごとき状態であった。

しかし、国家総力戦では、文官といえども軍事に意見をいうべきである。元来、統帥権というものは、戦の駆け引きには門外漢の干渉を許さぬということが本旨であって、政治家が軍事に無関心であってよいということではない。作戦計画では国家最高の機密事項として、少数者で計画すべきであるが、戦争計画となるとそう簡単にはいかない。

統帥権独立という制度を悪用せず、衆知を集めて、平素から戦争計画なるものを立てていたなら、大東亜戦争は避けられたのではないかと思うのである。

兵は国の大事、専門の軍人だけに任せておけるべきものではなかったのである。

NF文庫

海軍軍令部

二〇一六年十一月十三日　印刷
二〇一六年十一月十九日　発行
著　者　豊田　穣
発行者　高城直一
発行所　株式会社潮書房光人社
〒102-0073　東京都千代田区九段北一-九-十一
振替／〇〇一七〇-六-五四六九三
電話／〇三-三二六五-一八六四㈹
印刷所　慶昌堂印刷株式会社
製本所　東　京　美　術　紙　工
定価はカバーに表示してあります
乱丁・落丁のものはお取りかえ致します。本文は中性紙を使用

ISBN978-4-7698-2976-8 C0195
http://www.kojinsha.co.jp

ＮＦ文庫

刊行のことば

第二次世界大戦の戦火が熄んで五〇年——その間、小社は夥しい数の戦争の記録を渉猟し、発掘し、常に公正なる立場を貫いて書誌とし、大方の絶讃を博して今日に及ぶが、その源は、散華された世代への熱き思い入れであり、同時に、その記録を誌して平和の礎とし、後世に伝えんとするにある。

小社の出版物は、戦記、伝記、文学、エッセイ、写真集、その他、すでに一、〇〇〇点を越え、加えて戦後五〇年になんなんとするを契機として、「光人社ＮＦ（ノンフィクション）文庫」を創刊して、読者諸賢の熱烈要望におこたえする次第である。人生のバイブルとして、心弱きときの活性の糧として、散華の世代からの感動の肉声に、あなたもぜひ、耳を傾けて下さい。